ΜΙΑ ΦΥΛΑΚΉ ΣΤΟΝ ΉΛΙΟ

ΚΑΝΑΡΙΑ ΝΗΣΙΑ ΒΙΒΛΙΟ ΜΥΣΤΗΡΙΟΥ 3

ISOBEL BLACKTHORN

Μετάφραση
NIKOLETTA SAMOILI

Για τον Κρις Ρόι

Και στη μνήμη του Οκτάβιο Γκαρσία, ενός πρώην κρατούμενου της Colonia Agrícola Penitenciaria στην Τέφια της Φουερτεβεντούρα, ο οποίος έκανε εκστρατεία για τη δικαιοσύνη και του οποίου η μαρτυρία επέτρεψε να γίνει γνωστή η τρομερή ιστορία αυτού του στρατοπέδου συγκέντρωσης.

ΣΗΜΕΊΩΣΗ ΣΥΓΓΡΑΦΈΑ

Έγραψα το Μια Φυλακή στον Ήλιο για να τιμήσω και να θυμηθώ όλους εκείνους τους άνδρες που φυλακίστηκαν υπό το καθεστώς του στρατηγού Φράνκο επειδή ήταν ομοφυλόφιλοι. Στη Φουερτεβεντούρα, όπου εκτυλίσσεται αυτή η ιστορία, οι συνθήκες της φυλακής ήταν βάναυσες και παρομοιάζονταν με στρατόπεδο συγκέντρωσης. Από όσο γνωρίζω, τίποτα ουσιαστικό για αυτή τη φυλακή δεν έχει γραφτεί στα αγγλικά. Όλη η έρευνά μου έγινε στα ισπανικά. Το 2008 η ιστορία της φυλακής ξέσπασε όταν ο καθηγητής Miguel Ángel Sosa Machín πήρε συνέντευξη από τον επιζών της φυλακής, Octavia Garcia. Γνωρίζω την ύπαρξη της φυλακής από το 1989, όταν ζούσα στο Λανζαρότε και οι στενοί μου φίλοι από το νησί μου είπαν τι συνέβαινε εκεί.

Έχω αντιπαραβάλει σκόπιμα τη ζωή στη φυλακή με αυτήν της σημερινής ημέρας, αντιπαραθέτοντας τη σοβαρότητα της κατάστασης των κρατουμένων με ένα άγγιγμα αντικλίμακας στην κύρια αφήγηση, προσπαθώντας όχι μόνο για ισορροπία, αλλά και για να δελεάσω τον προβληματισμό σχετικά με το ποιοι ήμασταν, ποιοι είμαστε και εκεί που θέλουμε να είμαστε.

v

Σημείωση συγγραφέα

Το Μια φυλακή στον Ήλιο είναι το τέταρτο μυθιστόρημά μου στα Κανάρια Νησιά και γράφτηκε σύμφωνα με αυτό το αφηγηματικό στυλ.

Προσφέρω την παρακάτω ιστορία με κάθε ειλικρίνεια.

Μέρος Πρώτο

ΜΈΡΟΣ ΠΡΏΤΟ

Η ΑΓΡΟΙΚΊΑ

Η ΑΓΡΟΙΚΊΑ ΕΙΧΕ ΤΟΊΧΟΥΣ ΜΕ ΠΆΧΟΣ ΤΡΙΑ ΠΌΔΙΑ, ΜΙΑ ΣΤΑΘΕΡΉ υπενθύμιση του τι χρειαζόταν για να ζήσω εκεί τριγύρω και τι αρνιόμουν να συνηθίσω: τον άνεμο, τη σκόνη, τη ζέστη, τον καταιγιστικό ήλιο. Είμαι στο νησί δυόμισι εβδομάδες και ακόμα δεν είμαι σίγουρος τι προσελκύει τους επισκέπτες σε αυτήν την τοποθεσία. Το ίδιο το νησί, μπορώ να καταλάβω. Χειμωνιάτικος ήλιος, παραλίες άφθονες, άφθονο χώρο και μια ασφαλής, χαλαρή ατμόσφαιρα. Είναι η τουριστική Μέκκα της Φουερτεβεντούρα των Καναρίων Νήσων. Οι περισσότεροι από τους τουρίστες είναι εγκλωβισμένοι σε θύλακες κατά μήκος της ανατολικής ακτής. Εκεί, σε εκείνη την άγονη πεδιάδα όπου η θέα στον ωκεανό κόβεται από λόφους, και μια σειρά από βουνά χωρίζει τους κατοίκους από τις πιο κατοικημένες περιοχές, δεν μπορεί να χαρακτηριστεί τίποτα άλλο από αφιλόξενο. Ωστόσο, εκεί κατοικούν άνθρωποι. Είναι καλοκαιρινό θέρετρο, το τελευταίο από ένα σωρό αγροικίες που αυτοαποκαλείται χωριό: Τέφια.

Το καταφύγιο στο νησί μου.

Μια λογική επιλογή τη στιγμή που την έκλεισα. Μια Παρασκευή, όπως θυμάμαι, και ένα θλιβερό αγγλικό απόγευμα του Ιουνίου, ο ήλιος πασχίζει να στείλει το φως του μέσα από στρώματα σύννεφων. Στο στενό διαμέρισμά μου ενός υπνοδωματίου, αγνοώντας την ομίχλη των παραθύρων και το ραδιόφωνο που επέμενε ο ένοικος από κάτω να παίζει όλη μέρα και μισή νύχτα, ερεύνησα το νησί στην οθόνη και εξέτασα τα κριτήριά μου. Δεν ήθελα παραλία, χωρίς κόσμο, χωρίς θόρυβο, χωρίς περισπασμούς. Μια λίστα με αρνητικά, αλήθεια, αλλά είχα αρκετό χάος που συνέβαινε μέσα μου χωρίς να υποφέρω τη συνηθισμένη γκάμα των διασκεδάσεων των διακοπών. Ήθελα ένα καταφύγιο και έκλεισα διακοπές για καλό λόγο. Έκανα κράτηση για διακοπές για να ξεκαθαρίσω τον εαυτό μου.

Όταν μελέτησα τις φωτογραφίες των διακοπών, τα πολυάριθμα μικρά και όμορφα επιπλωμένα δωμάτια που έμοιαζαν να είναι τοποθετημένα γύρω από μια εσωτερική αυλή, τα παντζούρια, τα δοκάρια στην οροφή, το κρεβάτι με ουρανό και το λουτρό με τα πόδια στυλ νύχια, νόμιζα ότι είχα βρεθεί στο τέλειο κατάλυμα, αν και λίγο μεγάλο για ένα άτομο. Θέα από καστανόξανθα βουνά κάτω από λαμπερούς ουρανούς με τράβηξαν επίσης. Παράβλεψα το προφανές γεγονός ότι μια τέτοια φωτογραφία δεν θα έδινε τη σκληρότητα ενός τοπίου. Σε γενικές γραμμές, δεν σκέφτηκα άλλο το θέμα. Ανυπόμονος, έκλεισα τις πτήσεις και τη διαμονή σε λιγότερο από μία ώρα και βγήκα στη θλιβερή βροχή για να αγοράσω μια νέα βαλίτσα και ένα μπουκάλι Sancerre για να το γιορτάσω.

Μια βδομάδα αργότερα, επιβιβάστηκα στο αεροπλάνο, άντεξα τα πλαστικά καθίσματα και το στρίμωγμα των ατόμων στην καμπίνα και, πέντε ώρες αργότερα, πήρα ένα ενοικιαζόμενο αυτοκίνητο στο αεροδρόμιο. Η Φουερτεβεντούρα με υποδέχτηκε με καλοκαιρινή ζέστη τριάντα πέντε βαθμών. Έπρεπε να εντοπίσω το αυτοκίνητο κάπου μέσα σε μια λάμψη από μέταλλο και άσφαλτο καθώς με έλουζε μια ξαφνική εφίδρωση.

Έβγαλα τον χάρτη που είχα σχεδιάσει σε μια χάρτινη πετσέτα πίσω στο αεροδρόμιο του Γκάτγουικ – αποτελούμενη από τρεις αραχνοειδείς γραμμές και μερικές διασταυρώσεις – και χρησιμοποίησα αυτόν αντί του GPS για να πλοηγηθώ στα είκοσι μίλια μέχρι την Τέφια.

Πέρα από τη φασαρία της παραλιακής λωρίδας, το νησί αποκάλυψε τον αυθεντικό του εαυτό. Καθ' όλη τη διάρκεια της διαδρομής, μέσα σε τίποτα άλλο εκτός από ξηρό χώμα και βράχο και χαμηλά άγονα βουνά, επέτρεψα με μια περίεργη γοητεία, το μεγαλύτερο μέρος του εαυτού μου να παραμείνει αναστατωμένο από το παράξενο τοπίο της ερήμου.

Μια τελευταία στροφή και κατευθύνθηκα βόρεια σε μια πεδιάδα, ακολουθώντας τη γραμμή των βουνών προς τα ανατολικά. Όταν είδα την πινακίδα Τέφια, επιβράδυνα, γνωρίζοντας ότι το κατάλυμά μου ήταν κοντά, προσέχοντας για το εξοχικό σπίτι, 'ώστε να το εντοπίσω.

Ακίνητος επιτέλους, άνοιξα την πόρτα του αυτοκινήτου με ένα ελαφρύ αεράκι. Η θερμοκρασία δεν ήταν πολύ πιο δροσερή στην πεδιάδα. Κοιτάζοντας πίσω τον δρόμο που είχα έρθει, παρατήρησα μια ομίχλη στον ανατολικό ορίζοντα. Σκόνη; Είχα διαβάσει κάτι σε έναν από τους τουριστικούς ιστότοπους για τη σκόνη της Σαχάρας.

Η αγροικία ήταν μεγάλη και γραφική, με επίπεδη στέγη και μικρά παράθυρα με πολλά τζάμια τοποθετημένα τυχαία σε τοίχους που προστατεύονται από βεράντες. Δεν υπήρχε σπίτι στην άλλη πλευρά της διαδρομής, και πίσω από την αγροικία υπήρχε ένα χωράφι. Άλλα σπίτια ήταν σκορπισμένα τυχαία.

Έβγαλα τις αποσκευές μου από το αμάξι, βρήκα τα κλειδιά κάτω από το χαλάκι και μπήκα μέσα. Το εσωτερικό της αγροικίας ήταν δροσερό, ο αέρας είχε φρεσκαριστεί με ένα άρωμα λουλουδιών. Παράτησα τη βαλίτσα και το σάκο μου στο πρώτο δωμάτιο που μπήκα και εξερεύνησα το υπόλοιπο σπίτι –

δωμάτια που οδηγούσαν σε άλλα , το συνηθισμένο αδιέξοδο που τελείωνε σε μια κουζίνα στην οποία υπήρχε ένα καλάθι πάνω στον πάγκο.

Περίεργη, ξεπακετάρισα τα αγαθά, και διαπίστωσα ότι ήταν όλα εις διπλούν, συμπεριλαμβανομένων και δυο μπουκάλια σαμπάνιας. Στη θέα των διπλών αυτών αγαθών, ένιωσα σα να με χτύπησε μια γροθιά μέσα μου. Κατευθύνθηκα στην κύρια κρεβατοκάμαρα για να βρω δύο σοκολάτες στο κέντρο του καλύμματος του κρεβατιού με ουρανό. Καρδιές αγάπης σε ροζ περιτύλιγμα. Μέχρι τώρα η γροθιά είχε φτάσει στο λαιμό μου, και έβγαλα ένα κλαψούρισμα και δεν μπορούσα να συγκρατήσω τα δάκρυα.

Είμαι ένας άντρας που δεν παραδίνεται στο συναίσθημα και έκανα κάθε προσπάθεια να περιορίσω τη ροή, αλλά ομολογώ ότι ένιωσα ωραία να κλαίω λίγο, ή ακόμα και πολύ. Υποθέτω ότι δεν είχα αντιμετωπίσει τη μοναξιά μου έως ότου έπεσε τόσο προσεκτικά στο πρόσωπό μου.

Το καλάθι είχε προμήθειες για τις πρώτες δυο μέρες της διαμονής μου. Οι ευγενικοί ιδιοκτήτες δεν θα μάθαιναν πόσο ανακούφιση ένιωσα που δεν έπρεπε να αφήσω την αγροικία. Ήθελα να βγω έξω και να ερευνήσω τριγύρω, αλλά είχα φτάσει εκεί με ένα μεγάλο απόθεμα εργασίας και χρειαζόμουν να βγάλω από πάνω μου αυτό το φορτίο όσο το δυνατόν πιο γρήγορα.

Είμαι ανεξάρτητος συγγραφέας φαντασμάτων – όχι η καριέρα που έχω επιλέξει, αν μια τέτοια δουλειά μπορεί να ονομαστεί καριέρα. Κλείνω απομνημονεύματα, τελειώνω μυθιστορήματα, γράφω άρθρα, δημιουργώ περιεχόμενο ιστολογιών και ιστότοπων – μη φανταστικά άρθρα για την υγεία και τη διατροφή, κορυφαίες συμβουλές και ταξιδιωτικά κομμάτια – ακόμα και περιστασιακά διηγήματα. Το τελευταίο έδωσε στον συγγραφέα ένα βραβείο. Δίνω φωνές σε άλλους ανθρώπους, τους βοηθάω να επικοινωνήσουν ό,τι θέλουν να πουν. Εργάζομαι για μικρές επιχειρήσεις και εταιρείες και συγγραφείς με περισσότερο πλούτο παρά ικανότητα. Σε κάποιο επίπεδο, είναι ικανοποιητική δουλειά και είμαι περήφανος που λέω ότι ζω μια αξιοπρεπή ζωή από αυτήν, αλλά εκείνη τη στιγμή που έφτασα στη Φουερτεβεντούρα, είχα αρχίσει να νιώθω μπαγιάτικος.

Είχα ένα άρθρο να γράψω για έναν ιστότοπο γυμναστικής, πέντε αναρτήσεις ιστολογίου για να συντάξω για διάφορες εταιρείες – τα είδη των αναρτήσεων που δημιουργώ με ευκολία, εξασφαλίζοντας μισή ωριαία τιμή – και μια σύντομη ιστορία να ολοκληρώσω για μια γυναίκα που δεν μπορούσε να επινοήσει ένα τέλος. Και μπορούσα να καταλάβω γιατί – ήταν λευκή και Βρετανίδα και είχε ξεπεράσει τα όρια της πολιτιστικής οικειοποίησης επιλέγοντας να είναι ιθαγενής Αυστραλή. Το χειρότερο, έγραφε σε πρώτο πρόσωπο, μια πολιτιστικά ευαίσθητη κίνηση, και είχε μπει σε επικίνδυνη περιοχή μετά τον Σράιβερ. Ένιωθα άβολα να διατηρήσω την προσποίηση που είχε δημιουργήσει, αλλά πλήρωνε αδρά, και, επιπλέον, κανείς δεν θα ήξερε για τη συμμετοχή μου. Το όνομά μου δεν θα εμφανιζόταν πουθενά στο τελειωμένο κομμάτι.

Το να είσαι φάντασμα έχει κάποια πλεονεκτήματα.

Η δουλειά με κράτησε μέσα να κοιτάζω με επιμονή το λάπτοπ μου. Ήμουν τόσο αφοσιωμένος στην εργασία, που δεν έπαιρνα τα μάτια μου από την οθόνη.

Τη δεύτερη μέρα, καθώς οι ώρες περνούσαν, ο εκνευρισμός με ροκάνιζε. Είχα κρατήσει το διήγημα μέχρι το τέλος και βρέθηκα να περπατώ μέσα από την αυστραλιανή έρημο μέσα στη ζέστη, έχοντας πλήρη επίγνωση ενός παρόμοιου τοπίου έξω από την εξώπορτά μου, ιδρώνοντας καθώς η μέρα ζεσταινόταν, υπενθυμίζοντας στον εαυτό μου ότι η πρωταγωνίστρια μάλλον δεν θα υπέφερε καθώς δεν ένιωθε κολλώδης και ευερέθιστη. Πιθανότατα ήταν εντελώς άνετη καθώς ο ήλιος έδυε, αλλά τι ήξερα; Οι αυτόχθονες Αυστραλοί καίγονται από τον ήλιο; Οι αυτόχθονες Αυστραλοί παθαίνουν θερμοπληξία; Το Διαδίκτυο δεν φαινόταν να γνωρίζει. Ένιωσα αγενής, πιθανώς ρατσιστής ακόμη και να ρωτήσω.

Κατάφερα να εισαγάγω τις παραγράφους που έλειπε το προσχέδιο και να «λουστράρω» το τέλος που δεν είχε ενέργεια, αλλά όταν πάτησα Αποθήκευση και μετά Αποστολή, υπενθύμισα στον εαυτό μου ότι δεν είχα έρθει εδώ για τον ελεύθερο επαγγελματία και έπρεπε να βάλω κάποια όρια. Αγνοώ τις εργασίες γραφής φαντασμάτων που γεμίζουν τα Εισερχόμενά μου.

Είχα κλείσει μια τρίμηνη διαμονή γιατί σκέφτηκα ότι θα ήταν αρκετός χρόνος για να γράψω κάτι. Δεν υπάρχει καλύτερος τρόπος για να εξομαλύνεις τα σημάδια της μάχης της ζωής και να βρεις την εσωτερική γαλήνη από το να συνθέσεις ένα έργο μυθοπλασίας σε έκταση βιβλίου σε μοναστική απομόνωση μακριά από την κανονική ζωή κάποιου.

Η υποχώρηση του συγγραφέα.

Οι περισσότεροι συγγραφείς σε υποχώρηση έχουν ήδη μια σαφή ιδέα για το τι σχεδιάζουν να κάνουν. Δεν το έκανα. Ήξερα τι δεν θα αφορούσε το μυθιστόρημα. Δεν θα βασιζόμουν στις δικές μου εμπειρίες, πρόσφατες ή από την παιδική μου ηλικία. Ήμουν αποφασιστικός σε αυτό. Θα άφηνα τον αυτοκανιβαλισμό στους άλλους. Ούτε θα εμβαθύνω στα είδη. Θα συνέθετα κάτι λογοτεχνικό, σύγχρονο, με μια νότα ιστορίας. Δεν σκεφτόμουν τις πωλήσεις ή τα βραβεία. Ήθελα την ικανοποίηση να δω το δικό μου όνομα στο εξώφυλλο. Ήθελα να αποκαλώ τον εαυτό μου συγγραφέα.

Το πρόβλημά μου, λοιπόν, ήταν αυτό της λευκής σελίδας. Μου έλειπε η έμπνευση και δεν είχα ιδέα πού να ψάξω για να τη βρω. Το μόνο που ήξερα ήταν ότι δεν θα έβρισκα αυτή την έμπνευση μέσα μου. Δεν είχα τίποτα στο ιστορικό μου μου που θα αποτελούσε τη βάση μιας καλής ιστορίας, τελεία.

Πέρασα την υπόλοιπη μέρα περπατώντας γύρω από την αγροικία, στεκόμουν στα διάφορα δωμάτια, προσπαθώντας να φανταστώ ποιος είχε ζήσει εκεί. Πολυμελής οικογένεια. αγρότες. Παραδοσιακοί άνθρωποι. Βαρετό. Το απόγευμα έφυγε και ήρθε το βράδυ και δεν είχα φανταστεί ούτε έναν χαρακτήρα.

Νωρίς το επόμενο πρωί, διαπιστώνοντας ότι είχα φάει όλο το περιεχόμενο του καλαθιού, τολμώ να μπω στο χωριό, εκμεταλλευόμενος τη σχετική δροσιά της ημέρας. Η βόλτα μου με πέρασε από μερικές σαθρές κατοικίες –λευκά κυβοειδή με κλειστά παράθυρα, λιτά, χωρίς διακοσμητικά στοιχεία– ο μεγαλύτερος όγκος του χωριού απλώθηκε τρελά και στις δύο πλευρές του αρτηριακού δρόμου.

Το μαγαζί βρισκόταν στην άλλη άκρη του χωριού, πίσω από το δρόμο απέναντι από ένα καταφύγιο λεωφορείων. Στο εσωτερικό, τα ράφια ήταν εκπληκτικά καλά εφοδιασμένα. Αγόρασα ντόπιο ψωμί, τυρί, ντομάτες, κρεμμύδια, σκόρδο και αυγά, δύο κουτιά τόνου και τρία μπουκάλια με πολλά υποσχόμενο κόκκινο κρασί. Η γυναίκα που με εξυπηρέτησε ήταν φιλική και της χάρισα το πιο ζεστό μου χαμόγελο. Μια καλοκάγαθη ψυχή, το πλατύ πρόσωπό της έλαμψε στο δικό μου, αλλά δεν μπορούσα να καταλάβω κάτι που είπε. Έβγαλα το πορτοφόλι μου και κράτησα αυτό που πίστευα ότι ήταν αρκετά κοντά στο σωστό ποσό. Πήρε τα χαρτονομίσματα στο συρτάρι και μετά έβαλε μερικά νομίσματα στην παλάμη μου. Γκράσιας, είπα, αναμφίβολα φρικτά. Έπειτα, το «Θα τα λέμε αργότερα», το οποίο είπε με στακάτο μονότονο τόνο, και θα μπορούσα να πω ότι είχαμε το ίδιο μειονέκτημα.

Καθώς γυρνούσα σπίτι, για πέντε ολόκληρα λεπτά, με είχε χτυπήσει ένα αρχοντικό αεράκι.

Τα βουνά τράβηξαν την προσοχή μου. Μου άρεσε αόριστα να ξεχωρίζω τις διάφορες αποχρώσεις του ανοιχτού καφέ.

Στη Φουερτεβεντούρα, το μάτι δεν έχει άλλη επιλογή από το να συντονιστεί με το καφέ χρώμα και να διακρίνει τις αποχρώσεις. Ίσως έχουμε προδιάθεση να βρούμε την ομορφιά όπου μπορούμε, αλλά θα ήταν λογικό να περιγράψουμε το τοπίο γύρω από την Τέφια όμορφο. Ήταν κάθε άλλο παρά «έρημο» αυτό που χαρακτηρίζει καλύτερα τον τόπο και ανακουφίστηκα που βρέθηκα πίσω στην αγροικία, που ήδη ένιωθα σαν ένα καταφύγιο ενάντια στα στοιχεία.

Κοιτώντας προσεκτικά τις αγορές μου, συνειδητοποιώντας ότι θα με έφταναν μέχρι το γεύμα και πιθανόν και το βραδινό και λίγο παραπάνω, και ξέροντας ότι δεν σκόπευα να πετάγομαι μέχρι το κατάστημα κάθε μέρα, αποφάσισα να κάνω τα σωστά ψώνια από ένα παντοπωλείο εκείνο το απόγευμα. Εξάλλου, σκέφτηκα, είχα νοικιάσει ένα αυτοκίνητο και σκόπευα να το χρησιμοποιήσω.

Η σύνδεση στο διαδίκυιο στην Τέφια ήταν εξαιρετική. Συνδέθηκα και δε δυσκολεύτηκα να βρω ένα κατάλληλο σούπερ μάρκετ. Είχα δυο τρόπους επιλογής. Θα μπορούσα να πάω βόρεια στο Λαχάρες ή νότια στην Αντίγκουα, και οι δυο διαδρομές περνούσαν μέσα από την εξοχή. Επέλεξα τη νότια διαδρομή καθώς ήταν η πιο κοντινή. Αφού έφαγα μια μπαγκέτα με τυρί, τόνο και χοντρές φέτες κρεμμυδιού και τομάτας, ένας συνδυασμός που αποδείχτηκε λίγο δύσκολος στο φάγωμα, έγραψα μια λίστα αγαθών για να ψωνίσω. Σκέφτηκα τις ανάγκες και τα θέλω μου, και τα έγραψα κατά ομάδες. Ξηρά αγαθά, κονσέρβες, κρεατικά, καταψυγμένα και φρέσκα λαχανικά.

Είμαι ένας από εκείνους τους συζύγους του σπιτιού που είναι συνηθισμένοι στο παντοπωλείο. Δεν χάνω το χρόνο μου κοιτώντας και δεν κουράζομαι. Μου αρέσει να μπαίνω και να βγαίνω τον ταχύτερο δυνατό χρόνο. Είναι κάτι σαν άθλημα για μένα. Ενα παιχνίδι. Δεν έχω καταφύγει ποτέ σε χρονόμετρο, δεν θα το πήγαινα τόσο μακριά, αλλά αναδεικνύει την ανταγωνιστική μου πλευρά και είμαι περίφανος που σκέφτομαι πόσο αποτελεσματικός είμαι. Η μόνη πρόκληση που αντιμετώπισα αυτή τη φορά ήταν η γλώσσα. Χρειαζόμουν να ξεπεράσω το βασικό επίπεδο του δωρεάν, διαδικτυακού μαθήματος ξένων γλωσσών, αν δεν ήθελα να είμαι βουβός όταν επρόκειτο να επικοινωνήσω με τους ντόπιους.

Η οδήγηση αποδείχθηκε πιο ευχάριστη από ό,τι αναμενόταν. Υπάρχουν μερικές εντυπωσιακές όψεις στην πορεία προς νότο και το άγονο τοπίο άρχισε να έχει κάποια ελκυστικότητα, έστω και μόνο λόγω της απόλυτης ομοιότητάς του. Γύρω από κάθε στροφή, περισσότερα ξερά χωράφια και άγονα βουνά. Και τα βουνά έκλεψαν την προσοχή για άλλη μια φορά. Κανένα από αυτά δεν είναι τόσο ψηλό, αλλά τα σχήματά τους είναι ορατά στο σύνολό τους, χωρίς να υπάρχει τίποτα να μεγαλώνει στα πλευρά τους. Εκείνη την ημέρα, διαπίστωσα ότι υπήρχε κάτι που τους απορροφούσε σε αισθητικό επίπεδο και ένιωσα τις αχνές αναταράξεις της μούσας. Αν και θα χρειαζόμουν πολύ περισσότερη έμπνευση από ό,τι θα μπορούσε να προσφέρει ένα τοπίο, ανεξάρτητα από το πόσο αφιλόξενο ή απίστευτα υπέροχο, πριν αρχίσω να σκέφτομαι να γράψω ένα μυθιστόρημα.

Στην Αντίγκουα, έβρισκες εύκολα το σούπερ μάρκετ. Έκανες μέσα-έξω κάτω από μισή ώρα, με γεμάτο το καροτσάκι. Καθώς άνοιξα την πόρτα του οδηγού, ήξερα ότι την επόμενη φορά θα έκανα το πολύ είκοσι λεπτά. Θα έγραφα τη λίστα με τα ψώνια μου με τη σειρά των διαδρόμων.

Ένιωσα θριαμβευτής καθώς γύριζα στο σπίτι. Δεν με ένοιαζε καν η ζέστη.

Υπάρχει κάτι παρήγορο σε ένα καλά εφοδιασμένο ψυγείο και ντουλάπι, η σκέψη ότι δεν χρειάζεται να φύγεις από το σπίτι. Ήταν απελευθερωτικό, επίσης, αφήνοντάς με ελεύθερο να σκεφτώ σημαντικά θέματα. Πάνω από όλα, αν έβγαινα έξω, ήθελα να είναι για κάτι ευχάριστο, κάτι ενδιαφέρον. Όχι για αγγαρεία.

· · ·

Αφού τακτοποίησα τα ψώνια, σκέφτηκα τις ατελείωτες ώρες που είχα μπροστά μου χωρίς να έχω να κάνω κάτι, και αναρωτιόμουν πώς θα γεμίσω τον χρόνο. Ένιωθα ότι ήθελα να μιλήσω σε κάποιον, αλλά τις πρώτες μέρες της παραμονής μου απέφυγα να αφήσω την Τζάκι και τα παιδιά ή ακόμα και την καλύτερή μου φίλη, την Άντζελα, να γνωρίσουν την υπέροχη συνδεσιμότητα μου, προτιμώντας να τους αφήσω να πιστεύουν ότι είχα υιοθετήσει ένα στυλ ύπαρξης ερημίτη και είχα δεσμευτεί στη σιωπή. Ας αναρωτηθούν πώς τα πήγαινα. Ας λείψω σε όλους.

Καθώς περιπλανιόμουν από δωμάτιο σε δωμάτιο, άρχισα να απολαμβάνω τη μοναξιά. Ήταν αναζωογονητικό να έχω χώρο γύρω μου, τόσο μέσα στο σπίτι όσο και έξω στον κάμπο. Κάθισα σε ένα δωμάτιο και μετά σε ένα άλλο, περνώντας αρκετή περίοδο έξω στο εσωτερικό αίθριο, καθώς ήταν καλό για την υγεία μου. Πρέπει να έχω καταλάβει κάθε θέση στο μέρος μέχρι το τέλος του απογεύματος και έβαλα κάτι δικό μου –ένα βιβλίο, ένα περιοδικό, μια συσκευή– σε κάθε δωμάτιο, προσεκτικά κεντραρισμένο σε ένα τραπέζι ή στρωμένο στο μπράτσο μιας καρέκλας.

Εκείνο το βράδυ, το ηλιοβασίλεμα ήταν τρομερό. Χρώματα από βαθύ βυσσινί σάρωσαν τον ουρανό, αποσπώντας μου την προσοχή καθώς ετοίμαζα ένα κέικ ζυμαρικών. Όταν το πιάτο ήταν στο φούρνο, γέμισα ένα μεγάλο ποτήρι με κόκκινο κρασί και μετά στάθηκα στο παράθυρο της κουζίνας και έπινα το κρασί καθώς έβλεπα τα χρώματα να αλλάζουν, να βαθαίνουν, να ξεθωριάζουν στη νύχτα.

Χάρηκα πολύ αργότερα εκείνο το βράδυ κοιτάζοντας τα αστέρια. Ο ουρανός ήταν ιδιαίτερα καθαρός, και αφού εντόπισα το στερέωμα στο μέρος που διέθετε το αίθριο, πήγα και στάθηκα στην ύπαιθρο και παρατηρούσα τα αστραφτερά αστέρια με τις διάφορες διατάξεις τους, μια υπενθύμιση των θαυμάτων του σύμπαντος άγνωστα σε εμάς στο φως της ημέρας. Τελικά, αισθάνθηκα υπνηλία και πήγα στο κρεβάτι.

Η κρεβατοκάμαρα, με το κρεβάτι με ουρανό στραμμένο στον ανατολικό τοίχο, ήταν το καθοριστικό χαρακτηριστικό της αγροικίας. Η διακόσμηση ήταν ευχάριστη, με έντονα χρώματα, χωρίς διακοσμητικά στοιχεία, χωρίς δαντέλες. Εκείνες τις πρώτες μέρες της παραμονής μου, μου άρεσε να βρίσκομαι σε αυτό το δωμάτιο. Ποτέ δεν είχα κοιμηθεί με τέσσερις αφίσες πριν, και κοιμόμουν κάθε βράδυ νιώθοντας σαν βασιλιάς.

Την επόμενη μέρα, ξύπνησα με την ανατολή του ηλίου. Κάθισα στο κρεβάτι και μετά πήγα και κοίταξα έξω από το παράθυρο. Βρήκα τη θέα εκθαμβωτική, βλέποντας έναν μοναχικό ανεμόμυλο να σκαρφαλώνει σε ένα ύψωμα στη μέση της απόστασης. Υπέθεσα έντονα ότι μάλλον δεν χρησιμοποιείται, οι μύοι του της φαίνονται ακόμα στον άνεμο. Όντας το μόνο στοιχείο ενδιαφέροντος πέρα από τους τοίχους της αγροικίας, το βλέμμα μου παρέμεινε εκεί και πίεσα το πρόσωπό μου στο τζάμι σαν να ήθελα να πλησιάσω.

Η περιέργειά μου έγινε πιο δυνατή και ένιωσα υποχρεωμένος να ξεθάψω τα μυστικά του ανεμόμυλου. Ποια ήταν η ιστορία του; Πρέπει να έχει μία. Μια ιστορία που συνδέεται με την αρχαία ιστορία του νησιού και τις τοπικές αγροτικές πρακτικές. Δεν είναι ακριβώς το υλικό για οποιοδήποτε είδος ιστορίας που θα μπορούσα να συνθέσω, αλλά και πάλι, δεν πρέπει να προκαταβάλλομαι. Εξάλλου, δεν έλεγα τι θα μπορούσα να βρω εκεί που θα μπορούσε να διεγείρει την έμπνευση – ένα πεσμένο μαντήλι, ένα πορτοφόλι που πέφτει, το ίχνος κάποιου αντικειμένου, οτιδήποτε θα προκαλούσε αυτή την εσωτερική σπίθα.

Έχοντας σκεφτεί τα πράγματα, αποφάσισα να τολμήσω να διασχίσω τη σκονισμένη πεδιάδα και να ερευνήσω.

Ο ΑΝΕΜΟΜΥΛΟΣ

ΉΜΟΥΝ ΈΝΑΣ ΆΝΘΡΩΠΟΣ ΣΕ ΑΠΟΣΤΟΛΉ. Η ΠΡΏΤΗ ΜΟΥ, πραγματική εξερεύνηση πάνω σε τι είχε να προσφέρει το νησί και παρά την κοντινή απόσταση, η βόλτα προς τον ανεμόμυλο, έμοιαζε με εκδρομή. Πάνω απ' όλα, χρειάζομαι διατροφή.

Αφού έπεσα με τα μούτρα σε ένα κεσεδάκι με γιαούρτι φράουλα, κατέβασα ένα μπολ με κρύα ζυμαρικά, υπολείμματα από το προηγούμενο βράδυ. Μετά έπλυνα τα κουτάλια και το μπολ και τα άφησα να στραγγίσουν, έκανα ένα δροσερό ντους και φόρεσα τζόγκερ, σορτς και μπλουζάκι. Τουριστική ενδυμασία. Δεν μπορούσα παρά να αναγνωρίσω το πόσο λευκό ήταν το δέρμα μου. Κοίταξα με τρόμο στον καθρέφτη της κρεβατοκάμαρας δύο πόδια και ένα ζευγάρι χαλαρά χέρια που ξετρύπωναν από τις τρύπες των άκρων των ρούχων μου. Είχα πάρα πολλή σάρκα γύρω από τη μέση μου. Σάρκα που καλυπτόταν από το μπλουζάκι μου αλλά δεν σκοτιζόταν.

Ρούφηξα την κοιλιά μου αηδιάζοντας με τον εαυτό μου. Τον είχα αφήσει να ξεφύγει. Η εξάπλωση της μέσης ηλικίας είχε φτάσει πολύ νωρίς. Ήμουν στην απαρχή του εμφράγματος, προορισμένος για έναν πρόωρο τάφο. Πάρα πολλές νύχτες παρακολουθώ Netflix παρέα με ένα ποτήρι κόκκινο κρασί. Πρέπει να ξυπνήσεις πια, Τρέβορ Μουρ!

Ακόμα χειρότερα, είχα να κάνω σεξ για πόσο καιρό; Ένα χρόνο; Μάλλον περισσότερο από δύο, και λίγο περίεργο. Ήμουν σαν γουρούνι.

Αφού έφτιαξα το κρεβάτι, το οποίο δεν μπορούσα να αφήσω άτακτα, φόρεσα δυο πάνινα παπούτσια και ξεκίνησα οπλισμένος μόνο με ένα μπουκάλι νερό, αποφασισμένος να αξιοποιήσω στο έπακρο τον απέραντο, άδειο εξωτερικό χώρο.

Το πεζοδρόμιο ήταν στενό, αλλά τουλάχιστον υπήρχε ένα. Ο άνεμος φυσούσε πίσω μου, δροσερός στο δέρμα μου, σπρώχνοντάς με μαζί του. Ο ήλιος, ακόμα χαμηλά προς τα ανατολικά, δεν είχε ακόμη ξεμυτίσει αρκετά. Ήταν ευχάριστο να περπατάς, η τροχιά αγγίζει την κατηφόρα, και καθώς προχωρούσα, θαύμαζα το απόκρημνο έδαφος και τα βουνά στα νότια, αδιάκριτα στην ομίχλη της σκόνης.

Το πεζοδρόμιο τελείωσε στη διασταύρωση, όπου είχαν αποκατασταθεί τα απομεινάρια ενός άλλου ανεμόμυλου και διακοσμούσαν το τοπίο, λειτουργώντας ως ένα είδος μνημείου. Αφού στάθηκα στη γωνία, παρατήρησα πώς ο κεντρικός δρόμος εξαφανίστηκε καθώς πλησίαζε στα βουνά του νότιου ορίζοντα, πήρα το δρόμο δυτικά, ο οποίος ήταν σφραγισμένος σε ένα τμήμα πριν γίνει άμμος.

Σε μια προσπάθεια να γλιτώσω από την ταλαιπωρία, έστρεψα την προσοχή μου πίσω στο περιβάλλον, λέγοντας στον εαυτό μου ότι κάπου ανάμεσα στη σάρα και τη μάρα μπορεί να υπάρχει μια πηγή έμπνευσης για ένα μυθιστόρημα, αν μόνο η φαντασία μου το έβρισκε.

Επικεντρώθηκα σκληρά στις λεπτομέρειες. Τα χωράφια και από τις δυο μεριές του δρόμου ήταν γεμάτα μικρές πέτρες και το χώμα είχε ένα ροζ χρωματισμό. Δεν ήμουν σίγουρος για το αν αυτό ήταν ένα κόλπο εξαιτίας του φωτός, επειδή, το καταμεσήμερο, το χώμα έπαιρνε μια κρεμ απόχρωση. Με λίγα λόγια, υπήρχαν ελάχιστα δέντρα.

Η βόλτα διήρκησε περίπου δεκαπέντε λεπτά. Πέρασα από ένα ερειπωμένο αγροτόσπιτο και έκανα μια στάση για να το κοιτάξω αλλά η καταρρέουσα κατοικία δεν κατάφερε να προκαλέσει ούτε μια σπίθα ενθουσιασμού από τη φειδωλή μου μούσα. Μόλις πέρασα το ερείπιο, ο δρόμος έκανε μια απότομη στροφή προς τα αριστερά και, μπροστά, χτισμένο σε ένα κομμάτι χαλίκι σε αυτό το πιο έρημο τοπίο, ήταν ο προορισμός μου.

Ο ανεμόμυλος, μια στιβαρή κατασκευή φτιαγμένη από μεγάλες καφέ πέτρες και μυτερές με χοντρό, αχνό κρεμ κονίαμα, στεκόταν περήφανος στο χοντροκομμένο του καταφύγιο. Τα έξι πανιά, που αποτελούνταν από παντζούρια από σκούρο ξύλο, ήταν ακίνητα. Η θολωτή οροφή του ανεμόμυλου, από το ίδιο σκούρο ξύλο, σχημάτιζε ένα αυστηρό καπάκι. Στο πίσω μέρος, ο ιστός της ουράς ήταν αγκυρωμένος στο έδαφος μείον τον τροχό του καπετάνιου. Μια απλή διάταξη βράχων μαζί με έναν τοίχο από ξερολιθιά περιέβαλλε τη βάση του ανεμόμυλου και ολοκλήρωσε την αποκατάσταση.

Κοιτάζοντας τριγύρω, υπέθεσα ότι ο εξωραϊσμός ήταν ένας τρόπος για να καθαρίσει το έδαφος από ανεπιθύμητους βράχους. Ακόμα κι έτσι, χωρίς κανένα φύλλωμα – καθόλου – ο τόπος ένιωθε σαν οι εργάτες να είχαν μαζέψει τα πράγματά τους και να είχαν φύγει αφού χτύπησαν το τελευταίο καρφί, και η τοπική κυβέρνηση είχε υπογράψει το έργο ως μια αρκετά καλή δουλειά. Ίσως οι αρχές πίστευαν ότι κανείς που περνούσε από την Τέφια δεν θα έκανε τον κόπο να βγει εδώ, σκέφτηκα, ούτε καν για να δει τον ανεμόμυλο, το νησί αναμφίβολα έχει μεγαλύτερους και καλύτερους ανεμόμυλους αλλού.

Περπάτησα γύρω από τη βάση και ανέβηκα τα σκαλιά που οδηγούσαν σε μια κλειδωμένη πόρτα. Δεν υπήρχε τίποτα να δεις παρά μόνο μια ματιά στον ωκεανό στα δυτικά. Έκανα μια παύση και βυθίστηκα στο μικρό τμήμα του μπλε, απολαμβάνοντας την αίσθηση που έδινε να βρίσκομαι σε νησί.

Στην ενδοχώρα, μέσα σε όλη την ξηρασία, ήταν εύκολο να ξεχάσουμε ότι ο ωκεανός ήταν εκεί.

Πριν φύγω, κάθισα στα πέτρινα σκαλοπάτια του ανεμόμυλου και έβγαλα τα παπούτσια μου. Όχι ότι είχε πολύ νόημα. Τρία βήματα ήταν αρκετά για να γεμίσει πάλι χώμα. Ήπια μια γουλιά νερό από το μπουκάλι μου και έριξα μια τελευταία ματιά τριγύρω.

Στα νότια υπήρχε μια αγροικία, και αμέσως στα βόρεια, που οδηγούσε από το χαλίκι που περιέβαλλε τον ανεμόμυλο, μια κίνηση οδηγούσε σε κάποιου είδους συγκρότημα.

Οι ιδιοκτήτες είχαν κάνει μια προσπάθεια καλλωπισμού. Τον δρόμο πλαισίωναν σειρές από νεαρά φοινικόδεντρα τοποθετημένα σε παρτέρια κήπου από βαθύ μαύρο χαλίκι και με μεγάλες πέτρες. Αυτά τα παρτέρια ήταν ένα σημάδι σπουδαιότητας, σαν να έδειχναν μια τοποθεσία εξέχουσας θέσης, που δεν ταιριάζει με οτιδήποτε άλλο τριγύρω. Στο τέλος μιας από τις σειρές με φοίνικες υπήρχε μια πινακίδα.

Πήγα και βρήκα μια εξήγηση για τα μέσα και τα έξω του ανεμόμυλου. Όπως αποδείχτηκε σε περασμένα χρόνια, αυτή η ξηρά γη παρήγαγε αρκετό σιτάρι για να δικαιολογήσει έναν μύλο. Απίστευτο. Και πάλι, φυσικά, θα υπήρχε αρκετό σιτάρι, άφθονο σιτάρι αλλιώς δεν θα είχε κατασκευαστεί ο ανεμόμυλος. Ήταν αυτονόητο.

Ο ήλιος άρχισε να ζεσταίνει το δέρμα στο πρόσωπο, το κεφάλι και το λαιμό μου, και αποφάσισα να επιστρέψω καλύτερα στην αγροικία. Μέχρι εκείνη τη στιγμή που άρχισα να παίρνω το δρόμο της επιστροφής, δεν είχα συνειδητοποιήσει ότι όλη η διαδρομή μέχρι τον ανεμόμυλο ήταν κατηφορική. Η επιστροφή, διαπίστωσα με λύπη μου, ήταν, επομένως, ανηφορική, και τώρα αντιμετώπισα τον θυελλώδη άνεμο επίσης και η πορεία ήταν πολύ πιο δύσκολη.

Ο διασκελισμός μου έγινε σύντομα βαρύς και ο άνεμος φαινόταν να απολαμβάνει τον αγώνα μου και δυνάμωσε και φύσηξε στο πρόσωπό μου, ωθώντας πάνω μου δυνατά σε διαλείπουσες εκρήξεις. Η ευχάριστη πρωινή μου βόλτα πήρε διαστάσεις μαραθωνίου. Όταν επέστρεψα στην αγροικία, ήμουν ιδρωμένος, λαχανιασμένος και πονούσαν τα πόδια μου.

Πήγα και στάθηκα στο εσωτερικό αίθριο όπου έβγαλα τα παπούτσια μου, εναποθέτοντας το χώμα που έβγαζα στη βάση ενός φυτού σε γλάστρα. Ντρεπόμουν για τον εαυτό μου. Δύο χρόνια μιζέριας σε αγωγές διαζυγίου και δεν είχα περπατήσει στα τοπικά καταστήματα εκατό μέτρα από το μικρό διαμέρισμά μου στο Λονδίνο. Ήμουν ένας άντρας σπασμένος, και το σώμα μου ήταν ερείπιο. Πάντα θεωρούσα δεδομένη τη φυσική μου κατάσταση, τον μυϊκό μου τόνο, τη σχετική νεότητά μου. Το να πιάνω τον εαυτό μου να λαχανιάζει σαν ηλικιωμένος ήταν απεχθές στα άκρα.

Αφού κατέβασα δύο ποτήρια νερό διαδοχικά, έκανα ένα παρατεταμένο δροσερό ντους, επιστρέφοντας στο αίθριο με το φορητό υπολογιστή μου, αποφασισμένος να βρω το πλησιέστερο γυμναστήριο.

Την προσοχή μου απέσπασαν τα εισερχόμενά μου. Σαρώνοντας τα μηνύματα, ευχόμουν να μην είχα ασχοληθεί όταν είδα το ημέηλ.

Δεν είμαι ο άνθρωπος που μπορεί να φαντάζονται άλλοι όταν σκέφτονται έναν καταπιεσμένο άθλιο, αλλά ακριβώς τότε, έτσι ένιωσα. Πάντα θεωρούσα τον εαυτό μου ακόμα και με ιδιοσυγκρασία, όχι γρήγορο στο θυμό, παρατηρητικό και αποστασιοποιημένο, σε αντίθεση με τους πιο εμπλεκόμενους και συναισθηματικούς τύπους που φαίνονται να έλκονται προς το μέρος μου σαν ρινίσματα σιδήρου που χρειάζονται έναν μαγνήτη για να κολλήσουν. Η ζωή, με τη μορφή της συζύγου, μπορεί να αποσταθεροποιήσει την ψυχραιμία ενός άνδρα στο εσωτερικό, εκεί που οι άλλοι δεν μπορούν να δουν, καθιστώντας ένα μηχάνημα που λειτουργεί ομαλά, ένα άθλιο χάος από στριμμένο μέταλλο. Με είχε μετατρέψει σε ένα σωρό σκουπίδια.

Αυτή, είναι η πρώην γυναίκα μου η Τζάκι. Η Τζάκι με

έσπρωξε, μας έσπρωξε, έσπρωξε όλη τη μικρή μας πυρηνική οικογένεια από έναν γκρεμό και προσγειωθήκαμε σε μια βραχώδη παραλία με θέα σε έναν ωκεανό που βρίθει, ατενίζοντας τις αλκυονίδες μέρες της πρώην οικιακής μας ζωής. Δεν μπορούσε να βοηθήσει, και δεν την κατηγορώ, αυτά τα πράγματα συμβαίνουν τελικά, αλλά οι συνέπειες καθώς σκαρφαλώσαμε πίσω σε αυτόν τον γκρεμό προς ασφάλεια, ήταν περισσότερο από ό,τι περίμενε κανείς από εμάς. Σαν να μην ήταν αρκετά κακό, με έβαλε να σκαρφαλώνω σε διαφορετικό γκρεμό.

Τι θα μπορούσε να θέλει από μένα τώρα; Χρήματα; Σίγουρα όχι.

Δεν ήθελα να κοιτάξω. Έβαλα το ημέηλ στο φάκελο με την ένδειξη "σε εκκρεμότητα".

Η Τζάκι κι εγώ ήμασταν παντρεμένοι για περισσότερα από είκοσι χρόνια. Ήταν είκοσι χρόνια, δύο μήνες και πέντε μέρες στην πραγματικότητα όταν ζήτησε ένα διάλειμμα. Αυτό που ακολούθησε ήταν άλλα δύο χρόνια βασανιστηρίων, περισσότερο ή λιγότερο, γιατί είχα εκπαιδευτεί να είμαι ανακριβής όσον αφορά τη διάρκεια του διαζυγίου, χωρίς να νοιάζομαι να ποσοτικοποιήσω τα επιχειρήματα, το πλήγμα, την αγωνία και την απώλεια καθώς παλεύαμε για το σπίτι και τα παιδιά. Δύο χρόνια και επιτέλους καταλήξαμε σε συμφωνία, και φυσικά βρέθηκα με πολύ λιγότερα από όσα περίμενα.

Αφού εξέτασα τις επιλογές μου, που αφορούσε τη μετεγκατάσταση σε κάποια μακρινή κομητεία όπου οι δρόμοι ήταν πολύ στενοί, ο καιρός χειρότερος από οπουδήποτε, και μια επίσκεψη στο σούπερ μάρκετ μια αποστολή, έκανα μια προσφορά σε ένα μικροσκοπικό εξοχικό σπίτι στο Νίορφολκ Μπροντς.

Το εξοχικό ήταν πολύ μακριά από το Λονδίνο, όπου η Τζάκι και τα παιδιά ήταν αποφασισμένοι να παραμείνουν, αλλά τουλάχιστον η νέα κατοικία ήταν κοντά στη φίλη μου εκδότρια, Άντζελα, η οποία ήταν ο στενότερος σύμμαχός μου από το δημοτικό.

Αναμφίβολα ήμασταν κοντά, αλλά για πολύ καιρό, ίσως πάρα πολύ καιρό, η Άντζελα κι εγώ είχαμε διατηρήσει τη φιλία μας μέσω Σκάιπ και περιστασιακών γεγονότων από την πραγματική ζωή.

Μετά τον χωρισμό, η Άντζελα έγινε η βασική μου βάση. Γενικά την καλούσα στο Σκάιπ μια φορά την εβδομάδα. Ήταν η μόνη φορά που γνώριζα τον άντρα που θα γινόμουν, το κάποτε ευχάριστα αχιβίσιο πρόσωπό μου λιπόθυμο, μάτια βουρκωμένα, χείλη στραμμένα προς τα κάτω. Ένα μικρό και καταθλιπτικό τετράγωνό μου και μια μεγάλη εικόνα της, όλο στρογγυλό πρόσωπο και χαρούμενα μάτια.

Κατά τη διάρκεια ολόκληρου του επεισοδίου διαζυγίου, η Άντζελα επέμενε ότι είχα μια κρίση μέσης ηλικίας. Ο όρος με έκανε να νιώσω σαν κλισέ. Τις τελευταίες εβδομάδες πριν πετάξω στη Φουερτεβεντούρα, μου είπε και τις ελλείψεις μου. Έβαλα κιλά – το ήξερα αυτό – χρειάζομαι κούρεμα – καλλιεργούσα το ακούρευτο στυλ– και, αν με έβλεπε να φοράω αυτή τη φθαρμένη λεπτή μπλούζα του Τζίμι Χέντριξ άλλη μια φορά, θα έκανα το τρίωρο ταξίδι από το νόρφολκ μόνο και μόνο για να μου το σκίσει. Μου το είχε αγοράσει στα δεκαοχτώ μου.

Η Άντζελα ήταν το είδος της γυναίκας που έκανε βήματα στη ζωή. Πάντα έξυπνη με τα μαύρα παντελόνια της και τα τοπ που αγκάλιαζαν τη φιγούρα, γέμιζε αυτοπεποίθηση. Ήταν αυτή που ήταν και δεν απολογήθηκε γι' αυτό. Τα μαλλιά της δεν ήταν ποτέ μακριά. Δεν φορούσε μακιγιάζ. Η γυναίκα της, η Τζούλιετ, φορούσε τις φούστες.

Ήμουν στο γάμο τους, ένας από τους λίγους στρέιτ άντρες που ήταν παρόντες που ένιωθαν περίεργα να απειλούνται, μια αντίδραση που συνοψίζει ένας γνωστός, ο Σάιμον, εντεταλμένος συντάκτης στο Hedgehog Pie Press, ο οποίος μου ψιθύρισε με μεθυσμένη βρωμιά, «Αν αυτός ο γάμος του ίδιου φύλλου πιάσει, θα είμαστε περιττοί.» Γέλασα για να είμαι ευγενικός, αλλά εκείνη τη στιγμή είδα ότι η δική μου ανησυχία είχε την ίδια πηγή. Άφησα τον Σάιμον να πίνει σαμπάνια και να πει αλλού την ακατάλληλη κοροϊδία του, και βρήκα μια ήσυχη γωνιά του χωριού για να ανακτήσω την ηρεμία μου.

Η Τζάκι είχε ανακοινώσει ότι ήθελε διαζύγιο το ίδιο πρωί, καθώς αλάτιζε το βραστό αυγό της. Τα σκληρά λόγια έπεσαν σαν πέτρες στο μπολ με τα δημητριακά μου.

«Δεν έχουμε τίποτα κοινό πια».

«Τι σε κάνει να το λες αυτό;»

Έκανε μια παύση, με το κουτάλι στον αέρα. «Σκέφτομαι εδώ και πολύ καιρό ότι η σχέση μας έχει ξεπεράσει τη χρήση της. Δεν νομίζεις ότι βρισκόμαστε σε χάος;»

«Όχι, δεν το νομίζω, καθόλου.»

Δεν άκουγε. «Τα παιδιά έχουν σχεδόν μεγαλώσει, οπότε τώρα είναι μια καλή στιγμή.»

«Είναι;»

Σκεφτόταν όλο αυτό το σημείο. Άρχισα να πιστεύω ότι διάβαζε από ένα σενάριο που είχε γράψει και είχε κάνει πρόβες. «Νομίζω ότι παντρευτήκαμε πολύ νέοι. Έχουμε απομακρυνθεί».

«Έχουμε πολλά κοινά.»

«Κοίτα, Τρέβορ, πρέπει να ξαναβρώ τον εαυτό μου».

Έγινε σαφές ότι δεν επρόκειτο να διαρρήξει τις αμυντικές μου παρατηρήσεις. Ο γάμος μας, σε ό,τι την αφορούσε, είχε τελειώσει. Είχε όλες τις κοινοτοπίες. Αλλά η αλήθεια ήταν ότι είχε βρει τη Μέγκαν, η επιθυμία είχε πυροδοτηθεί και ήθελε να εξερευνήσει αυτή την πλευρά της σεξουαλικότητας της. Νιώθοντας την ανάγκη να ομολογήσουμε τα ψυχρά, σκληρά γεγονότα, έστω και για να βεβαιωθούμε ότι δεν θα διασώσουμε αυτό που είχαμε, είπε: «Ήμουν πάντα αμφισεξουαλική, το ξέρεις αυτό. Αυτό όμως είναι διαφορετικό. Η Μέγκαν είναι αυτή. Μαζί της, μπορώ πραγματικά να είμαι εγώ».

Η Τζάκι θα μπορούσε να είναι αδίστακτη με την ειλικρίνειά της. Αυτός ήταν ο λόγος που ήταν καλή στη δουλειά της. Ήταν υπεύθυνη ανθρώπινου δυναμικού. Χάρη στο σημαντικό εισόδημά της, είχα καταφέρει να ακολουθήσω τη δική μου καριέρα, αν και δεν ήμουν σίγουρος ότι θα έδινα τόσο υψηλή θέση στη γραφή φαντασμάτων.

Λίγο μετά τον γάμο της Άντζελας και της Τζούλιετ, χωρίσαμε, ή μάλλον, η Τζάκι μου ζήτησε να φύγουμε για να μπορέσει να μετακομίσει η Μέγκαν. Ανακοίνωσε αυτό το σχέδιο μαζί με ένα σάκο γεμάτο εξορθολογισμούς όταν ενισχύθηκε κατάλληλα με ένα μεγάλο ποτήρι Ριόχα.

Υποχρέωσα, τον ειρηνοποιό. Μόλις οι δικηγόροι έδωσαν συμβουλές, άρχισε ο καυγάς και η αγανάκτηση άναψε.

Κρυμμένος σε ένα στρυμωγμένο διαμέρισμα στο Λονδίνο, οι απογοητεύσεις μου με την απόκοσμη συγγραφική μου ύπαρξη μεγάλωσαν. Σύντομα έγιναν το κύριο θέμα συζήτησης όταν μίλησα με την Άντζελα. Θέλω το όνομά μου στο εξώφυλλο, για μια φορά. Έπειτα, γράψε το αναθεματισμένο περιεχόμενο, θα έλεγε επί της ουσίας. Τι θα έγραφα όμως;

Ήταν η πρόταση της Άντζελας να κλείσω μια απόδραση. Μέχρι τότε η μίσθωση του διαμερίσματός μου είχε τελειώσει και δεν επρόκειτο να αποκτήσω το νέο μου σπίτι για άλλους τρεις μήνες. Η Τζάκι και η Μέγκαν ήταν βαθιά σε σχέδια γάμου και τα παιδιά, ο Ίαν και η Φελίσιτι, ήταν πολύ απασχολημένα με τη ζωή τους στην εφηβεία για να τραβήξουν μεγάλη προσοχή.

Πού θα πήγαινα; Στο Σέτλαντ; Μην είσαι γελοία. Πουθενά σε τροπικό μέρος, της είπα, δεν μπορώ την υγρασία. Έχεις δοκιμάσει τα Κανάρια; Δεν θέλω πλήθη. Δοκίμασες τότε στη Φουερτεβεντούρα. Τι έχει εκεί; Παραλίες κυρίως. Δεν θέλω παραλίες. Τι θέλεις; Απομόνωση. Και τ''οτε βρήκα το σωστό μέρος. Και μου έστειλε το σύνδεσμο για την αγροικία στην Τεφία στο Σκάιπ.

Η Άντζελα ήταν της άποψης ότι είχα άλυτα ζητήματα

θαμμένα βαθιά στον ψυχισμό μου. Θα το έλεγε η Άντζελα. Ήταν μια από αυτές τις γυναίκες λίγο μεγαλύτερη και πολύ πιο σοφή από τους άντρες που γνώριζε. Διήυθυνε ένα μικρό εκδοτήριο από το σπίτι της στο Νόριτς. Είχε σαράντα συγγραφείς στα βιβλία της και ενήργησε ως ένα είδος καλοπροαίρετου μητριάρχη, που εξομάλυνε τις ανησυχίες τους με συμβουλές και προτάσεις και ωδίνες συμπάθειας. Όταν άρχισαν να νευριάζουν, επέμεινε ότι ο καλύτερος τρόπος για να προοδεύσει ως συγγραφέας ήταν να γράψει ένα άλλο βιβλίο, το οποίο στη συνέχεια το έκαναν ευσυνείδητα, και το άγχος για την έλλειψη πωλήσεων του τελευταίου μειώθηκε. Η Άντζελα τότε ανάσανε με ανακούφιση και όλοι ήταν χαρούμενοι, για λίγο. Δούλευε κάθε φορά, είπε. Η Άντζελα σκέφτηκε ότι έπρεπε να κάνω το ίδιο και να γράψω ένα βιβλίο. Μου είπε ότι θα σκεφτόταν να δημοσιεύσει αυτό που σκέφτηκα. Θα με βοηθούσε ακόμη και να βάλω το χειρόγραφο σε σχήμα, αν καταφέρω να το φτιάξω. Είπε ότι το να γράψω ένα μυθιστόρημα θα με βοηθούσε να συμφιλιωθώ με τους εσωτερικούς μου δαίμονες και να προχωρήσω.

Ποιους εσωτερικοί δαίμονες;

Αυτός υποθέτω ότι εν μέρει ήταν ο λόγος που δεν είχα σκοπό να φτάσω μέσα μου για να βρω ιδέες για μια πλοκή. Αυτό, και το ότι ήξερα ήδη ότι έκανε λάθος. Δεν υπήρχε τίποτα μέσα μου που να μην είχα ήδη λύσει. Είχα ασχοληθεί πολύ πριν με αυτό που στην ουσία με καθόριζε ως άνθρωπο: τη διαφορετικότητά μου.

ΠΑΙΔΙΚΉ ΗΛΙΚΊΑ

Η ΘΕΊΑ ΙΡΊΔΑ ΉΤΑΝ ΕΚΕΊΝΗ ΠΟΥ ΕΊΠΕ ΠΩΣ ΉΜΟΥΝ ΔΙΑΦΟΡΕΤΙΚΌΣ. Μεγάλωσα με αυτή την αίσθηση της ετερότητας που επέβαλε στην ψυχή μου ο ανυποχώρητος συγγενής μου, που ξεχώρισε από το υπόλοιπο νοικοκυριό στη μονοκατοικία μας στο Χην Γουέη – έναν καταπράσινο δρόμο στο ευκατάστατο άκρο του Γουέστ Γουόρδινγκ, στο Σάσσεξ – αφού ο πατέρας μου έφυγε τρέχοντας με τη γυναίκα της διπλανής πόρτας. Η οικογένεια φαινόταν να θέλει κάποιον να κατηγορήσει. Δεν μπορούσα να καταλάβω γιατί με επέλεξαν, εκτός από το ότι ήμουν το μόνο αρσενικό που είχε απομείνει στο σπίτι. Το μόνο που ήξερα ήταν ότι από ένα χαρούμενο και αθώο αγοράκι έγινα ένα δυστυχισμένο παιδί που παρακολουθούσε τα βασανισμένα συναισθήματα των άλλων.

Η μητέρα μου ήταν εκτός εαυτού. Ήταν μια θεοσεβούμενη καθολική που αρνήθηκε στον σύζυγό της να τον χωρίσει. Κατακλυζόμενη από ντροπή, δεν παρηγορήθηκε με τη λειτουργία ή την ομολογία ή τη συμπάθεια του ιερέα της. Αντίθετα, άρχιζε να πίνει πολύ και όταν δεν έπινε, καθόταν σε μια καρέκλα και κοίταζε ανέκφραστα έναν τοίχο. Όλες οι οικογενειακές φωτογραφίες είχαν αφαιρεθεί. Η αδερφή μου, η

Μάρνι, που ήταν δεκατριών ετών όταν έγινε η τρομερή προδοσία, αποφάσισε ότι δεν χρειαζόταν πλέον να τρώει, συνήθειες που ανησύχησαν τη θεία Ίρις, που είχε μετακομίσει για να βοηθήσει.

Δεν μπορούσα να δω ότι η Ίρις βοήθησε καθόλου να εξοικονομήσει χρήματα για τις δουλειές του σπιτιού. Μαζί με το νοσηρό-γλυκό αποσμητικό χώρου που ψέκαζε παντού, εμφύσησε την ήδη ταραχώδη ατμόσφαιρα με τη δική της υστερία, γιατί ήταν ένα άγγιγμα ιστορικής, ήταν η Ίρις.

Έκανα ό,τι θα έκανε κάθε λογικό αγόρι στην ηλικία μου. Αποσύρθηκα στο δωμάτιό μου. Ήταν ο μόνος τρόπος δράσης που είχα στη διάθεσή μου, δεδομένου ότι δεν ήμουν ο τύπος για να φύγω. Κλεισμένος στο μικρότερο υπνοδωμάτιο του σπιτιού, έθαψα το μυαλό μου σε βιβλία και κόμικ και, τις μέρες που δεν έβρεχε και ένιωθα την ανάγκη για καθαρό αέρα, τρύπωνα στον πίσω κήπο ή ανέβαινα στο ποδήλατό μου και έβγαινα στους δρόμους της γειτονιάς μου.

Ήμουν ένα κανονικό αγόρι, ούτε ντροπαλό ούτε εξωστρεφές, και η μόνη διαφορά που μπορούσα να δω ανάμεσα σε εμένα και στην οικογένεια στην οποία είχα την ατυχία να ζήσω, ήταν ότι δεν τρανταζόμουν, ούτε αιμορραγούσα, ούτε συρρικνώθηκα, ούτε θρηνούσα, ούτε τρεμούλιαζα.

Πάντα αντιπαθούσα την υπερβολή: την υπερβολική ζέστη, το υπερβολικό κρύο, και ειδικά, τις άγριες επιδείξεις συναισθημάτων. Η προτίμησή μου για την ομαλότητα επεκτείνεται και στο περιβάλλον μου. Μου αρέσει η γη μου κυματιστή, ο ωκεανός μου ήρεμος, το περιβάλλον μου τακτοποιημένο και ομαλό. Ακόμα και στα εννιά μου, έστρωνα το κρεβάτι μου κάθε πρωί και κρατούσα το δωμάτιό μου τακτοποιημένο. Τακτοποίησα τα βιβλία μου κατά σειρά μεγέθους σε ένα μόνο ράφι. Στο επάνω ράφι, τακτοποιημένα σε συγκροτήματα, εμφανίζονταν τα βίντατζ αυτοκίνητά μου. Μου τα είχε χαρίσει ο πατέρας μου, αλλά δεν έπαιξα ποτέ μαζί τους. Το σκάκι μου, τα ντόμινο, τα ντραφτ και η Μονόπολι στοιβάζονταν τακτοποιημένα στο κάτω ράφι δίπλα στον κουμπαρά μου.

Προτίμησα να επισκέπτομαι τα σπίτια των φίλων μου, παρά να τους βάλω να μπουν στο δικό μου, από φόβο μήπως συναντήσουν τη μητέρα μου ή τη θεία Ίριδα ή την αδερφή μου σε περίεργη κατάσταση, ή θα μετέτρεπαν την κρεβατοκάμαρά μου σε ένα θορυβώδες παιχνίδι. Η θεία Ίριδα ήθελε να μου λέει ότι ήμουν πολύ μοναχικός και ότι έπρεπε να προσκαλέσω αγόρια. Για να την καθησυχάσω, καλούσα τον καλύτερό μου φίλο, τον Βινς, να έρχεται που και που, αλλά κυρίως πήγαινα εγώ στον δικό του.

Ένα μοχθηρό και οξυδερκές παιδί, ο Βινς έμενε στον διπλανό δρόμο και τον ήξερα από την πρώτη μου μέρα στο σχολείο. Ο Βινς ήταν ο έμπιστός μου, και συνόψισε όμορφα τις οικιακές μου συνθήκες μια φορά, όταν ήμασταν περίπου δεκατριών ετών, λέγοντας ότι ήμουν ο αποδιοπομπαίος τράγος. Νομίζω ότι μαθαίναμε για τους παγκόσμιους πολέμους στην Ιστορία, και εφάρμοσε τον όρο σε μένα. Σκέφτηκα την παρατήρησή του εκτενώς, την κουβαλούσα μαζί μου στο σπίτι και σκεφτόμουν καθώς παρατηρούσα τη στάση των γυναικών στο σπίτι, πώς επέλεξαν να με αγνοήσουν, ή να με κοροϊδέψουν, και στο τέλος της ημέρας, είχα αποφασίσει ότι ο Βινς είχε δίκιο στην εκτίμησή του. Ήμουν όντως ο αποδιοπομπαίος τράγος.

Από εκείνο το σημείο και μετά, το σπίτι του έγινε το σπίτι μου. Βρήκα τους γονείς του ζεστούς και φιλόξενους. Θα περνούσα περισσότερο χρόνο από τη ζωή μου στην κρεβατοκάμαρα του Βινς παρά στη δική μου.

Όταν η παιδική ηλικία έδωσε τη θέση της στις ορμόνες και τα μαλλιά μας μεγάλωσαν στις μασχάλες και στη βουβωνική χώρα μας, αυτό το άλλο μέρος της ανατομίας μου αναπτύχθηκε με τη θέλησή του με την παραμικρή σπίθα και απαιτούσε απελευθέρωση του μοναδικού του είδους. Κάποτε, ενώ ήμασταν κλεισμένοι στην κρεβατοκάμαρα του Βινς, εκείνος άνοιξε ένα σέξι περιοδικό και ξαπλώσαμε με την κοιλιά μας στο κρεβάτι του και ξεφυλλίζαμε τις σελίδες. Μετά από λίγη ώρα, ο Βινς με έσπρωξε στην πλάτη μου και όταν με κοίταξε κάτω, το βλέμμα του καρφώθηκε στην ανάπτυξη του παντελονιού μου. Χωρίς άλλη λέξη, μου άνοιξε το φερμουάρ και, πριν προλάβω να τον σταματήσω, άπλωσε το χέρι και τράβηξε. Παραλήρησα σε μια στιγμή, και την αμέσως επόμενη, ο ανδρισμός μου που μόλις συνειδητοποίησα εξερράγη σε μια ξαφνική ανάβλυση.

Μετά από αυτό, οι εξερευνήσεις του Βινς έγιναν πιο τολμηρές. Ξεδίπλωσε το μέλος του – το δικό του ήταν πολύ μεγαλύτερο από το δικό μου – και με ενθάρρυνε να ξεδιπλώσω το δικό μου και θα είχαμε διαγωνισμούς χαμηλών τόνων, ρίχνοντας τα φορτία μας στον κάδο απορριμμάτων χαρτιού.

Όλα ήταν απλά μια αγορίστικη διασκέδαση. Κανείς από τους δύο δεν αμφισβήτησε τι κάναμε. Αντίθετα, κοροϊδεύαμε και αστειευόμασταν και ζωγραφίζαμε πρόστυχες εικόνες και μοιραζόμασταν τις φαντασιώσεις μας.

Ένα χρόνο αργότερα, οι φωνές μας έσπασαν και ο Βινς ερωτεύτηκε μια κοπέλα που την έλεγαν Έιμι και οι μέρες μας τελείωσαν. Ολοκλήρωσα το σχολείο με υψηλούς βαθμούς στα Αγγλικά και την Ιστορία και συνέχισα για σπουδές στο Πανεπιστήμιο του Σάσσεξ στο Μπράιτον. Έζησα στο σπίτι όλα τα τρία χρόνια του πτυχίου μου, αλλά δεν ήμουν ποτέ εκεί. Ο Βινς είχε μέχρι τότε παντρευτεί την Έιμι και έβγαινα με την καλύτερή της φίλη, που θα γινόταν γυναίκα μου, την Τζάκι.

ΤΟ ΓΥΜΝΑΣΤΉΡΙΟ

ΈΚΛΕΙΣΑ ΤΗΝ ΚΑΡΤΕΛΑ ΤΩΝ ΗΜΕΗΛ ΚΑΙ ΈΣΤΡΕΨΑ ΤΗΝ ΠΡΟΣΟΧΗ ΜΟΥ ΣΤΟ ΠΕΡΙΒΆΛΛΟΝ ΜΟΥ, σημειώνοντας το αίθριο με τη διάταξη από φυτά σε γλάστρες και έπιπλα από σφυρήλατο σίδερο και διακόσμηση τοίχων. Γοητευτικό περιβάλλον και δεν είχε τίποτα να κερδίσει από το να ξαναζήσει το παρελθόν. Οι ίδιες αναμνήσεις, μαζί με τα ίδια συναισθήματα, ξαναβγήκαν στην επιφάνεια σαν ανεπιθύμητα και θαμμένα από καιρό σκουπίδια που ξεθάφτηκαν από μια ζωηρή τσουγκράνα κήπου που ξυπνούσε στη δράση ένα περιπλανώμενο μυαλό.

Μετά από λίγο, επέστρεψα στο θέμα: την φυσική μου κατάσταση ή την έλλειψή της. Ο εντοπισμός του πλησιέστερου γυμναστηρίου ήταν το εύκολο μέρος. Βρήκα μια κατάλληλη εγκατάσταση στο Πουέρτο ντελ Ροζάριο, που βρίσκεται κοντά στο λιμάνι, κάτω από έναν παράδρομο όχι μακριά από τον κεντρικό δρόμο. Ακόμη και η πλοήγηση στην καρδιά της πρωτεύουσας του νησιού δεν ήταν τόσο επαχθής όσο πίστευα ότι θα ήταν, αλλά τη στιγμή που κατέβηκα στο υπόγειο, περπάτησα μέσα στις εγκαταστάσεις και είδα τις μηχανές και τα βάρη και τους άνδρες με τα μονόχρωμα σορτς – όλους μαυρισμένους και τονισμένους – ένιωσα σα να ήθελα να ξαναπάω στην Τεφία.

Η αποφασιστικότητα νίκησε. Φορώντας φαρδύ σορτς και το φαρδύτερο μπλουζάκι που είχα μαζί μου, κατευθύνθηκα στον πάγκο, πλήρωσα τη συνδρομή και σκέφτηκα να δοκιμάσω μερικά μηχανήματα και σε μια σκληρή εξάσκηση στο ποδήλατο.

Ανέβηκα στο πιο απομακρυσμένο ποδήλατο που υπήρχε δίπλα στην πόρτα εισόδου και μακριά από τους άλλους άντρες τριγύρω, ρύθμιση το κάθισμα και τοποθέτησα τα πόδια μου πάνω στα πεντάλ με σχετική ευκολία. Παρά τους καθρέφτες που διπλασίασαν, αν όχι τριπλασίασαν, τα βλέμματα που έπεφταν στο δρόμο μου, κατάφερα να αγνοήσω τους άλλους στο δωμάτιο καθώς λαχάνιαζα, ίδρωνα και ζοριζόμουν για δέκα ολόκληρα χιλιόμετρα. Κατέβηκα, διέσχισα το δωμάτιο και κατευθύνθηκα προς τα κοντινά μηχανήματα, τα οποία έμοιαζαν αφοσιωμένα στο κάτω μισό της ανατομίας.

Η απόφασή μου να παραμείνω ανώνυμος και μόνος δοκιμάστηκε όταν αγωνίστηκα να αλλάξω τη ρύθμιση βάρους στην πρέσα ποδιών. Νόμιζα ότι άκουσα γέλιο πάνω από το ηχοσύστημα και κράτησα το κεφάλι μου σκυμμένο σε περίπτωση που ανακάλυπτα ότι οι υποψίες μου επιβεβαιώθηκαν, και αυτό το γέλιο απευθυνόταν πραγματικά σε εμένα.

Ένα μέλος του προσωπικού είδε τον αγώνα μου και πλησίασε, συστήνοντας τον εαυτό του στα αγγλικά ως Λούις, ο προσωπικός γυμναστής. Είχε ένα φιλικό πρόσωπο, έναν ευγενικό τρόπο και στεκόταν πολύ κοντά μου. «Μην ανησυχείτε», είπε, μιλώντας τώρα στα ισπανικά καθώς προσάρμοζε το μηχάνημα στο χαμηλότερο βάρος. Μετά με κοίταξε από πάνω ως κάτω και πρόσθεσε, «γιατί χρειάζεστε τον ήλιο.» Είπε τα λόγια του αργά και χωριστά και έδειξε το δέρμα μου φροντίζοντας να σιγουρευτεί ότι κατάλαβα. Ναι, ναι, το ξέρω, είμαι άσπρος σαν το γάλα, μην μου το θυμίζεις.

Άλλαξε σε αγγλικά και μου πρότεινε ένα πρόγραμμα εκγύμνασης. Θα πρέπει να με παρακολουθούσε συνέχεια.

«Είναι ο καλύτερος τρόπος για να γυμναστείς γρηγορότερα. Χωρίς τραυματισμούς», είπε, με χαμόγελο.

Έχοντάς τον να στέκεται πολύ κοντά μου καθώς ανέβαινα στο μηχάνημα, ένιωσα ότι συμφωνούσα μαζί του. «Αν και δεν είμαι σίγουρος ότι έχει σημασία. Ήρθα μόνο για διακοπές εδώ.»

«Πόσο καιρό θα μείνεις;»

«Τρεις μήνες.»

«Μέχρι τότε θα έχεις γίνει δυνατός. Και αυτό θα το έχεις χάσει», πρόσθεσε γελώντας, δείχνοντας την κοιλιά μου.

Ένιωσα ταπεινωμένος. Άρχισα να αμφιβάλλω για το αν θα έχανα το σωσίβιό μου μέσα σε τρεις μήνες, αλλά ο Λούις είχε δίκιο. Μου ήταν προφανές, όπως και σε όλους όσους ήταν στο γυμναστήριο, πως δεν είχα ιδέα τι έκανα.

Κατέβηκα από το μηχάνημα και είπα, «Εντάξει, θα ήταν πολύ ωραίο».

Πρώτα, μου έδειξε τριγύρω, και μου σύστησε τα μηχανήματα λες και ήταν παλιοί του φίλοι. Μετά πήγες να μου ετοιμάσει ένα πρόγραμμα γυμναστικής που θα μου ταίριαζε βασιζόμενο στις ντροπιαστικές αδύναμες προσπάθειές μου, και με πήγε στο πρώτο μηχάνημα, μετά στο άλλο, και βάζοντάς με να κάνω μερικές ανατάσεις με διάφορα βάρη, ενώ την ίδια στιγμή μου έδινε συμβουλές για το πώς να τοποθετώ καλύτερα το σώμα μου και ποιες κινήσεις να αποφεύγω. Πάλεψα πολύ για να τα καταλάβω όλα και ήλπιζα ότι θα συμπεριλάμβανε τις συμβουλές του στο πρόγραμμα.

Η περιοδεία του Λούις αποδείχθηκε μια προπόνηση από μόνη της, και τελείωσα μέχρι το τέλος της. Ένας εξαιρετικά ομιλητικός τύπος – αναρωτήθηκα αν είχε πάρει κάποιο φάρμακο. Καθώς βρισκόμασταν στο γκισέ όπου πλήρωσα την αμοιβή του, ο Λούις με ρώτησε τι έκανα στο νησί και πού έμενα.

Πάντα ειλικρινής, του είπα ότι νοίκιαζα μια αγροικία στην

Τεφία. Ήταν το όνομα του χωριού που έκανε μια σκιά να περάσει στο πρόσωπό του. Γιατί αυτό το βλέμμα;

«Στην Τεφία;» είπε αμφίβολα.

«Ήθελα ένα μέρος μακριά από την τουριστική ζώνη», είπα αμέσως αμυνόμενος. Μετά αναστέναξα. «Αλλά είναι έρημα εκεί πάνω. Το ξέρεις;»

«Ξέρω την Τεφία», είπε με σκοτεινή ειρωνεία. «Όλοι γνωρίζουν την Τεφία.»

«Ακούγεται σαν προειδοποίηση», είπα γελώντας, αποβάλλοντας ενδόμυχα την παρατήρησή του.

«Δεν είναι προειδοποίηση», είπε. «Το χωριό έχει τρομερή ιστορία».

Άρχισα να ενδιαφέρομαι για όσα είχε να πει και ήθελα να μάθω περισσότερα. Οι τρομερές ιστορίες δημιουργούν φοβερές ιστορίες.

«Πώς;» ρώτησα.

«Έχεις πάει στον ανεμόμυλο;»

Ο ανεμόμυλος!

«Στην πραγματικότητα, ήμουν εκεί μόνο σήμερα το πρωί», είπα, με ένα χαμόγελο να απλώνεται στο πρόσωπό μου.

Ο Λουίς παρέμεινε σκοτεινός.

«Τότε πρέπει να ξέρεις», είπε κοιτάζοντας τον πάγκο μεταξύ μας.

«Να ξέρω τι;» είπα σαστισμένος. «Είναι απλώς ένας ανεμόμυλος. Δεν υπάρχει τίποτα σκοτεινό σε αυτό.»

«Όχι ο ανεμόμυλος, ο ξενώνας δίπλα του.»

Ξενώνας; Ποιος ξενώνας; Σίγουρα, δεν εννοούσε οποιοδήποτε κτήριο βρισκόταν σε εκείνο τον καλοδιατηρημένο δρόμο.

«Δεν μπορεί να μην τον είδες. Η είσοδός του είναι ακριβώς δίπλα στον ανεμόμυλο.»

Τα λόγια του με διαπότισαν. Προφανώς δεν κατάλαβα ότι ο δρόμος με οδήγησε σε ένα δημόσιο κτίριο. Τι είδους ξενώνας ήταν και τι είχε συμβεί εκεί; Ο Λουίς φαινόταν έτοιμος να μου δώσει το πλήρες ιστορικό όταν κάποιος μπήκε από έξω. Το βλέμμα του Λουίς στράφηκε στο ρολόι στον τοίχο και, με μια γρήγορη συγγνώμη, πήγε να παρακολουθήσει το ραντεβού του.

Επέστρεψα με το αυτοκίνητο στην Τεφία, με σφιγμένους τους μύες και πονώντας. Χρειαζόμουν μια δροσιστική μπύρα και ένα σνακ κάποιου είδους, αλλά πήγα κατευθείαν στον ανεμόμυλο και στη σύντομη διαδρομή μέχρι τον ξενώνα, σταματώντας τελικά μπροστά από ένα ζευγάρι ψηλές σιδερένιες πύλες που ήταν κλειστές.

Το συγκρότημα ήταν περιτοιχισμένο, αλλά μπόρεσα να κοιτάξω μέσα από μια ρωγμή στις πύλες σε μερικά χαμηλά κτίρια σε χρώμα ώχρας και σε έναν τρούλο παρατηρητηρίου. Στη συνέχεια, περπάτησα πίσω από το αυτοκίνητό μου, και όταν γύρισα, είδα ότι ο τοίχος ήταν μόνο ψηλά στην είσοδο. Στήριξα τον χαμηλό πέτρινο τοίχο που περιέκλειε την κίνηση και περπάτησα μια μικρή απόσταση κατά μήκος της περιμέτρου του συγκροτήματος. Ένιωσα παράξενα συνειδητοποιημένος και ήλπιζα να μην με παρακολουθούσαν

Μέσα στο συγκρότημα, πέρα από μια φύτευση γιγάντιων κάκτων σε ένα υπερυψωμένο στρώμα με χαλίκι, στην άλλη πλευρά ενός μικρού χώρου στάθμευσης, η διάταξη των κτιρίων γύρω από ένα τετράγωνο είχε μια σαφή στρατιωτική αίσθηση. Υπέθεσα ότι η δομή χρησίμευε ως κάποιο είδος στρατού ή αεροπορικής βάσης. Η ατμόσφαιρα δεν ήταν ακριβώς ευχάριστη, αν και δεν υπήρχε τίποτα στο σύμπλεγμα που να προκαλεί φόβο, ούτε σκυλιά που γρυλίζουν, ούτε σπασμένα τζάμια ή σημάδια ερήμωσης. Ούτε εμφανίστηκε κανείς, ούτε ήχος ή σημάδι ανθρώπινης ζωής. Παρατήρησα δύο σμιλεμένους βράχους από μαύρη πέτρα. Έμοιαζαν λίγο με ταφόπλακες ή κάποιου είδους μνημείο. Ό,τι έγραφε έβλεπε αντίθετα.

Συνέχισα μέχρι που βρήκα ένα κενό στον τοίχο, μπαίνοντας σε ένα κομμάτι μαύρου χαλικιού και περνώντας ένα γήπεδο αναψυχής που χρησιμοποιειούνταν για αθλήματα. Πέρα από το χωράφι, στα βορειοδυτικά, υπήρχε μια αγροικία μέσα σε έναν πέτρινο τοίχο και ήταν περιτριγυρισμένη από δέντρα. Φαινόταν να είναι μια ξεχωριστή κατοικία. Κρατήθηκα πολύ μακριά από αυτό, περνώντας από το χαλίκι μέχρι το πίσω μέρος του συγκροτήματος. Η γη έπεσε στα βορειοανατολικά, καταλήγοντας σε μια σειρά από τρία μικρά, κυβοειδή κτίρια, το καθένα λίγο μεγαλύτερο από ένα μονόκλινο δωμάτιο. Τα κτίρια ήταν ερειπωμένα. Φαινόταν ότι κανείς δεν είχε πάει για να τα δει εδώ και πολύ καιρό. Ένα κρύο με κυρίευσε παρά τη ζέστη. Δεν μου άρεσε να περπατήσω για να ρίξω μια πιο προσεκτική ματιά.

Επέστρεψα από τον δρόμο που είχα έρθει, νομίζοντας ότι το συγκρότημα είχε σαφώς αλλάξει σκοπό. Τι είδους ξενώνας ήταν και γιατί να βρίσκεται εδώ; Περισσότερα είναι η ουσία, τι ήταν τόσο κακό στο μέρος που προκάλεσε αυτή την αντίδραση στον Λουίς; Δεν επρόκειτο να το μάθω κοιτάζοντας. Άδειασα τα παπούτσια μου, μπήκα στο αυτοκίνητό μου και πήγα στο σπίτι.

Αφού έσβησα μια μανιασμένη δίψα και διώχνω την αδηφάγα πείνα, επέστρεψα στο φορητό υπολογιστή μου έξω στο αίθριο και κάθισα στον ήλιο για να μαυρίσουν τα πόδια μου. Μερικές λέξεις-κλειδιά και είχα ανοιχτές πολλές καρτέλες σε εικόνες, βίντεο, ιστολόγια και άρθρα εφημερίδων στο όνομα ξενώνας. Ούτε ένα από αυτά στα αγγλικά.

Τα ισπανικά μου ήταν σκουπίδια και ακόμη και με έναν διαδικτυακό μεταφραστή, πάλευα να καταλάβω τι διάβαζα. Ωστόσο, δεν μπορούσα να βρω τίποτα, ούτε ένα άρθρο στη μητρική μου γλώσσα, οπότε επέμεινα.

Σύντομα συνειδητοποίησα ότι ο Λουίς αναφερόταν σε μια φυλακή, όχι στον ξενώνα νέων που έχει γίνει τώρα το Ελ Αλμπέργκ, καθώς η κυβέρνηση είχε αναλάβει το κτίριο για εκπαιδευτικούς σκοπούς.

Αρχικά μια στρατιωτική αεροπορική βάση, το συγκρότημα

μετατράπηκε σε φυλακή για να στεγαστούν πολιτικοί κρατούμενοι και εγκληματίες λίγο καιρό μετά την άνοδο του στρατηγού Φράνκο στην εξουσία. Από το 1954, ως αποτέλεσμα ενός νόμου που καθιστούσε την ομοφυλοφιλία παράνομη βάσει μιας πράξης αλητείας, οι ομοφυλόφιλοι άντρες φυλακίστηκαν στον ξενώνα, τότε ένα αγρόκτημα φυλακών, για έως και τρία χρόνια. Από ό,τι μπόρεσα να συλλέξω, οι συνθήκες ήταν αποκρουστικές. Οι νεαροί άνδρες ογδόντα επτά κιλών μειώθηκαν σχεδόν στο μισό σε πέντε μήνες. Η ετικέτα «στρατόπεδο συγκέντρωσης» δεν φαινόταν σχεδόν υποτιμητική.

Δεν είναι περίεργο που δεν μου άρεσε η αίσθηση του τόπου. Αυτοί οι άντρες πρέπει να ήταν φυλακισμένοι σε εκείνη τη σειρά μικρών καλύβων πίσω από το κύριο συγκρότημα. Από ό,τι μπόρεσα να συγκεντρώσω, περίπου δώδεκα άντρες θα ήταν στριμωγμένοι στον καθένα. Μια εικόνα του Βινς που αιωρείται από πάνω μου με άγρια πρόθεση άστραψε στο μυαλό μου και ανατρίχιασα.

Ένα από τα άρθρα της εφημερίδας ήταν η νεκρολογία ενός πρώην κρατούμενου. Ένας ομοφυλόφιλος ακτιβιστής που κάνει εκστρατεία για κάποιο είδος αποκατάστασης. είχε πεθάνει μόλις τον περασμένο μήνα. Ακούγονταν όλα τρομακτικά, λυπηρά και άσχημα και καθόλου αυτό που είχα έρθει στη Φουερτεβεντούρα για να ασχοληθώ.

Δεν ήταν ότι μου έλειπε η ενσυναίσθηση. Απλώς δεν ήθελα να επιβαρυνθώ με τις θλίψεις των άλλων πριν από εβδομήντα περίπου χρόνια, όταν μόλις είχα αρχίσει να αναρρώνω από τις δικές μου.

Και πάλι, αυτή η φυλακή μπορεί να είναι πηγή έμπνευσης για ένα μυθιστόρημα, και θα έκανα καλά να σταματήσω και να το σκεφτώ. Τι είδους ιστορία θα έλεγα; Είχε ήδη γίνει κάτι αντίστοιχο; Τι θα μπορούσα να κάνω για τα οδυνηρά γεγονότα που ήταν κλειδωμένα στο παρελθόν; Εμένα που δεν άντεξα να σταθώ σε βαριά συναισθήματα και κακουχίες.

Ήθελα να συνθέσω κάτι ενδιαφέρον και επίκαιρο, αληθινό, αλλά όχι σκοτεινό και ζοφερό. Εξάλλου, το θέμα της προτίμησης του ίδιου φύλου παρέμεινε ένα επώδυνο σημείο μετά την Τζάκι και το διαζύγιο.

Μια άβολη φωτιά με έφερε πίσω στο εδώ και τώρα. Είχα χάσει την αίσθηση του χρόνου και οι μηροί μου ένιωθα σαν να τηγανίζονται στον ήλιο. Σηκώθηκα και πήρα το λάπτοπ στο εσωτερικό.

Φυσικά, πλήρωσα ακριβά για εκείνη την δίωρη έρευνα, και μέχρι το δείπνο, μπήκα στον πειρασμό να χρησιμοποιήσω το πακέτο κατεψυγμένα μπιζέλια που είχα αγοράσει στην Αντίγκουα ως κρύο πακέτο. Είχα πάρει την κρέμα εγκαύματος;

Ευτυχώς, την είχα πάρει, και έτριψα μια φιλελεύθερη ποσότητα σε κάθε μηρό. Η κρέμα μείωσε τον πόνο αλλά όχι τη θερμότητα που ακτινοβολούσε από το ψημένο δέρμα μου.

Εκείνο το βράδυ, έπρεπε να κοιμηθώ χωρίς τα σκεπάσματα.

ΜΙΑ ΚΛΉΣΗ ΣΤΟ ΣΚΆΙΠ

ΜΌΛΙΣ ΕΙΧΑ ΤΕΛΕΙΏΣΕΙ ΤΟ ΆΛΕΙΜΜΑ ΤΗΣ ΚΡΕΜΑΣ ΣΤΟΥΣ κόκκινους και πονεμένους μηρούς μου μετά από ένα δροσερό πρωινό ντους, όταν ο φορητός υπολογιστής μου σήμανε μια κλήση Σκάιπ. Ντυμένος με μποξεράκι και ένα παλιό μπλουζάκι, βγήκα ορμητικά από το ιδιωτικό μπάνιο, μέσα από την κρεβατοκάμαρά μου και κατευθείαν στο πιο μικρό σαλόνι, όπου είχα αφήσει το λάπτοπ μου.

Ήταν η Άντζελα.

Βλέποντας το χαμογελαστό πρόσωπό της να προσπερνά το δικό μου, ένιωσα σαν μια ακραία εισβολή. Ήξερα ότι ήταν απλώς περίεργη να δει στιγμές για το πού έμενα, αλλά σχεδόν έκοψα την κλήση. Μια υπερβολική αντίδραση εκ μέρους μου – εξάλλου, είχε βρει αυτή την αγροικία για μένα– αλλά οι μύες μου ήταν δύσκαμπτοι και πονούσαν από το γυμναστήριο, και το δέρμα μου ήταν ευαόσθητο από το ηλιακό έγκαυμα, και συνολικά δεν είχα τις καλύτερες διαθέσεις.

«Γεια σου. Δεν θα με ξεναγήσεις;»

Δεν σταματούσε να με κοιτάζει. Ανάγκασα τον εαυτό μου να μαλακώσω.

«Εντάξει, κέρδισες».

Έβγαλα το φορητό υπολογιστή και τριγύρισα όλο το σπίτι, περνώντας από δωμάτιο σε δωμάτιο, το καθένα διασυνδέοντας το άλλο γύρω από το κεντρικό αίθριο, εκτός από το σαλόνι που βλέπει στον δρόμο, στο οποίο η πρόσβαση γινόταν μέσω του τετράγωνου χολ, την κουζίνα, που οδηγούσε από το ίδιο μικρό χολ, το κύριο μπάνιο, προσβάσιμο μέσω μιας δεύτερης τετράγωνης αίθουσας στη νότια πλευρά, και την κρεβατοκάμαρά μου, η οποία έφτασε μέσω του μεγαλύτερου από τα τρία σαλόνια. Καθώς πήγαινα, έστρεψα την κάμερα σε χαρακτηριστικά ενδιαφέροντος – τη διακόσμηση του τοίχου από σφυρήλατο σίδερο στο αίθριο, τον πάγκο από γρανίτη στην κουζίνα, το πάχος των τοίχων, τη μπανιέρα με τα νύχια στο κύριο μπάνιο και την τετραπλή αφίσα κρεβάτι, τακτοποιημένο, φυσικά – και επιτέλους μου είπε να σταματήσω.

«Με ζαλίζεις», γέλασε.

Κι εγώ ένιωσα ζάλη.

«Πώς είναι τα πράγματα στη ζοφερή Νόριτς;» ρώτησα.

«Το ίδιο όπως τα ξέρεις. Μόλις υπέγραψα με έναν νέο συγγραφέα.»

«Κανένας που ξέρω;»

«Αμφιβάλλω. Έχει γράψει αρκετά βιβλία . Ένας αστυνομικός μυθιστοριογράφος. Ο Ρίτσαρντ Πάρι.»

«Δεν τον έχω ακούσει ποτέ».

«Δεν περίμενα να τον είχες ακούσει. Οι συγγραφείς εγκλημάτων είναι πολύ λίγοι και αυτός δεν είναι σαν την Ρουθ Ρέντελ. Πρέπει να ευχαριστήσω ε'σενα που τον ανέλαβα, παραδόξως.»

«Μπα;»

«Έχει ένα σπίτι στο Λανθαρότε όπου γράφει, και έχει αρχίσει να γράφει μυθιστορήματα εκεί. Ένα από αυτά έπεσε και αγωνίζεται να ανακτήσει την προηγούμενη θέση του, γι' αυτό τον μάζεψα».

«Λίγο ριψοκίνδυνο, αν είναι σε παρακμή.»

'Μπορεί. Αλλά έχω την αίσθηση ότι έχει ακόμα μερικές πόρτες μέσα του. Που με φέρνει κοντά σου».

«Αυτό;» Ήλπιζα ότι δεν επρόκειτο να μου προτείνει να συναντήσω τον τύπο.

«Εσείς οι δύο πρέπει να συναντηθείτε. Κοινό ενδιαφέρον και όλα αυτά».

Βόγκηξα μέσα μου καθώς διατήρησα μια μειλίχια έκφραση, την οποία αναμφίβολα μπορούσε να δει κατευθείαν.

«Έχεις βρει καμμιά ιστορία;» είπε, αλλάζοντας ρότα.

«Είμαι εδώ μόνο πέντε μέρες».

«Εντάξει, τότε τι έκανες;»

Διηγήθηκα το ταξίδι μου στον ανεμόμυλο, της είπα ότι θα ήταν στην ευχάριστη θέση να μάθει ότι είχα ξεκινήσει στο γυμναστήριο και ότι είχα μια κακή περίπτωση ηλιακού εγκαύματος.

«Πού;» με ρώτησε, χωρίς να δει ηλιακά εγκαύματα στο πρόσωπό μου.

«Στους μηρούς μου», είπα σκυθρωπός. «Με έπιασε κάποια έρευνα στο αίθριο και ξέχασα την ώρα. Φορούσα σορτς ».

Δεν χρειαζόταν να γελάσει τόσο εγκάρδια.

«Βρήκα κάτι με ενδιαφέρον», είπα, θέλοντας να της αποσπάσω την προσοχή. «Ακριβώς δίπλα στον ανεμόμυλο, υπάρχει ένας ξενώνας για νέους. Φαίνεται ότι τα σχολεία το χρησιμοποιούν για κατασκηνώσεις. Είναι μια πρώην αεροπορική βάση που κάποτε χρησιμοποιήθηκε ως φυλακή.»

«Ακούγεται ενδιαφέρον.»

Ο αόριστος τόνος της, στην πραγματικότητα η φράση συνολικά, ήταν ο τρόπος της να πει, πόσο θαμπό.

«Άντζελα, άκουσε. Αυτή η φυλακή φιλοξενούσε ομοφυλόφιλους άνδρες που είχαν φυλακιστεί κατά τη διάρκεια του καθεστώτος του Φράνκο. Έχω διαβάσει για αυτό. Ή προσπάθησα να διαβάσω. Το αποκαλούν στρατόπεδο συγκέντρωσης».

Τώρα την είχα. Έσκυψε μπροστά, τα χείλη ανοιχτά, τα μάτια ανοιχτά. Έγινε μια σύντομη παύση.

«Λοιπόν;»

«Τι λοιπόν;»

«Μη σταματάς εκεί.»

«Μόνο αυτό γνωρίζω. Μόλις χτες το ανακάλυψα. Έτσι με έκαψε ο ήλιος. Είχα απορροφηθεί προσπαθώντας να μεταφράσω όλες τις λεπτομέρειες.»

«Δεν υπάρχει τίποτα στα αγγλικά;»

«Δεν βρήκα τίποτα.»

«Κρίμα. Πάνω που θα σου ζητούσα κάποιο λινκ.»

Με κοίταξε επίμονα και το ίδιο έκανα κι εγώ, προκαλώντας την να το πει.

«Πολύ προφανές, δε νομίζεις;»

«Ξέχνα το!»

«Ωω, έλα τώρα. Έψαχνες κάποια ιδέα για να γράψεις ένα βιβλίο και τώρα την βρήκες.»

«Δε θα γράψω βιβλίο για αυτό. Όχι, να μου λείπει. Ευχαριστώ»

«Γιατί όχι;»

Στ' αλήθεια, έπρεπε να με ρωτήσει; Ξέραμε και οι δυο πώς ένιωθα για την προδοσία της Τζάκι. Ήταν μια ευαίσθητη περιοχή και η Άντζελα έπρεπε να το γνώριζε πολύ καλά αυτό.

«Επειδή δεν είμαι γκέη», είπα πικρά.

«Και γιατί έχει σημασία αυτό;»

«Ξέρεις πώς είναι οι κριτικοί. Ως στρέιτ και λευκός που είμαι, οι επιλογές μου είναι περιορισμένες.»

«Αηδίες! Μην δίνεις σημασία σε όλες αυτές τις ανοησίες. Οι Ισπανοί είναι λευκοί και εσύ είσαι ένας άνθρωπος με ιδιαιτερότητες.»

«Άντζελα, άστο.»

«Δε νομίζω πως θα το αφήσω. Έχεις πέσει πάνω σε θησαυρό, κυριολεκτικά.»

«Νομίζεις; Για να' μαι ειλικρινής, δεν με εμπνέει το θέμα.»

«Σταμάτα να γίνεσαι ιδιότροπος.»

«Κι εσύ να γίνεσαι ανόητη.»

Η Άντζελα σήκωσε τα χέρια της.

«Όπως νομίζεις. Με τέτοια συμπεριφορά, σου εύχομαι να βρεις την έμπνευση που θέλεις. Πώς λεγόταν το μέρος; Ήταν ξενώνας, είπες;»

Η γραμμή κόπηκε, ή εκείνη έβαλε τέλος στην κλήση. Ό,τι και να ήταν, δε με ένοιαζε. Έκλεισα το λαπτοπ και έφυγα ξανά για το γυμναστήριο.

Ο ΛΟΎΙΣ

ΉΤΑΝ ΑΙΣΘΗΤΆ ΠΙΟ ΖΕΣΤΆ ΣΤΗΝ ΑΝΑΤΟΛΙΚΉ ΑΚΤΉ ΤΟΥ ΝΗΣΙΟΥ ΚΑΙ τα κτίρια στριμωγμένα στα στενά δρομάκια του Πουέρτο ντελ Ροσάριο παγίδευαν αυτή τη ζέστη. Καθώς βγήκα από το κλιματιζόμενο αυτοκίνητό μου, ο ζεστός αέρας με χτύπησε σαν να είχα ανοίξει την πόρτα ενός κλιβάνου. Πήγα βιαστικά στο γυμναστήριο σκεπτόμενος ότι κάτι δεν πάει καλά με μένα καθώς οι περισσότεροι Βρετανοί λαχταρούν για αυτόν τον καιρό. Καθώς έσπρωξα να ανοίξω την πόρτα, μια άλλη ανησυχία με έπιασε και έκανα μια παύση, έχοντας επίγνωση του εαυτού μου. Νιώθοντας τη ζέστη να μπαίνει και να βγαίνει η ψύχρα, έκανα μια αποφασιστική κίνηση, ελπίζοντας ότι ο σιωπηλός φωτισμός θα κρύψει την ερυθρότητα των μηρών μου.

Μια γρήγορη ματιά γύρω και είδα ότι το δωμάτιο ήταν σχεδόν άδειο και κανείς δεν φαινόταν να έχει λάβει υπόψη την είσοδό μου.

Πήγα στο γκισέ και πλήρωσα την τιμή της απλής συνεδρίας σε έναν ηλικιωμένο τύπο με τρελή εμφάνιση που με κοίταξε με ψύχραιμη αδιαφορία. Αρνούμενος να με τρομάξει η στάση του, πήρα το δρόμο μου σταθερά προς τους διαδρόμους, τα στέπερ και τα ποδήλατα. Ο Λουίς, που στεκόταν δίπλα σε μια από τις μηχανές βαρών, κοίταξε και μου χάρισε το γεμάτο και λαμπερό χαμόγελό του. Διατήρησα το σχέδιο φυσικής του κατάστασης ως αναγνώριση.

Το ποδήλατο γυμναστικής ήταν πιο δύσκολο, οι μύες μου παραπονιόνταν ότι ήταν κουρασμένοι από χθες. Το μεγαλύτερο μέρος του εαυτού μου ήθελε να κατέβει και να αλλάξει τις ρυθμίσεις, αλλά η περηφάνια μου δεν με άφησε, και πιέστηκα, χρησιμοποιώντας τη δοκιμασία για να καθαρίσω το μυαλό μου από τις σκέψεις της Άντζελας και εκείνου του ξενώνα, λαχανιάζοντας και ιδρώτας μέχρι που έφτασα στον Λουίς. Στόχος ακριβώς δώδεκα χιλιομέτρων. Ικανοποιημένος που μπόρεσα να ξεπεράσω το φράγμα του πόνου, κατέβηκα και ήπια μια γουλιά νερό από το μπουκάλι μου. Με το αίμα μου να διοχετεύεται στις φλέβες μου και με τον ιδρώτα να τρέχει στην πλάτη μου, προχώρησα στον στρατιωτικό Τύπο.

Η προπόνησή μου πήρε μια απότομη καθοδική στροφή, χάρη σε όποιον είχε χρησιμοποιήσει την πρέσα πριν από εμένα. Πρέπει να ήταν χάλκ. Ήταν όσο μπορούσα να αλλάξω τα βάρη στην μπάρα. Έπρεπε να σφίξω τα δόντια μου και να σφίξω την χαλαρή μου κοιλιά καθώς έσερνα τις μεταλλικές πλάκες, μία-μία, από κάθε άκρο της ράβδου και τρεκλίζοντας μέχρι εκεί που ήταν στοιβαγμένα οι άλλες. Ένιωθα τα μάτια των τύπων πάνω μου καθώς αγωνιζόμουν. Δεν μπορούσα να θυμηθώ την τελευταία φορά που ένιωσα τόσο ταπεινωμένος. Από τη στιγμή που έφτασα στη Φουερτεβεντούρα, η αρρενωπότητά μου είχε συνδεθεί με τη σωματική μου δύναμη, την εμφάνισή μου, θέματα που δεν είχα δώσει ιδιαίτερη πίστη ποτέ στη ζωή μου. Είχε γίνει σημαντικό, ίσως πολύ σημαντικό για μένα, να νιώθω ικανός και δυνατός και ικανός να αντέχω το σκληρό περιβάλλον στο οποίο βρέθηκα. Ήταν σαν να εξαρτιόταν η ζωή μου από αυτό, αλλά πραγματικά, ήταν απλώς η περηφάνια μου, η κακομαθημένη μου αίσθηση του εαυτού.

Αγωνίστηκα με τα προβλεπόμενα τέσσερα σετ των δέκα επαναλήψεων, με το μέτριο βάρος που είχε συμβουλέψει ο Λουίς, μέχρι να κάψουν οι μύες στους ώμους και τα μπράτσα μου. Ο Λουίς είχε αναφέρει κάτι για τους δελτοειδή, και υπέθεσα ότι είχαν φλεγμονή. Όταν κατέβασα τη μπάρα για τελευταία φορά και άπλωσα την πετσέτα μου, ο αγκώνας μου χτύπησε τον μηρό μου και το ηλιακό μου έγκαυμα φούντωσε ως αντίδραση, αυξάνοντας τα δεινά.

Παρόλα αυτά, στρατεύτηκα.

Επόμενο ήταν το μηχάνημα πλευρικής ανύψωσης. Ο Λουίς μου είπε να ρίξω σετ από το υψηλότερο βάρος που μπορούσα να διαχειριστώ, το οποίο ήξερα ότι δεν θα ήταν πολύ. Όποιος ήταν εδώ πριν από εμένα ήταν φτιαγμένος από ατσάλι, ο πείρος έπεφτε ανάμεσα στις δύο ράβδους με το χαμηλότερο βάρος. Έβγαλα την καρφίτσα και την έβαλα περίπου στη μέση της στοίβας. Έπειτα κάθισα στο κάθισμα, ένιωσα λίγο υγρό δροσερό να συναντά τους μηρούς μου και σηκώθηκα και έβαλα την πετσέτα μου κάτω για να χρησιμεύσει ως εμπόδιο στον ιδρώτα του προκατόχου μου. Έπειτα κράτησα τα χέρια μου σε ορθή γωνία, έσφιξα τις γροθιές μου και προσπάθησα να σηκώσω τους αγκώνες μου στο ύψος των ώμων μου. Τα μαξιλαράκια που πίεζαν τα μπράτσα μου δεν κουνήθηκαν ούτε ένα κλάσμα. Η ταπείνωση του παλιού μου φίλου πυροδότησε καθώς έσκυψα για να επαναφέρω το φορτίο βάρους.

Τέσσερα σετ των είκοσι αυξήσεων ήταν οι οδηγίες. Τα χέρια μου δεν ήθελαν να μάθουν μετά από μισό σετ. Πίεσα, σφίγγοντας τα δόντια μου, αρνούμενος να ενδώσω στο έγκαυμα. Μέχρι το τέταρτο σετ, κατάφερα μόνο τέσσερα raise, και πάλι ήλπιζα ότι κανείς δεν με παρακολουθούσε καθώς έφευγα από τη μηχανή, έξι επαναλήψεις λιγοστεύουν, μια θλιβερή αποτυχία στα μάτια μου.

Οι μπροστινές αυξήσεις ήταν ακόμη χειρότερες. Ένας αλτήρας πέντε κιλών σε κάθε χέρι, σήκωσα τα χέρια μου κατευθείαν προς τα οριζόντια και πίσω στα πλάγια. Πάνω, κάτω, πάνω, κάτω και ένιωθα την πίεση στους καρπούς, τους πήχεις και τους αγκώνες μέχρι τους ώμους μου. Μέχρι το τρίτο σετ, οι μύες στα χέρια μου, όπως ήταν, ξεπήδησαν σε μια χορωδία πόνου. Ποτέ δεν είχα βιώσει τέτοια αγωνία. Ο Λουίς ήταν σκληρός, το αποφάσισα. Έπρεπε να υπάρχει κακία στην ψυχή του για να δημιουργήσει ένα πλάνο γυμναστικής σαφώς σχεδιασμένο για να με σκοτώσει.

Η καθιστή πρέσα ώμου με αλτήρες δεν ήταν καλύτερη. Το μόνο θετικό ήταν ότι έπρεπε να καθίσω. Η άσκηση ήταν περίπου η ίδια με τον στρατιωτικό τύπο, και μέχρι τώρα, κάθε μυς στο άνω μέρος των χεριών και των ώμων μου ήταν θυμωμένος, πονώντας και παραπονεμένος.

Και είχα ακόμα πέντε χιλιόμετρα να κάνω πετάλι στο ποδήλατο γυμναστικής! Σημείωσα στο πλάνο της φυσικής του κατάστασης, ο Λουίς ονόμασε ευφημιστικά την τελευταία δοκιμασία μου «ψύχραιμο». Έπεσα πάνω από το τιμόνι, μούσκεμα στον ιδρώτα και χτυπημένο. Μόλις έφτασα δύο χιλιόμετρα και η φόρτιση ενδορφίνης που ήρθε με τη σκληρή άσκηση πέρασε στις φλέβες μου, κατάφερα να νιώσω μια μικρή αίσθηση επιτυχίας και ευεξίας. Έκανα πετάλι όσο πιο δυνατά μπορούσα, μέχρι τον τερματισμό, κατεβαίνοντας λαχανιασμένος και μούσκεμα, χτυπώντας τα πέντε χιλιόμετρα.

Με τους καρδιακούς μου παλμούς ακόμα ανεβασμένους, πλησίασα τον Λουίς —ο οποίος είχε αντικαταστήσει τον ηλικιωμένο στο γκισέ— και τον ευχαρίστησα ανάμεσα σε σύντομες ριπές ανάσας για το πρόγραμμα φυσικής του κατάστασης.

«Τίποτα», είπε θερμά, χαμογελώντας το αστραφτερό του χαμόγελο στο πρόσωπό μου.

«Τα λέμε αύριο», είπα, κάνοντας να φύγω.

'Περίμενε.'

Γύρισα πίσω.

«Αν έρχεσαι κάθε μέρα, θα πρέπει να αγοράσεις μια συνδρομή.»

«Δεν θα χρειαστώ», είπα μάλλον γρήγορα, αντιδρώντας στη σκληρή πώληση.

Έδειχνε καταρρακωμένος. Αγνοώντας την αντίδρασή του, έβαλα την τσάντα στον ώμο μου και ετοιμαζόμουν να φύγω ξανά όταν είπε: «Υπάρχει εβδομαδιαία έκπτωση.» Έκανε μια παύση. Ή μπορείς να εγγραφείς για ένα μήνα αν θέλετε.

Γιατί η επιμονή; Είχε προμήθεια; Ή ήταν το γυμναστήριο που απελπιζόταν για τα χρήματά μου;

«Εντάξει τότε», είπα, βλέποντας ξαφνικά νόημα στις προτάσεις του. «Θα πάρω ένα μήνα».

Τότε ένα φυλλάδιο που διαφήμιζε μια ειδική προσφορά για τρίμηνη συνδρομή τράβηξε την προσοχή μου.

«Κάνε τους τρεις μήνες».

Φαινόταν ευχαριστημένος. Καθώς έβγαλα το πορτοφόλι μου και οργάνωσε την κάρτα μέλους μου, αναρωτήθηκα ξανά αν οι δουλειές ήταν κακές, αλλά κρίνοντας από τον αριθμό των θαμώνων που ήταν εδώ την προηγούμενη μέρα και την κεντρική τοποθεσία, αμφέβαλα γι' αυτό. Ίσως ήταν ένας πραγματικά καλός τύπος που χαιρόταν βλέποντας έναν αποφασιστικά λευκό και δυναμικό Άγγλο να δεσμεύεται να είναι σε φόρμα. Τότε αποφάσισα ότι ο Λουίς ήταν ένας από εκείνους τους άντρες γυμναστηρίου που έπαιρναν τη γυμναστική λίγο πολύ στα σοβαρά. Παρατήρησα τη σωματική του διάπλαση, τους τεντωμένους μύες, την επίπεδη κοιλιά και φυσικά το φυσικό λάτιν μαύρισμα. Ήταν αναμφισβήτητα ελκυστικός. Δεν είχα τη συνήθεια να παρατηρώ άλλους άντρες, αλλά τον παρατήρησα, αμέσως και εκεί, και με τρόπο που με εξέπληξε.

Καθώς μου έδινε την κάρτα μου, μου έκανε νόημα στα πόδια, που πίστευα ότι ήταν κρυμμένα πίσω από τον πάγκο, και είπε: «Έχεις μείνει πολύ στον ήλιο, όχι;»

Ανατρίχιασα μέσα μου καθώς έβγαλα ένα αστείο γέλιο. «Ξέχασα την ώρα».

Δεν γέλασε μαζί μου. Αντίθετα, φαινόταν σοβαρός. «Να προσέχεις», είπε. Τα μάτια του βυθίστηκαν στα δικά μου σαν να προσπαθούσε να δει τον πυρήνα μου. Ήμουν απογοητευμένος από αυτό.

Έφυγα πριν προλάβει να με παρασύρει σε περαιτέρω συζήτηση. Καθώς έβγαινα από την πόρτα, το μυαλό μου στράφηκε ξανά στον Βινς.

ΜΙΑ ΒΟΛΤΑ ΣΤΗΝ ΠΑΡΑΛΙΑ

Το ΕΠΟΜΕΝΟ ΠΡΩΙ, ΞΥΠΝΗΣΑ ΜΕΣΑ ΣΕ ΕΝΑ ΚΟΥΒΑΡΙ ΑΠΟ ΥΓΡΑ σεντόνια. Καθώς έβγαζα τους μηρούς μου, ένιωσα μια κηλίδα δροσερής κόλλας και μια αργή συνειδητοποίηση με κυρίευσε. Μια ονείρωξη. Δεν είχα ποτέ ονείρωξη ξανά από τα δεκαοχτώ μου. Οι ονειρώξεις τελείωσαν για μένα όταν το έκανα ευτυχισμένος με την Τζάκι.

Μια ονείρωξη.

Η φρίκη του περιστατικού διαπέρασε την ύπαρξη μου. Είχε βυθιστεί η μοναξιά και η απογοήτευσή μου σε αυτά τα βάθη;

Γεμάτος αηδία για τον εαυτό μου, έβγαλα τα σεντόνια από το κρεβάτι και τα έβαλα για πλύσιμο. Στο ντους, σαπούνισα το κολλώδες χάος από πάνω μου. Η ακαμψία των ώμων, των μηρών και των γαμπών μου έγινε εμφανής καθώς στέγνωνα. Μου ήρθε στο μυαλό ότι έπρεπε να είχα τεντώσει αυτούς τους μύες μετά την προπόνησή μου. Ο Λουίς δεν είχε αναφέρει τις διατάσεις, πιθανώς επειδή θεωρούσε την ανάγκη αυτονόητη. Έκανα μια διανοητική σημείωση να το κάνω την επόμενη φορά.

Ενώ περίμενα να κάνει τη δουλειά του ο κύκλος πλύσης, έκανα στην κουζίνα μια φορά ένα ξεσκόνισμα, σκούπισμα και σφουγγάρισμα και μετά έβγαλα μια κούπα καφέ και ένα μπολ με δημητριακά στο αίθριο. Τοποθετώντας μια καρέκλα στη σκιά, άνοιξα τον φορητό υπολογιστή μου για να προλάβω τις υποθέσεις της ημέρας.

Το πρώτο πράγμα που έλεγξα ήταν ο καιρός. Θα ήταν άλλο ένα ζεστό πρωινό. Αυτό οδηγούσε σε μια πρωινή βόλτα. Ανυπομονώντας να βγω από την αγροικία και να συνεχίσω την αναζήτησή μου για ιδέες για ένα μυθιστόρημα που νόμιζα ότι έπρεπε να κρύβεται κάπου στο νησί, μελέτησα έναν χάρτη του νησιού και βρήκα την κοντινότερη παραλία. Ήταν σε ένα χωριό που ονομαζόταν Ποερτίτο ντε Λος Μολίνος, το οποίο σύμφωνα με έναν διαδικτυακό μεταφραστή σήμαινε κυριολεκτικά μικροσκοπικό λιμάνι με μύλους. Το χωριό βρισκόταν στην ακτή δυτικά της Τεφίας, με πρόσβαση, αν έκανα μια σύντομη διαδρομή, μέσω της διαδρομής που περνούσε από τον ανεμόμυλο. Από εκεί, ο δρόμος διέσχιζε την πεδιάδα, περνώντας από ένα σύμπλεγμα αγροκτημάτων και προχωρούσε στην ακτή. Το ταξίδι ήταν περίπου πέντε χιλιόμετρα. Θα ήμουν εκεί σε περίπου δέκα λεπτά.

Πριν κλείσω το λαπτοπ μου, έριξα μια γρήγορη ματιά στα ημέλ μου. Τίποτα περισσότερο από την Τζάκι και τίποτα από τα παιδιά. Αφού διέγραψα όλες τις συνηθισμένες προσφορές και τις ειδοποιήσεις στα μέσα κοινωνικής δικτύωσης, βρήκα ότι είχαν απομείνει λίγα άλλα εκτός από ένα σύντομο σημείωμα από την Άντζελα που ρωτούσε αν είχα ακούσει τα νέα. Τι νέα; Έκανα κλικ στον συνοδευτικό σύνδεσμο και, καθώς τα μάτια μου έπεσαν στον τίτλο, το στήθος μου σφίχτηκε. η λέξη "μακρά λίστα" ήταν το μόνο που χρειαζόμουν να μάθω και με μετέφεραν πίσω τρεις μήνες πριν, όταν μια από τις πελάτισσές μου, μια πλούσια κληρονόμος που φανταζόταν ότι ήταν μυθιστοριογράφος και ονομαζόταν Σάντρα Φλιντ, είχε μπει στη μακρά λίστα. Μεγάλο λογοτεχνικό βραβείο. Είχα σχεδόν πνιγεί από τα δημητριακά μου. Αυτή τη φορά, κατάπια ό,τι είχε απομείνει από τα δημητριακά στα μάγουλά μου και ξέπλυνα το στόμα μου με λίγο καφέ. Σίγουρα είχα αποτρέψει την επανάληψη μιας παρ' ολίγον θανατικής εμπειρίας, έκανα κύλιση προς τα κάτω. Ήταν πέντε τίτλοι και ένας από αυτούς ανήκε στη Σάντρα Φλιντ. Είπα στον εαυτό μου ότι θα έπρεπε να είμαι χαρούμενος για εκείνη, αλλά δεν ήμουν καθόλου. Το μόνο που μπορούσα να αισθανθώ ήταν ένα τοξικό μείγμα οργής και περιφρόνησης, αναδευόμενο με ένα ραβδί αυτολύπησης.

Πριν από δύο χρόνια, η Φλιντ είχε ζητήσει τη βοήθειά μου με ένα μυθιστόρημα που πάλευε να ολοκληρώσει. Αυτή ήταν η σύντομη που είχε δώσει. Το μόνο που έπρεπε να κάνω, είπε, ήταν να τελειώσω το τελευταίο κεφάλαιο και να διορθώσω το υπόλοιπο. Συμφωνήσαμε για την αμοιβή μου και ανέλαβα τη δουλειά παρά τους ενδοιασμούς μου αφού με είχαν πιάσει πριν, όταν μια από τις εργασίες μου κέρδισε ένα βραβείο στον συγγραφέα. Θα έπρεπε να ξέρω καλύτερα από το να αναλάβω ένα ολόκληρο μυθιστόρημα, αλλά χρειαζόμουν τα μετρητά.

Αποδείχθηκε ότι το τελευταίο κεφάλαιο ήταν το μικρότερο από τα προβλήματα του συγγραφέα. Κατέληξα να κάνω μια πλήρη επανεγγραφή, να τροποποιώ την πλοκή, να αναπτύσσω θέματα, να εισάγω κρίσιμα παρασκήνια και να βελτιώνω τον ανταγωνιστή. Συνολικά, ένιωσα σαν να είχα συνθέσει ολόκληρο το καταραμένο μυθιστόρημα μέχρι το τέλος του, και μετά, προς απογοήτευσή μου, η Φλιντ αρνήθηκε να μου πιστώσει ότι συνεισέφερε τόσο πολύ ως κόμμα.

Η δυσαρέσκεια συσσωρεύτηκε μέσα μου καθώς έσβησα το ημέηλ της Άντζελας. Τώρα, η Φλιντ στάθηκε για να κερδίσει ένα μεγάλο βραβείο, ενώ εγώ μαράζωνα στη χώρα των ανομολόγητων. Έκλεισα το φορητό υπολογιστή, κατέβασα τον καφέ μου —με γοητεία χλιαρό— σε τρεις μεγάλες γουλιές και άρπαξα το τηλέφωνο και τα κλειδιά του αυτοκινήτου μου από τον πάγκο της κουζίνας. Ένα γρήγορο ψάξιμο στην κρεβατοκάμαρα για μαγιώ και μια πετσέτα, και ήμουν έξω από την πόρτα και κατευθυνόμουν προς την παραλία.

Το πήγα αργά στον χωματόδρομο, πέρα από τον ανεμόμυλο, μη θέλοντας να σηκώσω πολλή σκόνη, όχι ότι υπήρχε κάποιος τριγύρω να το εισπνεύσει. Υπήρχε κάτι το έντονο και μοναχικό σε αυτόν τον ανεμόμυλο με τα πανιά του και την λιθοδομή του όλα ανακαινισμένα, που στέκεται στη μέση του πουθενά δίπλα σε μια στρατιωτική βάση-φυλακή, που τώρα έχει μετατραπεί σε ξενώνα νέων. Μου φαινόταν ένα ξεχασμένο μέρος, σχεδόν ιδιωτικό, όχι οπουδήποτε οι αρχές ήταν πρόθυμοι να ασχοληθούν με τους επισκέπτες. Η χωμάτινη πίστα μεταφέρθηκε σε μια έκταση και στην επόμενη διασταύρωση, ήμουν στην ευχάριστη θέση να επιστρέψω στην άσφαλτο.

Περνώντας μπροστά από ένα σύμπλεγμα αγροκτημάτων που είχα δει στον χάρτη, έπρεπε να ζοριστώ για να φανταστώ το νησί μετά τη βροχή, όταν τα φυτά μεγάλωναν γρήγορα, απορροφώντας τη ζεστασιά και τον ήλιο, παράγοντας αρκετά ώστε να δικαιολογείται το άρωμα του εδάφους εδώ, πότε για τα υπόλοιπα της εποχής δεν υπήρχε τίποτα άλλο να κάνουμε από το να παρακολουθήσουμε όλο το πράσινο να μαραίνεται σταδιακά και το έδαφος να επιστρέφει στην άγονή του κατάσταση. Κρίνοντας από τον μικρό αριθμό των αγροκτημάτων που είχα δει στο νησί, το μεγαλύτερο μέρος της γης δεν άξιζε τον κόπο.

Ο δρόμος παρέσυρε δίπλα σε μια στεγνή και στενή κοίτη ποταμού και μετά έκανε μια γραμμή για τον ωκεανό. Σε λίγες στιγμές, έφτασα στο μικροσκοπικό λιμάνι, τίποτα περισσότερο από ένα σύμπλεγμα κυβοειδών καλύβων ψαρέματος αρθρωτές σε μια τυχαία διάταξη στην κορυφή της παραλίας.

Οι καλύβες ήταν βαμμένες λευκές, οι άκρες των τοίχων τους ήταν στολισμένες με λεπτές χρωματικές λωρίδες. Το χωριό, κουβαλημένο από έναν χαμηλό βράχο που υψωνόταν πίσω, κοίταζε την απέραντη ζαφείρια ωκεανό, εκθαμβωτική κάτω από έναν γαλάζιο ουρανό. Η γη πέρα από το χωριό έφτασε πιο δυτικά σε μικρή απόσταση πριν κατευθυνθεί βόρεια, προστατεύοντας τον μικρό κόλπο από το ωκεάνιο ρεύμα που έδιωχνε την ακτή. Λαμβάνοντας τη σκηνή, η Φουερτεβεντούρα ξαφνικά έκανε πολύ πιο νόημα ως μέρος για να αποδράσετε. Ακόμη και καθισμένος στο αυτοκίνητό μου και ψάχνοντας κάπου να παρκάρω, μπορούσα να πω ότι εδώ σε αυτόν τον απάνεμο κόλπο, ήταν σαν να μην υπήρχε ο υπόλοιπος κόσμος. Αν και το έκανε, και η παρουσία άλλων αυτοκινήτων σταθμευμένων στην κορυφή της παραλίας υπογράμμιζε αυτό το γεγονός.

Πριν ο δρόμος διασχίσει την ξηρή κοίτη του ρέματος, σηκώθηκα σε ένα μικρό χώρο στάθμευσης. Δίπλα στο μονοπάτι υπήρχε μια τοξωτή πεζογέφυρα. Άρπαξα τα πράγματά μου και διέσχισα τη γέφυρα, σταματώντας στην κορυφή σαν σωστός τουρίστας για να κοιτάξω τους λείους, ξεπερασμένους βράχους από κάτω. Εδώ έβρεχε, αυτό ήταν καθαρό και, αν κρίνουμε από τη διάβρωση όταν ήρθε η βροχή, όρμησε στη θάλασσα με έναν μεγάλο χείμαρρο.

Το χωριό ήταν προστατευμένο από τον άνεμο που επικρατούσε στις πεδιάδες της ενδοχώρας και, μια τέτοια μέρα που ο αέρας ήταν ακίνητος, ο μικρός βραχώδης κόλπος έψησε. Έφυγα από τη γέφυρα προς την παραλία.

Ήταν ακόμη νωρίς και ο κόσμος ήταν λίγος. Πέρασα το εστιατόριο που βρίσκεται σε στρατηγική τοποθεσία στην κορυφή της παραλίας, πέρασα από την προειδοποιητική πινακίδα που προειδοποιούσε τους επισκέπτες να μην κολυμπήσουν λόγω των ισχυρών ρευμάτων και έφτασα στο νερό, απογοητευμένος που έπρεπε να σκαρφαλώσω σε μια μεγάλη ζώνη από μεγάλα βότσαλα για να φτάσω στην άμμο. Ωστόσο, μια ταλαιπωρία για μένα σήμαινε πιθανώς προστασία των ακτών, και ποιος ήμουν εγώ που θα ξεκινούσα να αναδιατάσσω το τοπίο στο μυαλό μου για να επιτύχω κάποιο είδος επινοημένης τελειότητας. Το μόνο που είχε σημασία ήταν ότι το νερό ήταν ήρεμο, τα κύματα όχι πολύ ψηλά.

Έμοιαζε σαν η παλίρροια να βγαίνει προς τα έξω,

αποκαλύπτοντας την κρεμώδη-λευκή άμμο που στεγνώνει αργά στον ήλιο. Τράβηξα το μπλουζάκι μου πάνω από το κεφάλι μου, πέταξα τα πράγματά μου σε ένα μεγάλο βότσαλο και μπήκα στο νερό, καταπνίγοντας μια ανάσα καθώς τα δάχτυλα των ποδιών μου ένιωθαν τη δροσιά, μετά οι αστραγάλοι μου, οι γάμπες μου, τα γόνατά μου, οι μηροί μου, σχεδόν μέχρι την κοιλιά μου .

Η κλίση ήταν μικρή. Είχα περάσει τη γραμμή διακοπής πριν σταθώ στο ύψος της μέσης. Τα κύματα είχαν ύψος μόνο περίπου ένα πόδι, αλλά με έσπρωχναν προς τα εμπρός και ένιωθα το πιπίλισμα της παλίρροιας καθώς το νερό τραβιόταν πίσω μετά από κάθε διάλειμμα.

Πολύ σύντομα, ένιωθα τον ήλιο ζεστό στο δέρμα μου. Γύρισα να αντικρίσω τα κύματα που έμπαιναν και αναρωτήθηκα αν το νερό ήταν αρκετά ασφαλές. Έκανα λίγο πρόσθιο για ένα σύντομο τέντωμα και μετά επέστρεψα και στάθηκα λίγο πολύ στο σημείο που είχα πριν. Ακόμη και στο σύντομο χρονικό διάστημα που ήμουν στο νερό, οι άνθρωποι είχαν φτάσει και είχα το ένα μάτι στα πράγματά μου καθώς μελετούσα το χωριό και τον γκρεμό, προσπαθώντας να φανταστώ τη ζωή όσων ζούσαν εδώ ή έμεναν εδώ. Κανένα σημάδι από κανένα μύλο.

Ο γκρεμός περιλάμβανε μερικά στρώματα αρχαίας λάβας που κάλυπταν τον ψαμμίτη από κάτω. Με όλες τις χαραμάδες και τις γωνίες και τις γωνιές του, κρατούσε πολλά μυστικά και η φαντασία μου περιπλανήθηκε, αναζητώντας πιθανές ιστορίες. Ήξερα ότι ό,τι και να καταλήξω θα έπρεπε να ξεπεράσει την καλύτερη δουλειά μου μέχρι στιγμής, το βιβλίο μου που μπήκε στη λίστα, το οποίο ανήκε μέχρι την τελευταία του τελεία η Σάντρα Μπλάντι Φλιντ.

Εντόπισα μια σειρά από ερείπια στην κορυφή του γκρεμού στα βόρεια, και αμέσως είδα ότι ο Πουερτίτο ήταν ένας τέλειος όρμος λαθρεμπόρων. Άρχισα να επινοώ ένα σενάριο, η μούσα μου ξύπνησε καθώς έβλεπα πεζούς να περιφέρονται στην άκρη του γκρεμού και στις δύο πλευρές του χωριού.

Το επόμενο πράγμα που ήξερα ήταν ότι με έσπρωχνε μπροστά από ένα κύμα που έσπασε στην πλάτη μου, και έχασα την ισορροπία μου και έπεσα. Η έκρηξη της αδρεναλίνης ήταν στιγμιαία, και σηκώθηκα ανακατωτά και επέστρεψα στην ξηρά προτού με αιχμαλωτίσει ένα άλλο κύμα.

Η συγκέντρωσή μου είχε σπάσει και όταν έφτασα στην πετσέτα μου, αποφάσισα ότι δεν επρόκειτο να γράψω ένα μυθιστόρημα για τους λαθρέμπορους ναρκωτικών στη Φουερτεβεντούρα. Αν αυτό το θέμα δεν είχε ήδη γίνει εδώ, ήταν αρκετά αλλού. Εξάλλου, μόνο και μόνο επειδή έμενα εδώ δεν σήμαινε ότι έπρεπε να γράψω κάτι σετ εδώ. Θα άφηνα τέτοιου είδους έργο σε ανθρώπους όπως ο Ρίσαρντ Χ. Πάρι που ανέφερε η Άντζελα, είχε ένα σπίτι στο Λανζαρότε και θα κατευθύνω τη φαντασία μου μακριά από αυτό το έρημο νησί και τον απρόβλεπτο ωκεανό του.

Βρήκα ένα αρκετά στεγνό σημείο για να ξαπλώσω στην άμμο και να αφήσω τον ήλιο να κάνει τη δουλειά του στεγνώνοντας και μαυρίζοντας το δέρμα μου, εκτός από τους ηλιοκαμένους μηρούς μου που κάλυψα με το μπλουζάκι μου. Δεν πέρασε πολύς καιρός που μάζεψα αρκετό ήλιο και πήγα για μια περιπλάνηση.

Από κοντά, το χωριό ήταν γραφικό αν και ατημέλητο. Το κύριο αξιοθέατο φαινόταν να ήταν ένα ιερό που είχε τοποθετηθεί σε ένα υπερυψωμένο κρεβάτι από πέτρα και χαλίκι. Η λάρνακα αποτελούνταν από μια στρογγυλεμένη αψίδα, βάθους περίπου δύο μέτρων, διακοσμημένη στο πίσω μέρος από μια ζωφόρο από κοχύλια χτενιού και στην κορυφή ενός ξύλινου σταυρού, με το παράθυρο με το μπροστινό μέρος να παρακολουθεί τον ωκεανό σαν να ευλογεί τους ψαράδες και να τους προστατεύει.

Το ιερό ήταν μια έντονη υπενθύμιση του δόλιου ωκεανού, αν και αμφέβαλα ότι η αφοσίωση στον Θεό θα είχε κάνει τη διαφορά. Έχοντας μεγαλώσει ως Καθολικός, δεν ήμουν καν σίγουρος ότι υπήρχε Θεός. Δεν ήθελα να το σκέφτομαι. Αντίθετα, κάθισα σε ένα από τα λαξευτά πέτρινα καθίσματα πίσω από το ιερό και προσπάθησα να αποφασίσω για το Πουερτίτο ντε Λος Μολίνος και αν μου άρεσε ή όχι το μέρος αρκετά για να επιστρέψω.

Το φαγητό θα με βοηθούσε να αποφασίσω αν άξιζε τον κόπο να επιστρέψω στην τοπική μου παραλία. Χωρίς αμφιβολία απλώς και μόνο για να με πετάξει ένα άλλο κύμα, σκέφτηκα, δίνοντας τη θέση μου σε μια ξαφνική ορμή αυτο-απέχθειας.

Φαινόταν να υπάρχουν δύο εστιατόρια, ένα σε κάθε άκρο του χωριού και τα δύο σε μια μικρή άνοδο. Το μακρινό φαινόταν ρουστίκ και μποέμ και κλειστό. Διάλεξα αυτό κοντά στο ποτάμι και πιο κοντά στο αυτοκίνητό μου. Ο στεγασμένος εξωτερικός χώρος με θέα στη θάλασσα ήταν σίγουρος και υπήρχε ήδη ένα ζευγάρι καθισμένο σε ένα από τα τραπέζια.

Σκέφτηκα ότι ήταν πολύ νωρίς για μεσημεριανό γεύμα, αλλά καθώς επέλεγα ένα τραπέζι, παρατήρησα ένα ζευγάρι καθισμένο σε μια κοντινή γωνιά, βουτώντας σε πιάτα με ψητά ψάρια, πατάτες και σαλάτα, τακτοποιημένα σε προσεγμένες σειρές σε οβάλ πιάτα. Η μυρωδιά έκανε την κοιλιά μου να γουργουρίζει. Όταν ήρθε ο σερβιτόρος, η λιτότητα επικράτησε και παρήγγειλα έναν καφέ και λίγο από το τοπικό κατσικίσιο τυρί.

Μέχρι τώρα η θερμοκρασία είχε ανέβει στα ύψη. Μόλις ένα αεράκι ξεπήδησε από τον ωκεανό. Ήταν πιο δροσερό στη σκιά του θόλου αλλά ο καφές με έβγαζε με καυτό ιδρώτα και το τυρί ήταν αλμυρό. Συνολικά, τη στιγμή που επέστρεψα στο αυτοκίνητό μου, είχα μια μανιώδη δίψα.

Πίσω στην αγροικία, βγήκα κατευθείαν στη γραμμή πλυσίματος, ξεδίπλωσα τα σεντόνια και έφτιαξα ξανά το κρεβάτι, βάζοντας μια σφραγίδα στην κολλώδη αμηχανία μου.

Μόνο τότε άνοιξα μια κρύα μπύρα και ετοίμασα λίγο νωρίς μεσημεριανό.

Με μια κονσερβοποιημένη μπαγκέτα τόνου να γεμίζει την κοιλιά μου, άνοιξα μια από τις ξαπλώστρες που ήταν αποθηκευμένες στο πλυντήριο, έβαλα τα μπούτια μου με αντηλιακό και, αφήνοντάς με τον υπόλοιπο απροστάτευτο, κάθισα στο αίθριο για να συνεχίσω να ροδίζω στον ήλιο. Αλλά η ζέστη γρήγορα με έκανε να κουράζομαι και άρχισα να κοιμάμαι. Ερεθισμένος από την ατονία μου και έχοντας επίγνωση του κινδύνου σοβαρού ηλιακού εγκαύματος, σηκώθηκα και επέστρεψα στο εσωτερικό. Έχοντας όλο το απόγευμα να σκοτώσω και τίποτα για να διασκεδάσω, φόρεσα τον εξοπλισμό του γυμναστηρίου μου και πήγα στην πόλη για περισσότερη τιμωρία.

Το Πουέρτο ντελ Ροσάριο ήταν φούρνος. Δεν μπορούσα να θυμηθώ να έχω βιώσει ποτέ τέτοια ζέστη. Και πάλι, πραγματικά δεν μπορούσα να το πω. Ακτινοβολούσα τη δική μου θερμότητα από την άκρη μέχρι τα νύχια, και το μπετόν και η άσφαλτος του δρόμου δεν βοηθούσαν. Οπλισμένος με το πλάνο της φυσικής μου κατάστασης, ήμουν έξω από το αυτοκίνητό μου και μέσα στο κλιματιζόμενο γυμναστήριο σε διάστημα τριών αναπνοών, με τα μάτια μου να προσαρμοστούν στο θαμπό καθώς υπέκυψα σε μια περιστροφή του κεφαλιού.

Σύντομα το συναίσθημα πέρασε, και βλέποντας το γυμναστήριο, παρατήρησα ένα πολύ διαφορετικό πλήθος, αποτελούμενο από σοβαρούς ανυψωτές βαρών, όλοι τους άντρες βαρέων σετ. Μπορούσες σχεδόν να μυρίσεις την τεστοστερόνη, τη ζωώδη αρρενωπότητα στο δωμάτιο.

Με κάποια ανακούφιση είδα τον Λουίς πίσω από τον πάγκο. Τράβηξα το μάτι του και μου χάρισε το πλατύ του χαμόγελο. Δεν άντλησα μεγάλη διαβεβαίωση από τη φιλικότητα του, αλλά ήξερα επίσης ότι είχα το ίδιο δικαίωμα να χρησιμοποιώ το γυμναστήριο με εκείνους τους άλλους, και το μόνο που χρειαζόταν να κάνω ήταν να εφαρμόσω τον εαυτό μου στη ρουτίνα μου και να αποφύγω την οπτική επαφή καθώς έφευγα από μηχανή σε μηχανή. Η δυνατή μουσική θα έπνιγε κάθε γέλιο αν μου έβρισκαν πηγή διασκέδασης, και ήταν όλοι ισπανόφωνοι ντόπιοι, αν κρίνω από την εμφάνισή τους, που σήμαινε ότι δεν θα καταλάβαινα καμία γελοιοποίηση, αν υπήρχε. Πραγματικά, δεν είχα καμία ανάγκη να αισθάνομαι αυτοσυνείδητος ή χειρότερα, εκφοβισμός. Αγνόησα τα πολλά από αυτά ενώ έκανα πετάλι τα απαιτούμενα δέκα χιλιόμετρα πηγαίνοντας πουθενά.

Ήταν μέρα για το στήθος. Όταν έφτασα στον πάγκο, ο Λουίς ήρθε και σταθήκαμε σε κάθε άκρο της μπάρα.

«Άφησε τα δεκαπέντε κιλά στην μπάρα», είπε αφαιρώντας ένα δίσκο δέκα κιλών από την άκρη του. Το ίδιο έκανα κι εγώ. Αυτό άφησε τριάντα κιλά συν την ίδια τη μπάρα που ήταν πέντε. Θα μπορούσα να ορκιστώ ότι είχε γράψει συνολικά τριάντα κιλά, αλλά δεν επρόκειτο να μαλώσω.

«Ήσουν απασχολημένος σήμερα το πρωί;» με ρώτησε καθώς έβαζα τον κορμό μου στο γεμισμένο βινύλιο.

«Πήγα στο Πουερτίτο ντε Λος Μολίνος.» Του έριξα μια ματιά και βρέθηκα να κοιτάζω τον καβάλο του. Απέτρεψα το βλέμμα μου.

«Α, πολύ καλά», είπε με επιδοκιμασία στη φωνή του. «Επισκέφτηκες τις σπηλιές;»

Ποιες σπηλιές; Οι σημαντικές τοποθεσίες που λείπουν φαινόταν να μου έχουν γίνει συνήθεια και κλώτσησα τον εαυτό μου που βιάστηκα έξω από την πόρτα της αγροικίας εκείνο το πρωί πριν ελέγξω πλήρως τις τοπικές ρυθμίσεις στο διαδίκτυο και επειδή έφυγα από το χωριό πριν ρίξω μια καλή ματιά τριγύρω. «Δεν είχα την ευκαιρία», είπα, προσποιούμενος ότι ήξερα τα πάντα για αυτές τις σπηλιές.

«Την επόμενη φορά, αλλά πρέπει να πας σε πολύ χαμηλή παλίρροια. Μερικές φορές η άμπωτη δεν είναι τόσο χαμηλή».

«Όπως ανακάλυψα», είπα ψέματα, ελπίζοντας ότι ο Λουίς

δεν επρόκειτο να με ρωτήσει ακριβώς τι ώρα βρισκόμουν εκεί και ότι δεν είχε εγκυκλοπαιδική γνώση της τοπικής παλίρροιας.

«Επίσης, φρόντισε να αφήσεις αρκετό χρόνο για εξερεύνηση.»

«Εντάξει.»

«Και πάρε έναν πυρσό».

Έναν πυρσό; Θυμήθηκα τους ανθρώπους που είχα εντοπίσει καθώς έφευγα από το λιμανάκι, σαν τα μυρμήγκια που ανιχνεύουν τα βράχια προς τα βόρεια και τα νότια, και σημείωσα νοερά να πάρω και τα κατάλληλα παπούτσια.

Σήκωσα τα χέρια μου για να πάρω τη μπάρα καθώς ο Λουίς τη σήκωσε από τη σχάρα. Στάθηκε από πάνω μου έτοιμος να βοηθήσει αν το βάρος αποδεικνυόταν υπερβολικό για τα χέρια μου. Νόμιζα ότι η άσκηση είχε σκοπό να δουλέψει διαφορετικούς μύες από την ημέρα των ώμων, αλλά δεν μπορούσα να κάνω διαφοροποίηση και χρειάστηκαν μόνο μερικές επαναλήψεις για κάθε μυ στους ώμους και τα χέρια μου για να μου φωνάξουν να σταματήσω. Αλλά πώς θα μπορούσα με τον Λουίς να αιωρείται από πάνω μου με τον καβάλο του όχι εκατοστά από το μέτωπό μου;

Πέντε σετ των πέντε επαναλήψεων αργότερα, και σχεδόν υποχώρησα στην αγωνία.

Όταν επιτέλους ο Λουίς πήρε τη μπάρα και την τοποθέτησε στο ράφι, ένιωσα ανακούφιση που δεν είχα πια το σώμα του με το εκπληκτικά εμφανές εξόγκωμα του καβάλου του —που στην αντανάκλαση πρέπει να οφειλόταν στη γωνία από την οποία το παρατηρούσα— να κουβαλούσε πάνω μου σαν αυτό, σύμβολο αρρενωπότητας, αρρενωπότητα σε έλλειψη στις φλέβες μου.

Καθώς σηκώθηκα, ο Λουίς με άφησε στην τύχη μου και περιπλανήθηκε σε μια ομάδα ανδρών που αιωρούνταν στο πίσω μέρος του γυμναστηρίου.

Τα τέσσερα σετ των είκοσι επιτραπέζιων μυγών μπορεί να

μην ήταν πολύ άσχημα αν οι μύες μου δεν είχαν ήδη κοπανιστεί. Η κεκλιμένη πρέσα αλτήρων μπορεί επίσης να ήταν καλή. Ελάφρυνα το βάρος για τον καθένα, έχοντας συνειδητοποιήσει ότι ο Λουίς είχε βάλει πιθανώς κάθε βάρος πολύ βαρύ για τις δυνατότητές μου. Έπρεπε να προσαρμοστώ σε ένα ελαφρύτερο φορτίο και στην πρέσα του μηχανήματος πτώσης. Ο Λουίς μου είχε πει να συνεχίσω να πιέζω το τιμόνι μέχρι να μην μπορέσω να διαχειριστώ άλλον εκπρόσωπο. Αυτή η στιγμή συνέβη πολύ νωρίς.

Κατά τη διάρκεια της προπόνησής μου, κρατούσα το βλέμμα μου μακριά από τους άλλους στο γυμναστήριο, αλλά ένιωθα το δικό τους πάνω μου. Έπρεπε να είμαι ο πιο αδύναμος άνθρωπος εκεί μέσα σε μεγάλο βαθμό. Γνωρίζοντας πόσο ζέστη ήταν έξω, μέρος του εαυτού μου ήθελε να παραμείνω εκεί που ήμουν, αλλά η ψυχολογική καταπίεση όλων αυτών των σκύλων ξεπέρασε κατά πολύ τη σωματική καταπίεση της ζέστης, και μετά την υποχρεωτική ψύξη των πέντε χιλιομέτρων, είχα την ανάγκη να τεντωθώ. Έκανα στον Λουίς έναν απλό χαιρετισμό και έφυγα.

ΜΙΑ ΕΚΠΛΗΚΤΙΚΉ ΑΝΑΚΆΛΥΨΗ

ΉΜΟΥΝ ΑΚΌΜΑ ΘΟΛΩΜΈΝΟΣ ΑΠΌ ΤΟΝ ΎΠΝΟ ΚΑΘΏΣ ΆΝΟΙΞΑ ΤΑ μάτια μου για να χαιρετήσω το απαλό φως της αυγής. Γύρισα, μια πρόχειρη κίνηση, και κοίταξα το ταβάνι, με το σώμα μου σφιγμένο παντού. Ένας μυς της γάμπας κινδύνευε με κράμπα. Θα έπρεπε να είχα τεντωθεί την προηγούμενη μέρα, αν όχι στο γυμναστήριο, τότε τουλάχιστον όταν έφτασα σπίτι. Αντ 'αυτού, είχα κατεβάσει ένα μπουκάλι κρασί καθώς ολοκλήρωσα τρεις εργασίες συγγραφής φαντασμάτων, μαγείρεψα ένα κέικ chorizo και ζυμαρικών και μετά επέστρεψα για να παρακολουθήσω το Νετφλιξ. Πέταξα το σεντόνι μου – ευτυχώς στεγνό– και πήδηξα στο ντους.

Σε ένα πρωινό με μπέικον, έλεγξα τον τοπικό καιρό. Το κύμα καύσωνα ορίστηκε να συνεχιστεί. Η πρόβλεψη σε μια τοποθεσία μετεωρολογίας προέβλεπε τα μέσα της δεκαετίας του '30 και, αν η προηγούμενη μέρα ήταν κάτι που θα περνούσε, η θερμοκρασία θα έφτανε ακόμη υψηλότερα αργά το απόγευμα. Στην ενδοχώρα, ακόμη και στην ανεμοδαρμένη πεδιάδα της Τεφίας, δεν υπήρχε πουθενά. Το νησί άντεχε επίσης μια ομίχλη σκόνης, με τον άνεμο που φυσούσε από νοτιοανατολικά να εμποτίζει τον αέρα με τη Σαχάρα. Δεν υπήρχε τίποτα για αυτό παρά ένα άλλο ταξίδι στην παραλία και, μετά από μια γρήγορη αναζήτηση της παλίρροιας, ήξερα πού πήγαινα. Ήμουν έξω από την πόρτα σε λιγότερο από μισή ώρα.

Ο ουρανός στο Πουερτίτο ντε Λος Μολίνος φαινόταν λίγο πιο καθαρός, τουλάχιστον κοιτάζοντας τον ωκεανό, και στεκόμενος στην ακτογραμμή στην κρεμώδη λευκή άμμο, σκέφτηκα ότι εντόπισα ένα κύμα δροσερό αεράκι από το σχεδόν επίπεδο νερό.

Φαινόταν ότι όλοι εδώ είχαν ελέγξει τις παλίρροιες όπως εγώ, βρήκαν ότι ήταν ιδιαίτερα χαμηλά αυτή τη στιγμή και ήρθαν να επωφεληθούν. Υπήρχε μια ομάδα ανθρώπων που αναζητούσαν την ευχαρίστηση που άλεσαν στην υγρή άμμο και στα ρηχά, δίπλα στο γκρεμό, ένα ζευγάρι έφτανε τα τριακόσια μέτρα μέχρι τις σπηλιές.

Δεν έχασα χρόνο ανακατεύοντας τις σαγιονάρες μου και πετώντας το μπλουζάκι και την πετσέτα μου στην άμμο κοντά στα βότσαλα που περιβάλλουν την παραλία. Δεν ήμουν σίγουρος αν να φορέσω ή να αφαιρέσω τα γυαλιά ηλίου μου, έτσι τα κράτησα. Έβαλα τα κλειδιά μου στην ασφαλή τσέπη στους κολυμβητές μου και με το τηλέφωνο στο χέρι, ξεπέρασα τα ρηχά στον γκρεμό.

Το νερό κατά καιρούς ήταν μέχρι τον αστράγαλο και έπρεπε να μπω μέχρι το μέσο της γάμπας για να περπατήσω πίσω από τους γλεντζέδες που βουρκώνονταν στις λιμνούλες δίπλα σε μια χαμηλή προεξοχή και στις γωνίες και τις γωνιές του βράχος από λάβα.

Παρακολούθησα αβέβαιο το νερό καθώς έμπαινα πιο βαθιά, μπαίνοντας μέχρι τα γόνατά μου καθώς περνούσα από μια κοιλότητα στο πρόσωπο του γκρεμού και μετά στρογγύλεψα μια βραχώδη προεξοχή. Δεν ήταν περίεργο που οι πιο φοβισμένοι έμειναν πιο κοντά στην κύρια παραλία. Όσο προχωρούσα, τόσο πιο ανησυχητική η αίσθηση ότι η παλίρροια θα γύριζε ξαφνικά ή ένα τεράστιο κύμα θα εμφανιζόταν από το πουθενά, όπως την προηγούμενη μέρα. Συνέχισα να περπατάω, καθησυχάζοντας τον εαυτό μου ότι είχα τσεκάρει και διπλοελεγχθεί. Σύμφωνα με τις προβλέψεις, η άμπωτη επρόκειτο να συμβεί σε περίπου πέντε λεπτά, επιτρέποντάς μου άφθονο χρόνο να εξερευνήσω το σπήλαιο.

Το νερό στο τελευταίο τμήμα κάτω από τον γκρεμό ήταν ρηχό και ο βυθός ήταν διάσπαρτος με μεγάλους ογκόλιθους. Επιβράδυνα τον ρυθμό μου, απολαμβάνοντας τη στιγμή, σταμάτησα να βγάλω μερικές φωτογραφίες.

Καθώς πλησίασα τη σπηλιά, το ζευγάρι που είχα δει από την κεντρική παραλία είχε αρχίσει να επιστρέφει. Η γυναίκα με χαιρέτησε και είπε κάτι γρήγορα στα ισπανικά που δεν μπορούσα να καταλάβω, αλλά έγνεψα καταφατικά και χαμογέλασα σαν να το έκανα. Ανασήκωσε τους ώμους της και συνέχισε, μιλώντας στη σύντροφό της. για το τι, δεν είχα ιδέα. Εξάλλου, την προσοχή μου τράβηξε καλά και πραγματικά το θέαμα μπροστά.

Μπροστά μου υπήρχε μια αψίδα από λάβα και, στη βάση της, περιοχές με ροζ βράχους. Καθώς πλησίαζα στην καμάρα, το νερό βάθυνε για να σχηματίσει μια τιρκουάζ πισίνα που περιβαλλόταν από ογκόλιθους επικαλυμμένους με φύκια. Μπήκα μέσα, βυθίζοντας στο ύψος της μέσης καθώς σταύρωσα. Το νερό ήταν ζεστό και ακίνητο, και ήθελα να απολαύσω για λίγο, αλλά αποφάσισα να κρατήσω αυτή την εμπειρία για αργότερα.

Βγήκα από το νερό και μπήκα στη σπηλιά. Περπατούσα σε σκληρή και υγρή άμμο. Μικρά κύματα χτυπούσαν τα δάχτυλα των ποδιών μου. Συνέχισα μερικά βήματα, πλησιάζοντας το σκοτάδι, στην αρχή τυφλωμένος από την αντίθεση. Τα μάτια μου προσαρμόστηκαν αργά και είδα μπροστά μια άλλη αψίδα βράχου, με την άμμο να κατευθύνεται πίσω βαθιά μέσα κάτω από μια φαρδιά θολωτή στέγη.

Ακριβώς μέσα στη σπηλιά, μια άλλη πέτρινη πισίνα ήταν κρυμμένη πίσω από την κύρια καμάρα και το νερό στροβιλιζόταν τριγύρω, χαϊδεύοντας την άμμο. Γύρισα, και για μια στιγμή, στάθηκα αντικριστά, κοιτάζοντας τον ωκεανό από ζαφείρι και τον γαλάζιο γαλάζιο ουρανό. Ήταν σουρεαλιστικό και μαγευτικό, και έπρεπε να τραβήξω τα μάτια μου μακριά, επιθυμώντας να εξερευνήσω το εσωτερικό.

Γοητευμένος από το ίδιο το σπήλαιο με όλα τα σχήματα και τα χρώματα του, περιπλανήθηκα στα πιο πέρα, μπαίνοντας σε ένα τούνελ λίγο περισσότερο από το ύψος του κεφαλιού. Έκανα την πάπια, για κάθε ενδεχόμενο. Σε λίγη ώρα, το φως έσβησε τελείως και άναψα τη δάδα του τηλεφώνου μου. Η άμμος ήταν δροσερή και μια αίσθηση υγρασίας κάτω από τα πόδια μου. Θυμούμενος κάτι που είχε πει ο Λουίς, σταμάτησα για να ακούσω τον ωκεανό, ο οποίος ακουγόταν πιο δυνατά καθώς τα κύματα έσπασαν στον βραχώδη βράχο.

Μια ξαφνική έκρηξη, και σταμάτησα στο μυαλό μου. Αυτό το κύμα ήταν πολύ μεγάλο και πολύ κοντά για άνεση. Ήμουν αμέσως κλειστοφοβικός. Πόσο μακριά θα έφτανε το νερό καθώς έμπαινε η παλίρροια; Μη θέλοντας να το μάθω, γύρισα και έτρεξα πίσω.

Είχα σχεδόν μπει στην κεντρική αίθουσα όταν κάτι τράβηξε το μάτι μου, κάτι όχι από βράχο, που προεξείχε σε μια ψηλή προεξοχή. Στην αρχή νόμιζα ότι ήταν ζώο, ή ακόμα και σώμα, αλλά σύντομα είδα ότι ήταν ένα σακίδιο. Θυμήθηκα το ζευγάρι που είχα περάσει και αποφάσισα ότι πρέπει να τους ανήκει. Ήμουν σε δύο μυαλά αν να το αφήσω εκεί ή να το πάρω μαζί μου όταν ένα άλλο κύμα έπεσε στη βάση του γκρεμού.

Άρπαξα το σακίδιο από την προεξοχή και, βρίσκοντάς το πολύ πιο βαρύ από όσο περίμενα, το άφησα να κουνηθεί στο έδαφος. Δεν υπήρχε χρόνος να κοιτάξω μέσα.

Μπήκα στον κύριο θάλαμο για να βρω τα κυματίδια που είχαν περιτριγυρίσει στη βράχο λίμνη και τώρα έμπαιναν στη σπηλιά με μεγάλες σαρώσεις. Πέρα από τη σπηλιά, μεγαλύτερα κύματα κυλούσαν, το ένα μετά το άλλο. Δεν ήταν ψηλά, αλλά σίγουρα ταξίδευαν γρήγορα. Η παλίρροια φαινόταν σε μια απαίσια ορμή. Με την αφέλειά μου, πίστευα ότι η άμπωτη θα διαρκούσε τουλάχιστον μερικές ώρες, αλλά προφανώς έκανα λάθος. Φυσικά και έκανα λάθος. Η παλίρροια θα βρισκόταν στο ναδίρ της μόνο για μια στιγμή και μετά θα επέστρεφε στα ψηλά. Μου ήταν ξεκάθαρο τώρα ότι η γυναίκα που πέρασα προσπαθούσε να με προειδοποιήσει για αυτό ακριβώς το γεγονός.

Έτρεξα προς το στόμιο της σπηλιάς. Το Πουερτίτο ντε Λος Μολίνος φαινόταν ένα μακρινό καταφύγιο αποκομμένο από μένα από τον εισβολέα ωκεανό. Είδα ότι το ζευγάρι είχε ήδη εξαφανιστεί και, σαρώνοντας τον ωκεανό κατά μήκος της βάσης του γκρεμού, κανείς άλλος δεν φαινόταν πουθενά.

Δεν υπήρχε τίποτα άλλο παρά να επιστρέψω όσο πιο γρήγορα μπορούσα. Διώχνοντας τον άγριο πανικό, έβαλα το τηλέφωνό μου στο σακίδιο και το σήκωσα πάνω από το κεφάλι μου, αναγκάζοντας τους σφιγμένους μύες των ώμων και των χεριών μου να υπακούσουν στη θέλησή μου. Περπάτησα μέσα από τη βράχια πισίνα, τώρα πολύ πιο βαθιά από πριν, και μόλις έφτασα στην άλλη πλευρά και το νερό ήταν βαθύ μόνο μέχρι τη γάμπα, κατέβασα το σακίδιο στο στήθος μου και έσπασα σε ένα σπριντ.

Αυτό το βάθος δεν κράτησε πολύ.

Εκεί που το νερό είχε φτάσει μέχρι το γόνατο, τώρα ήταν μέχρι το μέσο του μηρού μου. Βλέποντας αυτά τα αποφασιστικά κύματα που φουντώνουν για μένα, έπρεπε να αντισταθώ στην επιθυμία να ανακτήσω το τηλέφωνό μου, να πετάξω το σακίδιο και να κάνω μια βουτιά για αυτό. Διαφορετικά, υπήρχε κάθε πιθανότητα ένα βασιλικό κύμα να με χτυπήσει στον γκρεμό.

Δεν είχα προχωρήσει πολύ πριν αρχίσουν να παραπονιούνται οι μηροί και οι γάμπες μου. Ανάθεμα αυτό το γυμναστήριο! Τριακόσια μέτρα άρχισαν να αισθάνονται σαν χίλια. Το ρεύμα ήταν εναντίον μου, θέλοντας να με παρασύρει νότια. Συνέχισα όσο πιο γρήγορα μπορούσα, αλλά η κύρια παραλία δεν φαινόταν να πλησιάζει.

Έψαχνα τρόπους να σκαρφαλώσω στον γκρεμό, σκεπτόμενος ότι μπορεί να ήταν η καλύτερη επιλογή μου, αλλά δεν ήμουν ορειβάτης βράχου, και πιθανότατα θα κατάφερνα να σκαρφαλώσω μόνο ένα κλάσμα, και μετά θα κολλούσα, κολλώντας στον βράχο καθώς η παλίρροια ανέβηκε και καλύφθηκε με σπρέι, μόνο για να γλιστρήσει και να πέσει μέσα και να χτυπήσει το κεφάλι μου και να παρασυρθώ από αυτό το φαύλο ρεύμα.

Τα χέρια μου είχαν αρχίσει να παραπονιούνται από την προσπάθεια να σηκώσω το σακίδιο για να μην βραχεί το περιεχόμενο. Ήμουν μια μπάλα από πόνους και πόνους με κόμπους, που κάθε μέρος μου αντιστεκόταν στην προσπάθεια να βουτήξω μέσα στο νερό που αναβλύζει. Συνέχισα να προχωράω, τεντώνομαι ενάντια στην παλίρροια και το ρεύμα με πιέζει, προσπαθώντας να αναβοσβήνει το όραμά μου, προσπαθώντας να μην ενδώσω στον πανικό που απειλούσε να με κατατρώξει κάθε φορά που ένα κύμα ξεπέρασε.

Όταν έφτασα στο τμήμα όπου το νερό ήταν στη μέση της γάμπας, βυθιζόμουν στο νερό πάνω από τα γόνατά μου. Ήθελα να πλησιάσω τον γκρεμό όπου το νερό ήταν λίγο πιο ρηχό, αλλά υπήρχε ο κίνδυνος η απότομη έκπλυση να δημιουργήσει αρκετή αναταραχή για να με ρίξει από τα πόδια μου.

Καθώς το ξέσασμα ενός μεγαλύτερου κύματος κατευθύνθηκε προς το μέρος μου, πίεσα το σακίδιο ψηλά πάνω από το κεφάλι μου και αγκάλιασα τον εαυτό μου, με τα πόδια ανάποδα, αντιστεκόμενος στο κύμα. Βλέποντας το κύμα να σκάει στον γκρεμό, με κυρίευσε ο τρόμος. Αν δεν προχωρούσα, θα ήμουν ένα από εκείνα τα στατιστικά στοιχεία που δικαιολογούσαν το προειδοποιητικό σήμα στην παραλία.

Τεντώθηκα προς τα εμπρός, προτρέπoντας τα πόδια μου να δουλέψουν πιο σκληρά, αποφασισμένος να επιστρέψω στην ακτή. Ακόμη και με μια ατσάλινη αποφασιστικότητα που μόνο η αδρεναλίνη μπορεί να ενσταλάξει, κάθε βήμα ήταν μια προσπάθεια. Η παλίρροια ήταν εναντίον μου από κάθε άποψη. Καθώς πλησίαζα στην άκρη του γκρεμού και η παραλία ήταν δελεαστικά κοντά, τα κύματα συγκέντρωσαν τη δύναμή τους σαν να με τσακίζουν στο βραχώδες πρόσωπο. Αντιστάθηκα με όλη μου τη δύναμη, γυρίζοντας το πλάι με το σακίδιο ψηλά πάνω από το κεφάλι μου. Έπειτα, ετοιμάστηκα για την πλύση, καθώς το ανερχόμενο νερό χτύπησε μια προεξοχή που σύντομα επρόκειτο να βυθιστεί. Καθώς ο ωκεανός τραβούσε πίσω, έτοιμος για το επόμενο χτύπημά του, προχώρησα, ανήσυχα κοντά στη γραμμή διακοπής.

Η δοκιμασία μου τελείωσε απότομα καθώς γύριζα την άκρη του γκρεμού και κατευθύνθηκα στα ρηχά της παραλίας. Κατά το ήμισυ περίμενα ένα χειροκρότημα, αλλά κανείς δεν με έλαβε υπόψη του. Οι λουόμενοι είτε ήταν ξαπλωμένοι στις πετσέτες τους στην άμμο ακριβώς κάτω από τη ζώνη με τα βότσαλα, είτε κούρνιαζαν σε αυτή τη ζώνη, αφού κατά κάποιο τρόπο βρήκαν ένα άνετο μέρος.

Έξω από το νερό, τα πόδια μου έγιναν ζελέ. Έφτασα στην πετσέτα μου, τώρα επικίνδυνα κοντά στην παλίρροια, και κατάφερα να φορέσω το μπλουζάκι μου και να βάλω τα πόδια μου στις σαγιονάρες μου. Βρήκα ένα σημείο να καθίσω στην παραλία μακριά από τους άλλους και συνήλθα. Είχα μια ξαφνική λαχτάρα για σοκολάτα.

Σύντομα, άρχισα να ζεσταίνομαι πολύ. Ο ήλιος ήταν άγριος και χρειαζόμουν να μπω σε κάποια σκιά. Νομίζοντας ότι έπρεπε πρώτα να βρω τον ιδιοκτήτη του σακιδίου, έβγαλα το κινητό μου και, με μια πρόχειρη ματιά στο περιεχόμενο του σακιδίου –το μόνο που είδα ήταν μια πετσέτα– σηκώθηκα με το ζόρι.

Πλησίασα ένα ζευγάρι εκεί κοντά που καθόντουσαν και απολάμβαναν τον ήλιο στα πρόσωπά τους. Σήκωσα το σακίδιο και ρώτησα αν ήταν δικό τους. Κούνησαν τα κεφάλια τους.

Έπειτα, πήγα σε τρεις γυναίκες ξαπλωμένες με την κοιλιά τους, που ψήνουν τα μισά τους πίσω στον μεσημεριανό ήλιο. Δεν είχα ιδέα για την εθνικότητα τους, γι' αυτό ρώτησα στη μητρική μου γλώσσα. Απάντησαν –αφού με κοίταξαν σαστισμένοι– με βαριές προφορές που θεωρούσα Ισπανίδες, ότι δεν ήξεραν τίποτα για κανένα σακίδιο.

Συνέχισα, πλησιάζω οικογένειες, ανύπαντρους, στην πραγματικότητα, κάθε άτομο στην παραλία εκείνη την εποχή. Κανένας από αυτούς δεν ισχυρίστηκε την κυριότητα του σακιδίου ή δεν είχε δει κανέναν με αυτό ή κάτι παρόμοιο. Το μόνο που έπαιρνα για τα προβλήματά μου ήταν πολλά κενά ανασήκωμα των ώμων.

Τι μάτσο απρόσεκτοι κρετίνοι!

Ελπίζοντας να βρω στο εστιατόριο το ζευγάρι που είχα περάσει από τις σπηλιές, διάλεξα το δρόμο μου διασχίζοντας τα βότσαλα και μετά ανέβασα μια σειρά από πέτρινα σκαλοπάτια, μπαίνοντας στο υπαίθριο καθιστικό. Εκεί σκάναρα την πελατεία και κυκλοφόρησα τους πίνακες. Έλαβα τις ίδιες αρνητικές και σαστισμένες αντιδράσεις, μαζί με πολλά κρυφά βλέμματα και ψιθυριστές ανταλλαγές που έπιασα στην πλάγια όρασή μου.

Ηττημένος, ετοιμαζόμουν να φύγω από το σπίτι, όταν μια μεγαλόσωμη γυναίκα με μια κακοσχεδιασμένη μπλούζα μου είπε να δοκιμάσω το άλλο εστιατόριο.

«Φαίνεται κλειστό», είπα.

Όχι κλειστό. Πήγαινε εσύ», επέμεινε εκείνη.

Δεν το διακινδύνευσα να φέρω αντίρρηση Σε πείσμα, ένιωσα να πηγαίνω προς την κατεύθυνση του αυτοκινήτου μου για ένα κρύο ντους και μια μπύρα στο σπίτι, αλλά η αίσθηση ότι θα μετανιώσω που δεν προσπάθησα να βρω τον ιδιοκτήτη με ώθησε στο χωριό των δέκα μικρών καλυβών.

Στην πυκνή ζέστη του μεσημεριού, με τον ήλιο να φουσκώνει την πλάτη μου και μια μυρωδιά ψαριού να χτυπάει τα ρουθούνια μου, άρχισα να νιώθω ναυτία και λιποθυμία.

Στο τέλος της παραλίας, ανέβασα τα δύο πέτρινα σκαλοπάτια που οδηγούσαν στο εστιατόριο. Μέχρι να μπω στη βαθιά ρουστίκ βεράντα αυτού του ευδιάκριτα μποέμικο εστιατόριο, ήμουν έτοιμος να σωριαστώ σε έναν από τους φτηνούς καναπέδες του.

Από ό,τι μπορούσα να δω, η τραπεζαρία ήταν όλα σε εξωτερικούς χώρους κάτω από ρουστίκ πέργκολες. Το ένα τμήμα είχε κομμάτια από ύφασμα με έντονα χρώματα, ντυμένα ίσως για να θυμίζουν σκηνή Βεδουίνων και κρατιόταν στη θέση του κάτω από ένα τυχαίο σταυρό δοκών που σκίαζε το χώρο ανάμεσα σε δύο κυβοειδή καλύβες. Ο πίσω τοίχος ήταν ο ίδιος ο γκρεμός. Ο πατέρας μέσα μου εκτίμησε το εστιατόριο μη ασφαλές για τα παιδιά. Ένα μόνο σχοινί που κρεμόταν ανάμεσα σε χαμηλούς στύλους ήταν το μόνο που εμπόδιζε τους πελάτες να πέφτουν πάνω από την άκρη. Η Τζάκι θα είχε ταχθεί. Ωστόσο, το εστιατόριο βρισκόταν σε μια προνομιακή τοποθεσία με θέα στην παραλία, τον ωκεανό και τον βράχο, και δεν φαινόταν τίποτα άλλο να κάνει από το να χαλαρώσετε, να απολαύσετε την ατμόσφαιρα και να φάτε. Και ήταν πολλά. Παρά τα αμφίβολα πρότυπα ασφαλείας, κάτω από διάφορα τμήματα του θόλου, καθισμένοι μπροστά από έναν υπαίθριο χώρο μαγειρέματος που μετά βίας θα μπορούσε να ονομαστεί κουζίνα, μια σειρά από χαρούμενα εστιατόρια καταλάμβαναν κάθε τραπέζι. Ο σεφ, αν μπορούσε να τον ονομάσει έτσι, δημιουργούσε μια παέγια σε ένα τεράστιο πιάτο πάνω από μια ανοιχτή φωτιά. Ήταν ένας εύσωμος, γενειοφόρος άνδρας με μπλουζάκι, ποδιά και καπέλο του μπέιζμπολ, που έκοβε μια πιο εκκεντρική φιγούρα.

Αγνοώντας το βλέμμα του που είχε κλειδώσει με το δικό μου τη στιγμή που τον παρατήρησα, γύρισα με το σακίδιο, λαμβάνοντας τα ίδια τρεμάμενα κεφάλια και βλέμματα μπερδεμένης απορίας που περίμενα. Τελικά, έφτασα σε ένα τραπέζι όπου ένας άντρας και μια γυναίκα απολάμβαναν το ποτό τους και τη θέα.

Ο άντρας ήταν αδύνατος, μελαχρινός, με πυκνά σκούρα μαλλιά δεμένα πίσω σε μια αλογοουρά στον αυχένα του. Η γυναίκα είχε χάλκινα μαλλιά και φρέσκια, αγγλική εμφάνιση. Υπήρχε μια ακριβή κάμερα στο τραπέζι. Τουρίστες. Έπρεπε να είναι. Σήκωσα το σακίδιο και επανέλαβα την ερώτησή μου.

«Μήπως αυτό τυχαίνει να ανήκει σε σας;»

Και οι δύο με κοίταξαν αμέσως, μετά η γυναίκα με κοίταξε πάνω κάτω. Μέχρι τότε, είχα συνηθίσει τη φαινομενική απόρριψη της ερώτησής μου, εγώ, το είναι μου εντελώς. Πρέπει να εμφανίστηκα τόσο ηττημένος όσο ένιωθα. Ο άντρας άνοιξε το στόμα του για να μιλήσει όταν η γυναίκα είπε: «Μοιάζεις ότι πρέπει να καθίσεις».

Το βλέμμα του άντρα επέστρεψε στο πρόσωπό μου. Είπε κάτι στα ισπανικά. Αυτή απάντησε. Έπειτα είπε: «Πάρτε μια καρέκλα».

«Δεν ενοχλώ το μεσημεριανό σας;»

«Μόλις φεύγαμε», είπε η γυναίκα. «Μπορείτε να έχετε το τραπέζι μας. Φαίνεται ότι το χρειάζεσαι.»

Τράβηξα την εφεδρική καρέκλα και κάθισα, τοποθετώντας το σακίδιο στο πάτωμα ανάμεσα στα πόδια μου. Χωρίς τον ιδιοκτήτη του, ένιωθα παράξενα σαν φύλακάς του.

«Είμαι η Κλερ», είπε η γυναίκα με ένα πλατύ χαμόγελο, «και αυτός είναι ο Πάκο».

«Τρέβορ».

Έγειρε το πρόσωπό της προς το μέρος μου, όλη περίεργη και ενδιαφέρουσα. Ένιωσα περίεργα άβολα.

'Σε διακοπές;'

'Περίπου. Νοικιάζω μια αγροικία στην Τέφια για τρεις μήνες.

«Δραπέτευση, λοιπόν».

Γέλασα. «Θα μπορούσες να το πεις αυτό. Είμαι συγγραφέας.»

'ΕΝΤΥΠΩΣΙΑΚΟ.'

«Πού στην Τεφία;» ρώτησε ο άντρας, ο Πάκο.

«Κατευθυνόμενοι από αυτήν την κατεύθυνση, το τρίτο σπίτι στα αριστερά.»

Ένα βλέμμα αναγνώρισης εμφανίστηκε στο πρόσωπο του Πάκο σαν να ήξερε καλά την ιδιοκτησία.

«Κι εσείς;» ρώτησα.

«Ζούμε σε ένα από τα χωριά της ενδοχώρας».

«Ποιο απ' όλα;»

«Την Τισκαμανίτα.» Ο τρόπος που είπε ο Πάκο τη λέξη έδινε μια εντύπωση ιδιοκτησίας και ένιωσα ότι ήταν ντόπιος.

«Αποκαταστήσαμε ένα ερείπιο», είπε η Κλερ με περηφάνια.

«Αποκατέστησες ένα ερείπιο», είπε γρήγορα ο Πάκο.

Έβγαλε ένα αμήχανο γέλιο. «Ο Πάκο είναι φωτογράφος», μου είπε. Έβαλε το χέρι στην τσάντα της και έβγαλε μια επαγγελματική κάρτα. Σύροντας την κάρτα πάνω από το τραπέζι προς την κατεύθυνση μου, είπε: «Μετατρέψαμε μια γωνιά του σπιτιού σε διαμέρισμα ενός υπνοδωματίου. Αυτοτελής. Ιδιωτική είσοδος.»

«Ευχαριστώ, αλλά...»

«Με εκπληκτική θέα σε ένα ηφαίστειο.»

«Έχει ήδη

Ένα σπίτι, Κλερ.»

Έριξε μια ματιά στον ωκεανό. «Μπορεί να θέλει να έρθει ξανά στο νησί ή να μείνει περισσότερο αυτή τη φορά. Ποτέ δεν ξέρεις.» Γύρισε το κεφάλι της και το βλέμμα της στάθηκε στο πρόσωπό μου.

«Βασικά, όχι», είπα, βάζοντας την κάρτα στην τσέπη.

«Ελπίζω να βρεις τον ιδιοκτήτη», είπε ο Πάκο κοιτάζοντας το σακίδιο στα πόδια μου καθώς στεκόταν.

Με αποχαιρέτησαν και μου ευχήθηκαν καλή τύχη. Τους παρακολούθησα να απομακρύνονται, μετά πήγα στον σεφ όπως είχα δει άλλους να κάνουν και παρήγγειλα ένα πιάτο με την παέγια του και μια μπύρα.

Ενώ περίμενα την παραγγελία μου, έλεγξα τους χρόνους της παλίρροιας στο τηλέφωνό μου και ανακάλυψα ότι είχα δίκιο – τίποτα κακό με τις παρατηρητικές μου δυνάμεις ή τη μνήμη μου – απλώς καταλαβαίνω τις παλίρροιες. Υπήρχε σχεδόν δύο μέτρα διαφορά μεταξύ της άμπωτης και της υψηλής παλίρροιας, ανάλογα με την ημέρα, και αυτό ισοδυναμούσε με πολύ νερό. Η κλίση της παραλίας ήταν μικρή, ήταν λογικό ότι η παλίρροια θα ορμούσε με τον τρόπο που είχε, σταμάτησε στην παραλία μόνο από εκείνη την όχθη με βότσαλα.

Γιατί δεν είχα σταματήσει και δεν είχα σκεφτεί τι προσπαθούσε να μου πει εκείνη η γυναίκα που έβγαινε από τη σπηλιά; Καθώς σκεφτόμουν την απάντησή μου, ήρθα πρόσωπο με πρόσωπο με μια ιδιότητα στη φύση μου που δεν είχα αναγνωρίσει πραγματικά πριν. Ήμουν πολύ γρήγορος, πολύ παρορμητικός, πολύ πρόθυμος να αποδείξω – σε έναν εκπαιδευτή γυμναστικής, για το καλό – ότι δεν ήμουν ανόητος. Είχα λάβει με μια ματιά τις νέες πληροφορίες για τις παλίρροιες και υπέθεσα ότι είχα αποκτήσει κάποιο είδος βαθιάς γνώσης. Είδα τώρα ότι η εκτίμησή μου ήταν μια μορφή αλαζονείας. Σε τελική ανάλυση, ακόμα κι αν είχα σκεφτεί τι έλεγε αυτή η γυναίκα, μάλλον δεν θα είχα προσέξει πολύ. Ήμουν πάντα τόσο γρήγορος να υποθέσω ότι είχα δίκιο;

Η άφιξη της μπύρας μου με απομάκρυνε από τις σκέψεις μου. Η παέγια που ήρθε αμέσως μετά ήταν νόστιμη. Η θέα και η όλη εμπειρία αυτού του ρουστίκ καφέ αποδείχτηκαν άρωμα για ένα κατά τα άλλα αντιμέτωπο πρωινό.

ΜΙΑ ΣΤΙΓΜΉ ΕΥΣΥΝΕΙΔΗΣΊΑΣ

ΜΕ ΤΗ ΣΥΝΗΘΙΣΜΈΝΗ ΤΟΥ ΠΟΝΗΡΙΆ, Ο ΆΓΡΙΟΣ ΚΑΛΟΚΑΙΡΙΝΌΣ ήλιος είχε κάνει το χειρότερο στο δέρμα μου, τα αποτελέσματα δεν έγιναν αισθητά παρά αργότερα, μέχρι που επέστρεψα στην αγροικία μετά τη δοκιμασία μου, το έγκαυμα αναπτύχθηκε σαν φωτογραφία, ακτινοβολώντας την πύρινη ζέστη του στο σκοτάδι του το δωμάτιο χωρίς παράθυρα όπου κάθισα μια ώρα πίνοντας μπύρα. Το δέρμα μου τσίμπησε περισσότερο στους ώμους, τη μύτη, το μέτωπο και το τριχωτό της κεφαλής μου, εκείνες τις περιοχές του σώματός μου που είχαν υποστεί το μεγαλύτερο βάρος της κολασμένης φλόγας, ενώ τα πόδια μου, βυθισμένα στο νερό για αρκετή ώρα, ήταν ακόμα λευκά εκτός από εμένα ήδη ηλιοκαμένα μπούτια. Έβαλα επίσης δύο λευκούς δίσκους ακανόνιστου σχήματος γύρω από τα μάτια μου. Έμοιαζα με πάντα. Τόσο για το αντηλιακό. Επιπρόσθετα στα δεινά μου, ανέπτυξα γρήγορα έναν δυνατό πονοκέφαλο που τα παυσίπονα δεν μπορούσαν να αγγίξουν. Ένιωθα ναυτία, είχα μια μανιασμένη δίψα και ακτινοβολούσα θερμότητα σαν υψικάμινος.

Είχα προγραμματίσει να επισκεφτώ το γυμναστήριο αργότερα το απόγευμα, αλλά στην κατάστασή μου, ήμουν κατάλληλος μόνο για ήσυχες στιγμές σε σκοτεινά δωμάτια με απαλά έπιπλα. Δεν μπορούσα να συνοφρυώσω, δεν μπορούσα να στραβώσω και σίγουρα δεν μπορούσα να χαμογελάσω. Όταν το έκανα, πλήρωσα το τίμημα.

Στράγγιξα ένα δεύτερο μπουκάλι Σαν Μιγκέλ και πήγα και στάθηκα στο ντους, αφήνοντας το δροσερό νερό να ηρεμήσει το δέρμα μου. Έμεινα εκεί για αρκετή ώρα. Είχαν περάσει δέκα λεπτά μέχρι να στεγνώσω και να ταμπονάρω προσεκτικά το δέρμα μου με κρέμα. Ντυμένος μόνο με μποξεράκι, έσυρα το φτωχό, έξυπνο κορμί μου στην κουζίνα όπου το σακίδιο, η αιτία της αγωνίας μου, βρισκόταν στον πάγκο.

Βλέποντάς το εκεί, με έπιασε απογοήτευση για τη στιγμή που πήρα αυτή την απόφαση στη σπηλιά να το φέρω μαζί μου. Θα έπρεπε να είχα φύγει καλά μόνος μου ή να ακολουθούσα μια μικροσκοπική φωνή μέσα που υποδήλωνε τη στιγμή που είχα βγει από τον ωκεανό ότι η επιστροφή στο αυτοκίνητό μου, ή τουλάχιστον, η κατεύθυνση προς τη σκιά που παρείχε το κεντρικό εστιατόριο, ήταν καλές ιδέες. Αν είχα λάβει τη δική μου συμβουλή, μεγάλο μέρος του ηλιακού μου εγκαύματος δεν θα ήταν τόσο σοβαρό. Αντίθετα, είχα ψήσει σαν θηρίο στη σούβλα, ενώ οι άγνωστοι στην παραλία έδιναν σιγά-σιγά τις απαντήσεις τους για το αν ήταν ή όχι ή γνώριζαν τον ιδιοκτήτη του προσβλητικού αντικειμένου.

Έπρεπε να τα παρατήσω αφού έγινε φανερό ότι κανείς δεν ήξερε τίποτα γι' αυτό. Αλλά εκείνο το μέρος του εγκεφάλου μου που του αρέσει να μην αφήνει πέτρα πάνω του, με έκανε να πλησιάσω κάθε άτομο στην παραλία.

Στην πραγματικότητα, έπρεπε να είχα πάει κατευθείαν στην αστυνομία εκεί και μετά, να είχα δώσει το κατακόκκινο πράγμα και να το τελειώσω. Ας βρουν τον ιδιοκτήτη.

Έπρεπε να τα είχα κάνει όλα αυτά, αλλά δεν το έκανα. Και εκεί το σακίδιο έκατσε, χωρίς ιδιοκτήτη, στην κουζίνα μου.

Θα μπορούσα, θα έπρεπε ακόμα να πάω στην αστυνομία. Αλλά δεν ήμουν σε θέση να οδηγήσω.

Θα έπρεπε, θα έπρεπε, θα έπρεπε. Μπολόκ σε έναν εσωτερικό μονόλογο γεμάτο ενοχές και αυτοκατηγορίες! Ήταν καιρός να βάλω λίγη θετικότητα στη ζωή μου.

Άνοιξα το φερμουάρ της κύριας τσέπης και ετοιμαζόμουν να βγάλω τα περιεχόμενα όταν άρχισε η προσοχή. Ήταν σοφό να παραβιάσω αυτό που θα μπορούσε να είναι απόδειξη; Δεν πρέπει να φοράω τουλάχιστον γάντια;

Βρήκα ένα ζευγάρι λαστιχένια γάντια σε ένα συρτάρι. Ήταν ακόμα στο πακέτο τους. Άνοιξα το πλαστικό, έβγαλα ένα γάντι και έβαλα ένα χέρι. Το λάστιχο ήταν σφιχτό και τράβηξε το δέρμα μου. Δεν είχα σκεφτεί ότι τα χέρια μου είχαν καεί από τον ήλιο μέχρι εκείνη τη στιγμή. Πρέπει να έπιασε τον ήλιο όταν κουβαλούσα το σακίδιο πάνω από το νερό.

Έπρεπε να τραβήξω και να τραβήξω τα δάχτυλά μου στις τρύπες των δακτύλων και σταμάτησα να προσπαθώ να φορέσω σωστά το γάντι όταν κάθε ψηφίο ήταν περίπου στα μισά.

Ένα γάντι θα έκανε.

Με ιδιαίτερη προσοχή, έβγαλα το περιεχόμενο του σακιδίου ανά αντικείμενο και τα άπλωσα στον πάγκο. Μια πετσέτα θαλάσσης, τυλιγμένη σαν λουκάνικο, με έντονα χρώματα, υγρή και μυρίζει ωκεανό. Ένα ζευγάρι κουρελιασμένα plimsolls μείον τα κορδόνια τους. Οι σόλες ήταν φθαρμένες και ο καμβάς λεκιασμένος. Είχαν δει σίγουρα καλύτερες μέρες. Ένα ημερολόγιο με απλό μπλε εξώφυλλο, ολοκαίνουργιο και χωρίς καν σκαρίφημα. Την προσοχή μου τράβηξε η φουσκωμένη μπροστινή θήκη. Ένα σορτς και ένα μπλουζάκι ήταν στριμωγμένο στον μικρό χώρο. Και τα δύο ήταν παλιά και ξεθωριασμένα. Λίγο περισσότερο από κουρέλια. Το μπλουζάκι είχε μια τρύπα κοντά στο στρίφωμα. Οι τσέπες του σορτς ήταν άδειες. Βρήκα ένα μπουκάλι αντηλιακό στη μία πλαϊνή τσέπη και ένα κινητό τηλέφωνο στην άλλη. Το μόνο άλλο αντικείμενο που γέμιζε το κάτω μέρος της κύριας θήκης του σακιδίου και ήταν πολύ μεγάλο για να το βγάλω με το ένα μου γάντι χέρι, ήταν μια δέσμη από αυτό που έμοιαζε με σωρούς χαρτιού τυλιγμένο σε κάποιο παλιό ύφασμα. Τράβηξα το δεύτερο γάντι όσο καλύτερα μπορούσα και μετά έβγαλα το πακέτο από το σακίδιο και άνοιξα το ύφασμα.

Το σαγόνι μου άνοιξε. Εκεί μπροστά στα μάτια μου υπήρχαν δέσμες με μετρητά ασφαλισμένα με λαστιχάκια και στοιβαγμένα σε πέντε τακτοποιημένους σωρούς. Πήρα ένα από τα κορυφαία πακέτα και ξεφύλλισα τις νότες. Ήταν όλα πενήντα ευρώ και μια πρόχειρη εικασία μου είπε ότι υπήρχαν είκοσι σε αυτό το πακέτο. Ήταν χίλια ευρώ. Πόσες δέσμες σε ένα σωρό; Σήκωσα το δάχτυλό μου στον σωρό που ήταν πιο κοντά μου και μέτρησα δέκα δέσμες. Αυτό σήμαινε πενήντα δέσμες συνολικά. Αν το καθένα περιείχε χίλια ευρώ, τότε κοιτούσα τις πενήντα χιλιάδες ευρώ.

Πενήντα χιλιάδες ευρώ!

Ήμουν ασταθής στα πόδια μου. Τα μάτια μου γέμισαν απληστία καθώς το μυαλό μου στροβιλιζόταν με πιθανότητες. Ενα αυτοκίνητο. Εξοφλήστε την υποθήκη. Κάντε κράτηση για άλλες διακοπές. Οτιδήποτε.

Αφήνοντας τα μετρητά να κάτσουν εκεί, χαϊδεύω το σακίδιο, βύθισα σε κάθε τσέπη, έκανα διπλό και τριπλό έλεγχο, έγειρα το σακίδιο ανάποδα και το κουνούσα δυνατά, αλλά δεν υπήρχε τίποτα άλλο να βρω.

Τα χέρια μου ίδρωναν μέσα στα λαστιχένια γάντια. Τα ξεφλούδισα και άφησα το δέρμα μου να αναπνεύσει ενώ μάζευα τις σκέψεις μου.

Αυτά τα μετρητά ανήκαν σε κάποιον και δεν είχα δικαίωμα να τα κρατήσω. Ή μάλλον, για να ηρεμήσω τη συνείδησή μου, έπρεπε τουλάχιστον να προσπαθήσω να αναγνωρίσω τον ιδιοκτήτη.

Τα ρούχα και η πετσέτα δεν μου έλεγαν πολλά. Η μόνη ταυτότητα ήταν αυτό το τηλέφωνο. Το ενεργοποίησα και εξεπλάγην όταν μπόρεσα να σύρω κατευθείαν στην αρχική οθόνη. Τότε δεν είναι κλειδωμένη η οθόνη. Με περίεργη προσμονή, μπήκα σε μηνύματα. Αδειάζω. Μητρώο τηλεφώνου. Τίποτα. Εφαρμογές μέσων κοινωνικής δικτύωσης. Μη ενεργοποιημένο. Μπήκα στις επαφές και βρήκα δύο αριθμούς τηλεφώνου, και τα δύο κινητά και τα δύο ανώνυμα. δίστασα. Πρέπει να δοκιμάσω να καλέσω αυτούς τους αριθμούς; Φαινόταν ο πιο άμεσος τρόπος για να μάθετε τι συνέβαινε. Αλλά μια μικρή, προειδοποιητική φωνή μέσα με σταμάτησε.

Είχα την παρουσία του μυαλού να απενεργοποιήσω το τηλέφωνο για να εξοικονομήσω την μπαταρία. Στη συνέχεια, ερεύνησα το περιεχόμενο του σακιδίου άλλη μια φορά. Εκτός από τα μετρητά, τα αντικείμενα ήταν ενός τακτικού λάτρη της παραλίας, κάποιου που είχε ήδη πάει για μπάνιο –η υγρή πετσέτα– και είχε φανταστεί μια άλλη. Τα plimsolls προκάλεσαν έναν νεαρό παραθεριστή, ίσως έναν σέρφερ. Κάποιος που είχε πετύχει μια φτηνή πτήση. Κάποιος που του άρεσε να κάνει διακοπές έξω από την πεπατημένη πίστα. Η έλλειψη ενός μπουκαλιού νερού υποδηλώνει ότι το άτομο – αρσενικό, αν κρίνουμε από το σορτς– δεν είχε σχεδιάσει να μείνει πολύ, αλλά τότε κανείς δεν θα το έκανε, όχι σε εκείνη τη σπηλιά.

Τα χρήματα έβαλαν μια διαφορετική χροιά στα πράγματα και μια σειρά από σκέψεις κάλπασαν στο μυαλό μου ταυτόχρονα. Ο ανώτερος, σε όποιον ανήκε το σακίδιο θα επέστρεφε στη σπηλιά για να το φέρει. Μου ήρθε στο μυαλό σε μια απομονωμένη σκέψη ότι η προεξοχή όπου ήταν κρυμμένο το σακίδιο πρέπει να ήταν πάνω από την ίσαλο γραμμή ακόμη και στην υψηλότερη παλίρροια. Η άμμος είχε στεγνώσει εκεί, από όσο θυμόμουν. Ίσως το σακίδιο να μην ήταν τόσο καιρό εκεί, και κατά κάποιον τρόπο είχα καταφέρει να μου λείψει εντελώς ο ιδιοκτήτης καθώς έμπαινε η παλίρροια, ακόμα κι όταν στεκόμουν στην παραλία και πλησίαζα κάθε άτομο εκεί. Γιατί κανένας με το σωστό μυαλό του δεν θα είχε κολυμπήσει προς την άλλη κατεύθυνση. Από ό,τι είχα δει στους χάρτες, η ακτογραμμή αποτελούνταν από ένα μεγάλο τμήμα γκρεμού.

Το σακίδιο ανήκε πραγματικά σε εκείνο το ζευγάρι που είχα προσπεράσει καθώς πλησίαζα τη σπηλιά; Σκεφτόμενος πίσω, ο άντρας είχε εμφανιστεί ταραγμένος. Ήταν αυτός ο λόγος που η γυναίκα ήθελε να γυρίσω πίσω; Σε περίπτωση που βρήκα το σακίδιο; Καμία σχέση με την παλίρροια; Αλλά αν ήταν έτσι, γιατί να εξαφανιστούν από το Πουερτίτο; Γιατί να μην περιμένουν να εμφανιστώ, με άδεια χέρια ή φορτωμένος;

Το πολύ μεγαλύτερο ερώτημα ήταν γιατί κάποιος θα ήθελε να κρύψει ένα σακίδιο γεμάτο μετρητά. Προφανώς, επειδή επρόκειτο για αυθαίρετα χρήματα, κλεμμένα ίσως, ή προϊόντα εγκλήματος. Χρήματα ναρκωτικών; Έπρεπε να είναι. Όποιος είχε κρύψει το σακίδιο ήξερε ότι κάποιος ήταν ή θα ήταν πάνω του, και έπρεπε να κρύψουν τα χρήματα στα πιο απίθανα μέρη ενώ πήγαιναν για να ασχοληθούν με κάτι άλλο.

Τι παράξενη κρυψώνα!

Εκτός κι αν το χρειάζονταν πραγματικά εντελώς απροσπέλαστο και εντελώς απρόσιτο.

Κατά πάσα πιθανότητα, κάποιος άλλος θα κυνηγούσε εκείνα τα μετρητά και τα μοτέρ που είχα πλησιάσει όλους στην παραλία και στα δύο εστιατόρια, επιδεικνύοντας αυτό το σακίδιο σε όλους και σε όλους.

Ο συναγερμός με χτύπησε. Κάποιος μπορεί να αναγνώρισε το σακίδιο, να προσποιήθηκε ότι δεν το έκανε για να μην τραβήξει την προσοχή και μετά να με ακολούθησε πίσω εδώ.

Πήγα κατευθείαν στο παράθυρο και κοίταξα έξω μέσα από τις διχτυωτές κουρτίνες πάνω-κάτω στο δρόμο. Δεν υπήρχε κανείς κοντά, κανένα ύποπτο αυτοκίνητο παρκαρισμένο πουθενά κοντά.

Αλλά αυτό δεν σήμαινε ότι ήμουν στο ξεκάθαρο. Τα νέα θα κυκλοφορούσαν . Θα ήμουν το κουτσομπολιό της ημέρας για όλους αυτούς που είχα πλησιάσει, έναν ηλίθιο Άγγλο τουρίστα με το χαμένο σακίδιο κάποιου.

Οι υποψίες μου έπεσαν σε εκείνο το ζευγάρι στο εστιατόριο Μποχίμιαν, τον Πάκο και την Κλερ. Είχαν μάλλον τη διάθεση να παρατήσουν πολύ γρήγορα το τραπέζι τους και να φύγουν. Ήταν οι πιθανότεροι ύποπτοι απλώς και μόνο επειδή ήταν εκείνοι που έδειξαν το μεγαλύτερο ενδιαφέρον για μένα. Όλοι οι άλλοι είχαν εκφράσει αδιαφορία. Όχι αυτοί. Με κάλεσαν να συμμετάσχω μαζί τους. Και είχα πέσει στην παγίδα τους και τους είχα πει που ακριβώς έμενα.

Ωστόσο, γιατί να μου δώσουν την επαγγελματική τους κάρτα; Εάν εμπλέκονταν με οποιονδήποτε τρόπο, δεν θα προτιμούσαν να κρύψουν τις ταυτότητές τους, να μην τις προδώσουν; Ίσως η Κλερ σκέφτηκε να με καλέσει να κάτσω μαζί τους για να με ψαρέψει και να της πω για μένα. Τελικά, φαινόταν μάλλον πρόθυμη να με παρασύρει στην Τισκαμανίτα. Φανταζόμουν το ζευγάρι, όλο σίγουρο για τον εαυτό του και χαλαρό, και είπα στον εαυτό μου ότι ήμουν παρανοϊκός. Αυτό το ζευγάρι μου είχε αποπνεύσει ένα μείγμα αδιαφορίας και ήπιας ανησυχίας. Τους έλειπε ο αέρας του εγκληματία. Δεν υπήρχε τίποτα επιπόλαιο σε κανέναν από τους δύο. Σε γενικές γραμμές, δεν ήταν εγκληματικού τύπου.

Και πάλι, ποτέ δεν μπορούσες να πεις.

Λαμβάνοντας υπόψη όλες τις διάφορες επιπτώσεις της κατάστασής μου, φάνηκε ότι δεν είχα άλλη επιλογή. Έπρεπε να οδηγήσω στο πλησιέστερο αστυνομικό τμήμα και να παραδώσω το σακίδιο. Όσο περισσότερο το κρατούσα, τόσο χειρότερο θα ήταν για μένα. Τράβηξα τα γάντια, τύλιξα τα μετρητά και μετά άρχισα να επιστρέφω το περιεχόμενο στις πλαϊνές τσέπες.

Καθώς έπαιρνα το πακέτο μετρητών, δίστασα. Υπήρχαν περισσότερα από όσα φαινόταν στο μάτι, και έκανα μια σειρά από αβάσιμες υποθέσεις. Η αλήθεια θα αποκαλυπτόταν αν περίμενα. Αν κάποιος χτυπούσε την πόρτα μου, θα μπορούσα να κάνω χαζή ή να παραδώσω τα μετρητά. Ή θα μπορούσα απλώς να κρύψω το σακίδιο και να προσποιηθώ ότι το παρέδωσα στην αστυνομία και στη συνέχεια να το ξεφύγω αφού όποιος κι αν ήταν είχε φύγει.

Ό,τι κι αν επέλεξα να κάνω, ένα πράγμα ήταν σίγουρο, ενώ η αμφιβολία και οι υποψίες αντικατέστησαν τη σκληρή αλήθεια, δεν μπορούσα να ξοδέψω ούτε ένα ευρώ από αυτά τα μετρητά.

ΑΒΕΒΑΙΟΤΗΤΑ

ΞΥΠΝΗΣΑ ΞΑΝΑ ΜΠΛΕΓΜΕΝΟΣ ΣΤΑ ΣΕΝΤΟΝΙΑ. ΠΡΟΣ ΜΕΓΑΛΗ ΜΟΥ ανακούφιση, ήταν στεγνά, αλλά είχα μια πανίσχυρη στύση και χρειαζόμουν πολύ να κατουρήσω.

Παρασύρονταν στο μυαλό μου μύτες ενός ονείρου, ημιδιαφανείς εικόνες άτονης σάρκας, ελάχιστα καθορισμένες.

Ένα πάρτι γινόταν γύρω μου. Στεκόμουν δίπλα σε μια πισίνα. Αδύνατα ντυμένοι γλεντζέδες που κερνούν. Χέβι Μέταλ έπαιζε στο βάθος. Το γέλιο ανέβηκε. Τότε ένας άντρας εμφανίστηκε στο νερό. Με κοίταξε και χαμογέλασε. Με κάρφωσε με το βλέμμα του καθώς βγήκε από την πισίνα. Ήταν γυμνός. Το μέλος του άστραψε. Ξαφνικά, ήταν το μόνο που μπορούσα να δω. Ήξερα ότι ο άνθρωπος ήταν ο Βινς.

Ξεμπερδεύτηκα και πήγα στην τουαλέτα για να αντιμετωπίσω την άβολη κατάσταση ενός πέους με σκληρό βράχο και μιας γεμάτης κύστης που σκάει. Οι μπάλες μου πονούσαν και έπρεπε να ουρήσω. Οι μπάλες είχαν προτεραιότητα.

Καθώς έπλενα τα χέρια μου, σκέφτηκα γιατί ο Βινς θα έπρεπε να ξεπροβάλει ξαφνικά από το αναίσθητό μου και στα όνειρά μου. Εκείνες οι κρυφές μέρες ξέφρενων ρυμουλκήσεων ήταν καλά και αληθινά στο παρελθόν. Τότε, κανείς μας δεν είχε συζητήσει ποτέ ότι είναι ομοφυλόφιλος, και όσο ήμουν παντρεμένος με την Τζάκι, δεν ένιωσα ούτε μια φορά την επιθυμία για έναν άντρα. Έπρεπε να παραδεχτώ ότι η τάση πρέπει να κρυβόταν μέσα μου, αν και αδύναμα, διαφορετικά δεν θα άφηνα ποτέ τον Βινς να χειριστεί το καβλί μου μόνο με τον πιο ήπιο συναγερμό και αποστροφή. Σίγουρα ένας αμιγώς ετεροφυλόφιλος άντρας θα είχε κάλτσα στο πρόσωπο του Βινς τη στιγμή που τα δάχτυλά του έπεσαν στο μέλος τους. Για μένα, τα μαλακά αγορίστικα χέρια του ήταν τρελά. Η σεξουαλικότητά μου ένιωθα διφορούμενη στην ανάμνηση. Ωστόσο, δεν είχα ακόμα καμία επιθυμία ή έλξη για έναν άντρα, ούτε καν στη φαντασία μου. Λοιπόν, τι ήταν το φιλτράρισμα; σήμαινε κάτι; Ή μήπως ο απατεώνας έπαιζε παιχνίδια μαζί μου κατά τη διάρκεια αυτής της πιο ευάλωτης φάσης της ζωής μου;

Στο ντους, έβαλα τις νυχτερινές μου αναταραχές σε ξεφτισμένα νεύρα και υπερβολικό ενθουσιασμό και έβαλα τέλος σε περαιτέρω εικασίες. Ο χρόνος μου στη Φουερτεβεντούρα προοριζόταν να είναι ένα χαλαρωτικό καταφύγιο. Ομολογουμένως, βρισκόμουν στο νησί μόνο μια εβδομάδα και δεν μπορούσα να ελπίζω ότι θα είχα ξετυλιχτεί και μπει σε μια ρουτίνα εκείνη την περίοδο, σίγουρα όχι σε μια ρουτίνα που να ευνοούσε τη σύνθεση μυθοπλασίας, παρόλα αυτά έμεινα πολύ μακριά από το άγχος των συνηθισμένων μου ζωή, και ένιωθα πιο χαλαρός από ό,τι είχα επιστρέψει στην Αγγλία. Η σωματική μου μεταμόρφωση είχε ήδη ξεκινήσει. Όλο αυτό το πετάλι και το χτύπημα στο γυμναστήριο δεν είχε αλλάξει τη σωματική μου διάπλαση, αλλά η προσπάθεια είχε αρχίσει να δημιουργεί αισθήματα ευεξίας, ακόμα κι αν το σώμα μου πονούσε, από πάνω μέχρι τα νύχια.

Και τι εβδομάδα ήταν! Πρώτον, η ανησυχητική ανακάλυψη ότι ένας τοπικός ξενώνας για νέους είχε λειτουργήσει κάποτε ως φυλακή που φυλάκιζε ομοφυλόφιλους άνδρες, ένα θέμα που με στεναχώρησε στο περιθώριο του μυαλού μου από τότε που η Angela μου πρότεινε να γράψω γι' αυτό. Τώρα αυτή η απαίσια ιστορία, σε μικρή απόσταση με τα πόδια από το παράθυρο της κρεβατοκάμαρας μου, είχε επισκιαστεί από ένα σημερινό δράμα που ξετυλίγονταν μπροστά μου, ακριβώς από τη στιγμή που βρήκα το σακίδιο. Φάνηκε ότι η ζωή είχε σχέδια για μένα σε αυτό το νησί, σχέδια που δεν περιελάμβαναν ξεκούραση και χαλάρωση. Έμοιαζε σαν να με είχαν επιλέξει ως χαρακτήρας σε κάποιο είδος έπος που θα ήθελα να ήταν μυθοπλασία, οπότε δεν χρειαζόταν να υπομείνω το άγχος που το συνεπαγόταν.

Στάθηκα μπροστά στον καθρέφτη του μπάνιου και επιθεώρησα το ηλιακό έγκαυμα. Το δέρμα μου ήταν κατακόκκινο και αποφάσισε να μαυρίσει ή να ξεφλουδίσει. Η μύτη μου είχε ήδη αποφασίσει. Ό,τι κι αν επέλεξα να κάνω με τη μέρα, έπρεπε να μείνω μακριά από τον ήλιο ή τουλάχιστον να καλύψω τα καμένα μου κομμάτια. Ταμπονάρισα την κρέμα και ακολούθησε μια φιλελεύθερη κούκλα από την ενυδατική κρέμα που είχα αγοράσει από την Τζάκι. Βγαίνοντας από το μπάνιο, μύρισα αόριστα αντισηπτικό και άρωμα λουλουδιών.

Πάνω σε ένα πρωινό με φρυγανισμένο προζύμι γεμάτο με χοντρές φέτες ντομάτας και κατσικίσιο τυρί, περιχυμένο με ελαιόλαδο, έλεγξα τα εισερχόμενά μου, επιτέλους ξεκίνησα με θάρρος τον φάκελο «Σε εκκρεμότητα» και άνοιξα το ημέηλ από την Τζάκι.

Δύο μικρές προτάσεις και μου ευχόταν καλό ταξίδι. Αυτό ήταν. Να απαντήσω; Την ευχαριστώ; Αλλά μετά θα απαντούσε στη δική μου, περιμένοντας ενημερώσεις. Θα κατέληγε να απαιτήσει πλήρη απολογισμό της παραμονής μου για να ικανοποιήσει την περιέργειά της. Δεδομένων των συνθηκών, το λιγότερο που λέγεται τόσο το καλύτερο. Έσβησα το ημέηλ. Αν ήταν περίεργη, θα την αφήσω στην περιέργειά της.

Μεταξύ των συνηθισμένων σκουπιδιών, υπήρχαν τρεις σύντομες γραπτές εργασίες: Μια εταιρεία γυμναστικής ήθελε περισσότερο περιεχόμενο για τον ιστότοπό της, ένας μπλόγκερ ήθελε ένα άρθρο για την υγεία των ανδρών και η τελευταία ήταν ένα αίτημα για δέκα κορυφαίες συμβουλές για πεζοπόρους. Φαντάστηκα μια πιθανή Συμβουλή Δέκα: Αν δείτε ένα μοναχικό σακίδιο στην πεζοπορία σας, αφήστε το εκεί που είναι.

Όλοι ήταν καλοί πληρωτές. Πήγα ενάντια στην προηγούμενη απόφασή μου να μην αναλάβω περισσότερες εργασίες και τις δέχτηκα με τη σειρά τους. Έφτιαξα ένα καφεδάκι και ξεκίνησα τη δουλειά.

Ήταν μεσημέρι πριν σταματήσω να ετοιμάσω το μεσημεριανό γεύμα. Ήμουν στα μισά του δρόμου για να κόψω σε κύβους λαχανικά σαλάτας, με το μαχαίρι μου στριμωγμένο πάνω από ένα αγγούρι, όταν ο φορητός υπολογιστής μου εξέπεμπε το σήμα του Σκάιπ.

Η Άντζελα. Έπρεπε να είναι.

Ήθελα να την αγνοήσω, αλλά ο ήχος ήταν πολύ απαιτητικός. Με το μαχαίρι στο χέρι, ρίχτηκα σε μια στιγμή σύγχυσης. Έπρεπε να τελειώσω την προετοιμασία της σαλάτας μου, αλλιώς θα ήταν καταστροφή. Αν της έλεγα να με καλέσει πίσω, θα ήθελε να μάθει γιατί. Εξάλλου, θα ήταν και το μεσημεριανό της διάλειμμα.

Άφησα το μαχαίρι και πήγα να απαντήσω στην κλήση, ορμώντας στη μικρή τραπεζαρία όπου είχα στήσει τη θέση εργασίας μου και πατώντας το κουμπί αποδοχής. Η Άντζελα εμφανίστηκε αμέσως στην οθόνη. Της χαμογέλασα παρόλο που δεν με έβλεπε. Είχα αφήσει απενεργοποιημένη την κάμερα. Χωρίς βίντεο, τουλάχιστον δεν μπορούσε να γελάσει με το ηλιοκαμένο πρόσωπό μου.

«Κακή σύνδεση», είπα πριν τη ρωτήσει.

«Γεια, Τρέβορ. Πώς είσαι;'

«Είμαι υπέροχα», είπα ψέματα.

«Ενθουσιασμένη που το ακούω.»

Πήρα το λάπτοπ στον πάγκο της κουζίνας και συνέχισα να

κόβω, όσο πιο αθόρυβα μπορούσα, το μαχαίρι που έκανε ρυθμικά χτυπήματα στο ξύλο κοπής.

«Τι είναι αυτός ο απαίσιος ήχος;»

'Συγνώμη.'

Άρχισα να το κόβω αργά, χαλαρώνοντας το μαχαίρι καθώς χτυπούσε στον πίνακα. Είχα προχωρήσει σε ένα καρότο.

«Πώς είναι η συγγραφή;» είπε.

«Μόλις ολοκλήρωσα τρεις εργασίες.»

'Δεν είναι αυτό που εννοούσα.'

«Ένας άντρας πρέπει να φάει».

Ήταν αλήθεια, οι πενιχρές οικονομίες μου δεν θα κρατούσαν για πάντα.

Η Άντζελα πέρασε ένα χέρι μέσα από τα μαλλιά της.

«Πρέπει πραγματικά να σκεφτείς να γράψεις για αυτή τη φυλακή».

'Όχι.'

Έσπρωξα τη λεπίδα δυνατά στο τελευταίο τμήμα του καρότου. Πρέπει να ακουγόταν τρομακτικό το τέλος της, αλλά η Άντζελα δεν έκανε κανένα σχόλιο. Ακολούθησε μια στιγμή σιωπής. Έπειτα είπε: «Μην ακούγεσαι τόσο εμφατικός. Είσαι ο τέλειος συγγραφέας για αυτό.»

Δεν ήμουν. Ήξερα πολύ καλά ότι δεν ήμουν. Είχα αρκετή αναταραχή μέσα μου και το τελευταίο πράγμα που χρειαζόμουν ήταν να ενσαρκώσω γκέι χαρακτήρες, ειδικά αυτούς που ήταν έγκλειστοι σε στρατόπεδο συγκέντρωσης. Θα ήταν πάρα πολύ.

«Τι γίνεται με εκείνον τον Ρίτσαρντ Χ. Πάρι;» είπα απορριπτικά. «Δωσ 'το σ' αυτόν.»

Στη σαλάτα μου μπήκαν καρδιές αγκινάρας και μια ψητή ολόκληρη κόκκινη πιπεριά την οποία έσκισα με τα δάχτυλά μου.

«Δεν έχει την πολιτιστική σου ευαισθησία», είπε η Άντζελα. «Είναι πολύ παλιός για να αποδώσει δικαιοσύνη στο θέμα».

«Σε στρατόπεδο φυλακών;»

«Προτίμησης φύλου.»

Πέταξα τη σαλάτα γύρω-γύρω στο μπολ και περιτύλιξα την παρτίδα με ένα ντρέσινγκ με ελαιόλαδο και την άφησα στον πάγκο, παίρνοντας το φορητό υπολογιστή και την Άντζελα πίσω στο τραπέζι της τραπεζαρίας.

«Και τα ξέρω όλα αυτά;» είπα, βάζοντας πολύ σαρκασμό στη φωνή μου καθώς κάθισα. «Λοιπόν, δεν το κάνω».

«Τρέβορ, ναι.»

«Όχι πάλι αυτό. Άσε με ήσυχο, Άντζελα. Είμαι ετεροφυλόφιλος.»

«Τόσο ίσια όσο μια μπανάνα.»

Εκνευρισμένος, πέρασα ένα κομμάτι σκόνης από την κάτω γωνία της οθόνης που με ενοχλούσε σε όλη τη διάρκεια της κλήσης. Ακολούθησε μια μεγάλη παύση και μετά ούρλιαξε: «Τι έπαθε το πρόσωπό σου!»

Ένας κυματισμός συγκλονισμένης ταπείνωσης με διαπέρασε. Ανάθεμά μου τα αδέξια δάχτυλά μου! Με κοίταζε κατευθείαν, με δάκρυα να κυλούσαν ήδη στα μάγουλά της.

Απρόθυμα, ξεκαθάρισα όλη την ιστορία της δοκιμασίας μου στο Πουερτίτο ντε Λος Μολίνος, συμπεριλαμβανομένου του θέματος ότι δεν έλαβα υπόψη το εύρος της παλίρροιας, μια παράβλεψη που με οδήγησε στην εσφαλμένη πεποίθηση ότι είχα αρκετό χρόνο για να επιστρέψω στην κύρια παραλία .

«Τρέβορ», ψιθύρισε όταν τελείωσα την ομιλία μου, «αυτό πρέπει απλά να το γράψεις».

'Δεν μπορώ. Το ζω, Άντζελα, και είναι, λοιπόν, τρομακτικό.»

«Το μόνο που χρειάζεται να κάνεις είναι να δώσεις το σακίδιο στην αστυνομία και στη συνέχεια να φτιάξεις μια ιστορία για το τι θα είχε συμβεί αν δεν το είχες δώσει.»

«Εννοείς αν κρατούσα τα μετρητά;»

«Σίγουρα η φαντασία σου μπορεί να φτάσει σε αυτό;»

«Όχι όσο το σακίδιο κάθεται στον πάγκο μου».

Φυσικά και όχι. Σε αγχώνει πολύ.» Έριξε μια ματιά στην πόρτα του γραφείου της. «Πρέπει να κλείσω.» Η οθόνη έμεινε κενή πριν προλάβω να πω αντίο.

Η Άντζελα είχε δίκιο, ως συνήθως. Έπρεπε να παραδώσω το σακίδιο.

Τουλάχιστον δεν είχε αναφέρει τη Σάντρα Φλιντ και την άξια σύντομη λίστα της. Και πάλι, το έργο το άξιζε, σκέφτηκα με ξαφνική περηφάνια. Αυτή η σύντομη λίστα ήταν δική μου, και θα έπρεπε τουλάχιστον να επιτρέψω στον εαυτό μου λίγη ικανοποίηση ακόμα κι αν μου αρνούνταν κάποιο χρηματικό έπαθλο.

Έβγαλα τη σαλάτα μου από την κουζίνα και τράβηξα μέχρι την τελευταία μπουκιά καθώς κύλιζα στις εικόνες της Φουερτεβεντούρα. Όταν βαρέθηκα τις φωτογραφίες με ηλιοφάνεια και άμμο, εντόπισα το πλησιέστερο αστυνομικό τμήμα.

Σταματώντας το αναπόφευκτο, ξεπλύθηκα, στέγνωσα και το έβαλα μακριά, με τα μάτια μου να πέφτουν στο σακίδιο ακόμα στον πάγκο. Αφού δίπλωσα την πετσέτα πάνω από την πόρτα του φούρνου, πήρα τα γυαλιά ηλίου και το καπέλο μου και μετά γλίστρησα το σακίδιο από τον πάγκο και το πέρασα στον ώμο μου, συνειδητοποιώντας προτού προσγειωθεί στο ζεματισμένο δέρμα μου ότι δεν έπρεπε να το κάνω. Έπνιξα μια κραυγή, έβγαλα την τσάντα από τον ώμο μου και την άφησα να πέσει στο πάτωμα.

Χρειάστηκαν μερικές στιγμές για να υποχωρήσει ο πόνος. Δεν τόλμησα να τρίψω το δέρμα, κάτι που με ανάγκασε το ένστικτο.

Έξω ήταν άλλο ένα καμίνι της ημέρας. Έτρεξα στο αυτοκίνητό μου και άνοιξα όλες τις πόρτες, συμπεριλαμβανομένου του πορτμπαγκάζ, για να βγει η ζέστη. Καθώς στεκόμουν, περιμένοντας με το σακίδιο στα πόδια μου, ένα αυτοκίνητο πέρασε, επιβράδυνε, έκανε μια αναστροφή και μετά σταμάτησε έξω από το σπίτι μου. Οι μύες στο έντερο μου συσπάστηκαν. Δεν υπήρχε χρόνος για τρέξιμο μέσα. Δεν υπάρχει χρόνος να πηδήξω στο αυτοκίνητό μου και να φύγω. Το μόνο που μπορούσα να κάνω ήταν να φαίνομαι χαλαρός και να περιμένω.

Ακολούθησε μια μεγάλη παύση, ενώ όποιος ήταν σε αυτό το αυτοκίνητο αποφάσισε να βγει έξω. Ίσως είχαν όπλο.

Επιτέλους άνοιξε η πόρτα του συνοδηγού.

Ήταν ο Πάκο και η Κλερ.

Ο ΠΆΚΟ ΚΑΙ Η ΚΛΕΡ

«ΘΑ ΒΓΕΙΣ ΈΞΩ;» ΕΙΠΕ Η ΚΛΕΡ, ΜΕ ΌΛΟ ΧΑΜΌΓΕΛΟ ΚΑΘΏΣ πλησίαζε, τα χάλκινα μαλλιά της στοιβαγμένα ψηλά στο κεφάλι της, τα γυαλιά ηλίου της σφηνωμένα στη μάζα. «Τα αυτοκίνητα ζεσταίνονται τόσο πολύ εδώ αφημένα στον ήλιο. Στοιχηματίζω ότι δεν μπορείς να αγγίξεις το τιμόνι.»

Έβγαλα ένα αμήχανο γέλιο που έμοιαζε περισσότερο με γρύλισμα.

Ο Πάκο περιπλανήθηκε από δίπλα μου και στη σύντομη διαδρομή. Δεν είχα ιδέα τι μπορεί να του τράβηξε το ενδιαφέρον. Το ακίνητο έβλεπε στα πίσω τετράγωνα του χωριού και δεν υπήρχε τίποτα που να δει κανείς ενδιαφέροντος ή ομορφιάς. Στάθηκε με την πλάτη του προς το μέρος μας, σαν να κοιτούσε το τοπίο, αλλά σκέφτηκα ότι η συμπεριφορά του ήταν απλώς μια προσποίηση. Παίρνοντάς τον μέσα, φαινόταν άβολος, ανήσυχος σαν να ανυπομονούσε να ξεκινήσει.

Αγνοώντας, ή ίσως αδιαφορώντας για τη συμπεριφορά του, η Κλερ έδειξε το σακίδιο στα πόδια μου.

«Ακόμα δεν βρήκες τον ιδιοκτήτη;»

«Εγώ το πήγαινα στην αστυνομία».

«Στην αστυνομία; Τι στο καλό; Γιατί να μην το ξαναβάλεις εκεί που το βρήκες, αν σε προβληματίζει τόσο πολύ;».

«Η σπηλιά είναι πολύ δύσκολο σημείο για να φτάσεις», είπε ο Πάκο, ενώνοντας την Κλερ, της οποίας το βλέμμα δεν έφυγε ποτέ από το πρόσωπό μου. Πρέπει να παρατήρησε το βλέμμα μου, αλλά δεν έκανε κανένα σχόλιο. Βρήκα τη διακριτικότητα της συμπαθητική.

«Σε παρακολουθήσαμε να παλεύεις πίσω καθώς μπήκε η παλίρροια», είπε. Το πρόσωπό της τσάκισε καθώς χαμογέλασε. Ήσουν καταπληκτικός. Θα είχα φρικάρει.»

Έμεινα έκπληκτος και δεν αντιμετώπισα ευγενικά να είμαι η μεσημεριανή τους διασκέδαση. «Δεν το είπατε ποτέ».

«Δεν θέλαμε να σε φέρουμε σε δύσκολη θέση».

Λοιπόν, με φέρατε τώρα. «Τι σας φέρνει στην Τεφία;» ρώτησα ανάλαφρα, πρόθυμα να αλλάξω θέμα.

«Κατευθυνόμασταν προς το κέντρο του κήπου και μετά σε είδαμε».

«Σταματήσαμε με παρόρμηση», είπε ο Πάκο. «Η ιδέα της Κλερ».

Έγινε μια μεγάλη παύση. Δεν ήμουν σίγουρος πώς να τη γεμίσω, τότε η κοινωνική εθιμοτυπία έσπασε το άγχος μου και βρέθηκα να τους προσκαλώ μέσα και να τους κάνω μια ξενάγηση.

«Δεν βρίσκεις ότι η κίνηση ενοχλεί το γράψιμό σου;» είπε η Κλερ καθώς παρατήρησε τον δρόμο από το μπροστινό παράθυρο του δωματίου, μόλις τρία μέτρα μακριά.

Η αγροικία ήταν αρχαία, και νόμιζα ότι ο δρόμος είχε κατασκευαστεί πολύ καιρό μετά. Τέσσερα σκαλοπάτια που οδηγούσαν από το πεζοδρόμιο στην μπροστινή βεράντα σήμαιναν ότι οι κραδασμοί από τα διερχόμενα οχήματα μπορούσαν να γίνουν αισθητοί σε αυτό το μπροστινό δωμάτιο.

«Σπάνια βρίσκομαι σε αυτό το μέρος του σπιτιού και δεν υπάρχει ποτέ πολλή κίνηση», είπα. «Σε καμία περίπτωση δεν γράφω πολλά. Δεν φαίνεται να έχω την έμπνευση.»

Γύρισε πίσω στο δωμάτιο και μου έριξε ένα συμπαθητικό βλέμμα. «Όχι με το δέρμα σου. Αυτό είναι πολύ κακό ηλιακό έγκαυμα. Τι του βάζεις;»

«Σάβλον».

«Η αλόη βέρα είναι η καλύτερη».

Η Κλερ άρχιζε να μου θυμίζει την Άντζελα, την Τζάκι, όλες τις γυναίκες που ήξερα που έμοιαζαν να ξέρουν τα πάντα και χάρηκαν όταν έδιναν συμβουλές.

Οδήγησα το ζευγάρι στο μπάνιο με την μπανιέρα με τα πόδια και από εκεί στο δεύτερο σαλόνι.

Ο Πάκο, ο οποίος μέχρι στιγμής δεν ήταν ομιλητικός, είπε: «Δεν είναι το ηλιακό έγκαυμα που τον επηρεάζει, Κλερ. Είναι αυτό το μέρος.»

Η Κλερ του έριξε ένα σαστισμένο βλέμμα.

«Όχι η αγροικία», είπε γρήγορα καθώς συνεχίζαμε την περιοδεία. 'Η περιοχή. Η Tefía έχει μια περίεργη ενέργεια.

«Έτσι νομίζεις;» είπα με ενδιαφέρον. Είχα την τάση να συμφωνήσω μαζί του.

'Το ξέρω. Υπήρξε πολλή τραγωδία εδώ».

Ήμουν έτοιμος να τον ρωτήσω τι εννοούσε, αλλά είχε πάει κατευθείαν στην κρεβατοκάμαρά μου. Δεν είχα άλλη επιλογή από το να ακολουθήσω. Πρώτα, επιθεώρησε το κρεβάτι με ουρανό. Έκρυψα την αμηχανία μου πάνω από τα τσαλακωμένα σεντόνια που άθελά μου είχα ξεχάσει να ισιώσω, το μυαλό μου έπεσε πίσω στο ερωτικό μου όνειρο και στο αποτέλεσμα που αναγκάστηκα να διατυπώσω. Μετά, προς ανακούφισή μου, πήγε και στάθηκε δίπλα στο παράθυρο. Η Κλερ, η πιο ευγενική από τις δύο, παρέμεινε στην πόρτα.

«Η φυλακή;» είπα, νομίζοντας ότι πρέπει να αναφερόταν στον ξενώνα. «Άκουσα για αυτό. Έχω περπατήσει στον ανεμόμυλο μερικές φορές.»

«Εκείνο το μέρος ήταν στρατόπεδο εργασίας.» Έδειξε το παράθυρο, όχι ότι το στρατόπεδο φαινόταν. «Οι άντρες δούλευαν στα χωράφια τριγύρω εδώ, σπάζοντας βράχους και χτίζοντας τοίχους. Θα τα έβλεπες από εδώ, σαν μισογύναντα μυρμήγκια».

Κανείς δεν μίλησε. Άρχισα να διαφωνώ ενάντια στη σκέψη όλων εκείνων των φτωχών ανδρών που υποφέρουν λίγο πιο πέρα από την πόρτα μου πριν από λίγο καιρό, και για ποιο πράγμα; Η σεξουαλικότητά τους; Φαινόταν μια ασυνείδητη αδικία. Γεννήθηκα μόλις λίγα χρόνια μετά τον θάνατο του στρατηγού Φράνκο και γνώριζα ποτέ την Ισπανία ως δημοκρατία. Αλλά η δικτατορία ήταν πολύ πρόσφατη και, φυσικά, είχα διαβάσει τον Χέμινγουεϊ και τον Όργουελ και είχα δει φωτογραφίες της Γκέρνικα του Πικάσο. Το ότι ο Φράνκο είχε επίσης διώξει ομοφυλόφιλους φαινόταν σχεδόν ισοδύναμο, αλλά δεν άλλαξε την ανομία, τη φρίκη. Όλοι γνωρίζαμε για τον Χίτλερ και τι έκαναν οι Ναζί στις μειονοτικές ομάδες. Κανείς που ήξερα δεν είχε σκεφτεί ποτέ τι είχε συμβεί υπό τον Φράνκο.

«Κλερ», είπε ο Πάκο. «Εκείνοι οι κρατούμενοι είδαν τα φώτα του Μαφάσο».

Δεν είχα ιδέα τι εννοούσε. Επέλεξε να μην με γεμίσει. Η Κλερ είπε, απευθυνόμενη σε εμένα, «Είναι ένας αρχαίος μύθος. Αν και ίσως δεν είναι μύθος. Τους έχω δει κι εγώ».

'Πραγματικά;'

«Μικρά βελάκια φωτός», είπε ο Πάκο, καρφώνοντας το βλέμμα του στο πρόσωπό μου. «Είναι από τις ψυχές των ταραγμένων τάφων.» Γύρισε προς το παράθυρο. Ένας συγκινητικός τόνος εμφύσησε τα επόμενα λόγια του. «Νομίζω ότι η άλλη τραγωδία έχει προσθέσει στη σκοτεινή ενέργεια εδώ».

«Τι άλλη τραγωδία;» Η Κλερ τον κοίταξε ερωτηματικά.

Άφησε το βλέμμα του να ξεφύγει και μουρμούρισε: «Δεν μου αρέσει να μιλάω για αυτό».

Τότε γιατί να το αναφέρω;

«Πες μας», είπε η Κλερ. Ο τόνος της ήταν έγκυρος. Αστραπιαία, μου θύμισε ξανά την Τζάκι. Ήταν ανησυχητικό.

Αν και δεν έμοιαζε σε τίποτα με την Τζάκι, ούτε στην εμφάνιση ούτε στον τρόπο. Για ένα απαίσιο δευτερόλεπτο, σκέφτηκα ότι μπορεί να γίνομαι μισογύνης, που πίσσα όλων των γυναικών με το ίδιο πινέλο.

Ο Πάκο φάνηκε ανενόχλητος με τον τρόπο της. Έμεινε δίπλα στο παράθυρο και μίλησε με ζοφερή φωνή. «Το 1972 η περιοχή γνώρισε ένα τρομερό γεγονός. Δεκατρείς αλεξιπτωτιστές πέθαναν σε αυτά τα χωράφια και πολλοί άλλοι τραυματίστηκαν».

«Τι συνέβη;» είπε η Κλερ, με ένα βλέμμα ανησυχίας εμφανίστηκε στο πρόσωπό της.

«Ήταν κατά τη διάρκεια μιας στρατιωτικής άσκησης. Κάποιος ηλίθιος διοικητής διέταξε ένα μαζικό άλμα. Νομίζω ότι ενενήντα άντρες πήδηξαν. Ο άνεμος ήταν τόσο δυνατός, που παρέσυρε τους άντρες που είχαν δεσμευτεί με τα αλεξίπτωτά τους για τρία χιλιόμετρα στην πεδιάδα. Πολλοί άνδρες θρυμματίστηκαν με πέτρινους τοίχους. Άλλους χτύπησαν σε συκιές. Λένε ότι είχε τόσο πολύ αίμα. Όλο το νησί ήταν τραυματισμένο».

«Δεν το ήξερα.»

«Δεν έχεις ζήσει εδώ τόσο πολύ. Θα σε πάω στο μνημείο αν θέλεις. Το έβαλαν στη μέση ενός χωραφιού πίσω από τον ανεμόμυλο. Η πρόσβαση γίνεται με τα πόδια. Μόνο οι ντόπιοι γνωρίζουν ότι είναι εκεί».

Καλά κρυμμένο, λοιπόν, μάλλον σαν τη φυλακή.

Ο Πάκο είπε, «Εκείνη την εποχή, απέκλεισαν την είδηση».

«Ακούγεται σαν να το καταπιέζουν ακόμα».

«Δεν εκπλήσσομαι», είπα.

«Γιατί;» Γύρισαν και οι δύο προς το μέρος μου.

«Ο στρατός θα ντρεπόταν».

«Θα ντρεπόταν;» είπε ο Πάκο, σταματώντας να σκεφτεί. «Ναι, μάλλον αυτή είναι η σωστή λέξη. Μπορείτε να φανταστείτε τη σφαγή;» Ο Πάκο γύρισε την πλάτη του στο παράθυρο και μας κοίταξε και τους δύο με τη σειρά. «Δεν υπήρχαν ασθενοφόρα εδώ τότε. Οι κάτοικοι του χωριού χρησιμοποίησαν τα δικά τους αυτοκίνητα για να μεταφέρουν τους τραυματίες στο νοσοκομείο. Άλλους τους πήγαν με ταξί. Ένα μικροσκοπικό νοσοκομείο με λίγους γιατρούς και νοσοκόμες να ανταπεξέλθουν. Δεν είχαν αίμα, δεν είχαν πλάσμα – έπρεπε να βάλουν τους άντρες σε σειρά σοβαρότητας. Μερικοί εκκενώθηκαν στο Λας Πάλμας».

«Πώς ξέρεις τόσα πολλά για αυτό;» ρώτησε η Κλερ.

«Έχασα έναν θείο από την πλευρά του πατέρα μου και μια θεία από την πλευρά της μητέρας μου ήταν νοσοκόμα.»

«Λυπάμαι πολύ.» Πέρασε από δίπλα μου και τον ένωσε δίπλα στο παράθυρο, βάζοντας ένα χέρι γύρω του.

Έμεινα άναυδος. δεν μπορούσα να μιλήσω.

«Αν ψάχνεις για έμπνευση για ένα μυθιστόρημα», είπε σκυθρωπός, «τώρα το έχεις».

«Δεν θα μπορούσα να γράψω για κάτι τόσο φρικτό.»

«Γιατί όχι; Ο κόσμος πρέπει να γνωρίζει αυτά τα πράγματα».

«Ήλπιζα να γράψω για κάτι πιο ευχάριστο».

«Σαν τι;»

«Για να είμαι ειλικρινής, δεν έχω ιδέα. Δεν μπορώ να συγκεντρώσω τη δημιουργικότητά μου.»

«Δεν είναι να απορείς. Το τραύμα εδώ σε αυτή τη γη θα σας ρουφούσε.» Ο Πάκο έκανε ένα περίεργο γουργούρισμα με το στόμα του.

«Θα πρέπει να συντομεύσετε τα πράγματα εδώ και να έρθετε να μείνετε μαζί μας», είπε η Κλερ σχεδόν επειγόντως.

Ήμουν ευγνώμων για τη μικρή αλλαγή θέματος και το χρησιμοποίησα για να αδειάσω το δωμάτιο. Πήγαν πίσω μου μέχρι την κουζίνα όπου είχα ρίξει το σακίδιο στον πάγκο.

«Δεν θα λάβει επιστροφή χρημάτων», είπε η Πάκο, προφανώς αδιαφορώντας για την προσφορά της.

«Τότε μπορεί να μείνει μαζί μας δωρεάν!» Ήταν μια μεγαλόψυχη χειρονομία και κατάλαβα ότι το εννοούσε.

«Όπως θέλεις», είπε ο Πάκο. Δεν φαινόταν να συμμερίζεται τον ενθουσιασμό της.

Ένιωθα πιο άβολα από ποτέ, αλλά η Κλερ δεν επρόκειτο να το αφήσει να πέσει. Φαινόταν όταν επρόκειτο για τέτοια θέματα, φορούσε το παντελόνι.

«Ο καημένος είναι κολλημένος εδώ πάνω χωρίς παρέα, περιφέρεται άσκοπα σε αυτόν τον εγκαταλειμμένο από θεό πεδιάδα. Δεν μπορούμε να πούμε πού θα καταλήξει.» Έριξε μια ματιά στον πάγκο. «Η πόσα άλλα σακίδια θα βρει».

Όλοι γελάσαμε και η ατμόσφαιρα έγινε λιγότερο τεταμένη.

«Πραγματικά δεν ξέρω τι να κάνω με αυτό», είπα, θέλοντας ακόμα και όταν μιλούσα να μην είχα πει τίποτα.

«Τι έχει;» ρώτησε η Κλερ.

Ο Πάκο το σήκωσε. Ήμουν αμέσως σε επιφυλακή.

«Είναι βαρύ».

«Χρυσός; Κοσμήματα;»

Αντάλλαξαν παιχνιδιάρικες ματιές.

«Σίγουρα ύποπτο».

«Αν πρέπει να ξέρεις», είπα, πιάνοντας το σακίδιο ξαφνικά βιαστικά, «είναι γεμάτο μετρητά.» Μετάνιωσα αμέσως για τη χαλαρή μου γλώσσα.

«Ουάου!» είπε ο Πάκο, αφήνοντας τα χέρια του. «Τότε, δεν μπορείς να πας στην αστυνομία!»

«Γιατί όχι;»

«Πολλοί λόγοι.»

«Όπως;»

«Σκέψου το. Τι θα πετύχεις;»

«Είναι απόδειξη».

«Από τι;»

«Δεν γνωρίζω.»

«Κοίτα, είναι σχεδόν χαμένη περιουσία. Κανείς δεν ξεχνά αυτό το ποσό μετρητών».

«Αλλά αν το κρατήσω, σε όποιον ανήκει θα με κυνηγάει».

«Μόνο αν ξέρουν ότι το έχεις».

«Πάκο», είπε η Κλερ. «Εκείνη την ημέρα ρώτησε όλους στο Πουερτίτο».

«Γι' αυτό θέλω να το παραδώσω».

«Αν το παραδώσεις, θα γίνεις ακόμα πιο ευάλωτος. Θα είναι ακόμα πίσω από το σακίδιο. Καλύτερα να το έχεις. Μετά, αν σε βρουν, μπορείς τουλάχιστον να τους το δώσεις».

«Ο Πάκο έχει δίκιο. Αν πεις ότι το παρέδωσες, δεν θα σε πιστέψουν».

«Θα ήταν τόσο φοβισμένος, μάλλον θα φοβόταν».

Δεν είχα ιδέα πώς να απαντήσω. Έμοιαζα τόσο δειλός;

«Το μόνο που λέω είναι ποιος ηλίθιος παραδίδει τόσα μετρητά στην αστυνομία;»

Η Κλερ γύρισε προς το μέρος μου με αυτό το ζεστό χαμόγελο που ήθελε να φορέσει. «Ακόμα περισσότερος λόγος για να μείνετε μαζί μας».

«Θα το σκεφτώ», είπα, ξαφνικά γεμάτη δυσπιστία.

Ο Πάκο με κοίταξε περίεργα. «Μην το σκέφτεσαι πολύ.»

«Ο Πάκο έχει δίκιο. Η προσφορά είναι ανοιχτή. Οπότε είσαι έτοιμος.»

Ο Πάκο έριξε μια ματιά στο ρολόι του. «Καλύτερα να πάμε, Κλερ.»

«Δεν σας πρόσφερα ένα ποτό», είπα ανακουφισμένος που τους είδα να φεύγουν.

«Άλλη φορά.»

Η Κλερ γύρισε προς το μέρος μου κλείνοντας το μάτι. 'Καλή τύχη.'

Τους είδα έξω και τους είδα να απομακρύνονται. Μετά επέστρεψα μέσα και περπατούσα από δωμάτιο σε δωμάτιο εντοπίζοντας την καλύτερη κρυψώνα. Κατέληξα να χώνω το σακίδιο στο πίσω μέρος της γκαρνταρόμπας μου.

Η παράνοια με κρατούσε πιο δυνατά με κάθε λεπτό εκείνης της ημέρας. Έγινα ευαίσθητος στο θόρυβο. Ένα αυτοκίνητο επιβράδυνε, και ήμουν αστραπιαία δίπλα στο μπροστινό παράθυρο, πίσω στον τοίχο, κοιτάζοντας έξω.

Αυτός δεν ήταν τρόπος να περάσετε διακοπές. Έπρεπε να πιάσω.

Υπήρχε μόνο ένας τρόπος που ήξερα για να δώσω κανονικότητα στην κατάστασή μου. Έγραψα μια λίστα για ψώνια με τη σειρά των διαδρόμων και, αναγκάζοντας τον εαυτό μου να αφήσω το σακίδιο χωρίς επίβλεψη, κατευθύνθηκα προς την Αντίγκουα, προσπαθώντας να νιώσω, ή τουλάχιστον να φαίνομαι σαν ένας συνηθισμένος τύπος.

Σπρώχνοντας το τρόλεϊ μου, δεν μπορούσα να καταλάβω γιατί οι άλλοι αγοραστές συνέχισαν να μου κλέβουν διασκεδαστικές ματιές. Τότε συνειδητοποίησα ότι δεν φορούσα τα γυαλιά ηλίου μου.

ΜΥΪΚΉ ΘΛΆΣΗ

ΜΕΤΆ ΒΙΑΣ ΚΟΙΜΉΘΗΚΑ. ΤΟ ΖΕΣΤΌ ΓΆΛΑ ΚΑΙ ΤΑ ΦΥΤΙΚΆ ΥΠΝΩΤΙΚΆ χάπια που είχα πάρει το προηγούμενο βράδυ δεν έκαναν καμία διαφορά. Όλο το βράδυ, οι σκέψεις μου ήταν στην ντουλάπα με εκείνο το σακίδιο.

Το μόνο καλό πράγμα στην αρχή της ημέρας ήταν ότι το ηλιακό έγκαυμα είχε υποχωρήσει, το δέρμα μου ήταν αισθητά λιγότερο τρυφερό. Η μύτη μου ήταν μια κηλίδα, όπου το παλιό δέρμα είχε ξεφλουδίσει και οι ώμοι μου είχαν αρχίσει να ακολουθούν το παράδειγμά μου, αλλά η ζέστη και η αγωνία είχαν ξεθωριάσει. Βγαίνοντας από το ντους και βλέποντας την αντανάκλαση του προσώπου μου με τα μάτια με τους μαύρους κύκλους στον καθρέφτη του μπάνιου, ευχήθηκα να είχα λίγη από την καφέ σκιά ματιών της Τζάκι και ορκίστηκα να μαυρίσω ολόκληρο το πρόσωπό μου με την πρώτη ευκαιρία. Σκεφτόμενος πίσω, μου φάνηκε περίεργο που ο Πάκο και η Κλερ είχαν επιλέξει να μην προσέχουν το πρόσωπό μου. Ίσως ήταν απλώς ευγενικοί.

Πίσω στην κρεβατοκάμαρά μου, ντύθηκα και μετά έφτιαξα το κρεβάτι, διπλώνοντας και εξομαλύνοντας το επάνω σεντόνι και βάζοντάς το στο στρώμα και φροντίζοντας τα μαξιλάρια και το πάπλωμα να είναι ευθυγραμμισμένα σωστά. Δεν επρόκειτο να διακινδυνεύσω έναν άλλο επισκέπτη να μπει στην κρεβατοκάμαρά μου για να αντιμετωπίσει ένα άστρωτο κρεβάτι. Εξάλλου, πάντα έφτιαχνα το κρεβάτι μου. Ήταν μόνο εκείνη η μία περίπτωση που δεν το είχα κάνει, και τιμωρήθηκα γι' αυτό με μια εισβολή του Πάκο σαν να είχε σκοπό, σε κάποιο διακριτικό επίπεδο, να με ντροπιάσει. Ή ήμουν υπερβολικά νευρωτικός; Δεν ήταν τυχαίο που έθιγε το θέμα της φυλακής εκεί όπου έβλεπα ερωτικά όνειρα, ερωτικά όνειρα με άντρες. Ή είχα θέσει το θέμα; Δεν μπορούσα να θυμηθώ.

Πήρα το δρόμο για την κουζίνα. Καθώς έριχνα δημητριακά και γάλα σε ένα μπολ, ένας επίμονος αέρας σφύριξε μέσα από τα κενά στα παράθυρα και τα κουφώματα των θυρών. Ο ήχος με διέκοψε. Αναρωτήθηκα πώς άντεχαν τον ήχο οι γενιές του λαού που κατοικούσαν σε αυτή την παλιά αγροικία. Παρενέβη στη λίγη συγκέντρωση που είχα. Με ενόχλησε αρκετά ο ξενώνας, οι αλεξιπτωτιστές που έπεσαν στον φρικτό θάνατο και το σακίδιο. Πραγματικά δεν χρειαζόμουν αυτό το συνεχές σφύριγμα στα νεύρα μου επίσης.

Γέμισα τον βραστήρα και έβαλα καφέ στο έμβολο και σκέφτηκα τα σχέδιά μου για την ημέρα. Θα έπρεπε πραγματικά να αρχίσω να συγκεντρώνω ιδέες για ένα μυθιστόρημα. Η Άντζελα είχε δίκιο. Είχα τρομερό υλικό να αντλήσω μετά την εμπειρία μου στη σπηλιά. Ωστόσο, ο Πάκο είχε επίσης δίκιο. Η Τεφία δεν ήταν μια τοποθεσία που ευνοούσε τη δημιουργική έμπνευση, ειδικά επειδή δεν μου δόθηκε να εξερευνήσω το θέμα του τραύματος ή το θέμα της βαρβαρότητας. Όσο για το σακίδιο, ήθελα να σβήσω από τη μνήμη μου τη δοκιμασία γύρω από την ανακάλυψή του και ανησυχούσα ότι το καταραμένο πράγμα ήταν έτοιμο να μου φέρει περαιτέρω δυσκολίες καθώς αντιμετώπιζα την παρουσία του στην γκαρνταρόμπα μου.

Δεν υπήρχε τίποτα άλλο παρά να αφήσουμε το μυθιστόρημα να κυκλοφορήσει. Μετά το πρωινό, πέρασα το πρωί γράφοντας περιεχόμενο για τον ιστότοπο του Iron Force Fitness Center. Ένα μέρος για μεσημεριανό γεύμα και γέμισα το απόγευμα συνθέτοντας μια ανάρτηση Κορυφαίων πενήντα μη μυθιστορηματικών βιβλίων της χρονιάς για ένα εξέχον λογοτεχνικό ιστολόγιο του οποίου ο τακτικός συγγραφέας είχε αρρωστήσει από γρίπη.

Αργά το απόγευμα, ήμουν ανήσυχος. Μια ολόκληρη μέρα ήταν σε κλειστό χώρο και το σώμα μου λαχταρούσε την άσκηση. Το γυμναστήριο ήταν το προφανές μέρος και, αν πήγαινα σύντομα, μπορεί να αποφύγω αυτούς τους σοβαρούς μποντι μπίλντερ που φαινόταν να απασχολούν το γυμναστήριο κατά τη διάρκεια της ημέρας. Στην απουσία τους, θα ένιωθα λιγότερο αυτοσυνείδητος. Ήμουν σίγουρος ότι κανείς δεν θα προσέξει το ηλιακό έγκαυμα μου στον σιωπηλό φωτισμό. Αυτός ήταν ο συλλογισμός που με ώθησε έξω από την πόρτα.

Στα έξι, σηκωνόμουν έξω από το γυμναστήριο, απολάμβανα τη βουή στο δρόμο της πόλης, εισπνέοντας τις μυρωδιές μαγειρέματος ψαριών και σκόρδου που αναδύονταν από τα κοντινά εστιατόρια και, σπρώχνοντας την πόρτα στο εσωτερικό δροσερό, απορροφώντας τη δυνατή αισιόδοξη μουσική, μαύρο και χρώμιο και την αχνή μυρωδιά του ανδρικού ιδρώτα.

Υπήρχαν περίπου δέκα άνδρες στο δωμάτιο. Ο Λουίς δεν φαινόταν πουθενά, έτσι ανέβηκα σε ένα ποδήλατο γυμναστικής και έκανα τα απαιτούμενα δέκα χιλιόμετρα με την απαιτούμενη ένταση σύμφωνα με το σχέδιο φυσικής μου κατάστασης.

Είχα έλξεις με ράφι, υποβοηθούμενο πηγούνι, σειρές τραπεζιών και το πίσω δελτοειδή μηχάνημα μπροστά μου. Τα μηχανήματα ήταν παραταγμένα σε ένα τμήμα του γυμναστηρίου που θα μπορούσε επίσης να είχε μια πινακίδα από πάνω που ανήγγειλε «για την πλάτη εδώ». Ευτυχώς για μένα, το μεγαθήριο που έκανε τη ρουτίνα της πλάτης του εργαζόταν ήδη στα δέλτα του. Κανείς άλλος δεν φαινόταν έτοιμος να χρησιμοποιήσει αυτές τις συγκεκριμένες μηχανές. Οι άνδρες απλώνονταν ομοιόμορφα γύρω από τις άλλες περιοχές, εστιάζοντας στα πόδια ή τα χέρια ή τους ώμους ή το στήθος. Όσο δεν κοιτούσα προς την κατεύθυνση τους ή τους καθρέφτες, πίστευα ότι δεν θα με πρόσεχαν.

Το μεγαθήριο, ένας τραχύς άντρας με βαθιά μάτια και ανοιχτά χείλη, είχε το ίδιο ύψος με εμένα, αλλά δεν είχαμε σχεδόν ανάλογη δύναμη. Στο μηχάνημα έλξης rack, αντιμετώπισα την ίδια δυσκολία να αφαιρέσω τους μεταλλικούς δίσκους –είκοσι κιλά η κάθε πλευρά, αυτή τη φορά– και έβρισα τον Χαλκ που δεν είχε το μυαλό να σκεφτεί ποιος τον ακολουθούσε.

Μόλις είχα μόλις τριάντα κιλά σε κάθε άκρο της ράβδου, υιοθέτησα τη στάση νεκρού ανύψωσης που μου είχε δείξει ο Λουίς – πόδια κάτω από τους γοφούς, λαβή στο πλάτος των ώμων, πλάτη αψιδωτή και γοφούς πίσω για να δεσμεύσω τους μηριαίους μηριαίους – και υιοθέτησα μια λαβή με γάντζο , ένα χέρι κάτω και ένα χέρι πάνω από τη μπάρα.

Με το κεφάλι μου μπροστά, σήκωσα τη μπάρα ισιώνοντας τους γοφούς και τα γόνατα και τράβηξα τους ώμους μου προς τα πίσω καθώς ολοκλήρωσα την κίνηση.

Ο Λουίς μου είπε να ξεκινήσω με πέντε επαναλήψεις των εξήντα κιλών και να αυξήσω με αυξήσεις δέκα κιλών, στοχεύοντας στα εκατό. Τα εξήντα ήταν εύκολα, τα εβδομήντα πολύ πιο δύσκολα και τα ογδόντα ένιωθα σαν το όριο μου.

Έπρεπε να είχα ακούσει το σώμα μου και να σταματήσω εκεί. Αντίθετα, σαν αυτόματο, ακολούθησα το σχέδιο του Λουίς και πρόσθεσα άλλον έναν δίσκο σε κάθε άκρο της μπάρα καμπάνας.

Σήκωσα και δεν έγινε τίποτα.

Σήκωσα ξανά και η μπάρα δεν κουνιόταν.

Προσπάθησα ξανά και ένιωσα κάτι να με δίνει στην πλάτη.

Ταρακουνημένος, άφησα το μπαρ, κοίταξα τα βάρη σε κάθε άκρη με αηδία και στάθηκα πίσω. Ορκίστηκα ότι ο Λουίς με είχε βάλει σε γελοιοποίηση, πεπεισμένος ότι εντόπισα τη χαρά να κυματίζει στο δωμάτιο. Κοίταξα γύρω μου. Κανένα σημάδι του Λουίς, ούτε ένας από αυτούς τους άντρες δεν ήρθε να δει αν ήμουν καλά. Κάρφωσα το βλέμμα μου στο πάτωμα, έκανα μερικά βήματα και μετά ταλαντεύτηκα επιφυλακτικά από τους γοφούς μου. Η πλάτη μου φαινόταν μια χαρά.

Πήγα και κάθισα στο μηχάνημα έλξεων, αφιερώνοντας μερικές στιγμές για να συνέλθω από την τελευταία μου ταπείνωση. Ο Λουίς μου είχε πει ότι η άσκηση λειτούργησε σε όλη την πλάτη. Έπιασα τη μπάρα και κατέβηκα σε μια στιγμή απογοήτευσης και περιφρόνησης για τον εαυτό μου. Δεν συνέβη τίποτα άλλο από ένα ξαφνικό ping στον δεξιό μου ώμο. Είχα ξεχάσει να προσαρμόσω τον πείρο βάρους που αναμφίβολα ήταν ρυθμισμένος για να ταιριάζει στη δύναμη του μεγαθήρου.

Ήμουν ηλίθιος. Θα μπορούσα να το είχα κάνει με τον προσωπικό μου προπονητή στο πλευρό μου, αλλά ο Λουίς ήταν προφανώς απασχολημένος αλλού.

Χαλάρωσα από το κάθισμα και τράβηξα την καρφίτσα – που βρήκα στα εκπληκτικά εκατόν τριάντα κιλά– και την έβαλα στα εξήντα.

Δέκα επαναλήψεις και πήγα στο μηχάνημα υποβοηθούμενου πηγουνιού, ρυθμίζοντας το βάρος ψηλά για να το κάνω πιο εύκολο για τον εαυτό μου. Οκτώ επαναλήψεις και επέστρεψα στις έλξεις.

Τέσσερα σούπερ σετ αργότερα και, ξαφνικά ευγνώμων για την απουσία του Λουίς και ελπίζοντας ότι κανένας από τους άλλους δεν έβλεπε, προσάρμοσα ξανά τις ακίδες σε κάθε μηχανή για να ελαφρύνω το φορτίο. Η αντίδρασή μου στη δική μου κλεφτή πράξη ήταν σχεδόν ένα αντανακλαστικό, από ντροπή. Αλλά δεν ήθελα να γίνω περισσότερο περίγελος από ό,τι ήμουν ήδη.

Τα τέσσερα σετ των δώδεκα σειρών τραπεζιών αποδείχθηκαν εφικτά με το μικρότερο βάρος, παρά τον ενοχλητικό πόνο στον ώμο μου. Το μόνο που μου είχε μείνει ήταν το πίσω μηχάνημα.

Προσέχοντας να βάλω την καρφίτσα στο επιθυμητό βάρος, έγειρα μπροστά στο κάθισμα, έπιασα τις ράβδους και τράβηξα τα χέρια μου προς τα πίσω όσο έφταναν. Σε ένα τελευταίο κύμα αποφασιστικότητας να μην μοιάζω με αδύναμο, αγκάλιασα τις μπάρες και έδωσα στους επαναλήπτες ό,τι είχα. Μόνο όταν ξεκούρασα από τη μηχανή μετά την τελευταία επανάληψη ήξερα ότι είχα τραυματίσει έναν μυ στον ώμο μου.

Αγνοώντας τον πόνο, επέστρεψα στο ποδήλατο γυμναστικής.

Μόνο τότε, όταν έκανα πετάλι τα τελευταία χιλιόμετρα της προπόνησής μου, εμφανίστηκε ο Λουίς, μπαίνοντας στο γυμναστήριο από το πίσω γραφείο. Έπιασε το βλέμμα μου στον καθρέφτη και έβγαλε το αστραφτερό του χαμόγελο. Καθώς πλησίασε, τσακίστηκα ως απάντηση σε ένα ξαφνικό βέλος πόνου. Ο ώμος μου απειλούσε να πιάσει.

«Ε, είσαι καλά;» είπε με μεγάλη ανησυχία στη φωνή του.

«Νομίζω ότι μόλις τέντωσα έναν μυ», είπα ανάμεσα στις ανάσες.

«Η μέρα της πλάτη;»

'Πως το ήξερες;'

«Χρειάζαι να βάλεις λίγο πάγο σε αυτό αμέσως. Ελα μαζί μου».

Πέρασα το τελευταίο χιλιόμετρο, ξεκούρασα από το ποδήλατο και τον ακολούθησα στον καναπέ δίπλα στον κεντρικό πάγκο. Βγήκε από την πλάτη και επέστρεψε με μια παγοκύστη. Καθώς έβαζε το πακέτο στον ώμο μου, κοίταξε το πρόσωπό μου. Θυμήθηκα αμέσως την εμφάνισή μου με τα μάτια του panda και περίμενα να ξεσπάσει στα γέλια κάθε δευτερόλεπτο.

Δεν το έκανε. Αντίθετα, είπε, «Μείνε εκεί» και πήγε να πάει σε έναν άλλο πελάτη.

Έκανα ότι μου είπαν. Ο καναπές έβλεπε τις πόρτες στο δρόμο και είδα το μπλε του βραδινού ουρανού να δίνει τη θέση του σε ροζ αποχρώσεις καθώς πλησίαζε το ηλιοβασίλεμα. Δεν είχα ιδέα πόσο καιρό έπρεπε να κάτσω εκεί, αλλά χρειαζόμουν παυσίπονα τουλάχιστον αν ήθελα να επιστρέψω στην Τεφία.

Το γυμναστήριο ήταν γεμάτο με βαριές άντρες που φαινόταν να γνωρίζονται όλοι. Τρίβονταν περίπου από τη μηχανή έλξης ραφιών. Τακτικά. Το μεγαθήριο – που υπέθεσα ότι με παρατηρούσε διακριτικά σε όλη μου την προπόνηση – ήρθε και κάθισε δίπλα μου. Έπρεπε να καταπνίξω μια έντονη επιθυμία να σηκωθώ και να φύγω.

Δεν περίμενα να μιλούσε αγγλικά και σχεδόν πετάχτηκα όταν είπε: «Μπορώ να ρίξω μια ματιά;»

Χρειάστηκε η πιο σύντομη στιγμή για να συνειδητοποιήσω ότι αναφερόταν στον ώμο μου. Σε αυτό το μικροσκοπικό κλάσμα του χρόνου, ένας καβαλάρης παρανοϊκών σκέψεων διαπέρασε μέσα μου.

Πάντα συνεταιριστικού τύπου, αφαίρεσα την παγοκύστη. Έπειτα έβαλε το χέρι του στο μέγεθος της αρκούδας στον ώμο μου και άρχισε να ζυμώνει τη σάρκα μου. Τα δάχτυλά του ήταν ζεστά και σκληρά και δούλευαν στον μυ. Παρά τον πρόσθετο πόνο, ένιωσα τεράστια ανακούφιση. Σχεδόν βόγκηξα και μια απροσδόκητη λάμψη αναδύθηκε μέσα από την οσφύ μου. Επέστρεψα στην κρεβατοκάμαρα του Βινς σε μια στιγμή. Τι στο...;

Ο άντρας πήρε το χέρι του και μου είπε να μην ασχοληθώ με την παγοκύστη. Παρέμεινε εκεί που ήταν, άβολα κοντά. Είπε, "Θες να πάρεις κάτι για αυτό;"

«Νομίζω ότι πρέπει.»

Υπέθεσα ότι θα έπαιρνε λίγη παρακεταμόλη, ίσως με κωδεΐνη, αλλά αντ' αυτού με κάλεσε να τον ακολουθήσω στους άντρες.

Τα αντρικά!

Σίγουρα δεν σχεδίαζε να με αποπλανήσει; Αν ήταν, δεν θα είχα καμία ευκαιρία. Δεν θα υπήρχε καμία αμφισβήτηση του. Θα με κυρίευε σε μια στιγμή και εγώ, με την αμφιθυμία μου και τις παράξενες επιθυμίες μου, θα ήμουν αναμφίβολα προσφερόμενος και δεν θα έφερνα αντίσταση. Ήμουν τρομοκρατημένος με τον εαυτό μου που σκέφτηκα ακόμη και αυτή τη γραμμή. Ωστόσο, παρ' όλες τις αμφιβολίες μου, όταν στάθηκε, το ίδιο έκανα και εγώ, και καθώς έφευγε, υπάκουσα σαν κουτάβι, περπατώντας πίσω του, σημειώνοντας τη στενότητα του πισινού του, το κυλιόμενο βάδισμα και τους ώμους διπλάσιο από τους υπόλοιπους αυτόν.

Μόλις έκλεισε η πόρτα πίσω μας, είπε: «Υπάρχουν φάρμακα που μπορείς να πάρεις που βοηθούν να χτίσεις μυς και να χάσεις λίγο από αυτά.» Μαχαίρωσε το δάχτυλό του στο τσόφλι μου. Ανατράπηκα καθώς ο παλιός μου σύντροφος, η ντροπή, με εμφύσησε. Το μεγαθήριο δεν με λάτρευε τότε, τόσα πολλά ήταν ξεκάθαρα, όχι εγώ με το έντονο έντερο μου.

«Στεροειδή;» ρώτησα.

Δεν είχα σκεφτεί ποτέ να πάρω στεροειδή.

«Μπορώ να σου δώσω ένα συνδυασμό Tren/Test τώρα και αυτά, για αργότερα.» Μου έδωσε ένα μπουκάλι χάπια.

«Και αυτά είναι;»

«Κλενβουτερόλη. Και μην ανησυχείς. Δεν είναι στεροειδή. Κάνουν λίπος. Πάρε ένα μόνο το πρωί. Οποτεδήποτε αργότερα και δεν θα κοιμηθείς».

Άνοιξα το μπουκάλι και μέτρησα περίπου δεκατέσσερα χάπια.

«Πόσο θα με κάνει πίσω;»

Εκείνος συνοφρυώθηκε. «Εξαρτάται πόσο σκληρά προπονείσαι».

«Όχι, συγγνώμη, εννοούσα ποιο είναι το κόστος;»

«Το κόστος; ΠΕΝΗΝΤΑ ΕΥΡΩ.»

«Αυτό είναι εκβιαστικό», είπα πριν προλάβω να σταματήσω τον εαυτό μου.

Ανασήκωσε τους ώμους του και περίμενε, με το πρόσωπό του ανέκφραστο.

«Και τι γίνεται με το άλλο πράγμα που είπες;»

«Το Τρεν;»

«Το Τρεν. Πώς να το πάρω αυτό;»

«Μπορώ να σου κάνω ένεση τώρα αν θέλεις.» Με κοίταξε με προσμονή.

Υπήρχε κάτι στο να μου έκαναν ένεση παράνομων ουσιών στις τουαλέτες ενός γυμναστηρίου που με έκανε να νιώθω ύπουλος και ενθουσιασμένος, ακόμα κι όταν έβγαλα την ιδέα. Μου ήρθε στο μυαλό σε μια ιλιγγιώδη στιγμή ότι αυτό μπορεί να αποδειχτεί η ίδια η έμπνευση που έψαχνα για να γράψω ένα μυθιστόρημα. Θα έβαζα τον εαυτό μου σε μια πορεία των παράνομων στεροειδών για σκοπούς έρευνας. Σκεφτείτε το ως μια ουσιαστική εμπειρία. Τελικά, ένας συγγραφέας έπρεπε να προσπαθήσει για την αυθεντικότητα.

«Πόσο θα διαρκέσει το Tren;» είπα.

«Μια εβδομάδα.»

«Το κόστος;»

'ΠΕΝΗΝΤΑ ΕΥΡΩ.'

Εξέπνευσα δυνατά.

«Αν αγοράσεις το Clen, τότε σου δίνω δύο εβδομάδες Tren για πενήντα. Τόσο καλό;»

Δίστασα.

Ανασήκωσε τους ώμους και χαμογέλασε.

«Και σου δίνω και ένα τεστ».

Η συνείδησή μου παρενέβη με προληπτικά λόγια. Ήξερα ότι ήταν παράνομο να παίρνω στεροειδή σε αυτή τη μορφή. Θα μπορούσα να είχα πάει σε έναν φαρμακοποιό και να αγοράσω τις νόμιμες εκδόσεις. Αλλά αμφέβαλα για την αποτελεσματικότητά τους και ήθελα απλώς να γίνω γρήγορα σε φόρμα και να φαίνομαι αξιοπρεπής ως άντρας. Να μεγιστοποιήσω τις δυνατότητές μου, να το πω έτσι. Τι τιμή fitness; Έβγαλα το πορτοφόλι μου και του έδωσα τα μετρητά. Στάθηκα πίσω καθώς ετοίμαζε τις σύριγγες.

Δεν είχα ιδέα τι να περιμένω. Δεν είχα πάρει ποτέ στεροειδή πριν και περίμενα ένα είδος ψυχαγωγικού ναρκωτικού. Αυτή η ευφορία δεν συνέβη και ο πόνος στον ώμο μου ήταν ακριβώς ο ίδιος. Καθώς έβγαινε, ο τύπος μου πέταξε μερικά χάπια σε μια συσκευασία blister. Είδα ότι ήταν τα παυσίπονα που ήλπιζα και τα κατάπια.

Την επόμενη στιγμή ένιωσα ένα γαργαλητό στο στήθος μου και άρχισα να βήχω. Όχι, να μην βήχω, να τρυπώ τα έντερά μου. Διπλασιαζόμουν, σηκώνομαι και παλεύω να εισπνεύσω.

Τι στο διάολο!

Τρόμος κυλάει στις φλέβες μου.

επρόκειτο να πεθάνω.

Σίγουρα επρόκειτο να πεθάνω.

δεν πέθανα.

Ο βήχας πήγε τόσο γρήγορα όσο ήρθε, και ήξερα ότι τότε η αιτία ήταν ένα από εκείνα τα στεροειδή που ο τύπος είχε κολλήσει μέσα μου. Ποιες άλλες παρενέργειες αντιμετώπισα; Δεν περίμενα στις τουαλέτες του γυμναστηρίου για να μάθω.

Πέρασα την τσάντα του γυμναστηρίου μου στον καλό μου ώμο και περπάτησα μέσα από τις εγκαταστάσεις, αποφεύγοντας τον εξοπλισμό και αποφεύγοντας τα βλέμματα των ανδρών που προσπερνούσα. Έξω στο δρόμο, ο ώμος μου φούντωσε ξανά. Σκέφτηκα ότι τα παυσίπονα θα χρειάζονταν ίσως μια ώρα για να μπουν μέσα. Κατευθύνθηκα κατευθείαν προς το καφέ στη γωνία.

Μέσα, ο χώρος ήταν άδειος. Αν κρίνουμε από τον αριθμό

των μη καθαρισμένων τραπεζιών, όλοι μόλις είχαν φύγει. Ένας κουρασμένος γέρος εμφανίστηκε πίσω από τον πάγκο και με κοίταξε ερωτηματικά. Παρήγγειλα ένα χυμό πορτοκαλιού και μερικά τάπας και κάθισα σε ένα τραπέζι δίπλα στον πάγκο που ήταν λιγότερο γεμάτο με μισοφαγωμένο φαγητό και φλιτζάνια από οπουδήποτε αλλού.

Δίπλα μου, παρατήρησα ένα μικρό τραπέζι γεμάτο με μια σειρά από περιοδικά και τις εφημερίδες της ημέρας. Δεν περίμενα τίποτα στα αγγλικά, αλλά το βλέμμα μου στάθηκε σε λέξεις που μπορούσα να καταλάβω, και έφτασα.

Δεν διάβασα περισσότερο από την πρώτη σελίδα. Κάτω από μια φωτογραφία μιας μικροσκοπικής παραλίας κάτω από έναν γκρεμό ήταν ο τίτλος: Το σώμα ανακαλύφθηκε σε απομακρυσμένη παραλία στο αγροτικό πάρκο Μπετανκουρία.

Το σώμα ενός νεαρού άνδρα ανακαλύφθηκε την προηγούμενη μέρα από κάποιους πεζοπόρους σε μια απομακρυσμένη παραλία περίπου στα μισά του δρόμου μεταξύ Πουεερτίτο ντε Λος Μολίνος και Ατζου. Η έκθεση συνέχισε να συζητά τα ισχυρά ωκεάνια ρεύματα και τους κινδύνους που μπορεί να βρεθούν στους ανυποψίαστους. Ο άνδρας λέγεται ότι είναι γύρω στα είκοσι και γεννήθηκε στο νησί. Το όνομά του δεν έγινε γνωστό, καθώς ο θάνατος αποτέλεσε αντικείμενο έρευνας της αστυνομίας. Θα έπρεπε να διεξαχθεί έρευνα για τα αίτια της τραγωδίας, αλλά οι αρχές υπέθεσαν ότι επρόκειτο για ατύχημα.

Έμεινα άναυδος. Αυτός ο νεαρός άνδρας θα μπορούσε να ήταν οποιοσδήποτε, αλλά τι θα γινόταν αν ήταν ο ιδιοκτήτης του σακιδίου; έκανα μια παύση. Τότε τα χρήματα ήταν τώρα δικά μου. Όποιος το βρίσκει το κρατάει. Αυτή ήταν η σκέψη που με έκανε να αφήσω την εφημερίδα κάτω και να αποσυρθώ σε μια ιδιωτική φαντασίωση, ένα σκάφος ή μια εξοχική κατοικία, μια πισίνα, ένα φανταχτερό αυτοκίνητο, ό,τι κι αν ήταν αυτό που θα αγόραζαν πενήντα χιλιάδες ευρώ.

Καθώς καθόμουν, ενθουσιασμένος από τον καινούργιο μου

πλούτο, η κωδεΐνη μπήκε μέσα, προσθέτοντας το δικό της αδύναμο βουητό στην ευφορία μου. Ο γέρος έφερε την παραγγελία μου. Έριξα το χυμό και έφαγα το δρόμο μου μέσα από τα τουρσί ψάρια, και αφού πλήρωσα το ναύλο μου, βγήκα από την πόρτα σε ένα αχνό ηλιοβασίλεμα.

ΣΆΝΤΡΑ ΦΛΙΝΤ

ΞΎΠΝΗΣΑ ΤΟ ΕΠΌΜΕΝΟ ΠΡΩΊ ΜΕ ΕΚΠΛΗΚΤΙΚΉ ΤΑΛΑΙΠΩΡΊΑ. ΔΕΝ είχα γνωρίσει τέτοιο πόνο που μοιάζει με κακία από τότε που μετέφερα μια ντουλάπα από το ένα υπνοδωμάτιο στο άλλο με εντολή της Τζάκι. Θα φαινόταν καλύτερα από το μπροστινό παράθυρο του δωματίου, είπε. Όχι, δεν είπε, επέμεινε.

Τώρα ένιωθα ανάπηρος. Καθώς σηκωνόμουν χαλαρά από το κρεβάτι, για άλλη μια φορά υπενθύμισα στον εαυτό μου την ανάγκη να τεντώσω όλους τους μυς που ήθελα να δυναμώσω. Αν δεν το έκανα, σύντομα θα ήμουν πιο άκαμπτος από τον εφελκυστικό χάλυβα.

Τελικά στα πόδια μου, έβγαλα από το πάνω ράφι της ντουλάπας ένα καθαρό πουκάμισο και ένα σορτς, αγνοώντας στωικά το σακίδιο. Δεν είχα ιδέα τι θα έκανα με αυτά τα μετρητά, αλλά τουλάχιστον η παράνοια που συνηθιζόταν να σηκώνεται μέσα μου περιοδικά είχε αρχίσει να μειώνεται αφού έπεισα τον εαυτό μου ότι η πιθανότητα να ανήκε στον νεκρό κολυμβητή ήταν μεγάλη, σε συνδυασμό με το γεγονός ότι, αν κάποιος που είχα πλησιάσει στην παραλία είχε κάποια ιδέα για το περιεχόμενο, θα είχε σφυρηλατήσει την πόρτα μου μέχρι τώρα.

Κανείς δεν είχε φτάσει στο κατώφλι μου εκτός από τον Πάκο και την Κλερ, και αυτό ήταν καθαρή τύχη. Το μόνο ζήτημα που είχα στο ηθικό μέτωπο ήταν αν είχα πραγματικά το δικαίωμα να κρατήσω τα χρήματα ή αν έπρεπε να τα παραδώσω, αλλά επειδή συνέχισα να εμμένω στην υπόθεσή μου ότι ο ιδιοκτήτης ήταν πλέον νεκρός, αποφάσισα να επιλέξτε την προηγούμενη επιλογή. Μια μικρή φωνή μέσα με προειδοποίησε να περιμένω προτού βγάλω ένα δέμα και αρχίσω να ξοδεύω, τουλάχιστον μέχρι να μάθω ποια ήταν αυτή η φτωχή ψυχή και αν είχε υπάρξει κάποιο κακό παιχνίδι στη δουλειά κατά τον θάνατό του, και για μια φορά το πρόσεξα.

Εξάλλου, είχα και άλλα θέματα να ασχοληθώ. Ο ώμος μου με πονούσε τόσο σωματικά όσο και ψυχικά. Ήμουν αποφασισμένος να χαλαρώσω την ένταση και, αφού κατέβασα δύο αντιφλεγμονώδη παυσίπονα, άρχισα με ένα ζεστό ντους. Αυτό το πείραμα διήρκεσε μισό λεπτό πριν το δέρμα μου αρχίσει να παραπονιέται, το ηλιακό έγκαυμα δεν είχε ακόμα επουλωθεί.

Ρύθμισα τις βρύσες σε θερμοκρασία με ένα άγγιγμα πάνω από τη χλιαρή και αφού ξέπλυνα το υπόλοιπο μέρος μου, σκουπίστηκα και πέρασα το τελετουργικό της ενυδατικής μου.

Λυσσαλέος μετά τη χθεσινή προσπάθεια στο γυμναστήριο, κέρασα τον εαυτό μου με ένα πλήρες αγγλικό πρωινό, χωρίς να τσιγκουνεύομαι το λίπος, χωρίς να με νοιάζει αν όλες αυτές οι θερμίδες εναποθέτησαν ακόμη περισσότερη μάζα γύρω από τη μέση μου. Αφού ήπια έναν χυμό πορτοκαλιού και μια μεγάλη κούπα βρασμένου καφέ, ένιωσα αρκετά καλά για τη μέρα, τα άκρα μου ακόμα καλύτερα μετά την κίνηση, εκτός από τον ώμο μου που αντιστεκόταν σε κάθε κίνηση. Ίσως χρειαζόταν να πάω σε έναν φαρμακοποιό και να αγοράσω κάποιο είδος αλοιφής για αυτόν τον μυ, αλλά ό,τι κι αν επέλεγα θα έπρεπε να είναι ασφαλές από ηλιακά εγκαύματα, κάτι που πρόσθεσε κάποια πολυπλοκότητα στην κατάσταση.

Θα μπορούσα φυσικά να αντέξω τον πόνο, κάτι που επέλεξα να κάνω αφού εξερεύνησα τις άλλες επιλογές στο διαδίκτυο. Μόνο τότε θυμήθηκα τα χάπια που μου είχε πουλήσει ο τύπος το προηγούμενο βράδυ. Έψαξα την τσάντα του γυμναστηρίου μου και τα βρήκα στο κάτω μέρος. κλενβουτερόλη. Ένας καυστήρας λίπους, είπε. Κατάπια ένα καθώς άνοιξα το φορητό υπολογιστή μου και πριν προλάβω να ψάξω για τα εφέ, είδα ένα email να έχει μπει στα εισερχόμενά μου. Ήταν από την Άντζελα, που με άφησε να καταλάβω με μια μόνο μυτερή φράση ότι είχε εκ των υστέρων γνώσεις ότι η Σάντρα Φλιντ αναμενόταν να κερδίσει το λογοτεχνικό βραβείο.

Νίκη!

Η οργή με κυρίευσε για την αδικία. Ήταν προγραμματισμένη να κερδίσει πενήντα χιλιάδες λίρες. Κολλημένη παλιά πέστροφα! Ήταν ένα τεράστιο ποσό, και μου άρεσε να της στείλω email εκφράζοντας τη στεναχώρια μου και της προτείνω τουλάχιστον να σκεφτεί να μου μοιράσει το χρηματικό έπαθλο αν αποδειχτεί ότι η Άντζελα είχε δίκιο. Και πάλι, δεν άξιζε τον κόπο μου. Ήξερα ότι δεν θα αποχωριζόταν τα κέρδη της. Έπρεπε να το ξεχάσω και να συνεχίσω τη μέρα μου. Πάνω από όλα, χρειαζόμουν έμπνευση για το δικό μου μυθιστόρημα και μέχρι στιγμής δεν είχα καμία.

Έκανα τον απολογισμό. Η Άντζελα είχε δίκιο, μου είχαν συμβεί πολλά στο σύντομο χρονικό διάστημα που ήμουν εδώ. Έτυχε να βρεθώ σε μια περιοχή στοιχειωμένη από τρόμο και φρίκη, αλλά είχα ήδη αποφασίσει ότι αυτές οι τραγωδίες ήταν καλύτερα να μείνουν ως μνημεία, τουλάχιστον από εμένα. Επιπλέον, αυτά ήταν θέματα που προορίζονταν να τα απασχολήσει κάποιος τοπικός συγγραφέας. Αν οι λογοτεχνικοί τύποι ήταν σε έλλειψη στο νησί, τότε ένας Ισπανός. Υπήρχαν επίσης πολλοί Ισπανοί συγγραφείς υψηλού επιπέδου. Οποιοσδήποτε από αυτούς θα έκανε πολύ πιο ωραία δουλειά στο να χειριστεί την τραγωδία των αλεξιπτωτιστών ή την αποτρόπαια σκληρότητα του λεγόμενου ξενώνα από ό,τι θα μπορούσα με την έλλειψη τοπικών ή περιφερειακών γνώσεων μου.

Όσο για το σακίδιο, το να βασιστείς σε ένα μυθιστόρημα ήταν μια ανόητη ιδέα. Τουλάχιστον, θα ενέπλεκα τον εαυτό μου, με τον ένα ή τον άλλο τρόπο. Εξάλλου, ό,τι κι αν έγραψα θα έπρεπε να είναι εκπληκτικό και δεν θα μπορούσες να εντυπωσιάσεις από ένα σακίδιο γεμάτο μετρητά. Στη χώρα της αστυνομικής φαντασίας, ήταν συνηθισμένο. Η απογοήτευση με κυρίευσε. Ήμουν ικανός να μπω στη βραχεία λίστα, για όνομα του παραδείσου! Είχα μέσα μου να κερδίσω το Booker. Σίγουρα θα μπορούσα να βρω μια καλή ιστορία; Αν δεν μπορούσα, τότε δεν θα έπρεπε να γράψω τίποτα. Δεν θα ήμουν συγγραφέας hack ή ακόμα και συγγραφέας στη μέση λίστα. Χρειαζόμουν να είμαι ενός συγκεκριμένου διαμετρήματος, αλλιώς θα παρέμενα αυτό που ήμουν, ένα φάντασμα.

Σηκώθηκα και περιπλανήθηκα. Η αγροικία είχε αρχίσει να με φτάνει με τα μικρά της

δωμάτια. Ένιωσα κολλημένος, παρά τον άφθονο χώρο συνολικά. Έγινα πιο ευερέθιστος στο λεπτό. Η περιπλάνηση έγινε βηματισμός και ο βηματισμός ποδοπάτημα ώσπου δεν άντεξα να μείνω σε κλειστό χώρο ούτε μια στιγμή. Ένιωθα σαν να πετάξω κάτι, οτιδήποτε σε έναν τοίχο, μόνο και μόνο για να ακούσω τον ήχο των πραγμάτων να σπάνε, να θρυμματίζονται.

Αυτός ο νέος εγκλωβισμένος μου προκάλεσε σοκ. Είχα κάποιο είδος βλάβης; Όχι, απλώς είχα καταπονηθεί. Αυτό ήταν όλο. Είχα περάσει πάρα πολλά και χρειαζόμουν να χαλαρώσω, να ξεκουραστώ, να κάνω μεγάλες βόλτες, να βρω ένα ωραίο μέρος για να διαβάσω, να διαλογιστώ. Ή χρησιμοποιήστε το ενοικιαζόμενο αυτοκίνητο, πηγαίνετε για μια διαδρομή, εξερευνήστε. Οτιδήποτε άλλο εκτός από το να μείνω στο σπίτι σε αυτή την τραυματισμένη πεδιάδα, μια τοποθεσία που φαινόταν να μεγεθύνει την απογοήτευσή μου.

Άνοιξα έναν χάρτη του νησιού και διάλεξα ένα μέρος για να επισκεφτώ. Μου άρεσε να δω τα παλιά χωριά στο εσωτερικό του νησιού και τα μάτια μου έπεσαν στο Κασίλιας Ντε Ανχελ, που ήταν το πιο κοντινό στην Τεφία και φαινόταν εξίσου καλό μέρος για να ξεκινήσω. Ήμουν έξω από την πόρτα και καθ' οδόν με φρέσκια ανυπομονησία, νιώθοντας καθώς έσφιξα τη ζώνη ασφαλείας μου, ότι ο καλύτερος τρόπος να βρω έμπνευση ήταν να πάω να την ψάξω, και ίσως, ίσως, αυτή η μέρα θα ήταν η μέρα που βρήκα αυτό έψαχνα.

Έφτασα στον προορισμό μου σε πέντε λεπτά, αμέσως απογοητευμένος. Πραγματικά δεν είχα ιδέα τι περίμενα, αλλά η γοητεία του χώρου είχε χαθεί από πάνω μου. Καθώς κοίταξα γύρω από την κεντρική πλατεία, ήταν τα βουνά σε απόσταση που τράβηξαν την προσοχή μου. Πάντα τα άγονα βουνά, όπου κι αν κοιτούσες.

Δεν υπήρχε τίποτα πολύ στο ίδιο το χωριό. Από όσο μπορούσα να δω, το κύριο χαρακτηριστικό ήταν η εκκλησία στο κέντρο της. Ρίχνοντας το βλέμμα μου γύρω, αποφάσισα ότι δεν είχα τίποτα άλλο να κάνω παρά να εξετάσω το κτίριο.

Πέρασα δίχως άλλο μερικούς ηλικιωμένους ξυλοκοπημένους με άθλια ρούχα και καπέλα που είχαν ένα νήμα στη σκιά ενός δέντρου, και μετά σταμάτησα στα ίχνη μου, με μια περίεργη σκέψη. Θα έπρεπε, θα μπορούσα να γράψω ένα ταξιδιωτικό μυθιστόρημα φαντασίας που βασίζεται σε έναν σπασμένο χαρακτήρα σε μια πνευματική αναζήτηση κάποιου είδους; Άφησα την ιδέα να εισχωρήσει στα πιο άκρα του μυαλού μου και έστρεψα το βλέμμα μου στο αντικείμενο του ενδιαφέροντος.

Η εκκλησία ήταν ιδιαίτερα μικρή σε σύγκριση με τις εκκλησίες που γνώριζα στο σπίτι και δεν έμοιαζε πολύ εξωτερικά. Εκτός από την αντίθεση μεταξύ των λευκών πλαϊνών τοίχων και του σκούρου βασάλτη της πρόσοψης, δεν υπήρχαν πολλά για να το επαινέσουμε.

Άρχισα να εγκαταλείπω την τελευταία μου λογοτεχνική

παρόρμηση. Ποτέ δεν επισκέφτηκα τις εκκλησίες, αφού μεγάλωσα και είχα απορρίψει την καθολική πίστη της οικογένειάς μου. Η θεία Ίρις και οι αδερφές μου, αφού απέτυχαν να κρατήσουν όλες αυτές τις βιβλικές ανοησίες στο λαιμό μου, επέλεξαν να με αποκηρύξουν από τότε. Ωστόσο, ήμουν περίεργος τώρα. Οι γέροι απομακρύνονταν με τα πόδια. Δεν υπήρχε κανένας άλλος. Βρίσκοντας την πόρτα ξεκλείδωτη, γλίστρησα μέσα.

Δεν μπορούσα να αρνηθώ τη μεγαλοπρέπεια που χαιρέτησε το βλέμμα μου ή την αιθέρια ατμόσφαιρα που εμφυσούσε το σηκό. Δεν μπορούσα παρά να με εντυπωσιάσει η περίπλοκη ξύλινη οροφή ψηλά ή ο περίτεχνος βωμός με κόκκινο και χρυσό χρώμα.

Πήγα και κάθισα στο τέλος του πίσω στασίδι, και καθώς ένιωσα το γυαλισμένο ξύλο κάτω από τα δάχτυλά μου και εισέπνευσα τον δροσερό αέρα που μύριζε αχνά θυμίαμα, αναμνήσεις φιλτράρονταν στο μυαλό μου, αναμνήσεις από άλλες φορές που είχα καθίσει σε ένα στασίδι, ακούγοντας τον ιερέα, περιμένοντας να κοινωνήσει. Σε λίγο, ένιωσα να με καταναλώνει μια ασφυκτική κλειστοφοβία. Η καρδιά μου χτυπούσε γρήγορα και άρχισα να λαχανιάζω καθώς οι αναμνήσεις της εξομολόγησης έπεφταν στο μυαλό μου, και αναγκάστηκα να ξαναζήσω την ντροπή που ένιωθα καθώς περίμενα τη σειρά μου, τη ντροπή για τις αποδράσεις μου με τον Βινς. την ντροπή που κράτησα κοντά μου και δεν αποκάλυψα ποτέ σε κανέναν, ούτε καν στον ιερέα.

Αυτή η έλλειψη ειλικρίνειας στην ομολογία που είδα εκ των υστέρων ως την αληθινή αιτία της ηθικής μου κρίσης, μιας ηθικής κρίσης που είχε παραμείνει βαθιά θαμμένη και ανεξέταστη σε όλη μου την ενήλικη ζωή. Η ντροπή ήταν η βασική αιτία της απόρριψης της πίστης και όχι, όπως πίστευα πάντα, η επιλογή μου για γυναίκα προτεστάντη. Εξάλλου, αν είχα ακλόνητη πίστη, η Τζάκι θα έπρεπε να μεγαλώσει τα παιδιά ως Καθολικούς. Αντίθετα, ήμουν απόλυτα ικανοποιημένος που άφησα τον γάμο μας να προκαλέσει ένα σχίσμα μεταξύ εμένα και της περίεργης και δυσλειτουργικής οικογένειας καταγωγής μου.

Αυτή η ντροπή με είχε πλέον στα χέρια της. Αγωνίστηκα να επιβραδύνω την αναπνοή μου καθώς άρχισε να επικρατεί πανικός και δεν μπορούσα να μείνω σε αυτό το στασίδι για μια στιγμή ακόμα. Εκτός από λαχανιασμένος αέρας, βγήκα ορμητικά από την εκκλησία, συγκρούστηκε με μια αδέσποτη μύγα καθώς έμπαινε μέσα. Το ξαφνικό χτύπημα του εντόμου στον άνθρωπο με τράνταξε. Εκνευρισμένος με τον εαυτό μου που πήδηξα με το παραμικρό, κούνησα τη μύγα μακριά και καθώς το χέρι μου περνούσε το πρόσωπό μου. Έριξα μια ματιά προς την κατεύθυνση που είχα δει τους δύο γέρους. Ευτυχώς είχαν εξαφανιστεί. Πήγα κατευθείαν για το αυτοκίνητό μου, υποσχόμενος να μην ξαναπατήσω το πόδι μου στον Κασίγιας ντελ Άνχελ.

Υπήρχε μόνο ένας τρόπος να γεμίσω τις μέρες μου στο νησί. Επέστρεψα με το αυτοκίνητο στην αγροικία, κατευθύνθηκα κατευθείαν στην κουζίνα και, παρά την έλλειψη πείνας που πίστευα ότι θα χρειαζόμουν την ενεργειακή ώθηση, καταβρόχθισα τα λαζάνια κρύα από το ψυγείο. Έπειτα φόρεσα τον εξοπλισμό του γυμναστηρίου μου και ξεκίνησα για την πόλη.

ΧΑΖΕΎΟΝΤΑΣ ΤΟΥΣ ΑΘΛΟΎΜΕΝΟΥΣ

ΔΥΟ ΧΙΛΙΌΜΕΤΡΑ ΠΕΤΆΛΙ ΚΑΙ ΤΟ ΤΣΙΜΠΗΜΑ ΣΤΟΝ ΠΟΝΕΜΈΝΟ ΜΥ του ώμου επισκίασαν την οδυνηρή αγωνία στους τετρακέφαλους μου. Αλλά δεν επρόκειτο να αλλάξω τη ρύθμιση του ποδηλάτου, την οποία είχα αυξήσει κατά ένα σημείο από χθες, όπως υποδεικνύεται στο πρόγραμμα γυμναστικής μου, παρόλο που οι γάμπες μου έκαιγαν και η πετσέτα γύρω από το λαιμό μου, εκεί για να πιάσει τις σταγόνες του ιδρώτα, με έκανε να ζεσταθώ. και άβολα. Ο καθρέφτης μπροστά μου αντανακλούσε έναν λαχανιασμένο άθλιο, με κατακόκκινο πρόσωπο κάτω από το μαύρισμα του. Τα πάντα σχετικά με το σώμα μου, το πετάλι μου, οι προσπάθειές μου συνολικά φώναζαν «αδύναμα».

Σιγά τα στεροειδή.

Όσο για το βάρος μου, το μόνο πιο ελαφρύ για το άτομό μου ήταν το πορτοφόλι μου. Τράβηξα το έντερο μου, έβαλα το σαγόνι μου και συγκεντρώθηκα στο πετάλι.

Δεν μπορούσα να μην παρατηρήσω ότι ο τύπος δίπλα μου, που φαινόταν να κάνει τον Γύρο της Γαλλίας, είχε τέλεια φόρμα. Δεν κουνιόταν σαν ένα χαλαρό φύλλο μαρουλιού. Οι κινήσεις του ήταν γωνιακές, ρυθμικές. Προσπάθησα να αντιγράψω τη στάση του στο τελευταίο χιλιόμετρο, αλλά οι προσπάθειές μου δεν συγκρίθηκαν καλά. Όταν γλίστρησα από το κάθισμα, τα πόδια μου είχαν τοποθετηθεί στη θέση του πεντάλ και ήταν μια προσπάθεια να ξεφύγω από το ποδήλατο.

Είχα προσέξει έναν τύπο τις προάλλες να κάνει τετραπλό τέντωμα και, αναπολώντας τι είχε κάνει, λύγισα το γόνατό μου, άπλωσα τον αστράγαλο και τράβηξα. Ένιωσα το τέντωμα αμέσως και δεν μπορούσα να τραβήξω μακριά. Κρατήθηκα όσο μπορούσα, αλλά άρχισα να χάνω την ισορροπία μου. Άλλαξα τα πόδια και λύγισα το άλλο γόνατο και άπλωσα το χέρι μου προς τα κάτω. Καθώς έπιασα τον αστράγαλό μου και τραβήχτηκα, ο ώμος μου φώναξε από τον πόνο και έπρεπε να σταματήσω.

Η σωματική μου μεταμόρφωση είχε φτάσει σε νέο χαμηλό. Κάθε μυς μέσα μου αντιστεκόταν σε περισσότερη προσπάθεια. Τα λαζάνια με τα οποία είχα γεμίσει το στομάχι μου νωρίτερα έπεσαν βαριά στην κοιλιά μου, για να μην αναφέρουμε τα πλήρη αγγλικά που είχα για πρωινό. Είχα την αρχή μιας βελονιάς. Έπρεπε να καταπιέσω την επιθυμία να εκπέμψω ρέψιμο καθώς το παγιδευμένο αέριο έστελνε βελάκια πόνου στο στομάχι μου και υπήρχε κάθε πιθανότητα να διπλασιάζομαι στη δίνη της οξείας δυσπεψίας ανά πάσα στιγμή.

Τουλάχιστον ήταν η μέρα του ποδοσφαίρου και η πίστα μου δεν φαινόταν να παρεμβαίνει σε κανέναν άλλο στο γυμναστήριο. Οι περισσότεροι ήταν σε μηχανές στο πάνω μέρος του σώματος. Ο συνδυασμός της πελατείας ήταν επίσης διαφορετικός. Υπήρχαν ακόμη και δύο γυναίκες –η μία έκανε sit ups, η άλλη σε μπάλα γυμναστικής– και η ατμόσφαιρα φαινόταν πιο φιλική.

Αφού διάβασα το πρόγραμμα γυμναστικής της ημέρας, άρχισα με την πρέσα ποδιών. Ο Λουίς μου είχε πει να δοκιμάσω τόσο βαρύ φορτίο όσο θα άντεχαν τα πόδια μου. Έπρεπε να κάνω τρία σετ των οκτώ επαναλήψεων, μετά να μειώσω το βάρος στο μισό και να κάνω τρία σετ των είκοσι. Σκεπτόμενος αυτές τις οδηγίες, αποφάσισα ότι ο κρίσιμος παράγοντας ήταν αυτό το αρχικό βάρος. Ο Λουίς σκέφτηκε ότι μπορούσα να διαχειριστώ το διπλάσιο του σωματικού μου βάρους, έτσι έβαλα το μηχάνημα στα διακόσια κιλά.

Οι πρώτες επαναλήψεις ήταν εύκολες, αλλά όπως έβρισκα με καθεμία από τις άλλες καθορισμένες μέρες μου, κάθε επανάληψη έγινε λίγο πιο δύσκολο και κάθε σετ ακόμα πιο δύσκολο. Η μείωση του βάρους στο μισό και η εκτέλεση είκοσι επαναλήψεων ξεκίνησε μια χαρά, αλλά στο τέλος, έσφιγγα τα δόντια μου και πίεζα με όλη μου τη δύναμη, όχι επειδή δεν είχα τη δύναμη να πιέσω αυτό το βάρος, αλλά οι τετρακέφαλοί μου ήταν πολύ σφιγμένοι. Δεν σταματούσαν να διαμαρτύρονται ότι είχαν χορτάσει και ήρθε η ώρα να μαζέψουν τα πράγματά τους και να πάνε σπίτι τους. Το ένιωθαν και οι γλουτιαίοι μου.

Κάθισα για λίγες στιγμές, αναρρώνοντας. Ο Λουίς βοηθούσε μια από τις γυναίκες. Η μουσική χτύπησε. Οι τύποι περιπλανήθηκαν μέσα και άλλοι πήγαν σπίτι. Έγινε λίγη συζήτηση. Ως συνήθως, φάνηκα να είμαι ο μόνος τουρίστας, ο αθλητικός ποδηλάτης που είχε φύγει μετά τον μαραθώνιο κύκλο του, οι δύο γυναίκες αναμφίβολα Ισπανίδες, και όλοι οι άλλοι μελαγχολικοί ντόπιοι τύποι. Μερικούς από τους άντρες άρχισα να αναγνωρίζω ως τακτικούς. Δεν μπορούσα να μην αναρωτιέμαι τι έκαναν όλοι για τα προς το ζην, αφού τα πρωινά στα μέσα της εβδομάδας ήταν συνήθως μια περίοδος που οι κανονικοί άνθρωποι πήγαιναν στις κανονικές τους δουλειές. Σαφώς, αυτοί οι άντρες δεν δούλευαν σε γραφεία ή σε καταστήματα λιανικής ή σε οποιαδήποτε άλλη κανονική δουλειά μπορούσα να σκεφτώ. Εκτός από την εργασία με βάρδιες στο εργοστάσιο και τη φιλοξενία, δεν μπορούσα να σκεφτώ τι θα μπορούσαν να κάνουν για εισόδημα.

Παρακολούθησα τον τύπο στον πάγκο. Δεν τον είχα ξανασυναντήσει. Ήταν ντυμένος με στενά μαύρα Λύκρα, και ο ορισμός των μπράτσων και των ώμων του αιχμαλώτισε το βλέμμα μου, τον τρόπο που κάθε μυς τεντωνόταν και λύγιζε, το διογκωμένο, το κυματισμό κάτω από το γυαλιστερό μαυρισμένο δέρμα.

Συνειδητοποιώντας ότι κοίταζα επίμονα για ακατάλληλη ώρα, έσκισα το βλέμμα μου και κοίταξα το πάτωμα, γνωρίζοντας ήδη ότι όταν επρόκειτο για τον ορισμό των μυών, δεν είχα ποτέ. Η φύση μου είχε χαρίσει ένα λεπτό σκελετό, στενό και ένα βαρελίσιο στήθος. Θα ήμουν λιγοστός αλλά για το τσαντάκι. Τα γόνατά μου ήταν χτυπητά. Το λίπος έκρυβε κακό μυϊκό τόνο. Όταν έσφιγγα τα ποδαράκια μου, καμπύλες λωρίδες ρινιάς δεν προεξείχαν κάτω από το δέρμα μου.

Ο τύπος τελείωσε το σετ του και δούλεψε στο άλλο χέρι. Τώρα ο καθρέφτης αιχμαλώτισε το εξόγκωμα του ανδρισμού του και το βλέμμα μου τραβήχτηκε με έκπληκτη γοητεία. Είχε ολόκληρο σαλάμι εκεί κάτω; Ανοιγόκλεισα και απέστρεψα το βλέμμα μου, παρακολουθώντας τους άλλους χώρους του γυμναστηρίου, οπουδήποτε εκτός από αυτό το συγκεκριμένο εξάρτημα που με έσπρωξε πίσω στην κρεβατοκάμαρα του Βινς.

Ποια ήταν η ξαφνική ενασχόληση με τα σώματα των ανδρών; Αδρανή περιέργεια; Η σεξουαλική απογοήτευση αφού δεν έκανα σεξ με κανέναν από τότε που μετακόμισα από το σπίτι; Ή είχε δίκιο η Άντζελα για μένα; Ήμουν γκέι; Αλλά αυτό δεν είχε νόημα γιατί δεν ένιωθα αγάπη για τους άλλους άντρες και δεν είχα καμία επιθυμία να πάω κανέναν από αυτούς στο κρεβάτι. Η αλήθεια ήταν ότι η σκέψη του σεξ με έναν άντρα με απώθησε, το πραγματικό σεξ ή ακόμα και το είδος του σεξ που είχα κάνει με τον Βινς. Ή ίσως με απωθούσαν επειδή δεν είχα γνωρίσει ακόμα τον κατάλληλο άντρα, έναν άντρα που θα μπορούσα να επιθυμήσω, ακόμα και να τον ερωτευτώ.

Άλλοι άντρες σκέφτονταν έτσι; Ή ήμουν μόνο εγώ; Ήμουν μόνος που έδειξα κάτι περισσότερο από παροδικό ενδιαφέρον για το δικό μου φύλο; Οι άλλοι άντρες θαύμαζαν ο ένας το σώμα του άλλου; Ίσως τελικά να ήταν φυσιολογικό. Έκλεψα ματιές στο δωμάτιο, έκρινα τις κατευθύνσεις διαφόρων ζευγαριών ματιών και αποφάσισα να ισορροπήσω ότι ναι, το έκαναν. Όχι όμως με απροκάλυπτα ποθητούς τρόπους. Μοιάζει περισσότερο με φθόνο ή ανταγωνιστικότητα. Τα είδη των ανδρικών χαρακτηριστικών τόσο παλιά όσο ο χρόνος. Το γυμναστήριο παρόμοιο με το λάκκο ενός μονομάχου, ένα μέρος όπου η ωμή ανδρική δύναμη ήταν η ημερήσια διάταξη, και δεν μπορούσες παρά να το παρατηρήσεις, να σε ιντριγκάρει, ακόμη και να εμμονή. Ναι, συνολικά, ήμουν κανονικός.

Η συσχέτιση με οδήγησε πίσω στο να αναλογιστώ τις διάφορες αποχρώσεις της σεξουαλικότητας και ότι ήταν εξίσου φυσικό να έλκομαι από το ίδιο φύλο όσο και από το αντίθετο φύλο. Να θέλεις να είσαι το αντίθετο φύλο. Να μην θέλω καθόλου σεξ. Να είσαι με τον ένα ή τον άλλο τρόπο άδειος. Δεν είχα κανένα πρόβλημα με τίποτα από αυτά. Η Άντζελα, μια ξέφρενη λεσβία, είχε αποφασίσει εδώ και πολύ καιρό ότι η σεξουαλικότητά μου ήταν διφορούμενη. Η Τζάκι είχε ενεργήσει με βάση τις λεσβιακές της τάσεις. Μου πέρασε από το μυαλό, της όφειλα κάποιο σεβασμό για την αποφασιστικότητά της, το θάρρος της, παρόλο που η προδοσία εξακολουθούσε να στράβωσε τα σπλάχνα μου.

Ωστόσο, όταν ζύγισα τα πάντα – τις αναμνήσεις του Βινς, την ονείρωξη, το άστατο βλέμμα μου, την υπαρξιακή ενοχή που μου εισέβαλε στις φλέβες μου η Καθολική εκκλησία, ακόμα και η επιλογή μου να πάω σε ένα γυμναστήριο για να γίνω φόρμα και να μην συμμετέχω σε κάποιο άλλο, λιγότερο αισθησιακή, υπαίθρια δραστηριότητα – όλα ήταν ένα τεράστιο ερωτηματικό τόσο μεγάλο και σκληρό όσο ο κ. Σαλαμί εκεί στον πάγκο.

Ο Λουίς πέρασε από δίπλα μου με ένα σύντομο γεια, και τρόμαξα από τις εικασίες μου. Άλλωστε είχα ξεκουραστεί αρκετά. Πριν κλειδώσουν τα πόδια μου, ξεκούρασα τον εαυτό μου από την πρέσα των ποδιών. Στη συνέχεια, ασχολήθηκα με το μηχάνημα επέκτασης ποδιών, εφαρμόζοντας τον ίδιο αριθμό σετ και επαναλήψεων. Όσο βαρύ μπορούσα να διαχειριστώ, είχε γράψει ο Λουίς. Έβαλα το βάρος στα πενήντα κιλά, τα μισά από αυτά που είχε χρησιμοποιήσει ο τύπος πριν από εμένα. Ακόμη και αυτό το βάρος αποδείχτηκε υπερβολικό μετά το πρώτο σετ, αλλά ήμουν αποφασισμένος να μην αποτύχω και έσφιξα τις δύο τελευταίες επαναλήψεις από καθένα από τα ακόλουθα σετ.

Μέχρι τώρα οι τετρακέφαλοι μου είχαν πάρει φωτιά, και διάφοροι άλλοι μύες των ποδιών μου έγιναν γνωστοί σαν να ήταν για πρώτη φορά. Ήταν ένα ξύπνημα και όχι εντελώς δυσάρεστο, αλλά ήξερα ότι θα πλήρωνα για την προπόνηση αργότερα. Δεν περίμενα άλλο ένα δύσκαμπτο και πονεμένο απόγευμα.

Οι μηχανές ώθησης ισχίου και μπούκλας ποδιών ήταν επίσης ελεύθερες. Ο Λουίς είχε δείξει τις κινήσεις που έπρεπε να κάνω. Ακουμπώντας τους ώμους μου στην πλάτη με τα πόδια και το πίσω μέρος μου στο χαλάκι, κράτησα έναν αλτήρα πέντε κιλών στο πάνω μέρος κάθε μηρού και προχώρησα στις απαιτούμενες επαναλήψεις των ωθήσεων της λεκάνης μου προς τα πάνω, έχοντας απίστευτα επίγνωση ότι ήμουν όχι κύριε Σαλαμί.

Ανάμεσα σε κάθε σετ, έπρεπε να πηδήξω στο άλλο μηχάνημα, να ξαπλώσω μπροστά και να κάνω είκοσι μπούκλες με πρηνή πόδι. Ήταν μια τιμωρητική προπόνηση. Καθώς τρεκλιζόμουν για την προτελευταία άσκηση, μέσα μου έβριζα τον Λουίς. Τέσσερα σετ των δέκα στο hack squat μηχάνημα και μετά βίας μπορούσα να σταθώ. Δύο σετ σαράντα επαναλήψεων όρθιων ανασηκώσεων γάμπας και, όταν έβγαλα τους ώμους μου από τα τακάκια της μηχανής και προσπάθησα να απομακρυνθώ, χρειάστηκε κάθε κύτταρό μου για να μην ταλαντευτεί. Δεν ήμουν σίγουρος ότι τα πόδια μου μπορούσαν να με φέρουν στο σπίτι με το αυτοκίνητό μου.

Όλα αυτά, και ο Λουίς ήθελε να με τελειώσει με άλλα πέντε

χιλιόμετρα στο ποδήλατο γυμναστικής. Έπρεπε να αστειεύεται. Ωστόσο, ένα σχέδιο ήταν ένα σχέδιο, και έπρεπε να το επιμείνω. Αν δεν το έκανα, θα με έπιανε ενοχές όλο το απόγευμα. Θα μου έλειπε πέντε χιλιόμετρα. Αυτή η σκέψη θα κροτάλιζε στον εγκέφαλό μου και θα χρειαζόταν ένα ολόκληρο μπουκάλι κόκκινο για να εξαλειφθεί. Ήξερα ότι θα γίνει. Ακόμα και τώρα η σκέψη με έκανε να ανησυχώ.

Κατευθυνόμουν προς το ποδήλατο όπου είχα αφήσει την τσάντα μου όταν εκείνος ο μεγαθήριος που έμπορε ναρκωτικά όρμησε μέσα. Άρχισα να κάνω πετάλι, στενάζοντας σιγανά καθώς παρατηρούσα τα γεγονότα πίσω μου στον καθρέφτη. Ο τύπος πλησίασε τον μπροστινό πάγκο και ψιθύρισε κάτι στον Λουίς, ο οποίος στη συνέχεια έμεινε σοκαρισμένος.

Κοίταξα αλλού και συνέχισα να κάνω πετάλι.

Στη συνέχεια η μουσική χαμήλωσε και όλοι κοίταξαν για να μάθουν τι συνέβαινε. Ο τύπος, εκατόν πενήντα κιλά συμπαγούς μυς με λαιμό σαν κορμό δέντρου, ανακοίνωσε στο γυμναστήριο με δυνατή φωνή, «Ο Χουάν πέθανε».

Μια ανάσα αντήχησε στο δωμάτιο. Σταμάτησα να κάνω πετάλι. Κανείς δεν μίλησε. Κανείς δεν κουνήθηκε. Όλα τα βλέμματα έπεσαν σε έναν άνθρωπο.

Ένα βάρος τσουγκρίστηκε.

«Πέθανε;» είπε κάποιος.

Νεκρός; Έπρεπε να είναι. Προφανώς κάποιος που όλοι γνώριζαν. Ο Λουίς βγήκε πίσω από τον πάγκο και έκανε μια σύντομη δήλωση. Αυτό διέλυσε την ένταση και ξαφνικά υπήρξαν δάκρυα και κλάματα και πολλές αγκαλιές. Η μουσική επανήλθε λίγο μετά, και συνέχισα να κάνω πετάλι μέχρι να φτάσω στα καθορισμένα πέντε κλικ.

Κατεβαίνοντας το ποδήλατο, είχα την παρουσία του μυαλού να κάνω κάποιες διατάσεις, μιμούμενοι αυτές που είχα δει τα άλλα παιδιά να κάνουν και κρατώντας τις για ένα αξιοπρεπές χρονικό διάστημα. Δεν είχα ιδέα τι έκανα και τα παράτησα μετά από λίγα λεπτά, υποσχόμενος να ψάξω στο διαδίκτυο για μερικές συμβουλές. Γιατί, ας το σκεφτώ, δεν μου ζητήθηκε ποτέ να γράψω δέκα κορυφαίες συμβουλές για διατάσεις; Μου ζητήθηκε να γράψω για μια τεράστια γκάμα θεμάτων για τα οποία δεν ήξερα τίποτα, αλλά δεν εκτείνονται ποτέ. Περίεργος.

Όταν τελείωσα επιτέλους τη συνεδρία μου, πήγα να πάω με τον Λουίς δίπλα στο ψυγείο ποτών.

«Αυτός ο τύπος, Χουάν, τι έγινε;» ρώτησα ανέμελα.

Έβαλε τα χέρια του στους γοφούς του και εξέπνευσε. «Ο Χουάν ήταν ο άντρας που ξεβράστηκε στην παραλία τις προάλλες».

Οι λέξεις με χτυπούσαν σαν μπουνιές.

«Τον γνώριζες;»

«Όλοι τον γνωρίζαμε. Ήταν τακτικός εδώ. Χουάν Πάμπλο Μεντίνα. Γιος του Μιγκέλ Μεντίνα. Ο θείος του, ο Μάριο, είναι εκεί.» Έδειξε πίσω του με μια κλίση του κεφαλιού του.

Τα γόνατά μου ένιωθα αδύναμα. «Πόσο απαίσιο.»

«Είναι μια πολύ κακή μέρα».

Το ακατέργαστο συναίσθημα στο δωμάτιο σκιάστηκε σε οργή και θυμό. Ξαφνικά ακούστηκαν πολλές φωνές καθώς φαινόταν να έχει ξεσπάσει καυγάς.

«Τι συμβαίνει;»

Ο Λουίς δίστασε. Έδειχνε ανήσυχος, υπέκφευγε. «Καλύτερα να μην ξέρεις».

Έγινε ένα διάλειμμα στη μουσική και έπιασα μερικές λέξεις. Ήξερα αρκετά ισπανικά για να ξεχωρίσω το «ατύχημα» και το «δολοφονία» και είχα δει αρκετές ισπανικές ταινίες για να αναγνωρίσω τη λέξη «δολοφονία» σε αυτή τη γλώσσα. Δολοφονία; Οι άντρες ήταν πεπεισμένοι ότι ο θάνατος του νεαρού δεν ήταν τυχαίος και, αν κρίνουμε από τον τρόπο τους, χαλούσαν για αντίποινα.

Καθώς πήγαινα προς το σπίτι, η τελευταία παρατήρηση του Λουίς έμεινε στο μυαλό μου. Καλύτερα να μην ξέρεις. Αυτή η παρατήρηση με έκανε ανεξήγητα νευρικό. Τι να εννοούσε;

ΝΑ ΜΕΊΝΩ Ή ΝΑ ΦΎΓΩ;

ΣΕ ΟΛΌΚΛΗΡΗ ΤΗ ΔΙΑΔΡΟΜΉ ΠΙΣΩ ΣΤΗΝ ΤΕΦΙΑ, ΜΕ ΈΦΑΓΑΝ ΟΙ εικασίες και οι δυσοίωνες συνέπειες. Γιατί ο Χουάν Πάμπλο Μεντίνα, ο κολυμβητής που ξεβράστηκε σε αυτή την απομακρυσμένη παραλία, είχε κρύψει τα μετρητά σε εκείνη τη σπηλιά; Γιατί πρέπει να το έκανε, σίγουρα;

Είχα υποθέσει ότι ο νεκρός ήταν τουρίστας, κάποιος που δεν ήταν εξοικειωμένος με το ύπουλο ρεύμα, ένας άνθρωπος με πολύ κακή γνώση της παλίρροιας και σίγουρα όχι ντόπιος. Η εθνικότητα του Χουάν έδωσε μια διαφορετική χροιά στην υπόθεση. Σχεδίαζε να επιστρέψει για το σακίδιο ή το έβαλε στη σπηλιά για να το μαζέψει κάποιος άλλος; Ποιανού ήταν τα χρήματα και από πού προήλθαν; Τίποτα από αυτά δεν θα είχε τόση σημασία αν δεν ήταν το γεγονός ότι οι συγγενείς του προπονούνταν στο γυμναστήριό μου. Γνώριζε κανείς για τα χρήματα; Κι αν ναι; Τι θα γινόταν αν ο προβλεπόμενος παραλήπτης ή ο χαμένος αυτών των μετρητών ήταν ο θείος του Χουάν ή κάποιος άλλον που τον αφορούν; Ανατρίχιασα. Αν ήταν έτσι και τους έλεγαν ότι είχα βρει το σακίδιο, τότε θα είχα μεγάλο μπελά. Ίσως θα έπρεπε να αλλάξω γυμναστήριο, αλλά αυτό θα φαινόταν ύποπτο αφού είχα ήδη αγοράσει μια συνδρομή τριών μηνών. Εξάλλου, ο Λουίς ήξερε ότι έμενα στην Τέφια. Μάλιστα είχε την ακριβή μου διεύθυνση. Ήταν μια αρρωστημένη σκέψη.

Σε τι μπλέξιμο είχα βάλει τον εαυτό μου;

Ήρεμα, έπρεπε να μείνω ήρεμος. Αλλά ήμουν κάθε άλλο παρά ήρεμος. Ο ιδρώτας κυλούσε στο μέτωπό μου παρά το κλιματιστικό που φυσούσε κρύο αέρα στο πρόσωπό μου. Τα χέρια μου γλίστρησαν στο τιμόνι. Η καρδιά μου χτυπούσε με ταχύτητα και συνέχισα την ανάγκη να εισπνέω απότομες εκρήξεις αέρα.

Μέχρι να οδηγήσω στην αγροικία, ήμουν μια σφιχτή σφαίρα νευρικής ενέργειας. Πλησίασα την εξώπορτα πεπεισμένος ότι δεν έπρεπε να μείνω άλλη μια νύχτα στο μέρος. Δεν ήταν ασφαλές. Πρέπει να δεχτώ την προσφορά του Πάκο και της Κλερ και να πάω στην Τισκαμανίτα. Θα ήμουν καλύτερα εκεί, να κρυφτώ.

Τη στιγμή που μπήκα μέσα, έτρεξα στην κουζίνα, βρήκα την επαγγελματική κάρτα που μου είχε δώσει η Κλερ και πληκτρολόγησα τον αριθμό. Απάντησε στο τρίτο κουδούνισμα.

Μετά από έναν πρόχειρο χαιρετισμό, τη ρώτησα αν η προσφορά της ήταν ακόμα ανοιχτή.

«Ναι, μπορείς να μείνεις. Μπορείς όμως να μας δώσεις λίγες μέρες;».

Ακουγόταν ταραγμένη.

«Δεν φαίνεσαι σίγουρη. Αν είναι πρόβλημα...»

Ὲκανένα πρόβλημα. Μόνο που συνέβη μια τραγωδία».

«Συγγνώμη.» Όχι άλλα άσχημα νέα. Τι συνέβαινε με αυτό το νησί;

«Υποθέτω ότι κολλημένος εκεί στην Τεφία δεν θα ξέρεις», είπε. «Ένα σώμα ξεβράστηκε σε μια παραλία».

Το στομάχι μου σφίχτηκε.

«Το άκουσα αυτό», είπα, εμπνέοντας στη φωνή μου μια ήρεμη αδιαφορία.

«Είναι ο ξάδερφος του Πάκο», είπε. «Η οικογένεια είναι στενοχωρημένη».

Μετά βίας πίστευα στα αυτιά μου. Ήταν όλοι συγγενείς με όλους τους άλλους σε αυτό το νησί; Ήταν ολόκληρο σόι; Όχι, ήταν άδικο. Απλά σύμπτωση, κακή τύχη ή μοίρα και επιπλέον, οι Καθολικοί είχαν μεγάλες οικογένειες, όπως και οι αγρότες.

Είπα τα συλλυπητήριά μου και είπα στην Κλερ ότι θα επικοινωνήσω. Η οικογενειακή σχέση έριξε σε αμφιβολία την παραμονή μου στον Πάκο και την Κλερ. Τι θα γινόταν αν όντως είχαν εμπλακεί στην υπόθεση του σακιδίου και η πρόσκληση να μείνουν στη θέση τους ήταν απλώς ένα τέχνασμα, μια παγίδα, ένας εύχρηστος τρόπος να με δελεάσουν και να κλέψουν πίσω τα μετρητά; Τότε τι θα μου έκαναν; Ωστόσο, αν εμπλέκονταν, τότε γιατί δεν μου πήραν το σακίδιο πίσω στο Πουέρτο ντε Λος Μολίνος; Ίσως δεν κατάλαβαν ότι αυτό ήταν το σακίδιο. Όχι, ήταν απλά ανόητο. Ποιες ήταν οι πιθανότητες να κρύβονται δύο σακίδια σε εκείνη τη σπηλιά; – σχεδόν καμμία.

Σε δεύτερες σκέψεις, δεν χρειάστηκε να διεκδικήσουν το σακίδιο εκεί και μετά. Όχι αφού τους είχα πει πού έμενα. Άλλωστε κάποιος μπορεί να παρακολουθούσε. Γι' αυτό περίμεναν και μετά εμφανίστηκαν στην αγροικία σαν τυχαία όταν ήταν σίγουροι ότι η ακτή ήταν καθαρή. Η αυτοπεποίθησή τους ήταν εκπληκτική, η διαβεβαίωσή τους ότι δεν θα είχα στο ενδιάμεσο κλείσιμο με τα μετρητά. Και πάλι, δεν έμοιαζα με άντρα που θα το έκανε αυτό, και ήθελαν τρομερά να με αποτρέψουν να πάω στην αστυνομία. Μάλλον περίμεναν όλη την ώρα, και όταν με είδαν να μπαίνω στο αυτοκίνητό μου εκείνη την ημέρα, έκαναν την κίνηση τους.

Όσο περισσότερο το σκεφτόμουν, τόσο περισσότερο έπειθα ότι συμμετείχαν, κάτι που με έκανε να νιώθω πολύ απρόθυμο να μείνω στο δικό τους σπίτι και πολύ καλύτερα να επιστρέψω στο γυμναστήριο.

Ήταν ώρα για το μεσημεριανό. Χωρίς να πεινάω τόσο αλλά

σκεπτόμενος ότι μάλλον θα έπρεπε να φάω, έφτιαξα στον εαυτό μου μια πράσινη σαλάτα και μετά πέρασα στις επιλογές μου. Είχα τρεις. Θα μπορούσα να μείνω στη θέση μου, να ρισκάρω να πάω στον Πάκο και την Κλερ ή να φύγω από το νησί, με ή χωρίς τα μετρητά. Αν έπαιρνα τα χρήματα, ουσιαστικά έκλεβα. Υπήρχε κάθε πιθανότητα να με σταματήσουν στο τελωνείο για αυτό το σκοπό ή να μείνω και σιγά σιγά να αρχίσω να ξοδεύω τα μετρητά, ακόμη και τις ποσότητες κατάθεσης στον αγγλικό τραπεζικό μου λογαριασμό, αρκετά μικρές για να μην κινήσω υποψίες. Αλλά αντιστάθηκα σε αυτήν την ιδέα. Τα χρήματα δεν ήταν δικά μου για να τα ξοδέψω.

Είχα φτάσει σε εσωτερικό αδιέξοδο. Η Τζάκι πάντα έλεγε αν έχεις αμφιβολίες μην κάνεις τίποτα. Ποτέ μέχρι εκείνη τη στιγμή δεν τη θεωρούσα σοφή, αλλά δεδομένης της περίπλοκης κατάστασης στην οποία βρισκόμουν, το μάντρα της ζωής της εφαρμόστηκε πλήρως.

Όμως, δεν με ενθουσίασε η ιδέα. Πρώτον, δεν είχα τίποτα να κάνω για να ασχοληθώ σε αυτήν την εγκαταλειμμένη πεδιάδα όπου ο αέρας φυσούσε διαρκώς. Δεν είναι περίεργο που η Τεφία παρέμεινε ένα τέλμα όπου λίγοι έμεναν και λίγα νέα κτίρια εμφανίστηκαν. Το χωριό δεν προσκαλούσε τουρίστες. Δεν υπήρχαν καν πολλές καφετέριες. Το μικρό σούπερ μάρκετ πρέπει να επιβιώσει με λίγους κατοίκους και μια προσευχή. Η Κλερ ανέφερε ένα κέντρο κήπου, αλλά δεν είχα ιδέα πού βρισκόταν ή ακόμα και αν υπήρχε, ακόμα κι αν το έκανα, τι θα ήθελα να κάνω με αυτό;

Υπενθύμισα στον εαυτό μου ότι ήταν η Άντζελα που με είχε ενθαρρύνει να κλείσω αυτές τις διακοπές. Αν ήταν στο χέρι μου, δεν θα επέλεγα ποτέ αυτό το μέρος. Η απομόνωση ήταν ελκυστική αλλά όχι η ιστορία. Παρόλο που η Άντζελα δεν ήξερε ότι η Τεφία βρισκόταν σε μια πεδιάδα όπου οι άνδρες είχαν πεθάνει με φρικτούς θανάτους. Άντρες διέταξαν να πηδήξουν από ένα αεροπλάνο υπό έναν βίαιο άνεμο και να πέφτουν κατακόρυφα σε βέβαιο θάνατο. Άντρες που ήταν γραμμένοι σαν ζώα τη νύχτα και αναγκάζονταν να δουλεύουν σαν σκλάβοι τη μέρα σε αυτόν τον αφιλόξενο κάμπο.

Οι σκέψεις μου παραπαίουν στη βάση ενός βουνού αμφιβολίας για τον εαυτό μου. Εδώ ήμουν, με τις δικές μου αγωνίες από ηλιακό έγκαυμα και μυϊκή καταπόνηση, παραπονιόμουν εσωτερικά ότι δεν είχα έμπνευση όταν πραγματικά, το μόνο που ήθελα ήταν η προσωπική μου δόξα, μια ευκαιρία να λάμψω. Είχε ποτέ κάποιος από αυτούς τους άνδρες την ευκαιρία να λάμψει; Θα μπορούσα να τους προσφέρω αυτή την ευκαιρία μέσα από τα λόγια μου και να τους απαθανατίσω ανάμεσα στα εξώφυλλα ενός μυθιστορήματος; Αυτός ήταν ο σκοπός μου; Ποτέ πριν δεν είχα σκεφτεί ότι μπορεί να έχω άλλο σκοπό από το να ωφελήσω άλλους συγγραφείς και επιχειρήσεις μέσα από τα λόγια μου. Τίποτα πιο ταπεινό από το να είσαι συγγραφέας φαντασμάτων, μονίμως στη σκιά. Ολόκληρη η αναζήτησή μου για έμπνευση αφορούσε εμένα και το δικό μου φως και την επιθυμία να αποδείξω στον εαυτό μου και στον κόσμο ότι κι εγώ θα μπορούσα να εκδώσω ένα μυθιστόρημα και ίσως ακόμη και να κερδίσω ένα λογοτεχνικό βραβείο. Ήταν όλο εγωισμός, έτσι δεν είναι; Τι θα γινόταν αν έγραφα ένα μυθιστόρημα ως υπηρεσία σε άλλους, για να βοηθήσω στη διατήρηση της μνήμης τους; Ήταν το είδος των πραγμάτων που ασχολούνταν οι συγγραφείς ιστορικής φαντασίας. Δεν ένιωθα ότι ανήκω σε αυτή την ομάδα. Αλλά υπήρχε και σύγχρονη μυθοπλασία, και σίγουρα ανήκα σε αυτή την ομάδα. Και όλοι αυτοί οι συγγραφείς ασχολήθηκαν με κάποιο κοινωνικό ή πολιτικό ή ηθικό ζήτημα ή γεγονός. Ήταν συχνά δημοσιογράφοι, άνθρωποι αυτού του είδους. Ενδιαφέρθηκαν για το τι συνέβαινε γύρω τους. Όπως και εγώ.

Η Άντζελα είχε δίκιο. Θα έπρεπε να γράψω ένα μυθιστόρημα για εκείνη τη φυλακή. Αν ήμουν έξυπνος, θα μπορούσα να αναφέρω και την ιστορία των αλεξιπτωτιστών.

Αν και δεν θα ήθελα να υπερφορτώσω την αφήγηση με πάρα πολλά θέματα. Καλύτερα να μείνω στη φυλακή.

Αλλά τη στιγμή που το μυαλό μου προσγειώθηκε εκεί και άρχισα να επιβεβαιώνω τη φυλακή ως το λογοτεχνικό μου επίκεντρο, άνοιξε μια αντίσταση μέσα μου. Από τη μια, θα περπατούσα μέσα στη λάσπη της πολιτιστικής ιδιοποίησης, και από την άλλη, θα έπρεπε να ερευνήσω το θέμα στα ισπανικά και μετά να πιέσω τον εαυτό μου με φαντασία σε εκείνες τις καλύβες και να σπάσω βράχους στον κάμπο. Ήμουν ικανός να τα κάνω όλα αυτά, παρόλο που τα καθήκοντα ήταν επαχθή, αλλά ένιωθα αποκλεισμένος. Κάτι μέσα μου φώναξε σε αντίθεση, και δεν μπορούσα να ξεπεράσω ό,τι κι αν ήταν αυτό. Δεν ήθελα καν.

Καθώς απομάκρυνα την ίδια την ιδέα να ασχοληθώ με το θέμα της φυλακής, αναρωτήθηκα αν χρησίμευε ως τίτλος, ένα σύμβολο κάποιου είδους που θα μπορούσε να δημιουργήσει νέες ιδέες, αυτές που δεν είχαν καμία σχέση με το νησί. Ίσως αν μπορούσα να αποδώσω κάποιο προσωπικό νόημα, κάποια σημασία στην ύπαρξη μου εδώ.

Μπορούσα να σκεφτώ μόνο ένα. Η Τεφία στοιχειώθηκε από γεγονότα και συνθήκες που είχαν προκληθεί από τις αρχές, και συγκεκριμένα από τον στρατό. Τη φυλακή τη διοικούσε ένας στρατιωτικός ιερέας – και οι φρουροί, με όλες τις προθέσεις και σκοπούς, ήταν στρατιώτες – και ήταν ένας στρατιωτικός διοικητής που είχε διατάξει αυτούς τους φτωχούς αλεξιπτωτιστές να πηδήξουν. Το στρατιωτικό θέμα επεκτάθηκε και στις δικές μου συνθήκες με τη μορφή του πατέρα μου, ο οποίος ήταν λοχίας στο στρατό.

Η σκέψη μου σταμάτησε. Είχα κάνει τον κύκλο μου. Ίσως αυτός ήταν ο λόγος που ένιωθα τόσο πρόθυμος να αποκλείσω την αλήθεια του περιβάλλοντός μου. Ο πατέρας μου. Προσπάθησα να πω στον εαυτό μου ότι οι σκοτεινές αναμνήσεις ανήκαν στους ανθρώπους της Φουερτεβεντούρα και των Καναρίων Νήσων. Και όχι σε ανθρώπους σαν εμένα.

Αλλά το έκαναν. Μου ανήκαν εντελώς μέσα από τη σκοπιά του πατέρα μου, ο οποίος με είχε βλάψει, έβλαψε ολόκληρη την οικογένειά μου μέσα από τον παράξενο πόθο του και με έκανε να αναζητήσω παρηγοριά στον Βινς.

Κράτησα αυτή τη σκέψη για αρκετό καιρό. Ήταν κάτι σαν αποκάλυψη και ήρθε με τεράστια επεξηγηματική δύναμη. Δεν είναι περίεργο που δεν μου άρεσε εδώ. Όταν όλα ειπώθηκαν και έγιναν, ο Πάκο είχε δίκιο, η ενέργεια του τόπου ήταν πολύ ενοχλητική για τη μούσα. Είχα μηδενική έμπνευση και δεν θα το έκανα ποτέ. Όποτε κοίταζα έξω από το παράθυρο τη βραχώδη πεδιάδα, έβλεπα δυστυχία και θάνατο. Εξακολουθούσα να είχα αμφιβολίες σχετικά με τον Πάκο και την Κλερ, αλλά η θέση τους μπορεί να είναι η καλύτερη επιλογή.

Μια ξαφνική κράμπα στη γάμπα με εκτόξευσε από την ονειροπόλησή μου. Σηκώθηκα από την καρέκλα μου και περπάτησα για να χαλαρώσω τον μυ πριν χειροτερέψει. Μόλις ηρέμησε ο μυς, βρήκα έναν ιστότοπο για το πώς να κάνω διατάσεις και ακολούθησα τις οδηγίες. Τα τριάντα δευτερόλεπτα ήταν η ιδανική χρονική διάρκεια, οπότε έβαλα το χρονόμετρο στο τηλέφωνό μου. Οι μύες μου αντιστάθηκαν και μετά έδωσαν λίγο ένα-ένα και μπορούσα να νιώσω τα οφέλη. Υπήρχε κάτι όπως καλός πόνος, αποφάσισα, και μια μικρή ενόχληση κατά τη διάρκεια των διατάσεων ήταν αυτού του είδους ο πόνος. Αν και ο ώμος μου αποδείχθηκε μη συνεργάσιμος και ανταποκρίθηκε στις δοκιμαστικές διατάσεις μου με μυϊκό σπασμό. Πέρασα την υπόλοιπη μέρα ολοκληρώνοντας σύντομες εργασίες συγγραφής φαντασμάτων και κατεβάζοντας παυσίπονα.

ΜΙΑ ΑΝΗΣΥΧΗΤΙΚΉ ΕΞΈΛΙΞΗ

ΤΗΝ ΕΠΌΜΕΝΗ ΜΈΡΑ ΈΠΡΕΠΕ ΝΑ ΕΠΙΚΕΝΤΡΩΘΏ ΣΤΑ ΜΠΡΆΤΣΑ ΜΟΥ στο γυμναστήριο και ο Λουίς μου έκανε κράτηση για μια συνεδρία PT για να παρακολουθήσω τη φόρμα μου. Σκέφτηκα να ακυρώσω, δεδομένης της τρυφερότητας του ώμου μου, αλλά είχα πληρώσει ένα βαρύ τίμημα για τα στεροειδή και το τέλος του γυμναστηρίου, και δεν θα νικούσα. Τα χέρια δεν είναι ώμοι, είπα στον εαυτό μου. Η συνεδρία ήταν προγραμματισμένη το απόγευμα στις τέσσερις, το μόνο που είχε δωρεάν, και με όλη τη μέρα να γεμίσει, ήξερα ότι έπρεπε να φύγω από την Τεφία.

Η ημέρα προβλεπόταν να είναι πιο δροσερή από ό,τι ήταν. Μελέτησα τον χάρτη. Το Ελ Κοτίλο στο βορειοδυτικό άκρο του νησιού τράβηξε την προσοχή μου. Σκέφτηκα ότι θα κατευθυνόμουν εκεί για μεσημεριανό γεύμα και μετά θα εξερευνούσα μερικά από τα χωριά της ενδοχώρας, στρέφοντας προς τα ανατολικά και οδηγώντας μέχρι το Πουέρτο ντελ Ροσάριο εγκαίρως για το γυμναστήριο.

Βρίσκοντας τον εαυτό μου χωρίς όρεξη, παρέλειψα το πρωινό και, αφού καθάρισα τα βαριά δωμάτια με σκούπα και ξεσκονόπανο, ξεκίνησα στις δέκα.

Ήταν η πρώτη μου φορά βόρεια και, καθώς ο δρόμος χάραζε μια πορεία ανάμεσα στα χαμηλά βουνά, προσπάθησα να απεικονίσω το τοπίο πράσινο. Δεν μπόρεσα. Ήταν ποτέ πράσινο; Σίγουρα, μετά τη βροχή, θα υπήρχε πράσινο. Όπως ήταν, το απόκρημνο έδαφος επιτέθηκε στις αισθήσεις μου και οδηγώντας στο απέραντο καφέ κενό, άρχισα να λαχταρώ το νέο μου σπίτι στο Νόρφολκ, με τα ψηλά δέντρα και τα καταπράσινα χωράφια και τα γραφικά παλιά εξοχικά σπίτια. Εδώ ήταν σκληρό, βάναυσο, ασυμβίβαστο. Κάποιοι μπορεί να το λατρέψουν, αλλά το περιβάλλον της ερήμου δεν ήταν για μένα.

Ποτέ δεν είχα φροντίσει το καφέ σε καμία απόχρωση ή τόνο, ούτε από τα σχολικά μου χρόνια και τη στολή με το καφέ σακάκι και του ασορτί παντελόνι που έπρεπε να φορέσω. Για να μην αναφέρω εκείνα τα καφέ πουλόβερ που επέμενε η θεία Ίρις να με πλέκει, χρόνο με τον χρόνο. Σφιχτά μάλλινα πουλόβερ με στενούς λαιμούς που απειλούσαν να μου κόψουν τα αυτιά μου όποτε τα έβαζα πάνω από το κεφάλι μου. Δημιούργησε επίσης καφέ γιλέκα, με λαιμόκοψη με πολύπλοκα σχέδια στο μπροστινό μέρος. Η Ίρις ήταν νοσταλγός της δεκαετίας του 1940, παγιδευμένη σε μια χρονική περίοδο. Το κακεντρεχές πρόσωπό της, όλο μαζεμένο και μοχθηρό, έσκυβε πάνω από τις βελόνες της που χτυπούσαν και χτυπούσαν όλη μέρα και νύχτα. Η αδερφή μου, η Μάρνι, παραπονέθηκε ότι τα μανίκια της ήταν πολύ μικρά και τραβούσε τις μανσέτες. Η μητέρα μου της έλεγε ότι ήταν επειδή η ένταση της θείας της ήταν πολύ τεντωμένη. Η τεντωμένη ένταση περιέγραψε τη θεία Ίρις σε ένα μπλουζάκι.

Μια ώρα αργότερα, ο ωκεανός εμφανίστηκε σαν ευλογία, και σύντομα κατέβηκα με το αυτοκίνητο μέσα από τα στενά δρομάκια του Ελ Κοτίγιο αναζητώντας ένα μέρος για να παρκάρω.

Το χωριό ήταν πολύ μεγαλύτερο από το Πουερτίτο ντε λος Μολίνος, τις παλιές καλύβες ψαρέματος που περιέβαλλαν το λιμάνι με ένα συγκρότημα διαμερισμάτων και μικρών επιχειρήσεων.

Το Ελ Κοτίγιο ήταν επίσης ένα πιο ευχάριστο, πιο ζωντανό χωριό από το Πουερτίτο, αν και είχε τα ίδια κυβοειδή σπίτια και στραβά δρομάκια.

Πάρκαρα μπροστά από ένα μικρό φορτηγό στα βόρεια προάστια και περιπλανήθηκα στην παραλία. Η θαλάσσια αύρα ήταν ευχάριστα δροσερή και η παλίρροια είχε ανέβει, περίπου έτσι φαινόταν. Η παραλία ήταν ένα τόξο από χρυσή άμμο. Κομμάτια βράχου βασάλτη επεκτείνονταν στον ωκεανό για να σχηματίσουν έναν ύφαλο που προστάτευε τον κόλπο στο σύνολό του, δημιουργώντας κάτι που ισοδυναμούσε με μια σειρά από λιμνοθάλασσες. Λίγοι ήταν οι άνθρωποι στην άμμο, οι παραθεριστές ήδη στο νερό. Σκεφτόμουν να πάω για μπάνιο – τα ήρεμα νερά μέσα στον ύφαλο φαινόταν πιο φιλόξενα – αλλά δεν ήθελα να έχω αλμυρό δέρμα στη γυμναστική μου αργότερα και δεν υπήρχε εγγύηση ότι θα έβρισκα που να ξεπλύνω το αλάτι. Αντίθετα, αφού έκανα μια βόλτα πάνω-κάτω, περιπλανήθηκα πίσω στους δρόμους του χωριού αναζητώντας το καλύτερο μέρος για φαγητό.

Όλα τα εστιατόρια έμοιαζαν και μύριζαν ελκυστικά. Τα στενά, πλακόστρωτα δρομάκια γύρω από το μικρό λιμανάκι είχαν παραδοθεί στους πεζούς και όλο το σκηνικό μιλούσε για το παρελθόν. Απορροφώντας την ψυχρή ατμόσφαιρα, άρχισα να νιώθω πολύ καλύτερα που βρίσκομαι στο νησί.

Μετά από πολλή μελέτη, διάλεξα ένα μικρό εστιατόριο με θέα στη θάλασσα, κάθισα σε ένα από τα τραπέζια στη μεγάλη βεράντα και παρήγγειλα ψητό ψάρι με πατάτες και σαλάτα – το παραδοσιακό νησιώτικο φαγητό που φαινόταν να ήταν πολύ καλά μαγειρεμένο και με πικάντικες σάλτσες.

Ενώ περίμενα το φαγητό μου, παρατήρησα τα μικρά ψαροκάικα που προφυλάσσονταν από τον ωκεανό, την ακτογραμμή που απλώνεται νότια σε απόσταση, τα βουνά και τον βράχο της θάλασσας και την απέραντη γαλάζια έκταση, τη φλυαρία τουριστών μικρών και μεγάλων, τις περιστασιακές εκρήξεις γέλιου, όλο αυτό είχε μια καταπραϋντική επίδραση στη διάθεσή μου. Και όταν ο σερβιτόρος ήρθε με ένα φορτωμένο πιάτο, σκέφτηκα ότι επιτέλους το καταφύγιό μου είχε αρχίσει πραγματικά.

Παρατήρησα τον σερβιτόρο καθώς απομακρυνόταν και χαιρέτησα μερικούς νέους πελάτες. Ήταν νέος και όμορφος με κυκλοθυμικά μάτια και ένα αναιδές χαμόγελο. Έδειχνε και σε φόρμα. Όταν γύρισε μακριά, το βλέμμα μου έμεινε στον πισινό του, καλά καθορισμένο κάτω από το σφιχτό παντελόνι. Απέστρεψα το βλέμμα μου καθώς έφευγε, ρίχνοντας μια ματιά στους άλλους που κάθονταν γύρω μου, ελπίζοντας ότι δεν είχα τραβήξει την προσοχή τους κοιτάζοντας πολύ.

Ξαφνικά αμήχανα, ρίχτηκα στο φαγητό στο πιάτο μου, το οποίο αποδείχτηκε τόσο νόστιμο όσο μύριζε. Δεν πεινούσα ακριβώς, αλλά ήταν πολύ καλό για να το σπαταλήσω. Έμεινα για λίγο, αλλά χωρίς να κάνω τίποτα και με κανέναν να μιλήσω, όταν ο σερβιτόρος επέστρεψε, ζήτησα τον λογαριασμό.

Καθώς επέστρεφα μέσα από το χωριό προς το αυτοκίνητό μου, αποφεύγοντας τουρίστες αποφασισμένους να μπουν κατευθείαν μέσα μου και σημειώνοντας τις επιχειρήσεις που διψούσαν για τα μετρητά τους, αντιμετώπισα μια ξαφνική ανατροπή κατά τη γνώμη μου για το Ελ Κοτίγιο και αποφάσισα ότι προτιμούσα το Πουερτίτο επειδή ήταν παρθένο από τουρισμό.

Ήμουν έξω από το Ελ Κοτίγιο και πήγαινα στο δρόμο μου, συλλογιζόμουν τι άλλες απολαύσεις μου επιφύλασσαν, όταν μια σειρά από οδηγούς τεσσάρων τροχών στριμώχνονταν προς το μέρος μου, προκαλώντας όλοι τους ένα σύννεφο σκόνης προς το μέρος μου. Επιβράδυνα και σχεδόν έφτασα ως το χείλος, με τους τροχούς να τρίζουν, και πάτησα την κόρνα μου δείχνοντας την γροθιά μου καθώς με περνούσαν οι τελευταίοι.

Ανόητοι!

Επιβράδυνα την οδήγησή μου καθώς έφτανα προς το Λαχάρες, το οποίο είχε ξεκάθαρα πουληθεί στο τέρας, με μπουτίκ και καφετέριες να είναι στριμωγμένες κατά μήκος της κύριας οδού και αναπαλαιωμένες αγροικίες και κομψές νέες κατασκευές να διασκορπίζονται στην ενδοχώρα. Δεν εμφανίστηκαν σημεία ενδιαφέροντος, έτσι συνέχισα να οδηγώ, κατευθυνόμενος προς τα ανατολικά, διασχίζοντας μια επίπεδη πεδιάδα γεμάτη με ηφαίστεια που προεξείχαν έντονα έξω από το έδαφος προς όλες τις κατευθύνσεις. Η γη ήταν καλλιεργημένη, αλλά από όσο μπορούσα να καταλάβω, τίποτα δεν φύτρωνε το καλοκαίρι.

Όταν έφτασα σε μια διασταύρωση, πήρα τον δρόμο για την Λα Ολίβα νότια και έκανα ένα πέρασμα μέσω της Βιλαβέρντε και μετά μέσω περισσότερων καλλιεργήσιμων εκτάσεων. Σκεφτόμουν τις επιλογές μου όταν έφτασα στο Λα Ολίβα και ετοιμαζόμουν να βρω ένα μέρος για να παρκάρω, όταν ξαφνικά χρειάστηκα επειγόντως να χρησιμοποιήσω την τουαλέτα. Ήμουν έξαλλος με την παρόρμηση. Ήθελα να εξερευνήσω την πόλη, αλλά αρνήθηκα να δω τις δημόσιες εγκαταστάσεις, αν υπήρχαν. Σαμποτάροντας, έσφιξα τους γλουτούς μου και κατευθύνθηκα πίσω στην αγροικία.

Ανακουφισμένος δεόντως, είχα ακόμα μια ώρα ή περισσότερο να σκοτώσω πριν χρειαστεί να οδηγήσω στο γυμναστήριο. Κοίταξα ξανά τον χάρτη και αποφάσισα να ρίξω μια ματιά στο μουσείο στη νότια άκρη του χωριού, που βρίσκεται ακριβώς μετά τη στροφή προς τον ανεμόμυλο.

Το μουσείο ήταν ένα ενδιαφέρον θέαμα, αν και όλη τη βδομάδα το προσπερνούσα χωρίς να το κοιτάζω. Ανακάλυψα ότι ήταν επίσης, πολύ καλοδιατηρημένο. Μέσα σε όμορφα διαμορφωμένους κήπους από χαλίκι, πλακόστρωτα και μικρούς κήπους, μια ομάδα από αναπαλαιωμένες αγροικίες και βοηθητικά κτίρια περιείχε όλα τα εργαλεία και τα μηχανήματα της αρχαίας ζωής των αγροτών και των αρχόντων τους. Σε μερικούς από τους αχυρώνες γίνονταν διαδηλώσεις – μια γυναίκα που έψηνε ψωμί, μια πήλινες γλάστρες, μια στον αργαλειό και μια άλλη καλαθοπλεκτική. Στο μεγάλο σπίτι, κανείς δεν έκανε τίποτα.

Οι ντόπιοι αγρότες ήταν αγρότες; Ήταν δίκαιο να τους αποκαλούμε έτσι; Ή ήταν προσβλητικό; Θα μπορούσα να αποκαλώ τους ντόπιους ανθεκτικούς, επίμονους ή ίσως απελπισμένους ανόητους που δεν γνώριζαν κάτι διαφορετικό. Πότε σταμάτησαν τους αρχαίους τρόπους τους;

Μια μεγαλύτερη ερώτηση με βασάνιζε. Με ενοχλούσε από τότε που έφτασα στο νησί. Πού ήταν τα δέντρα; Υπήρχαν ποτέ δέντρα ή το τοπίο ήταν πάντα τόσο άγονο; Τι είδους δέντρα φύτρωσαν εδώ, αν υπάρχουν, και τι απέγιναν όλα; Τα φυτά φύτρωσαν εδώ, μπορούσες να δεις ότι στους κήπους των ιδιοκτητών σπιτιού –Βρετανών ή Γερμανών, βάζω στοίχημα– και στα προσεκτικά καλλιεργημένα χωράφια που περιμένουν την επόμενη έκρηξη βροχής.

Μια γρήγορη αναζήτηση στο Διαδίκτυο στο τηλέφωνό μου χρησιμοποιώντας ισπανικές λέξεις για δέντρο, πολιτισμό και ιστορία και βρήκα ένα επιστημονικό άρθρο, στα ισπανικά, για την ιστορία των δέντρων του νησιού.

Μπόρεσα να συλλέξω από τις λέξεις και τις φωτογραφίες ότι ολόκληρο το νησί κάποτε ήταν καλυμμένο με δέντρα και θάμνους, πιο χοντρές στις χαράδρες και τις κοιλότητες, πιο σκληρές, ανθεκτικές στην ξηρασία ποικιλίες που κάλυπταν τα βουνά. Στις βόρειες πλαγιές των βουνών, υπήρχαν πυκνά δάση. Εκεί είχαν φυτρώσει αυτοφυή πεύκα, δάφνες και φοίνικες. Τη στιγμή που έφτασαν οι άνθρωποι, έλεγε η αρχική παράγραφος του άρθρου, έλαβε χώρα μια μακρά, αργή διαδικασία αποψίλωσης των δασών, έως ότου απογυμνωθεί ολόκληρο το νησί. Πόσο θλιβερό. Αποθήκευσα το άρθρο για να το δω αργότερα πιο αναλυτικά.

Κοίταξα γύρω μου το βράχο και το χώμα με φρέσκια επίγνωση και αμέσως μου θύμισε το βιβλίο της Σάντρα Φλιντ που είχε επιλεγεί στη λίστα, με κεντρικό θέμα την αποψίλωση των δασών των ορεινών της Σκωτίας. Είχα πάθει πολύ πλάκα ερευνώντας το θέμα. Ήταν ο βασικός λόγος που ανέλαβα την αποστολή. Οι προσπάθειες της Φλιντ μπορεί να στερούνταν λογοτεχνικής ικανότητας, αλλά θαύμαζα την επιλογή του θέματός της. Αντιμετώπιζα το ίδιο πρόβλημα αποψίλωσης εδώ, αλλά δεν μπορούσα να γράψω άλλο βιβλίο για την ιστορία των δέντρων και της αποψίλωσης των δασών. Θα ήταν πολύ κουραστικό και καταθλιπτικό.

Αν έψαχνα για έμπνευση για μια νέα δουλειά, τότε ίσως έπρεπε να σταματήσω να κοιτάζω γύρω μου και να σκάψω βαθύτερα στον εαυτό μου τελικά. Έδιωξα αυτή την ιδέα όσο γρήγορα ήρθε. Πάνω απ 'όλα, έπρεπε να προσγειωθώ στην πρωτοτυπία και δεν ένιωθα το παραμικρό πρωτότυπο. Όλα τα καλύτερα μυθιστορήματα που είχα διαβάσει πρόσφατα είχαν ένα πλεονέκτημα, το πάθος του συγγραφέα ξεπηδούσε από τη σελίδα. Αυτό για το οποίο έγραψαν αυτοί οι συγγραφείς σήμαινε κάτι για αυτούς και ήθελαν ο αναγνώστης να το μάθει, να το νιώσει. Οι συγγραφείς ήθελαν να μοιραστούν με τον κόσμο νέες προοπτικές, εκείνες που για πάρα πολύ καιρό δεν είχαν ληφθεί υπόψη ή είχαν παραβλεφθεί. Μερικές φορές ήταν μια εναλλακτική λύση για τον κορόιδο της εποχής: το προνόμιο των λευκών ανδρών.

Ήμουν λευκός, άντρας και προνομιούχος, αλλά δεν το ένιωθα. Δεν ήμουν σίγουρος τι σημαίνει πραγματικά αρρενωπότητα. Έριξα την έλλειψη γνώσης μου στο να μεγάλωσα σε ένα γυναικείο σπίτι αφού ο πατέρας μου, ένας άντρας που μετά βίας θυμόμουν, είχε φύγει. Αναγκάστηκα να υποφέρω μια τιμωρητική θηλυκότητα, όλη αυτή η σκοτεινή οργή που τροφοδοτούσε τη Λίλιθ πάνω μου, το μόνο αρσενικό στο σπίτι. Το μόνο που είχα τότε για ανδρική παρέα ήταν ο Vince.

Οι ενήλικες φίλοι μου ήταν επίσης γυναίκες. Για σχεδόν δύο δεκαετίες ήμουν ο σύζυγος του σπιτιού που έκανα την παραλαβή του σχολείου. Η Τζάκι είχε φορέσει το παντελόνι. Φορούσα την ποδιά. Εκείνη κέρδισε τα μετρητά, και εγώ μαγείρεψα, καθάριζα και αγγειοπλαστική στο σπίτι. Αν έγραφα για όλα αυτά, έγραφα από αυτή την οπτική γωνία, θα μου φαινόταν πολύτιμος ή επιτηδευμένος, και ακόμη κι αν ασχολούμουν με την απόγνωση που ένιωθα μερικές φορές, η ευρύτερη κοινότητα θα την αντιμετώπιζε ως τέρψη του εαυτού μου. Εξάλλου, ποτέ δεν τα είχα πάθει τόσο καλά και δεν είχα κανένα δικαίωμα να παραπονεθώ για την τύχη μου, κανένα απολύτως δικαίωμα.

Απορρίπτοντας όλα αυτά, όταν επρόκειτο για ό,τι μπορεί να με ενδιέφερε να κρύβεται από μέσα μου, έμεινα χωρίς τίποτα. Ήμουν σε ένα δημιουργικό κενό.

Ο ανδρισμός ήταν χάλια αν ένας άντρας δεν μπορούσε να είναι άντρας.

Η ώρα πέρασε σύντομα και κατευθύνθηκα προς το Πουέρτο ντελ Ροσάριο, βγαίνοντας από το γυμναστήριο στις τέσσερις παρά τέταρτο. Ο Λουίς με χαιρέτησε καθώς έμπαινα μέσα. Πήγα κατευθείαν στο ποδήλατο γυμναστικής και έκανα τα απαιτούμενα δέκα χιλιόμετρα. Καθώς χαλαρώνω από το κάθισμα, ήρθε και με κοίταξε να κάνω τις ασκήσεις με το σφυρί.

Μετά το πρώτο σετ, σχολίασε την τεχνική μου, μου είπε να τραβήξω τους ώμους μου προς τα πίσω και να κλειδώσω τους αγκώνες μου, να μην γέρνω προς τα εμπρός και να ταλαντεύομαι και να μην ταλαντεύω τα βάρη ή να κάνω τις επαναλήψεις πολύ γρήγορα.

«Αυτό είναι», είπε, μετακινώντας τους ώμους μου προς τα πίσω και σπρώχνοντας τους αγκώνες μου στη μέση μου. Καθώς μελετούσα τη φόρμα μου στον καθρέφτη, έπιασα το βλέμμα ενός άνδρα στην άλλη πλευρά του γυμναστηρίου που με κοίταζε ύπουλα. Γρήγορα απομάκρυνε το βλέμμα του, αλλά είδα το ειρωνικό του χαμόγελο καθώς γύριζε το πρόσωπό του στον τοίχο.

Καταναλωμένος από μια αγανακτισμένη οργή, κατάφερα τα άλλα τρία σετ των δέκα επαναλήψεων χωρίς υπερβολική πίεση.

Ο Λουίς είχε σοβαρή και μη επικοινωνιακή διάθεση. Η μόνη εστίασή του ήταν στη φόρμα μου. Στη συνέχεια, με έβαλε στο μηχάνημα για ασκήσεις δικέφαλου - που δεν ήταν πολύ επαχθές - ακολουθούμενο από επιτραπέζια ώθηση τρικεφάλου με σούπερ ρύθμιση με οκτώ επαναλήψεις προεκτάσεων τρικεφάλου πάνω από το κεφάλι χρησιμοποιώντας έναν αλτήρα. Με έβαλε να κάνω όλες αυτές τις ασκήσεις, διορθώνοντας τη φόρμα μου σε καθεμία, και με παρακολουθούσε προσεκτικά καθώς περνούσα με το ζόρι τον απαιτούμενο αριθμό επαναλήψεων. Όσο κι αν τα μπράτσα μου και ειδικά ο φτωχός μου ώμος που θα ήθελαν μια αναβολή, ούτε εγώ ούτε ο Λουίς τους επιτρέψαμε να την έχουν. Τα τσιμπήματα, τα εγκαύματα, οι πόνοι – πίεσα όλη την ταλαιπωρία γνωρίζοντας ότι, με τον Λουίς δίπλα μου, είχα γίνει αντικείμενο έντονου ελέγχου και δεν θα αντιμετώπιζα την αποτυχία κάτω από το βλέμμα του. Ακριβώς το αντίθετο. Ήθελα να διαπρέψω, να του αποδείξω πόσο καλός ήμουν, ή μάλλον πόσες δυνατότητες είχα να είμαι καλός.

«Καλά κάνεις», ήταν όλη η ενθάρρυνση που πρόσφερε.

Μετά από αυτό, είχα ακόμα τέσσερα σετ από δέκα σπαστήρες κρανίου σε συνδυασμό με όσες βυθίσεις τρικεφάλων μπορούσα να διαχειριστώ. Δεν καταλάβαινα τη λογική της τόσης έμφασης στους τρικέφαλους, αλλά δεν ήμουν έτοιμος να διαφωνήσω. Παρά την έντονη αγωνία, ανακάλυψα ότι γενικά εκείνη η ημέρα του χεριού αποδείχτηκε πολύ λιγότερο επαχθής από οποιαδήποτε άλλη μέρα στην περιοχή του σώματος. Αν και δεν ήμουν σίγουρος ότι θα μπορούσα να κρίνω. Ίσως τα στεροειδή να λειτουργούσαν. Ή δυνάμωνα. Ή απλά είχα συνηθίσει τον πόνο.

Ευχαρίστησα τον Λουίς για τον χρόνο του και ξαναπήδηξα στο ποδήλατο για να χαλαρώσω.

Δύο χιλιόμετρα μέσα, και τα σπλάχνα μου έπεσαν σε σπασμό. Κάτι δεν πήγαινε καλά με τα έντερά μου. Κρατήθηκα μέχρι να τελειώσω τα πέντε χιλιόμετρα τότε, γνωρίζοντας ότι δεν θα επέστρεφα ποτέ στην Τέφια εγκαίρως, έτρεξα στις τουαλέτες των αντρών πριν φύγω από το γυμναστήριο. Επέλεξα την καμπίνα με μια αξιοπρεπή ποσότητα χαρτιού υγείας. Καθώς κατέβασα το παντελόνι μου και απελευθέρωσα τον σφιγκτήρα του πρωκτού μου, εκπέμποντας μια ξαφνική αναπνοή δύσοσμων απορριμμάτων, η πόρτα της τουαλέτας άνοιξε τρίζοντας και κάποιος μπήκε μέσα. Ήταν σε συνομιλία με κάποιον άλλο, πιθανώς στο τηλέφωνό τους. Η ανταλλαγή ακούστηκε θερμή, τουλάχιστον από αυτό το τέλος. Καθώς περίμενα, με το χαρτί υγείας στο χέρι, για να διευθετηθεί η περισταλτική, άκουγα με περιέργεια να δω πόσα ισπανικά θα μπορούσα να ξεχωρίσω.

Οι λέξεις «la merca» και «el químico» και «el laboratorio» μαζί με το «Dónde está el dinero?» ξεχώρισαν και με έκαναν να ενώσω τις τελείες. Εμπορεύματα; Ένας χημικός και ένα εργαστήριο; Τα χρήματα; Αυτός ο άντρας θα μπορούσε να μιλάει μόνο για ένα πράγμα - μια συμφωνία ναρκωτικών πήγε στραβά.

Το χέρι μου αιωρήθηκε πάνω από τη στέρνα. Μόλις πάτησα το κουμπί, θα έπρεπε να βγω, αλλά δεν ήθελα να βγω να αντιμετωπίσω όποιον ήταν εκεί έξω.

Όλα σώπασαν. Όποιος κι αν ήταν ήξερε ότι ήμουν εδώ μέσα; Πρέπει, αφού η πόρτα ήταν κλειστή, ή ίσως δεν είχαν προσέξει ότι η πόρτα του θαλάμου ήταν κλειδωμένη. Και πάλι, κανείς δεν μιλάει για διαπραγμάτευση ναρκωτικών σε μια δημόσια τουαλέτα πριν ελέγξει για να βεβαιωθεί ότι κανείς άλλος δεν άκουγε. Άλλωστε εδώ μέσα βρωμούσε, μια μυρωδιά που πρέπει να διαπερνούσε όλο το χώρο της τουαλέτας.

Κράτησα την ανάσα μου.

Η σιωπή συνεχίστηκε.

Δεν έγινε τίποτα.

Ήξερα ότι κάποιος ήταν ακόμα εκεί έξω, καθώς δεν είχα ακούσει κανένα τρίξιμο στην πόρτα της τουαλέτας. Ένιωθα σαν να ήμουν σε αδιέξοδο. Αλλά δεν μπορούσα να περιμένω για πάντα. Ο θάλαμος ήταν μικρός και είχα αρχίσει να νιώθω κλειστοφοβία. Σε μια μικρή έξαρση της αυτοπεποίθησής μου, τράβηξα το καζανάκι και ξεκλείδωσα την πόρτα του θαλάμου.

Βγήκα για να αντιμετωπίσω τον θείο του Χουάν, τον Μάριο, έναν βαρύ άντρα με γκρίζες τρίχες γενειάδα και τατουάζ. Με κοίταξε με καχυποψία και γρήγορα κοίταξα μακριά. Ή ίσως η έκφρασή του ήταν αηδία, αφού απομακρύνθηκε από τον νεροχύτη για να μου κάνει χώρο να πλύνω τα χέρια μου.

Δεν είχα επιλογή. Κάτω από το άγρυπνο βλέμμα του, άντλησα το μπουκάλι του σαπουνιού, άνοιξα τη βρύση και έκανα ένα σχολαστικό τρίψιμο στα χέρια μου. Δεν υπήρχαν χαρτοπετσέτες. Έσπρωξα τα χέρια μου που έσταζαν κάτω από το στεγνωτήριο αέρα για μια σύντομη έκρηξη και μετά άνοιξα την πόρτα μόνο για να συγκρουστώ με τον συνεργάτη του Μάριου, το μεγαθήριο έμπορο ναρκωτικών, ο οποίος στάθηκε και μετά άλλαξε γνώμη και με πίεσε να μπω, αναγνωρίζοντάς με μέ ένα απορριπτικό γρύλισμα.

Μια ανατριχίλα με έπιασε. Με έλουσε κρύος ιδρώτας. Ο σφυγμός μου άρχισε να χτυπάει και η όρασή μου θόλωσε. Η πραγματικότητά μου συρρικνώθηκε σε αυτό που ήταν αμέσως μπροστά μου. Ήμουν νευριασμένος. Ήταν όσο μπορούσα να μην καταρρεύσω σε μια πλήρη κρίση πανικού. Έτρεξα στα ποδήλατα για να πάρω την τσάντα μου. Τα έντερά μου συσπάστηκαν ξανά, αλλά δεν το πρόσεξα. Δεν μπορούσα να βγω από το γυμναστήριο αρκετά γρήγορα.

ΤΟ ΜΥΣΤΙΚΌ ΤΩΝ ΧΡΗΜΆΤΩΝ

ΌΛΑ ΤΑ ΒΛΈΜΜΑΤΑ ΉΤΑΝ ΣΤΗΝ ΠΛΆΤΗ ΜΟΥ ΚΑΘΏΣ ΆΝΟΙΞΑ ΤΗΝ ΠΌΡΤΑ ΤΗΣ ΕΙΣΌΔΟΥ. Ένιωθα τα βλέμματα να με τρυπούν. Ήμουν όπως πάντα ο μόνος άντρας με αγγλική εξαγωγή στο κτίριο και πάντα οι άλλοι κοιτούσαν επίμονα, αλλά αυτή τη φορά βρήκα την προσοχή απειλητική. Έξω στο πεζοδρόμιο, αναπνέοντας τον αλμυρό θαλασσινό αέρα, ρουφώντας την απελευθέρωση του χώρου γύρω μου, μπορεί να είχα αφήσει τον φόβο μου, αλλά η πόρτα του γυμναστηρίου άνοιξε και βγήκε ο ανώνυμος συνεργάτης του θείου του Χουάν που έμπορος ναρκωτικών. Καθώς περπατούσε πίσω μου, σκέφτηκα ότι ανά πάσα στιγμή θα ένιωθα ένα σπρώξιμο στην πλάτη μου και θα με πέταγαν με το πρόσωπο στο αυλάκι, αλλά αντ' αυτού προχώρησε στο δρόμο, σταματώντας δίπλα σε ένα μικρό, κόκκινο χάτσμπακ.

Πήγα βιαστικά στο αυτοκίνητό μου. Δεν περίμενα να φύγει η ζέστη από το εσωτερικό πριν μπω μέσα και αγνόησα το τσίμπημα του ζεστού τιμονιού καθώς έμπηξα το κλειδί στην ανάφλεξη. Ένας γρήγορος ελιγμός με την όπισθεν και ανέβαινα στο δρόμο βγαίνοντας από την πόλη, ρουφώντας αέρα και εξέπνευσα δυνατά, προσπαθώντας να επιβραδύνω τον καρδιακό μου ρυθμό.

Το θέαμα του κόκκινου χάτσμπακ να απομακρύνεται από το κράσπεδο έκανε τα σπλάχνα μου να κυλήσουν. Τα έντερά μου απείλησαν μια ξαφνική απελευθέρωση. Ήθελα να βάλω το πόδι μου κάτω, αλλά είχα ένα πράσινο σεντάν μπροστά μου και, επιπλέον, οι δρόμοι του Πουέρτο ντελ Ροσάριο δεν ήταν κομμένοι για αποδράσεις υψηλής ταχύτητας και θα τραβούσε μόνο την προσοχή.

Το μεγαθήριο με ακολούθησε μέχρι το Κάλλε Χουάν ντε Μπέθενκορτ, αλλά αυτό δεν ήταν ασυνήθιστο. Όλοι όσοι έφευγαν από την πόλη πήγαιναν έτσι. Ένιωσα σίγουρος ότι θα τον χάσω στον κυκλικό κόμβο της περιφερειακής οδού.

Ήταν όταν πήρα την στροφή για Λα Ολίβα – με κατεύθυνση προς την Τεφία μέσω Τετίρ – όταν έριξα μια ματιά στον καθρέφτη για να διαπιστώσω ότι το κόκκινο χάτσμπακ έκανε το ίδιο που με κατέκλυσε ένα νέο κύμα ακατέργαστου πανικού.

Με παρακολουθούσαν.

Προσπάθησα να λογικευτώ.

Ο τύπος μπορεί να μην ξέρει καν ότι είμαι εγώ σε αυτό το μικρό λευκό αυτοκίνητο. Μάλλον θα πηγαίνει σπίτι. Πιθανότατα μένει στη Λα Ασομάδα ή στο Λος Εστάνκος ή στο ίδιο το Τετίρ. Υπάρχουν σπίτια διάσπαρτα παντού, και θα μπορούσε να ζήσει σε οποιοδήποτε από αυτά. Δεν ωφελούσε. Είχε κολλήσει γρήγορα πίσω μου.

Όσο προχωρούσα, τόσο πιο σίγουρος γινόμουν ότι με ακολουθούσε. Γιατί; Αν ήθελε να μάθει πού μένω, έπρεπε μόνο να ρωτήσει τον Λουίς. Και πάλι, αυτές ήταν εμπιστευτικές πληροφορίες και ο Λουίς φαινόταν να είναι ένα αξιοπρεπές είδος, που τηρεί τους κανόνες.

Οδήγησα μέχρι το Τετίρ, προσπαθώντας όσο μπορούσα να κρατήσω το όριο ταχύτητας, παρακολουθώντας το αμάξι από τον καθρέφτη, ελπίζοντας ότι θα ο άντρας θα έστριβε.

Δεν το έκανε.

Στην άκρη του χωριού, πάτησα γκάζι. Τα βουνά υψώνονταν μπροστά μου. Η μόνη χάρη σε μια κατά τα άλλα τρομακτική κατάσταση, ήταν πως ο άντρας δεν ακολούθησε. Έμεινε πίσω, χωρίς να αυξήσει ταχύτητα.

Περάσαμε ακόμα μέσα από μερικά χωριά και κάθε φορά, κρατούσα την ανάσα μου ελπίζοντας ότι θα έστριβε σε κάποια στροφή.

Στην Ταμαρίσε;

Όχι.

Στη Λα Ματίγια;

Όχι.

Στη στροφή της Τιντάγια;

Όχι.

Οι παλάμες μου γλιστρούσαν πάνω στο τιμόνι. Οι σφυγοί μου σφυροκοπούσαν το κεφάλι μου και ένιωσα ναυτία και λιποθυμία.

Μόνο ένα χωριό βρισκόταν τώρα μπροστά: η Τεφία.

Συνέχισα να οδηγώ.

Συνέχισε κι εκείνος.

Διατηρούσε την ίδια απόσταση πίσω μου, την τυπική.

Στην είσοδο του χωριού, επιβράδυνα. Κοίταξα από τον καθρέφτη πίσω μου ελπίζοντας ότι θα έκανε στροφή. Αν έμενε στην Τεφία, δεν θα ήθελα να είμαι κοντά εκεί και αν συνέχιζε να οδηγεί, θα έβλεπε πού μένω. Δεν είχα άλλη επιλογή από το να μείνω στο δρόμο μου αφού το σπίτι μου βρίσκονταν στον κυρίως δρόμο. Δεν μπορούσα να το κάνω. Αντ' αυτού, συνέχισα να οδηγώ και κατευθύνθηκα προς τον χωματόδρομο που οδηγούσε στον ανεμόμυλο. Έβγαλα έναν αναστεναγμό όταν εκείνος παρέμεινε στον δρόμο και εξαφανίστηκε.

Τον έχασα.

Ο χωματόδρομος ήταν στενός και είχα λίγο χώρο για να κάνω μια μικρή στροφή. Συνέχισα και έφτασα στο χαλικόδρομο μπροστά από τον ανεμόμυλο, όπου έκανα αναστροφή, πάρκαρα και έσβησα τη μηχανή. Μένοντας εκεί σε αυτό το όμορφο σημείο, νιώθοντας τη ζέστη στο εσωτερικό του αμαξιού κάτω από τις καυτές ακτίνες του ήλιου, πρόσεξα τον ξενώνα που βρισκόταν στον δρόμο αριστερά μου. Κάτι με έκανε να τρομάξω ξανά όπως είχα κάνει τότε στην τουαλέτα του γυμναστηρίου.

Πώς κατέληξα εδώ, μετά από τόσα μέρη που πέρασα; Θα μπορούσα να είχα πάει οπουδήποτε αλλού, να είχα στρίψει σε οποιαδήποτε διασταύρωση είχα περάσει. Αν' αυτού, είχα βρεθεί αντιμέτωπος με τον τρόμο αυτής της κοιλάδας. Τι ανόητος που ήμουν, πώς δεν σκέφτηκα να στρίψω νωρίτερα για το Πουερτίτο ντε Λος Μολίνος; Αν το είχα κάνει, θα είχα δώσει στον άντρα την εντύπωση ότι πήγαινα στην παραλία. Απ' όσο ξέρω, θα μπορούσε να είχε στρίψει κι εκείνος και τώρα να ερχόταν εδώ, χρησιμοποιώντας την άλλη διαδρομή που έβγαζε στον ανεμόμυλο, προκειμένου να εμφανιστεί ανά πάσα στιγμή μπροστά μου μέσα σε ένα σύννεφο σκόνης.

Ανήσυχος, άναψα τον κινητήρα, έβαλα την ταχύτητα στην όπισθεν και με έναν επιδέξιο ελιγμό, κατευθύνθηκα προς τα πίσω προς τον ξενώνα, φρενάροντας πριν το αυτοκίνητο χτυπήσει στις πύλες. Το αυτοκίνητο δεν ήταν τελείως κρυμμένο από το οπτικό πεδίο, αλλά ένιωθα λιγότερο εκτεθειμένος καθώς δεν μπορούσαν πλέον να με δουν από τον δρόμο του Πουερτίτο. Κάθισα και περίμενα. Πέρασαν δέκα λεπτά και δεν υπήρχε κανένα σημάδι από το κόκκινο χάτσμπακ.

Ήμουν καλυμμένος, τουλάχιστον προς το παρόν. Δεν ένιωθα τόση αυτοπεποίθηση οδηγώντας στο σπίτι, ωστόσο δεν μπορούσα να παραμείνω εκεί που ήμουν, ήδη ιδρωμένος, κουρασμένος και πεινασμένος και αρχίζοντας να μαγειρεύω στο αυτοκίνητο. Βγήκα έξω, μπήκα στον υπερυψωμένο κήπο και σκαρφάλωσα πάνω από τον τοίχο του μονοπατιού, και μετά κατευθύνθηκα γύρω από το εξωτερικό του συγκροτήματος, ακολουθώντας την ανατολική περίμετρο όπου μου ήταν εγγυημένο ότι δεν θα συναντούσα ζωντανή ψυχή.

Καθώς δεν έβλεπα κανένα κενό πουθενά, σκαρφάλωσα πάνω από τον τοίχο και κατέβασα τον λόφο μέχρι τις τρεις ορθογώνιες καλύβες. Οι καλύβες των κρατουμένων. Είχε γίνει κάποια προσπάθεια για να προστατευθούν αυτές οι καλύβες από το κύριο συγκρότημα με μια πυκνή φύτευση θάμνων και δέντρων. Σαν να μπλοκάρει την ιστορία.

Ο ήλιος, χαμηλά στον δυτικό ουρανό, ήταν καυτός στην πλάτη μου. Καμιά σκέψη δεν μπήκε στο μυαλό μου καθώς πλησίαζα τους ασβεστωμένους τοίχους των κελιών με επίπεδη στέγη: τρία πέτρινα κουτιά, ορθογώνια, με μια ξύλινη πόρτα στο ένα άκρο και μια πιο φαρδιά κοιλότητα στην άλλη που πρέπει να χρησίμευε ως άλλη πόρτα. Μου ήρθε στο μυαλό ότι τα κτίρια είχαν χτιστεί ως αχυρώνες για τα ζώα. Περπάτησα στο πίσω μέρος για να βρω δύο ψηλά παράθυρα τοποθετημένα ψηλά στον πίσω τοίχο, με τα παντζούρια κλειστά.

Η πρώτη μου εντύπωση ήταν η έλλειψη φωτός στο εσωτερικό. Αυτό, και τα κύτταρα θα είχαν ψηθεί στη ζέστη το καλοκαίρι. Καθώς φανταζόμουν δώδεκα άντρες στριμωγμένους σε κάθε δωμάτιο, καθώς κοιτούσα πίσω στο στρατιωτικό συγκρότημα, καθώς κοίταζα τριγύρω τη βραχώδη πεδιάδα και τα άγονα βουνά, δεν μπορούσα να σκεφτώ χειρότερο μέρος για να φυλακιστώ. Φυσικά, υπήρχαν πολλά παραδείγματα σε όλο τον κόσμο τέτοιων κολάσεων που βρίσκονται σε ακραίες τοποθεσίες – σε τελική ανάλυση, η ανθρωπότητα ήθελε να ασχοληθεί με τη σκληρότητα των δικών της – αλλά εγώ στεκόμουν ακριβώς εδώ δίπλα σε αυτό το συγκεκριμένο παράδειγμα, ένα παράδειγμα που ελάχιστοι γνώριζαν και Δεν μπορούσα να μην αισθανθώ τη σημασία του. Αγγίζοντας ένα κυτταρικό τοίχωμα με το ξεφλούδισμα του χρώματος, μπορούσα σχεδόν να νιώσω την ενέργεια των ανδρών εκεί μέσα, να μυρίσω το σώμα τους, να νιώσω την απελπισία τους.

Ποτέ δεν είχα θεωρήσει τον εαυτό μου ευαίσθητο και λιγότερο από όλα ψυχικό, αλλά στεκόμενος δίπλα σε εκείνα τα κελιά στο στενό τσιμεντένιο μονοπάτι σπαρμένο με σκόνη και βότσαλα και κρεμασμένο με μισοπεθαμένα αγριόχορτα, με έπιασε μια ανησυχητική θλίψη και μια αρρωστημένη ενόχληση ταυτόχρονα . Από τη στιγμή που πάτησα το πόδι μου στην Tefia, είχα θολώσει με αμφιβολίες και εικασίες σχετικά με τη δική μου σεξουαλικότητα, και τι πολυτέλεια ήταν αυτή. Οι άνδρες σε αυτά τα κελιά δεν είχαν ποτέ τέτοια τέρψη. Πόσο είχε αλλάξει μέσα σε εξήντα χρόνια! Ή το είχε; Το ζήλο είχε αλλάξει αρκετά ώστε να επιτρέψει σε ανθρώπους σαν εμένα να παίξουν με αυτό που γι' αυτούς τους άντρες θα ήταν μια αγωνία, μια κατάρα.

Καθώς απομακρυνόμουν και ανηφόριζα στο λόφο προς το συγκρότημα, ήθελα να ξεσκίσω όλους αυτούς τους θάμνους που έδειχναν αυτή την απαίσια αλήθεια και να στήσω μια πινακίδα που έδειχνε όλους τους νέους που έμειναν στον ξενώνα κάτω από το λόφο για να ζήσουν αυτό που μόλις είχα.

Τοποθέτησα τον περιμετρικό τοίχο και έτρεξα στο αυτοκίνητό μου, επιθυμώντας να φύγω από την περιοχή. Νιώθοντας όπως έκανα, μπορούσα μόνο να φανταστώ πώς θα ήταν αν επιχειρούσα ένα μυθιστόρημα βασισμένο σε αυτή τη φυλακή. Δεν πειράζει την πολιτιστική ιδιοποίηση. Θα βυθιζόμουν στο δημιουργικό καθαρτήριο.

Πίσω στην αγροικία, οι δικές μου δυσκολίες επανεμφανίστηκαν. Ήξερα ότι δεν μπορούσα να έχω ξεκάθαρη ιδέα αν αυτό το μεγαθήριο με ακολουθούσε, αλλά οι πιθανότητες ήταν μεγάλες. Όποια και αν ήταν η περίπτωση, έπρεπε να δράσω και να δράσω γρήγορα. Εξάλλου, τώρα ο θείος του Χουάν θα ήξερε ότι έμενα στην Τεφία και δεν θα αργούσε να μάθει πού. Έπρεπε να φύγω από την αγροικία και δεν έπρεπε να χάσω χρόνο για να το κάνω αυτό. Λαμβάνοντας υπόψη όλα τα πράγματα, δεν μπορούσα να σκεφτώ τίποτα πιο ελκυστικό από το να κατέβω από αυτόν τον κάμπο.

Έχοντας πάρει την απόφαση, πέταξα γύρω από την αγροικία μαζεύοντας τα πράγματά μου, φροντίζοντας να θυμάμαι το μπουκάλι κλενβουτερόλη. Άρπαξα μερικά πράγματα από το ψυγείο, αφήνοντας τα υπόλοιπα σκεπτόμενος ότι μπορεί να επιστρέψω για αυτά αύριο. Αν ένιωθα αρκετά γενναίος.

Είχα το μυαλό να βάλω το σακίδιο στη βαλίτσα μου, χρησιμοποιώντας μια μεγάλη πλαστική σακούλα για τα ρούχα που περίσσευαν. Δεν σταμάτησα να σκεφτώ μέχρι που το αυτοκίνητο φορτώθηκε και πήγα ξανά στο δρόμο μου. Αυτή τη φορά, πήγα στο οικο-μουσείο για να τηλεφωνήσω στην Κλερ.

«Τρέβορ. Πώς πάει;» Ακουγόταν διστακτική, έκπληκτη.

«Είναι μια κακή στιγμή;» ρώτησα, ενθυμούμενος τους τρόπους μου.

«Όχι, όχι. Πες μου.»

«Θα ήθελα να μάθω αν μπορώ να μείνω μαζί σας απόψε.»

«Τόσο σύντομα; Νόμιζα πως συμφωνήσαμε να γίνει σε μερικές μέρες.»

«Κάτι προέκυψε.» Το μυαλό μου έκανε αγώνα, προσπαθώντας να σκεφτεί κάτι.

«Μπορώ να ρωτήσω τι;»

«Αρουραίοι», απάντησα. Υπήρχε δυνατότητα να μην υπήρχαν καθόλου αρουραίοι πάνω στο νησί.

«Αρουραίοι!»

Ακουγόταν πραγματικά σοκαρισμένη. Κράτησα την ανάσα μου. Δεν ακούστηκε τίποτα γι᾽αυτό, συνέχισα.

«Ο τόπος είναι μολυσμένος. Ειλικρινά δεν ξέρω από πού προέρχονται.»

«Το νησί είχε λίγο πρόβλημα με αρουραίους.» Έγινε μια μεγάλη παύση. «Δεν μπορείς να μείνεις εκεί, οπότε καλύτερα να έρθεις.» Δεν ακουγόταν και πολύ χαρούμενη για αυτό.

«Είσαι σίγουρη; Είσαι εκεί τώρα; Μπορώ να είμαι εκεί σε λιγότερο από μία ώρα. Θα είναι εντάξει;»

«Σίγουρη.»

«Σε ευχαριστώ πάρα πολύ. Με καταϋποχρεώνεις.»

«Καμία ενόχληση. Το διαμέρισμα είναι ήδη έτοιμο.» Έκλεισε το τηλέφωνο.

Άνοιξα τους Χάρτες στο τηλέφωνό μου και έλεγξα τη διαδρομή. Ήταν αρκετά απλή. Θα κατευθυνθώ νότια μέσω της Αντίγκουα και θα συνεχίσω. Μπαίνοντας στην Τισκαμανίτα στρίβω αριστερά και ο Πάκο και η Κλερ ήταν στα μισά του δρόμου στα δεξιά.

Πιο επίπεδες πεδιάδες σκεπασμένες σε βράχους, πιο γυμνά βουνά, και σέρνομαι κάτω από την Κάγε Μανουέλ Βελάσκεθ Καμπρέρα Cabrera περίπου μισή ώρα αργότερα. Δεν ήταν δυνατόν να λείπει το σπίτι. Μετά από τη συνηθισμένη σειρά παλαιών και νέων κυβοειδών κατοικιών και ένα σωρό ερείπια, στεκόταν εκεί, μεγαλοπρεπές σαν ένα αρχοντικό στημένο στο δικό του μεγάλο τετράγωνο, γεμάτο με τεράστια παραθυρόφυλλα σε ισπανικό αποικιακό στιλ και στέγη με κεραμίδια από τερακότα. Η εξώπορτα ανήκε σε κάστρο.

Ανέβηκα στον απέναντι δρόμο, ελπίζοντας αργότερα να με κατευθύνουν στο γκαράζ στο πλάι ή τουλάχιστον στο διπλανό χώρο στάθμευσης, αλλά υπήρχαν ήδη αυτοκίνητα παρκαρισμένα εκεί. Και πάλι, ποιες ήταν οι πιθανότητες να οδηγήσει το μεγαθήριο ή ο θείος του Χουάν σε αυτόν τον δρόμο; Κοντά στο μηδέν. Βγήκα από το αυτοκίνητό μου, διέσχισα τον δρόμο και άνοιξα μια πύλη που κεντριζόταν σε ένα χαμηλό τέντωμα από πέτρινο τοίχο. Ο τοίχος υψωνόταν στα δύο μέτρα όπου ευθυγραμμίστηκε με τη νότια γωνία του σπιτιού και συναντούσε έναν κάθετο τοίχο παρόμοιου ύψους, προστατεύοντας τον πλαϊνό κήπο από το δρόμο. Μυστικότητα.

Δέκα βήματα μέσα από μια τακτοποιημένη διάταξη από παχύφυτα σε μαύρο χαλίκι και χτύπησα την πόρτα αναρωτιόμουν αν θα με άκουγε κανείς και σκέφτηκα ότι το κουδούνι θα τραβήξει με τη σειρά. Νόμιζα ότι άκουσα ένα σκυλί να γαβγίζει κάπου μέσα. Τελικά, άκουσα βήματα και η πόρτα άνοιξε, αποκαλύπτοντας μια φιλόξενη αν και κάπως αφηρημένη Κλερ. Δεν υπήρχε κανένα σημάδι του Πάκο.

Νόμιζα ότι θα με έβαζαν μέσα, αλλά χωρίς να μιλήσει βγήκε έξω και έκλεισε την πόρτα πίσω της σαν να ήθελε να κρύψει το εσωτερικό από τη θέα μου. Μετά με οδήγησε στη νότια γωνία του σπιτιού, όπου μια ασπροβαμμένη πόρτα στον ψηλό, κατάλευκο τοίχο – μόλις ορατή με μια ματιά– οδηγούσε σε ένα προστατευμένο αίθριο. Διασχίσαμε το αίθριο σε μια άλλη πόρτα σε έναν τοίχο σε ορθή γωνία με το κυρίως σπίτι: τα δωμάτια μου.

«Προσθέσαμε μια προέκταση στην αρχική πίσω γωνία», είπε, ανοίγοντας την πόρτα και μπήκε μέσα. «Ελπίζω να σου αρέσει», πρόσθεσε, ξεναγώντας μου.

Στα αριστερά ενός τετράγωνου καθιστικού – επιπλωμένο με υπερσύγχρονα, εξαιρετικά απλά έπιπλα, το κυρίαρχο χρώμα του γκρι – ήταν μια εξίσου τετράγωνη κουζίνα. Πάγκοι από λευκό γρανίτη και συσκευές από ανοξείδωτο χάλυβα είχαν τοποθετηθεί στη μακρινή γωνία. Το κέντρο του δωματίου καταλαμβανόταν από ένα στρογγυλό τραπέζι και τέσσερις καρέκλες σύμφωνα με την επίπλωση του σαλονιού. Μια ξύλινη σκάλα τοποθετημένη στον κοντινό τοίχο οδηγούσε σε ένα μεγάλο, τετράγωνο υπνοδωμάτιο. Κάτω από τη θολωτή οροφή με ξύλινη επένδυση, τα έπιπλα του υπνοδωματίου φαινόταν να έχουν βγει από τον ίδιο κατάλογο της Ικέα. Η αντίθεση νέου και παλιού φαινόταν να λειτουργεί, αν και αναρωτήθηκα γιατί δεν είχαν επιλέξει να πάνε σε βίνταντζ στυλ.

Πήγα στο παράθυρο που έβλεπε στον πίσω κήπο και τα χωράφια πέρα. Το χαρακτηριστικό γνώρισμα ήταν ένα ηφαίστειο, σταθερό με τον αποκεφαλισμένο κώνο του.

Σημείωσα το μικρό γραφείο που βρίσκεται κάτω από το παράθυρο, ιδανικό για συγγραφέα.

«Το μπάνιο είναι από εδώ», είπε η Κλερ και την ακολούθησα σε ένα σύντομο πέρασμα. Μια πόρτα στα αριστερά οδηγούσε στο μπάνιο. Στο τέλος του περάσματος, μια άλλη πόρτα οδηγούσε σε ένα ιδιωτικό αίθριο στέγης. Σταθήκαμε έξω για λίγο. Παρατήρησα για τη θέα.

«Έχουμε την ίδια οπτική στην κρεβατοκάμαρά μας», είπε. «Και στην κουζίνα».

Εντυπωσιακό.

Κατευθυνθήκαμε ξανά κάτω. Η Κλερ ήταν ολοφάνερα αφηρημένη και το χαμόγελο που φορούσε ήταν αδύναμο. Ίσως ο Πάκο να ήταν θλιμμένος ή να παρηγορούσε όσους ήταν. Ή και τα δύο. Και η Κλερ έπρεπε να μπει σε ρόλο φροντιστή. Ή πιάστηκαν με τις ρυθμίσεις της κηδείας. Ένας ξαφνικός θάνατος σαν αυτόν ενός νεαρού δεν θα μπορούσε να είναι εύκολος. Ένιωσα άσχημα για την επιβολή.

«Θα σε ξεναγήσω αργότερα», είπε. «Έχεις όλα όσα χρειάζεσαι;»

«Τα έχω.»

«Τότε, σα στο σπίτι σου».

Κράτησε ένα κλειδί και μετά το έβαλε στον πάγκο της κουζίνας. Την ευχαρίστησα και την ακολούθησα πίσω στην αυλή. Ήταν έτοιμη να μπει στο κυρίως σπίτι από μια γυάλινη πόρτα όταν γύρισε και είπε: «Φρόντισε να κλείσεις και να βιδώσεις την πύλη όταν τελειώσεις».

«Φυσικά», είπα, και θα το είχα φράξει κι εγώ αν ήθελε.

Πήρα τα πράγματά μου, ανέβασα τη βαλίτσα μου στις σκάλες και την ακούμπησα στο κρεβάτι. Μη θέλοντας να με πιάσουν με το σακίδιο, πήγα και κλειδώθηκα μέσα πριν ξεπακετάρω.

Στον ευρύχωρο, αν και περιορισμένο χώρο του διαμερίσματος ενός υπνοδωματίου, ένιωσα ένα άγγιγμα λιγότερο ευάλωτο και σημαντικό, πιο μυστικοπαθής από ό,τι είχα στην Τεφία. Με πήγαν πίσω στην παιδική μου ηλικία, έκανα ύπουλα πράγματα στην κρεβατοκάμαρά μου, ενώ η αδερφή, η μητέρα και η θεία μου πήγαιναν στο υπόλοιπο σπίτι, φωνάζοντας η μια στην άλλη. Άνοιξα τη βαλίτσα, έβγαλα το σακίδιο και το άφησα στο κρεβάτι, ενώ φρόντιζα τα ρούχα μου. Όταν η βαλίτσα και οι άλλες τσάντες μου ήταν άδειες, αναγκάστηκα να επιστρέψω το σακίδιο στη βαλίτσα, όταν με κέρδισε η περιέργεια, και κάθισα στο κρεβάτι και άνοιξα το σακίδιο, το άδειασα και κοίταξα ξανά όλες τις τσέπες μήπως είχε διαφύγει κάτι. Μη βρίσκοντας τίποτα, άνοιξα το τηλέφωνο. Υπήρχαν δύο αναπάντητες κλήσεις που πρέπει να ήρθαν λίγο αφότου είχα απενεργοποιήσει το τηλέφωνο. Καμία κλήση δεν προερχόταν από έναν από τους δύο αποθηκευμένους αριθμούς και ήταν επίσης ένας αριθμός που δεν τηρήθηκε. Έκλεισα ξανά το τηλέφωνο για να εξοικονομήσω μπαταρία.

Στη συνέχεια, έβγαλα τα χρήματα και ξετύλιξα το ύφασμα για να εξετάσω τους λογαριασμούς. Ήταν πολυτέλεια ακόμη και να δεις ένα τόσο τεράστιο ποσό. Ο πειρασμός φτερούγιζε στην κοιλιά μου, αλλά αντιστάθηκα να βγάλω έστω και μία νότα.

Ήμουν έτοιμος να τα διπλώσω όλα πίσω όταν λίγο χαρτί τράβηξε το μάτι μου. Είχε τοποθετηθεί στη μέση των δεσμίδων των μετρητών. Έβγαλα το χαρτί και βρήκα ότι ήταν δέκα φύλλα διπλωμένα στη μέση και ξανά. Σε κάθε πλευρά των δέκα φύλλων υπήρχε η μικρότερη, πιο συμπαγής γραφή που είχα συναντήσει ποτέ. Το συντακτικό μου μάτι υπολόγισε χίλιες λέξεις σε κάθε πλευρά μιας σελίδας, που ανέρχονται συνολικά σε είκοσι χιλιάδες λέξεις.

Μια νουβέλα; Δεν είχα ιδέα αν η γραφή ήταν πραγματικότητα ή φαντασία. Θα μπορούσε να είναι οτιδήποτε. Η γραφή ήταν στα ισπανικά. Αυτό που ήξερα ήταν ότι όποιος είχε κρύψει αυτές τις σελίδες το είχε κάνει για κάποιο λόγο. Αυτά τα λόγια ήταν σημαντικά, εξίσου σημαντικά με αυτά τα μετρητά. Περισσότερο, ίσως. Ίσως ό,τι γράφτηκε είχε κάποιου είδους αξία, ή οι λέξεις ήταν ιδιωτικές ή συκοφαντικές ή σκανδαλώδεις κατά κάποιο τρόπο.

Αφήνοντας τις σελίδες στο μαξιλάρι μου, ξαναμάζεψα το σακίδιο, το έκρυψα βαθιά στη βαλίτσα και την έσπρωξα κάτω από το κρεβάτι μου.

Ο χτύπος της καρδιάς μου επιταχύνθηκε, αυτή τη φορά όχι από φόβο.

ΜΙΑ ΜΕΤΆΦΡΑΣΗ

Η ΠΡΏΤΗ ΜΟΥ ΣΚΈΨΗ ΉΤΑΝ ΝΑ ΖΗΤΉΣΩ ΑΠΌ ΤΗΝ ΚΛΕΡ ΝΑ ΜΕΤΑΦΡΆΣΕΙ ΤΙΣ ΣΕΛΊΔΕΣ, ή τουλάχιστον τις πρώτες λίγες προτάσεις. Δεν άργησα να απορρίψω την ιδέα. Αυτά τα λόγια ανήκαν στον συγγενή του Πάκο. Και πάλι, μπορεί να μην είναι δικά του. Όπως εγώ, μπορεί να μην ήξερε ότι αυτές οι σελίδες είχαν μπει ανάμεσα στα μετρητά. Αν το σκεφτώ, δεν υπήρχε καμία απόδειξη ότι το σακίδιο του ανήκε καν. Ο Πάκο και η Κλερ δεν φαινόταν να το σκέφτονται, ή σίγουρα θα είχαν πει κάτι μέχρι τώρα. Ανεξάρτητα από όλες τις υποθέσεις μου, δεν μπορούσα να πω στους οικοδεσπότες μου για αυτό το τελευταίο εύρημα. Μέχρι που κατάλαβα τι έλεγαν οι λέξεις. Δεν μπορούσα να πω σε κανέναν για αυτό το θέμα. Ούτε καν, ή κυρίως όχι στην Άντζελα. Θα κινδύνευα να χάσω τον έλεγχο. Και ήθελα τον έλεγχο, τουλάχιστον προσωρινά, τουλάχιστον μέχρι να μάθω τι αποκαλύψεις περιείχαν αυτές οι σελίδες.

Αν αυτά ήταν τα λόγια ενός νεκρού που ξεβράστηκε σε μια παραλία, λέξεις που είχαν σφηνωθεί σε ένα απόθεμα μετρητών κρυμμένο σε μια θαλάσσια σπηλιά, τότε οι πιθανότητες ήταν μεγάλες, κανείς άλλος να μην γνώριζε την ύπαρξή τους. Αν κάποιος το έκανε, τα λόγια δεν θα ωφελούσαν καθόλου για μένα, τον νέο ιδιοκτήτη, παρά μόνο ως ενθύμιο. Ή, εάν οι σελίδες αποδεικνύονταν πολύτιμες, είπε ο νέος ιδιοκτήτης, εγώ, θα ήμουν υποχρεωμένος να δηλώσω την πηγή.

Η γραφή ήταν μάλλον σκουπίδια, οι ταραχές ενός νεαρού άνδρα γεμάτο αγωνία βασανισμένου από ενοχές και φόβο, ψυχικά ασταθή, απερίσκεπτο, ανόητο, έτοιμο να ραγίσει την καρδιά της μητέρας του. Το είδος της γραφής που ανήκε σε ένα ιδιωτικό ημερολόγιο και δεν απελευθερώθηκε στον κόσμο, όσο πάρα πολλοί συνήθιζαν να κάνουν αυτές τις μέρες.

Και πάλι, μπορεί να κάνω λάθος. Θα μπορούσα να κοιτάζω τον λογοτεχνικό θησαυρό. Ήταν πιθανό να κοιτούσα το χαρτί πολύ πιο πολύτιμο από τα μετρητά στα οποία ήταν θαμμένα.

Από την πληθώρα των διαδικτυακών εργαλείων μετάφρασης, αναζήτησα το καλύτερο που κυκλοφόρησε δωρεάν. Διάλεξα ένα που φαινόταν αριστοκρατικό και έκανε πολλούς μεγάλους ισχυρισμούς για τον εαυτό του. Όχι ότι πίστεψα τη διαφημιστική εκστρατεία. Ήταν το είδος της συζήτησης που έβγαζα για τις εταιρείες κάθε εβδομάδα.

Έχοντας επίγνωση των πιθανών ελλείψεων και της τάσης να προσφέρω λέξη προς λέξη κυριολεκτική μετάφραση, πληκτρολόγησα την πρώτη πρόταση της μικροσκοπικής αραχνοειδούς πεζογραφίας –η οποία ήταν σύντομη– και μετά πρόσθεσα την επόμενη. Η μετάφραση βγήκε με εύλογα συνεκτικό τρόπο. Επικόλλησα την αγγλική έκδοση σε ένα νέο έγγραφο. Λέξη με λέξη, φράση με φράση, πρόταση με πρόταση, σύντομα είχα περίπου τριακόσιες λέξεις κειμένου.

Όπως αναμενόταν, η μετάφραση ήταν ως επί το πλείστον κυριολεκτική, αλλά ακόμα κι έτσι, θα μπορούσα να πω ότι η γραφή ήταν και εγκάρδια και ίσως και εμπνευσμένη. Θα χρειαστεί να παραπέμψω μερικές από τις λέξεις χρησιμοποιώντας ένα διαδικτυακό ισπανο-αγγλικό λεξικό, αλλά συνολικά, βρήκα το κείμενο εφαρμόσιμο.

Αν έφτιαχνα αυτή την πεζογραφία, τη διόρθωνα, αν μιμούμουν το αναδυόμενο ύφος αλλά το ανέβαζα με τη δική μου λογοτεχνική αίσθηση, μπορεί να είχα ανακαλύψει ένα πραγματικό στολίδι.

Μια προφανής ερώτηση άρχισε να παίζει στο μυαλό μου. Τι ήταν αυτή η ιστορία; Αυτό, δεν μπορούσα να το πω. Το μόνο που ήξερα ήταν ότι η πρόζα είχε αφηγηματικό ύφος και είχε τη γεύση των απομνημονευμάτων.

Ένα χτύπημα στην πόρτα από κάτω έσπασε τη συγκέντρωσή μου. Έκρυψα τις σελίδες κάτω από το μαξιλάρι μου και έκλεισα το φορητό υπολογιστή μου πριν κατέβω στο ημίφως του βραδινού φωτός για να απαντήσω. Δεν είχα συνειδητοποιήσει ότι ήταν τόσο αργά.

Ανοίγοντας την πόρτα, βρήκα την Κλερ να βγάζει ένα ζιζάνιο ανάμεσα στα πλακόστρωτα στο αίθριο. Πίσω της, το σπίτι έχυνε έντονο φως μέσα από τις γυάλινες πόρτες. Στα νοτιοδυτικά, τα απομεινάρια του ηλιοβασιλέματος - τόνοι ενός βαθύτερου κόκκινου - έσβηναν γρήγορα σε μαύρο. Έχοντας επίγνωση της παρουσίας μου, η Κλερ ίσιωσε, πετώντας τα ζιζάνια στον κήπο.

«Σκέφτηκα ότι θα ήθελες κάποιο δείπνο.»

Δεν ήμουν καθόλου πεινασμένος. Για να είμαι ευγενικός, την ακολούθησα μέσα από τις πόρτες του αίθριου σε ένα μεγάλο, επίσημο καθιστικό. Η διακόσμηση ήταν κομψή, τα έπιπλα ήταν βίνταντζ και άνετα. Η Κλερ διέσχισε το δωμάτιο όπου μια άλλη πόρτα οδηγούσε σε ένα εσωτερικό αίθριο.

Σταμάτησα και κοίταξα γύρω μου, εντυπωσιασμένος. Ένα μπαλκόνι απλωνόταν κατά μήκος τριών από τους τοίχους, σκιάζοντας τα δωμάτια από κάτω. Μια τέντα πάνω από το μπαλκόνι σκίαζε τα δωμάτια του επάνω ορόφου. Στο κέντρο του αίθριου, υπήρχε ένα υπερυψωμένο κρεβάτι γεμάτο με φυλλώδη φυτά. Μια πλούσια μυρωδιά κρέατος έπνεε τον αέρα.

Ο Πάκο εμφανίστηκε σε μια μακρινή πόρτα και με χαιρέτησε με ένα χαμόγελο και μια κλίση του κεφαλιού του.

Για έναν λόγο που ήταν ανεξήγητος, δεν φαινόταν να με συμπαθεί. Τουλάχιστον, αυτή ήταν η εντύπωση που έδωσε. Η Κλερ ήρθε μαζί του και εγώ περιπλανήθηκα, απολαμβάνοντας τη μεγαλειώδη ιστορική ατμόσφαιρα.

Κάτω από τη μεγαλοπρέπειά του, το σπίτι είχε μια συγκεκριμένη ατμόσφαιρα που δεν μπορούσα να τοποθετήσω. Το έβαλα κάτω από την ηλικία του κτιρίου και το καταπονημένο μυαλό μου, ωστόσο, καθώς στρογγύλωνα τη βάση των φυτών, δεν μπορούσα να μην κοιτάξω πάνω από τον ώμο μου, σαν να έπιανα κάποιον να έρχεται από πίσω μου.

Όταν κοίταξα πίσω, ο Πάκο με κοιτούσε έντονα. «Είδες, Κλερ. Σου το είπα», είπε.

Τι της είπε;

Εκείνη δεν απάντησε. Μια σειρά από παρανοϊκές σκέψεις περνούσαν από το μυαλό μου. Ο Πάκο με κοιτούσε ακόμα.

«Συνεχίζω να λέω στην Κλερ ότι έχουμε ακόμα ένα φάντασμα, αλλά αρνείται να με πιστέψει. Το ένιωσες, έτσι δεν είναι».

«Μην δίνεις σημασία», μου είπε η Κλερ και γύρισε και μπήκε στην κουζίνα. Ο Πάκο ακολούθησε και έκανα το ίδιο.

Η κουζίνα, σε αντίθεση με το υπόλοιπο σπίτι που είχα δει, ήταν υπερσύγχρονη με γυαλιστερές συσκευές. Ο Πάκο μου έβαλε ένα ποτήρι λευκό κρασί και η Κλερ με κάλεσε να καθίσω στο τραπέζι, στρωμένο με όμορφα πιάτα και ωραία μαχαιροπίρουνα και χαρτοπετσέτες. Αναρωτήθηκα αν είχαν μπει σε όλο αυτό τον κόπο μόνο για μένα. Ή ίσως ήταν απλώς ένα κανονικό γεύμα για αυτούς.

«Πώς τακτοποιήθηκες;» ρώτησε η Κλερ, καθισμένη σε ένα σκαμπό στο μπαρ του πρωινού. «Είναι πιο ζεστό από την αγροικία;»

«Το προτιμώ.»

«Μια καλύτερη ατμόσφαιρα εδώ», είπε ο Πάκο, και μου θύμισε την προηγούμενη παρατήρησή του για το φάντασμα και μετά τα σχόλιά του για την Τεφία.

Δεν μπορούσα να συμφωνήσω ακριβώς αφού διέσχισα το αίθριο, αλλά για να είμαι ευγενικός, σήκωσα το ποτήρι μου. 'Σίγουρα είναι.'

Χαμογέλασαν και οι δύο και ήπιαν το κρασί τους. Ένα υπόγειο ρεύμα έντασης επανήλθε για μια στιγμή. Η τεταμένη σιωπή έσπασε από το ελαφρύ και βιαστικό χτύπημα των νυχιών σε μπετόν και μάρμαρο και ένας σκύλος, ένα μεγάλο κυνηγόσκυλο με τεράστια αυτιά, μπήκε και κατευθύνθηκε κατευθείαν προς εμένα. Χωρίς να είμαι λάτρης των σκύλων, αγκάλιασα και άπλωσα τα χέρια μου για να κρατήσω το πράγμα μακριά.

«Έλα εδώ», είπε κοφτά η Κλερ. Ο σκύλος υπάκουσε. Χάιδεψε το σκυλί με πολλή στοργή και του είπε να καθίσει. Τότε παρατήρησα ένα μεγάλο χνουδωτό χαλί που κάλυπτε ένα παραγεμισμένο κρεβάτι στην πίσω γωνία του δωματίου. Το κρεβάτι του σκύλου.

«Δεν είσαι φίλος με τα σκυλιά.»

«Η Τζάκι, η γυναίκα μου, ήθελε πάντα ένα σκύλο. Αλλά είμαι αλλεργικός.» Ήταν το πιο απλό ψέμα.

«Αυτό είναι κρίμα.» Η επόμενη φράση της απηύθυνε στο κατοικίδιό της. «Δία, πήγαινε στο κρεβάτι σου».

Ο σκύλος, ο Δίας, υπάκουσε. Ο Δίας; Τότε, η Κλερ ήταν σοβαρή λάτρης των σκύλων.

«Είναι ένα όμορφο ζώο.» Είπα σχεδόν «θηρίο».

«Ένας σκύλος διάσωσης», είπε ο Πάκο. «Του δώσαμε ένα σπίτι».

«Υπάρχουν πολλά αδέσποτα στο νησί. Εγκαταλελειμμένα κατοικίδια.»

Η Κλερ κοίταξε τους κυνικούς απογόνους της. Δόξα τω Θεώ, δεν άφησα ποτέ την Τζάκι ή τον Ίαν και τη Φελίσιτι να με ενοχλήσουν να αποκτήσω ένα. Το χάμστερ ήταν αρκετά κακό.

«Καλά που τον πήρατε», πρότεινα, κρατώντας τη συζήτηση σε καλό δρόμο. Φαινόταν πιο εύκολο από μια άλλη αμήχανη σιωπή. Δεν έλαβα καμία απάντηση. Ήπια μια γουλιά από το κρασί μου. Η Κλερ έκανε το ίδιο.

«Αναρωτιόμασταν τι έκανες με το σακίδιο», είπε, βουρτσίζοντας άπραγα ένα σκέλος από τα μαλλιά της από το πρόσωπό της.

Αναρωτιόμουν πότε θα ερχόταν αυτό το θέμα. Συγκρατήθηκα καθώς έπινα μια γουλιά από το κρασί μου, πιέζοντας μια ήπια έκφραση στο πρόσωπό μου καθώς είπα: «Τα παρέδωσα.» Έφερα μια ανατριχίλα για να ενισχύσω την αλήθεια της δήλωσής μου, αλλά δεν περίμενα την αντίδραση που ακολούθησε.

«Τι έκανες!» φώναξε ο Πάκο. Ο Δίας σηκώθηκε απότομα. Η Κλερ είπε στο κατοικίδιο μερικά λόγια καθησυχασμού και του είπε να ξαπλώσει.

Ο Πάκο κουνούσε το κεφάλι του με αηδία. Χαμήλωσε τη φωνή του και είπε: «Είσαι τρελός».

Η Κλερ έριξε στον Πάκο ένα λογοκριτικό βλέμμα πριν γυρίσει προς το μέρος μου με ένα ευχάριστο και αποφασιστικά ψεύτικο χαμόγελο στο πρόσωπό της.

«Και τους είπες πού το βρήκες;»

Σκέφτηκα γρήγορα. «Όχι», είπα. «Τους είπα στο Κασίγιας ντε Ανχελ. Κάτω από ένα στασίδι στην εκκλησία.»

«Γιατί να πεις ψέματα;»

«Ένστικτο.»

«Μάλλον το καλύτερο.»

Υπήρχε ένας ελέφαντας στο δωμάτιο. Μπορούσα να το νιώσω. Και αποφάσισα ότι το προηγούμενο συμπέρασμά μου ήταν λάθος. Όπως εγώ, ο Πάκο και η Κλερ επίσης υπέθεσαν ότι το σακίδιο ανήκε στον Χουάν. Πρέπει να το σκέφτηκαν.

«Τι είπε η αστυνομία;» είπε η Κλερ, διατηρώντας τον τόνο της.

«Όχι και πολλά.»

Τι άλλη επιλογή είχα από το να αποφύγω; Δεν είχα πάει ποτέ στη ζωή μου σε αστυνομικό τμήμα των Καναρίων Νήσων.

Δεν είχα ιδέα αν οι αξιωματικοί μιλούσαν καν αγγλικά. Την παρακολούθησα να πίνει μια γουλιά από το κρασί της καθώς οι παλάμες μου άρχισαν να ιδρώνουν. Συνέχισα να κοιτάζω. Έπρεπε να κρατήσω τα μάτια μου από το να τρέχουν στο δωμάτιο. Ήλπιζα να μην ασχοληθεί με το θέμα.

Ο Πάκο μου έριξε μια ματιά, σκουπίστηκε και γύρισε να ασχοληθεί με τα πράγματα δίπλα στη σόμπα.

«Καλύτερα που το παρέδωσε», είπε η Κλερ στον Πάκο. «Θα είναι καλύτερα για τον Χουάν».

«Συγγνώμη;» είπα, αθώα, αρπάζοντας την ευκαιρία να ωθήσω τη συζήτηση σε άλλη κατεύθυνση. «Δεν καταλαβαίνω».

«Πιστεύουμε ότι αυτό το σακίδιο που βρήκες ανήκε στον Χουάν.»

«Αλήθεια!» Έκανα τον εαυτό μου να δείχνει σοκαρισμένος.

«Πρέπει να μπήκε σε μεγάλο μπελά».

«Τυπικό», μουρμούρισε ο Πάκο.

Βαριανάσαινα και κάλυψα το στόμα μου. Όταν είχα δύο ζευγάρια μάτια καρφωμένα στο πρόσωπό μου, απομάκρυνα το χέρι μου και είπα: «Τότε αυτά τα μετρητά ανήκουν πραγματικά στην οικογένεια. Σε σένα δηλαδή. Λυπάμαι πολύ. Δεν είχα ιδέα.»

«Δεν πειράζει. Το ίδιο θα κάναμε κι εμείς».

«Θα το κάναμε;» είπε ο Πάκο σκυθρωπός.

«Σταμάτα.»

Μια αμήχανη σιωπή έπεσε, καλυμμένη από τον Πάκο, ο οποίος έφερε το φαγητό στο τραπέζι για να σερβιριστούμε. Περίμενα ότι ο Δίας θα πηδήξει από το κρεβάτι του, αλλά παρέμεινε εκεί που ήταν, με τη μύτη του να σπάει, να παρακολουθεί.

«Μυρίζει απίστευτα», είπα με ενθουσιασμό, ούτε στο ελάχιστο πεινασμένος.

«Ο Πάκο είναι καταπληκτικός μάγειρας.»

Το φαγητό χαλάρωσε τη διάθεση στο δωμάτιο, βοηθούμενο από τις επιδεικτικές μου αντιδράσεις στις γεύσεις

– ένα στιβαρό κατσικίσιο στιφάδο σερβιρισμένο με μια περίτεχνη σαλάτα και πικάντικες πατάτες. Ασχολήθηκα με το φαγητό, παρόλο που δεν είχα όρεξη. Είχα την εντύπωση ότι ήθελαν να διευθύνω τη συζήτηση, ωστόσο ήμουν πολύ απασχολημένος με τα μυστικά που κρύβονταν στο διαμέρισμά μου για να αναλύσω ένα θέμα.

«Έμεινες πάλι στον ήλιο», είπε τελικά η Κλερ, μαζεύοντας το μαχαίρι και το πιρούνι της στο πιάτο της. Δεν είχε φάει σχεδόν τίποτα.

Γέλασα και άπλωσα ένα χέρι. «Κάνω ό,τι μπορώ.»

Ο Πάκο δεν έδειξε καμία αντίδραση. Δεν κοίταξε καν προς το μέρος μου.

«Δεν είμαστε εξαιρετική παρέα απόψε», είπε η Κλερ με ένα απολογητικό χαμόγελο. «Ο ξάδερφος του Πάκο...»

Η υπενθύμιση με τράνταξε και ήλπιζα πολύ ότι δεν επρόκειτο να επιστρέψουν στο θέμα του σακιδίου. Ο Πάκο έθεσε το θέμα των αρουραίων, αλλά η Κλερ έσπευσε να αποδείξει την αποδοκιμασία της με μια ξαφνική ανάσα σαν να έλεγε ότι οι αρουραίοι δεν ήταν θέμα για το δείπνο. Το μυαλό μου διέσχιζε σενάρια και ήξερα ότι θα έπρεπε να καταλήξω σε μια εύλογη κατασκευή που περιελάμβανε ένα ημέηλ στον ιδιοκτήτη και την επακόλουθη εξάλειψη. Και θα έπρεπε να επικοινωνήσω με τον έλεγχο παρασίτων του νησιού για να δω πώς θα συμβεί μια τέτοια εξάλειψη. Δηλητήριο; Παγίδες; Λυπήθηκα τη στιγμή που σκέφτηκα αυτό το ψέμα και ευχόμουν να είχα την παρουσία του μυαλού να εφεύρω μια άλλη αιτία για την ξαφνική μου εκκένωση από την αγροικία της Τεφία.

Ο Πάκο στράγγισε το ποτήρι του και σκούπισε τη σάλτσα στο πιάτο του με ένα κομμάτι λευκό ψωμί. Η Κλερ κάθισε και παρακολουθούσε. Πίσω της, ο Δίας κάθισε και άρχισε να δείχνει ανυπόμονος. Γυάλισα και το τελευταίο στιφάδο μου και ήπια το κρασί μου και όταν άρχισαν να καθαρίζουν τα πιάτα, άδραξα την ευκαιρία να φύγω.

Μόνος στο δωμάτιο μου, πήρα το χειρόγραφο, άνοιξα το λάπτοπ μου και τακτοποιήθηκα άνετα στο κρεβάτι. Θέλοντας να ξεχάσω το τεράστιο ψέμα που μόλις είχα πει, μετέφρασα άλλες διακόσιες λέξεις, χωρίς να δίνω ιδιαίτερη σημασία στη μετάφραση που πρόσφερε ο ιστότοπος καθώς έκανα αντιγραφή και επικόλληση, καταλήγοντας στη λέξη «marica».

Ο μεταφραστής είχε ερμηνεύσει τη λέξη ως «αδερφή», αλλά ο αφηγητής δύσκολα θα αναφερόταν στον εαυτό του έτσι. Πήγα σε ένα ισπανο-αγγλικό λεξικό και ανακάλυψα την πιο συνηθισμένη έννοια: γκέι.

Έγειρα πίσω στα μαξιλάρια. Ο αφηγητής ήταν ομοφυλόφιλος; Έριξα μια πιο προσεκτική ματιά στις μεταφρασμένες προτάσεις. Ήταν αυτά τα απομνημονεύματα; Πότε ορίστηκε; Η γραφή μέχρι στιγμής δεν έδινε καμία ένδειξη χρόνου ή τόπου, αλλά κρίνοντας από τον τρόπο που γράφτηκε η τελευταία παράγραφος, ήξερα ότι η ιστορία έπρεπε να περιλαμβάνει έναν γκέι πρωταγωνιστή.

Η αποκάλυψη με οδήγησε σε μια περιστροφή. Από τότε που ήρθα στο νησί βασανιζόμουν από τη δική μου σεξουαλικότητα. Και τώρα αυτό; Λες και η ζωή, η μοίρα, το σύμπαν έτριβε τη μύτη μου σε κάτι από το οποίο ήθελα πολύ να ξεφύγω.

Τι θα μπορούσα να κάνω με αυτό το έγγραφο; Ήμουν στρέιτ, παρά την εφηβική μου γοητεία. Δεν ήμουν σε άρνηση, παρά το παράξενο βλέμμα μου. Η Άντζελα έκανε λάθος για μένα. Μόνο που, δεδομένης της ιστορίας που εκτυλίσσεται μπροστά μου, θα ήταν καλύτερα για μένα να μην ήταν εκείνη. Αν ήμουν ομοφυλόφιλος, τότε θα μπορούσα να γράψω ένα βιβλίο με έναν γκέι πρωταγωνιστή χωρίς να φοβάμαι τυχόν αντιδράσεις. Αλλά ως στρέιτ άντρας, στρέιτ λευκός; Μπορούσα να ακούσω τη χορωδία του χλευασμού. Θα με σταύρωναν οι κριτικοί. Σίγουρα, είχα διαβάσει τον Τζέημς Μπάλντουιν. Θα μπορούσα να βγάλω μια γυναίκα πρωταγωνίστρια, κανένα πρόβλημα. Αλλά να παριστάνεις τον γκέι, σε πρώτο πρόσωπο; Θα ένιωθα σαν απατεώνας. Και πάλι, με ποιο δικαίωμα είχε η αστυνομία της σκέψης να συντρίψει τη δημιουργικότητά μου; Οι γκέι άνδρες δεν έγραψαν για στρέιτ άντρες; Φυσικά και πρέπει. Όλος ο κόσμος δεν ήταν γκέι. Δεν υπήρχε τίποτα για αυτό . Αποφάσισα ότι θα ξεπεράσω τις πολιτικές ταυτότητας και θα συνεχίσω, όπως ήμουν από αυτό το μυστηριώδες κείμενο. Η ευκαιρία που παρουσίασε ήταν πάρα πολύ καλή για να την χάσουμε.

Τα μάτια μου κουράστηκαν και το κεφάλι μου άρχισε να πονάει, αλλά αρνήθηκα να σταματήσω μέχρι να φτάσω στο τέλος της πρώτης σελίδας. Έπειτα διάβασα τις λέξεις ξανά και ξανά, έφτιαξα τη γραμματική, έλεγξα τη σημασία ορισμένων φράσεων που είχαν βγει στη μετάφραση με έναν περίεργο τρόπο, πρόσθεσα μερικές δικές μου ακμές εδώ κι εκεί, και μετά λίγη στίλβωση. Ήταν τρεις τα ξημερώματα όταν πάτησα το κουμπί αποθήκευσης, έκλεισα το λαπτοπ μου και ετοιμάστηκα για ύπνο.

ΤΟ ΛΆΘΟΣ ΔΕΝ ΕΊΝΑΙ ΔΙΚΌ ΜΟΥ

Να καθιςουμε; Ναι, αγαπητε φιλε, αςε μας να καθιςουμε. Ας καθίσουμε εκεί που ανεβαίνουν τα θερμικά και ας κοιτάξουμε εκεί που θα δύσει ο ήλιος. Ας ξεκουραστούμε για λίγο, εσύ κι εγώ, μπλεγμένοι σε μια περίεργη οικειότητα πουλιού και ανθρώπου.

Κοίταξε εκεί που ο ωκεανός συναντά τον ουρανό. Εκεί, στον ορίζοντα ό,τι μπορεί να γίνει γνωστό με γυμνό μάτι, δες την ωχρή ομίχλη. Όπου άλλες μέρες, καθαρές μέρες, το μάτι θα παρατηρήσει μια γραμμή που χωρίζει τις δύο αποχρώσεις του μπλε, η μία μια υδαρή αντανάκλαση της άλλης.

Μπλε, το αποτέλεσμα του ήλιου που φωτίζει τον κόσμο και του δίνει ζωή.

Τα μάτια μου βλέπουν τη γαλάζια ομορφιά, αλλά αυτή η ηλιακή σφαίρα της φλεγόμενης φωτιάς δεν μπορεί να διαπεράσει το μαύρο που υπάρχει σε αυτό το φλοιό που είμαι εγώ. Ένα κενό έχει μεγαλώσει στον τόπο της ζωής. Έχω κουραστεί από ό,τι με είχε γεμίσει κάποτε, και τώρα έχω μόνο μνήμη να χύσω πίσω σε αυτόν τον σκοτεινό θάλαμο, ανάμνηση αυτού που υπήρχε πριν εξαφανιστεί.

Μπορείς να το δείτε αυτό; Ή τι βλέπεις; Βλέπεις μέσα μου, κοράκι σύντροφέ μου; Θέλεις να με δεις; Να αφήσω το κορμί σου με τα μαύρα φτερά να διαπεράσει τη μαύρη ψυχή μου; Ή πρέπει να αντισταθώ σε αυτόν τον τελικό πειρασμό;

Δεν έχω απάντηση για να ικανοποιήσω το αναμενόμενο μάτι σου. Ίσως πρέπει να βάλω στον εαυτό μου ένα καθήκον για να μπορέσετε να με δείτε πραγματικά. Αναδημιουργώ τον εαυτό μου με όλα αυτά που ήμουν. Υπήρξα πολύς, μπορώ να σας διαβεβαιώσω γι' αυτό. Θα έφτιαχνα μια μεγαλειώδη ιστορία, τόσο μεγαλειώδη όσο μια άλλη, πιο μεγαλειώδη ίσως, μια στα ύψη ιστορία περιπέτειας και φιλοδοξίας. Να δώσω στον εαυτό μου την άδεια να δραματοποιήσει, να προσθέσω χρώμα όπου χρειάζεται, να επινοήσω έναν τίτλο για τον εαυτό μου, να σε αφήσω, αγαπητέ κοράκι, σε μια κρεμάστρα από γκρεμό, να σε αφήσω να θέλεις περισσότερα, για μένα, για την ιστορία μου;

Θα έπρεπε να υπάρχουν περισσότερα, μια συνέχεια, ίσως τρεις, γιατί είμαι νέος, είκοσι επτά, έτοιμος να ξαναμπώ στη ζωή που ήξερα κάποτε.

Ο Άσωτος Υιός επιστρέφει! Αχα, να ήταν έτσι. Φοβάμαι ότι η πόρτα θα παραμείνει για πάντα κλειστή όπως θα έκανε σε έναν λεπρό. Αν ανοίξει έστω και μια χαραμάδα σε μια στιγμή έντονης περιέργειας, στο επόμενο κλάσμα του δευτερολέπτου, θα χτυπήσει ξανά στα μούτρα.

Το όνομά μου είναι Χοσέ Ράμος. Ονομάζομαι Χοσέ Ράμος και κάποτε είχα την επιθυμία να γίνω δημοσιογράφος. Ονομάζομαι Χοσέ Ράμος, γιος δικηγόρου. Είμαι ο Χοσέ Ράμος από την αρχαία πόλη Λα Λαγκούνα, το μεσαίο παιδί τριών παιδιών. Είμαι υπάκουος, υπάκουος, ντροπαλός, πρόθυμος, αισιόδοξος, πονηρός και θεοσεβής Χοσέ. Τουλάχιστον, κάποτε ήμουν όλα αυτά τα πράγματα. Ήμουν επίσης από την τολμηρή πλευρά της εμφάνισης. Ναι, είμαι ο Χοσέ Ράμος, ο αμαρτωλός. Ο Χοσέ Ράμος φέρει μια ασθένεια για την οποία δεν υπάρχει θεραπεία. Είμαι ο Χοσέ Ράμος και είμαι ομοφυλόφιλος.

Τα φώναξα όλα αυτά; Όχι, μόνο το σκέφτηκα. Το κοράκι με ακούει χωρίς την ομιλία μου. Ο μελαχρινός σύντροφός μου, όλος σφαιρικός, περίεργος, προσεκτικός.

Θα σου πω τότε, πουλί, αφού ξεκάθαρα θέλεις να μάθεις. Θα κάνω τις εκροές μου ιστορία για τις μελλοντικές γενιές. Μια αυτοβιογραφία ενός νεαρού άνδρα. Ένα πορτρέτο. Ίσως ένας νεαρός άνδρας μια πινελιά σαν αυτή που δημιούργησε ο Τζόις. Ένας νεαρός άνδρας που γράφει ένα βιβλίο τόσο ειλικρινές και αφηγηματικό όσο κάθε Χέμινγουεϊ. Για ποιον χτυπά η καμπάνα; Είναι επιτακτική για μένα.

Μπορείς να με κοιτάς με αυτό το κυνικό μάτι, αγαπητέ κοράκι, αλλά σε παρακαλώ μείνε. Είσαι ο μόνος μου φίλος.

Ίσως αναρωτιέσαι τι θα με ωθήσει προς τα εμπρός ή προς τα πίσω στη μοίρα μου. Τα πόδια σου είναι στη γη, αλλά τα φτερά σου θα σε αφήσουν να πετάξεις. Τα πόδια μου κρέμονται από έναν γκρεμό, μια σταγόνα περίπου χίλια πεντακόσια πόδια, και επιτέλους, ήρθα, στραμμένη προς τα δυτικά, και κάπου πέρα από τον γαλακτώδη ορίζοντα είναι το νησί της γέννησής μου, η Τενερίφη.

Θα επιστρέψω αν θέλω, αλλά για ποιο πράγμα; Δεν υπάρχει ζωή για μένα στη Λα Λαγκούνα. Δεν υπάρχει καμία καριέρα για να γίνει, κανένα ενδιαφέρον να ακολουθήσει.

Ω, κοράκι, μια τόσο καταθλιπτική ιστορία όπως αυτή δεν αξίζει να ειπωθεί! Ωστόσο, υπάρχω, και ενώ έχω φωνή, πρέπει, πρέπει να πω αυτή την ιστορία. Ακούς τώρα κοράκι; Μπορείτε να αφιερώσετε χρόνο καθώς εξωραΐζω την ιστορία μου;

Ίσως θα έπρεπε να επανεφεύρω τον εαυτό μου, να γίνω ο πρωταγωνιστής Χοσέ. Ποιος θα ήξερε αν το έκανα; Μόνο εγώ. Έχω απόλυτη ελευθερία. Μπορεί να χάσω τον εαυτό μου στη φαντασία μου και να κάνω ό,τι θέλω, αλλά τι είδους απάτη θα ήταν αυτό; Εξάλλου, δεν είμαι σίγουρος ότι είμαι ικανός για κατασκευή ή φαντασίωση. Δεν θα έκανε καλό στον κόσμο. Είμαι δημοσιογράφος κατά βάθος, όχι ποιητής, και ενώ και οι δύο ασχολούνται με την παρουσίαση της αλήθειας, ο ένας αναζητά γεγονότα και ο άλλος εικόνες. Εδώ είναι η ιστορία μου, λοιπόν, για να προσθέσω στο ύφασμα της αλήθειας μια μόνο κουρασμένη και ξεφτισμένη φούντα.

ΈΝΑ ΞΎΠΝΗΜΑ

ΞΎΠΝΗΣΑ ΖΕΣΤΟΣ ΚΑΙ ΙΔΡΩΜΈΝΟΣ. Ο ΉΛΙΟΣ ΈΛΑΜΨΕ ΑΠΌ ΤΟ παράθυρο προς τα ανατολικά. Σηκώθηκα, άνοιξα το περίβλημα και έκλεισα τα εξωτερικά παντζούρια, κουμπωμένα βολικά στον τοίχο με μάνταλα με ελατήριο. Αφού έκλεισα τα παράθυρα, κατέβασα το στόρι, ρίχνοντας το δωμάτιο σχεδόν στο απόλυτο σκοτάδι. Η ξαφνική αλλαγή ήταν υπερβολική. Αποπροσανατολισμένος, έψαχνα να βρω το σώβρακο μου.

Τα μάτια μου προσαρμόστηκαν και κάθισα στο κρεβάτι και αναρωτιόμουν τι ώρα ήταν. Άκουσα φωνές έξω και βγήκα στο αίθριο στον τελευταίο όροφο για να βρω τον Πάκο και την Κλερ στον πίσω κήπο. Δεν με είδαν. Έδειχναν απασχολημένοι, ο καθένας φρόντιζε κάτι, και αποφάσισα να μην τους ενοχλήσω φωνάζοντας. Ο Δίας μύριζε τριγύρω. Δεν με είχε προσέξει. Έσκυψε το πόδι του για να ποτίσει τον περιμετρικό τοίχο και απέστρεψα το βλέμμα μου. Στο βόρειο άκρο του κήπου, σημείωσα έναν ανακαινισμένο αχυρώνα, όχι μεγαλύτερο από ένα γκαράζ, μαζί με δύο μικρότερα βοηθητικά κτίρια, ακόμα ερειπωμένα, με το εσωτερικό τους να είναι φυτεμένο με ό,τι φαινόταν να είναι ντομάτες. Είχε γίνει πολλή δουλειά σε αυτό το μέρος, πολλή αγάπη και φροντίδα, και ήταν προφανές ότι το ζευγάρι απολάμβανε μεγάλη ευχαρίστηση από τη διαμονή του.

Απομονωμένος από το δρόμο από τον ψηλό πέτρινο τοίχο και το σπίτι και το γκαράζ, ολόκληρος ο κήπος έβλεπε ανοιχτά χωράφια και λόφους και εκείνο το απέραντο ηφαίστειο, όλο κοκκινοκαφέ και με ανοιχτό στόμα. Η θέα ήταν μαγευτική και πιο ελκυστική από την πεδιάδα της Τεφίας, πιο προστατευμένη με τα βουνά τριγύρω. Θα προτιμούσα μια θέα στη θάλασσα, αλλά υποθέτω ότι δεν μπορείς να τα έχεις όλα. Εξάλλου, η διάθεση εδώ έγινε οικεία από την έλλειψη του γαλάζιου του ωκεανού. Κάθισα στο δροσερό τσιμέντο, κρυμμένος από τη θέα, και απορρόφησα το νέο περιβάλλον. Τρεμοπαίγματα έμπνευσης έστελναν κυματισμούς από τις άκρες της επίγνωσής μου και ένιωσα αυτό το τράβηγμα προς τα μέσα, αυτό το οικείο σχέδιο μέσα σε αυτό ήταν η μούσα.

Θυμήθηκα τις λέξεις που μετέφρασα και μετά ξαναέγραψα το προηγούμενο βράδυ. Φαντάστηκα τον νεαρό άνδρα να κάθεται με τα πόδια του να κρέμονται από την άκρη ενός γκρεμού. Ένας νεαρός άνδρας που μιλά σε ένα κοράκι. Αναρωτήθηκα πού ήταν αυτός ο γκρεμός. Ένας βιότοπος για κοράκια; Ή είχε δανειστεί το πουλί για να το χρησιμοποιήσει ως μοτίβο; Βρισκόταν κάπου αληθινό ή φανταστικό; Η ιστορία διαδραματίστηκε σίγουρα σε ένα νησί των Καναρίων, γιατί ο Χοσέ είχε αναφέρει την Τενερίφη.

Ήταν προφανώς ένας πολύ ταραγμένος νέος και λογοτεχνικός, με αναφορές στον Τζόις και τον Χέμινγουεϊ. Έπρεπε να τον βοηθήσω με την αναφορά στο Για Ποιον Χτυπά η Καμπάνα, αλλά ένιωσα δικαιωμένος. Μερικές φορές μια ιδέα χρειάζεται λίγη επέκταση. Και ήταν ομοφυλόφιλος. Αυτό από μόνο του έκανε την ιστορία πιο συναρπαστική, πιο ενδιαφέρουσα. Στο ζεστό πρωινό φως, ένιωσα ήσυχος με το θέμα του γκέι πρωταγωνιστή. Μου ήρθε στο μυαλό αν ο συγγραφέας αυτών των λέξεων ήταν επίσης ομοφυλόφιλος και αυτός ο συγγραφέας αποδείχτηκε ξάδερφος του Πάκο, τότε ο Πάκο ήξερε ότι ο Χουάν ήταν γκέι; Υπήρχαν μερικά άλματα στο σκεπτικό μου, αλλά ίσως αξίζει να το ανακαλύψω. Αναρωτήθηκα πώς θα το έκανα.

Ο Δίας έσκυψε το αυτί και κοίταξε προς την κατεύθυνση μου. Περίμενα ένα δυνατό γάβγισμα ανά πάσα στιγμή. Νιώθοντας το δέρμα μου να αρχίζει να καίγεται, μπήκα μέσα και έκανα ένα ντους.

Χωρίς να έχω σκοπό να φύγω από το διαμέρισμα όλη μέρα, φόρεσα ένα μπλουζάκι και σορτς και κατέβηκα κάτω και κοσκίνισα τα τρόφιμα που είχα φέρει μαζί μου από την αγροικία. Ήταν αρκετά για να φτιάξεις μια ομελέτα και το μπαγιάτικο ψωμί θα έκανε για τοστ.

Ένας χυμός, ένας καφές και ένα ψάξιμο στο τάμπλετ αργότερα, έγραψα μια λίστα αγορών για το σούπερ μάρκετ στην Αντίγκουα, μάλλον όχι το πιο κοντινό, αλλά ήξερα πού ήταν όλα. Και ήθελα να αυτοεξυπηρετηθώ. Τα ζοφερά δείπνα στο κυρίως σπίτι δεν ήταν ιδανικά. Θα ζούσα τη ζωή του ερημίτη στην Τισκαμανίτα. Με τον αέρα του συγγραφέα στο έργο, θα δικαιολογούσα τον εαυτό μου για τυχόν προσκλήσεις που θα μπορούσε να μου πετάξει η Κλερ.

Έχοντας την αίσθηση του εαυτού μου με ρούχα που ταιριάζουν περισσότερο στην κρεβατοκάμαρα ή στην παραλία και όχι στο σούπερ μάρκετ, ανέβηκα τρέχοντας και φορούσα ένα μακρύ παντελόνι και ένα πουκάμισο με κουμπιά. Ήμουν έξω και επέστρεψα λιγότερο από μια ώρα, αφήνοντας τα παντοπωλεία, όταν ακούστηκε γρήγορο ραπ στην πόρτα του διαμερίσματος.

Αυτή τη φορά, ήταν ο Πάκο, ντυμένος με ένα γκρι κοστούμι. Είχε το ένα του χέρι σηκωμένο, ακουμπισμένο στο πλαίσιο της πόρτας. Έκανα ένα βήμα πίσω, κάπως αντιμέτωπος με τη διαφαινόμενη παρουσία του.

«Σκεφτήκαμε ότι πρέπει να ξέρεις ότι η κηδεία είναι σήμερα.»

Στην αρχή μπερδεύτηκα. Στη συνέχεια, συνειδητοποιώντας ποιον εννοούσε, με κυμάτισε ανησυχία.

«Λυπάμαι πάρα πολύ», είπα. Δεν το εννοούσα, αλλά δεν είχα κάτι άλλο να πω.

«Η Κλερ ξέχασε να σου το πει χθες το βράδυ», συνέχισε. «Νόμιζα ότι το είχε κάνει, οπότε δεν το ανέφερα».

«Δεν πειράζει.»

Χαλάρωσε το χέρι του, το άφησε να πέσει στο πλάι του.

«Έχουμε τη δεξίωση εδώ μετά. Είσαι ευπρόσδεκτος να παρευρεθείς.»

Έκρυψα την αντίδρασή μου. «Δεν θέλω να γίνω παρείσακτος, είπα ανάλαφρα.

«Δεν είσαι».

Απομακρύνθηκε από το πλαίσιο της πόρτας και πέρασε από το αίθριο και εξαφανίστηκε.

Μια δεξίωση; Αυτό σήμαινε ότι η οικογένεια και οι φίλοι, συμπεριλαμβανομένου του θείου στο γυμναστήριο, θα κατέβαιναν στου Πάκο και της Κλέρ. Αυτό διέλυσε τα σχέδιά μου για μια ήσυχη μέρα. Θα ήταν καλύτερα για μένα αν δεν ήμουν τριγύρω. Κρίμα που ξέχασα να ρωτήσω πότε θα γινόταν όλο αυτό.

Οι κηδείες, απ' όσο ήξερα, γινόντουσαν κατά τη διάρκεια της ημέρας και ο Πάκο ήταν σίγουρα ντυμένος για την τελετή. Λογικά, ήταν έτοιμοι να φύγουν. Το νησί ήταν μικρό. Υπολόγισα μια ώρα με το αυτοκίνητο μέχρι οπουδήποτε, κορυφές. Πόσο χρόνο θα διαρκούσε η ίδια η εκδήλωση; Μία ώρα; Μετά μια ώρα για να επιστρέψουν. Έλεγξα την ώρα στο τηλέφωνό μου. Ήταν έντεκα. Η πρόχειρη εκτίμησή μου για τρεις ώρες εάν ο Πάκο και η Κλερ έφευγαν τώρα, σήμαινε ότι η δεξίωση θα άρχιζε στις δύο. Αν επέστρεφα στις πέντε, όλα θα είχαν τελειώσει.

Αυτό σήμαινε ότι θα έπρεπε να λείψω έξι ολόκληρες ώρες. Πού θα πήγαινα; Όχι στο γυμναστήριο, ήξερα τόσα πολλά. Δεν ήμουν έτοιμος να αντιμετωπίσω τον Λουίς και τους άλλους. Το σώμα μου όμως σκεφτόταν διαφορετικά, οι μύες ήθελαν την τιμωρία που είχαν αγανακτήσει πριν. Αλλά η μέρα του ώμου θα μπορούσε να περιμένει.

Ήμουν έτοιμος να πάρω τα κλειδιά μου από τον πάγκο της κουζίνας όταν η σκέψη να αφήσω όλα αυτά τα μετρητά κρυμμένα στη βαλίτσα κάτω από το κρεβάτι προκάλεσε μια ορμή παράνοιας. Δεν μπορούσα να την αφήσω εκεί, όχι όσο οι δόκιμοι του οργανωμένου εγκλήματος τριγυρνούσαν μέσα στο σπίτι και αναμφίβολα έξω στο αίθριο. Ωστόσο, δεν μπορούσα να την πάρω μαζί μου. Δεν επρόκειτο να οδηγήσω το νησί με πενήντα χιλιάδες ευρώ στο πορτμπαγκάζ.

Το δίλημμα με έκανε να ιδρώνω. Ο καρδιακός μου ρυθμός άρχισε να καλπάζει σαν τρομαγμένο άλογο. Υπενθύμισα στον εαυτό μου ότι κανείς δεν ήξερε ότι το σακίδιο ήταν εδώ. Ο Πάκο και η Κλερ νόμιζαν ότι το είχα παραδώσει στην αστυνομία και, επιπλέον, η έκτη αίσθηση μου είπε ότι δεν θα το ανέφεραν σε κανέναν, τουλάχιστον όχι στην κηδεία. Ήταν λογικό να υποθέσω ότι δεν θα ήθελαν το όνομα του Χουάν να αμαυριστεί μετά θάνατον. Επίσης, δεν θα ήθελαν να γίνει γνωστό ότι ήξεραν κάτι για το σακίδιο.

Κρύφτηκα μέσα, ακούγοντας ήχους κίνησης στο κεντρικό σπίτι, αλλά δεν μπορούσα να ακούσω τίποτα. Βγήκα στο αίθριο και έριξα μια ματιά στα παράθυρα. Δεν υπήρχε κανείς. Μετά περιπλανήθηκα στο πίσω μέρος για να βρω τον κήπο άδειο. Με το πρόσχημα να ρωτήσω την Κλερ αν χρειαζόταν να πάρω κάτι από τα μαγαζιά, μπήκα μέσα στο σπίτι και έβαλα το κεφάλι μου στην κουζίνα. Δίσκοι με γυάλινα σκεύη και στοίβες από πιάτα γέμισαν το μπαρ του πρωινού. Οι πιατέλες ήταν έτοιμες να δεχτούν ό,τι σνακ είχαν αποθηκευτεί στο ψυγείο. Το ένα ήταν στοιβαγμένο με κέικ και καλυμμένο με μεμβράνη. Δεν υπήρχε κανένα σημάδι κανενός και όταν φώναξα, δεν πήρα απάντηση.

Είχαν φύγει. Ένα μέρος του εαυτού μου ένιωθε μια μικρή ταραχή σε όλα αυτά τα δωμάτια, αλλά συγκρατήθηκα την παρόρμηση και επέστρεψα στα δωμάτια μου και ετοιμάστηκα για το απόγευμα.

Οπλισμένος μόνο με το φορητό υπολογιστή μου και τα απομνημονεύματα του Χουάν –αν ήταν αυτό– έφυγα χωρίς να ξέρω πού πήγαινα.

Στη διασταύρωση στο κέντρο της Τισκαμανίτα, σκεφτόμουν αν θα στρίψω αριστερά ή δεξιά. Αριστερά σήμαινε Τουίνεχε και τα νότια χωριά, και δεξιά σήμαινε Αντίγκουα και πέρα. Θα μπορούσα να οδηγήσω μέχρι το Πουέρτο ντελ Ροζάριο, αλλά τι να κάνω; Δεν είχα όρεξη να πάω πουθενά. Ήθελα να μείνω μόνος, και σκέφτηκα ότι η κηδεία έκανε ασφαλές να επιστρέψω στην αγροικία. Καθώς περνούσα, τηλεφώνησα στο σούπερ μάρκετ της Αντίγκουα για μερικές προμήθειες για μεσημεριανό γεύμα. Ο βοηθός ταμείου με αναγνώρισε από νωρίτερα εκείνη την ημέρα και είπε κάτι στα ισπανικά και χαμογέλασε. Γέλασα πίσω και δεν είπα τίποτα. Ποιο ήταν το νόημα; Δεν μπορούσαμε να επικοινωνήσουμε.

Διασχίζοντας την πεδιάδα της Τεφία, αναδύθηκε μέσα μου αυτό το αίσθημα ερήμωσης και θυμήθηκα την απεικόνιση του φρικτού στρατιωτικού ατυχήματος του Πάκο. Καθώς ο ανεμόμυλος εμφανίστηκε, θυμήθηκα τον ξενώνα δίπλα του, απεικονίζοντας εκείνα τα χαμηλά κτίρια στρατιωτικού τύπου, το τετράγωνο και τις δύο πλάκες – διακριτικά τοποθετημένες έξω από το δρόμο – που είχα δει σε μια φωτογραφία, πλάκες στημένες ανάμνηση των ανδρών, των ομοφυλόφιλων ανδρών που είχαν υπηρετήσει χρόνο σε αυτά τα τρία ηλιοκαμένα κελιά.

Άουσβιτς, Αλκατράζ, Γκουαντάναμο, Έβιν, σκέφτηκα όλες τις φρικιαστικές φυλακές και στρατόπεδα που είχα ακούσει, και τώρα για την Τέφια – ωστόσο ένιωθα δυσάρεστο να συγκρίνω και, επιπλέον, η κλίμακα της απανθρωπιάς διέφερε σε κάθε περίπτωση. Ο ξενώνας ήταν μικροσκοπικός και φιλοξενούσε μόνο τριάντα έξι κρατούμενους τη φορά. Αλλά το κακό ήταν κακό όπου βρισκόταν, και οι αριθμοί δεν ζύγιζαν στη ζυγαριά της δικαιοσύνης. Ο Πάκο είχε δίκιο. Δεν μπορούσε κανείς να αμφισβητήσει ότι η πεδιάδα της Τεφίας ήταν ένα από εκείνα τα σκοτεινά μέρη όπου ζούσαν οι αναμνήσεις, εμποτίζοντας το τοπίο με το μοναδικό τους είδος στοίχειωσης.

Σχεδόν ανακουφίστηκα που σηκώθηκα στην αγροικία για να μπορέσω να αποκλείσω τα χειρότερα.

Ένιωθα περίεργα να μπαίνω στην οικειότητα όλων αυτών των μικρών, χαμηλοτάβανων δωματίων, δωματίων που τώρα δεν έχουν τα υπάρχοντά μου. Ανυπομονώντας να ξεκινήσω τη δουλειά, έβαλα τα ψώνια στον πάγκο και στο ψυγείο, και βυθίστηκα στο αίθριο με το φορητό υπολογιστή μου, αφήνοντας μια από τις καρέκλες στη σκιά.

Ο διαδικτυακός μεταφραστής έφτυσε τις επόμενες λίγες προτάσεις μικροσκοπικής γραφής και ασχολήθηκα να δίνω κάποια μορφή στη γλώσσα. Φαινόταν να είναι ένα απόσπασμα για έναν άνδρα που εξάγει νερό από ένα αρχαίο πηγάδι. Πού διαδραματίστηκε αυτή η ιστορία; Αφρική; Ινδία; Κάπου που εξακολουθούσε να ασκεί πρωτόγονες παραδόσεις, κάπου εξαθλιωμένα. Ιστορική μυθοπλασία ίσως; Η γραφή αποσυνδέθηκε από τα αποσπάσματα που ήρθαν πριν, αν και η πρόζα παρέμενε σε πρώτο πρόσωπο και είχε ανάλογο τόνο. Δεν μπορούσα να είμαι σίγουρος γιατί επρόκειτο για μετάφραση και υπήρξε μια σημαντική διακοπή της συνέχειας, αλλά είχα την αίσθηση ότι ο πρωταγωνιστής παρέμεινε ο ίδιος. Ο νεαρός άνδρας που καθόταν στον γκρεμό διηγούνταν την ιστορία της ζωής του. Έβαλα το όνομά του σε μια πρόταση για να συγκεκριμενοποιήσω αυτό το γεγονός.

Συνέχισα, φράση με φράση, πρόταση προς πρόταση, διορθώνοντας και κεντρίζοντας καθώς πήγαινα, μέχρι που η κοιλιά μου βρόντηξε, και έσπασα για ένα γεύμα πολύ αργά, αφήνοντας το κείμενο στην οθόνη.

* * *

Ο ήλιος έφτιαξε την πλάτη μου, ζεματίζοντας τις ανοιχτές πληγές που άφησε τομαστίγιο του φρουρού. Οι μύγες βούιζαν γύρω από το κεφάλι μου. Λίγο. Ακούμπησα στη δοκό και έσπρωξα, έσπρωχνα σαν γαϊδούρι, ή σαν καμήλα, έσπρωξα τη δοκό που οδηγούσε τον τροχό που γύριζε τα γρανάζια που έβγαζαν τους κουβάδες με το νερό. Ήμουν ζώο. Αυτό σκέφτηκαν για μένα. Το γρανάζι χτύπησε –κλικ, κλικ– και ο φύλακας κάθισε στη μόνη σκιά που υπήρχε, μια μοναχική παλάμη σε ένα λιβάδι. Έσκυψα στο δοκάρι, έσπρωξα δυνατά, έσπρωχνα σταθερά. Ο τροχός γύρισε και ο ήλιος κοίταξε το πρόσωπό μου. Ο άνεμος ήταν ζεστός, ο ιδρώτας μου έφυγε τόσο γρήγορα όσο τον παρήγαγα. Πικρή αγανάκτηση γέμισε την καρδιά μου. Εγώ, ο Χοσέ, ζώο.

Ήμασταν όλοι ζώα εδώ. Κακομεταχειρισμένα ζώα. Αν όχι εγώ, τότε ο Χόρχε ή ο Ρούμπεν ή ο Μανουέλ ή ο Ραφαέλ – οι φίλοι μου – ή οποιοσδήποτε από τους άλλους άντρες που θα έπρεπε να σπρώξουν αυτή τη δοκό, να σπρώξουν και να σπρώξουν, κάθε πόδι βαρύ στο χοντρό έδαφος.

Ο φρουρός έξυσε τον καβάλο του με το ελεύθερο χέρι, ο άλλος έπιασε την κάννη του τουφεκιού του. Στην αγκαλιά του, η βλεφαρίδα.

Πίσω από τη φρουρά, σε κάποια απόσταση, ένας χωρικός περίμενε τη σειρά της δίπλα στην καμήλα της και παρακολουθούσε. Ποια ήταν? Ποιο σπίτι ήταν δικό της; Θα μπορούσε να με μυρίσει; Μήπως, όπως και οι άλλες, δεν με πίστευε καλύτερο από το ζώο που συγκρατούσε; Χειρότερο, ακάθαρτο;

Άντρες έβαλαν και κατέθεσαν άδεια κουβάδες και μάζεψαν τους γεμάτους για να τους πάρουν πίσω στο συγκρότημα. Απέφευγα τα βλέμματά τους, κι εκείνοι το δικό μου. Κανείς μας δεν ήθελε να προκαλέσει την οργή του φρουρού.

Δίψα χτισμένη, το στόμα μου ξερό σαν τη γη που πάτησα. Ήταν μια δίψα που δεν σβήστηκε από το νερό που άντλησα, νερό πολύ μολυσμένο από το αλάτι.

Σε τι χρησιμοποίησε το νερό το κορίτσι; Πρέπει να το φιλτράρει αν το ήπιε.

Διατήρησα τον ρυθμό, έντονος, οι μύες στα χέρια και τα πόδια μου σφίγγονταν από θαμπό πόνο, κάθε πόδι μια προσπάθεια. Και καθώς η κούραση με διαπέρασε, χαλάλισα τον εαυτό μου, μήπως γλιστρήσω και έπεφτα στο χαλικοχώμα. Δεν απόλαυσα να δώσω σε αυτόν τον φρουρό άλλη δικαιολογία για να χτυπήσω την πλάτη μου.

Το κορίτσι φαινόταν ικανοποιημένο να περιμένει. Ίσως, όπως εγώ, δεν είχε άλλη επιλογή. Πόσο χρονών ήταν αυτή; Την είχε στείλει η μητέρα της; Είχε αδερφές; Ενας αδερφός; Ένα αδερφάκι σαν εμένα; Όχι όμως σαν εμένα –όχι, όχι– ούτε ένας ντροπιαστικός παρίας, ένας νεαρός άνδρας που δεν μπορεί να ελέγξει το αποκλίνον θηρίο μέσα.

Κάθισα ξανά στη θέση εργασίας μου στο αίθριο και διάβασα τις παραγράφους. Η άμεση σκέψη μου ήταν, δυστυχής μάγκας. Ένας κρατούμενος; Σκλάβος, περισσότερο. Μαστιγώνεται και αναγκάζεται να τριγυρνά σαν καμήλα ή μουλάρι, ενώ όλο το διάστημα τον τσακίζει κάποια χωριανή. Ήταν όλα τρομερά καταθλιπτικά και δεν ήμουν σίγουρος ότι ήθελα να συνεχίσω με τη μετάφραση. Η γραφή μπορεί να είναι χρυσός, αλλά μπορεί εξίσου να είναι χρυσός του ανόητου. Και πάλι, ίσως όχι, σκέφτηκα καθώς το μυαλό μου άρχισε να ενώνει τις τελείες.

Αν ο αφηγητής ήταν ο ίδιος άντρας, ο ίδιος ομοφυλόφιλος, και σε αυτήν την τελευταία σκηνή, αναφέρεται στην άντληση νερού από ένα πηγάδι σε ένα λιβάδι, τότε δεν υπήρχε αμφιβολία ότι η ιστορία αφορούσε τον ξενώνα. Ή μάλλον, το στρατόπεδο συγκέντρωσης. Δεν μπορούσα να είμαι απολύτως βέβαιος και μπορεί κάλλιστα να βγάζω συμπεράσματα. Ένιωθα περίεργα και μόνο που το σκεφτόμουν και δεν ήμουν σίγουρος ότι ήθελα να συνεχίσω. Δεν ήμουν σίγουρος ότι ήθελα να αναλάβω τη μετάφραση αν επρόκειτο να με οδηγήσει σε αυτά τα βάθη.

Η αγροικία, η Τεφία, ολόκληρο το καταφύγιο των διακοπών, είχε αρχίσει να φαίνεται σαν κατάρα, σαν να με τιμωρούσαν για κάτι που δεν είχε καμία απολύτως σχέση με εμένα. Σαν να με είχαν χαρακτηρίσει με κάποιο τρόπο, να απαιτούσε ο Θεός ή η μοίρα να αναλάβω ένα έργο που ήταν η ιδέα μου για την κόλαση ενός συγγραφέα. Η αγροικία και η γειτνίασή της με τον ξενώνα, η τυχαία ανακάλυψη του σακιδίου πλάτης και αυτές οι σελίδες που κρύβονται στο απόρρητο - τι περίπλοκες συνθήκες. Και, σημείωσα με ειρωνική ειρωνεία, ο Λουίς με οδήγησε στον ξενώνα και σε εκείνη τη σπηλιά. Αν δεν ήταν ο φανταχτερός, λαμπερός προσωπικός μου γυμναστής, η μοίρα ή το όργανο του Θεού, δεν θα βρισκόμουν σε αυτό το δίλημμα.

Το μόνο λάθος που έκανα ήταν ότι αποφάσισα να μείνω σε φόρμα.

Ίσως αυτή να ήταν η ιστορία που έπρεπε να πω, ή κάτι παρόμοιο, και όχι η ιστορία που περιέχεται σε αυτές τις σελίδες. Θα πρέπει να τα βάλω πίσω εκεί που τα βρήκα και να πάω να παραδώσω το σακίδιο όπως προσποιήθηκα ότι είχα κάνει, και να τελειώσω με όλη την υπόθεση. Η μοίρα μπορεί να πάει να βρει άλλο κορόιδο.

Ακόμα κι έτσι, δεν ήμουν έτοιμος να διαγράψω τις προσπάθειές μου. Πάτησα αποθήκευση, έκλεισα το έγγραφο και έκανα ένα μικρό σημάδι στη σελίδα των Ισπανικών για να δηλώσω τη θέση μου σε περίπτωση που αποφάσιζα να επιστρέψω σε αυτό. Μετά, δίπλωσα το προσχέδιο.

Έβγαινε για τέσσερις η ώρα. Τακτοποίησα την κουζίνα, αφήνοντας τα υπολείμματα από το τυρί και τα μακαρόνια που είχα φτιάξει για μεσημεριανό στο ψυγείο μαζί με ό,τι είχε απομείνει από το κουνουπίδι που είχα μαγειρέψει στον ατμό. Απλό φαγητό, αλλά νόστιμο. Γάλα μακράς διαρκείας, τυρί, αυγά, μισό καρβέλι μπαγιάτικο ψωμί – θα επέστρεφα εδώ αν ένιωθα αρκετή αυτοπεποίθηση ή αν τα πράγματα στον Πάκο και την Κλερ γίνονταν πιο περίεργα.

Πριν φύγω, πότισα τα φυτά στο αίθριο. Μετά περιπλανήθηκα στην παλιά μου κρεβατοκάμαρα με το κρεβάτι με ουρανό και στάθηκα στο παράθυρο και κοίταξα έξω στον κάμπο, στον ανεμόμυλο στο βάθος, στα χαμηλά βουνά που ήταν διάσπαρτα τριγύρω.

Σε λίγα λεπτά, σηκώθηκα έξω από τον ανεμόμυλο, κοιτάζοντας το δρόμο προς τον ξενώνα με ψυχρή εχθρότητα, νιώθοντας ότι είχα άφθονο χρόνο στα χέρια μου, περίεργος να ανακαλύψω το μνημείο του αλεξιπτωτιστή που είχε αναφέρει ο Πάκο.

Υπήρχε μια χωμάτινη διαδρομή, λίγο περισσότερο από μια γρατσουνιά στο έδαφος, που οδηγούσε γύρω από το μπροστινό μέρος της παλιάς στρατιωτικής αεροπορικής βάσης, δίπλα από ένα σπίτι και από εκεί σε ένα επίπεδο και ανοιχτό γήπεδο. Λιγότερο ένα χωράφι, περισσότερο ένα κομμάτι από άμμο και πέτρα. Όταν εντόπισα κάτι που έμοιαζε με το μνημείο σε κοντινή απόσταση, άφησα το αυτοκίνητο στην πίστα και διάλεξα το δρόμο μου προς το κέντρο του γηπέδου.

Ευθυγραμμισμένα σε μια σειρά μέσα σε ένα εντοιχισμένο ορθογώνιο από χαλίκι ήταν τρία μνημεία, ένα ένας ογκόλιθος με επιγραφή με τα ονόματα όσων έχασαν τη ζωή τους τοποθετημένο σε μια πλάκα στο πρόσωπό του, ένα άλλο ένα γλυπτό ενός αγγέλου – Ντιος Βικτώρια - καλυμμένο σε ένα σάβανο. Περισσότεροι ογκόλιθοι και ένας μεγάλος σταυρός συμπλήρωσαν το μνημείο. Τοποθετημένο όπως ήταν χωρίς καν μια πινακίδα για να δείχνει το δρόμο, το μνημείο υποδήλωνε μια ιδιωτική τραγωδία. Το εφέ ήταν ισχυρό και βαθιά ιδιωτικό, και ένιωθα ότι δεν είχα το δικαίωμα να σταθώ στο ορθογώνιο από χαλίκι, ένας θορυβώδης τουρίστας.

Στο ταξίδι της επιστροφής στην Τισκαμανίτα, έκανα μια δεύτερη παράκαμψη μέσα από το χωριό Λάνος Ντε Λα Κονσεπτιόν και στη συνέχεια μέχρι τη Βάλε ντε Σάντα Ινέζ, όπου τράβηξα για να κοιτάξω πίσω στη θέα των βουνών που είχα δει στο πίσω μέρος- καθρέφτης θέασης. Με άφθονο χρόνο για να σκοτώσω, στάθηκα στην άκρη του δρόμου, νιώθοντας τον άνεμο στο πρόσωπό μου, βλέποντας τη γυμνή γη που ήταν η Φουερτεβεντούρα. Η θέα ήταν ένα γλυπτό, σαν αυτό ενός γυμνού σώματος. Αναρωτήθηκα αν το νησί θα ντυθεί ποτέ ξανά με δέντρα. Ήταν πραγματικά τόσο εκπληκτικά στεγνό. Ίσως χρειαζόταν ένα άλλο μνημείο, ένα στη μνήμη όλων αυτών των χαμένων ειδών.

Σύντομα κουράστηκα να με ανατινάζει ο άνεμος και κατέφυγε στο αυτοκίνητό μου.

Από εκεί συνέχισα να οδηγώ στον ίδιο δρόμο μέχρι να φτάσω σε μια διασταύρωση. Μπήκα στον πειρασμό να στρίψω δεξιά και να κατευθυνθώ προς την Μπετανκουρία, αλλά ήταν αργά η μέρα για περιήγηση στα αξιοθέατα. Αντίθετα, κατέβηκα μέσα από τους βραχώδεις κυματισμούς μέχρι την Αντίγκουα. Πού και πού, ένας ιδιοκτήτης ακινήτου έσπασε τη μονοτονία του τοπίου, μια φύτευση δέντρων που προστατεύουν μια κατοικία ή μια επένδυση σε μια διαδρομή. Τέτοιοι ιδιοκτήτες ήταν λίγοι. Ως επί το πλείστον, η γη έμοιαζε εγκαταλελειμμένη. Αυτό που παρατήρησα με ενδιαφέρον ήταν ο τρόπος με τον οποίο οι αγρότες έφτιαχναν κορυφογραμμές γης γύρω από τα μικρά χωράφια τους, δημιουργώντας λεκάνες με επίπεδα στρώματα για να παγιδεύουν το νερό όταν έβρεχε. Κάπου διάβασα ότι όταν ήρθε η βροχή εδώ, ήταν καταρρακτώδης. Ανάγκες πρέπει, αλλά τι προσπάθεια.

Άλλα δέκα λεπτά και επιβράδυνα για την προσέγγιση στην Τισκαμανίτα.

Καθώς σύρθηκα στο Κάγιε Καμπρέρα και είδα όλα τα αυτοκίνητα που ήταν παρκαρισμένα μπροστά από του Πάκο και της Κλερ, ήθελα να κάνω μια στροφή τριακοσίων εξήντα μοιρών και να φύγω κάπου, οπουδήποτε αλλού, αλλά ο κόσμος με είχε δει και η Κλερ στεκόταν εκεί στο πεζοδρόμιο κοιτάζοντας προς το δρόμο μου. Εκείνη έγνεψε και εγώ τσάκισα. Δεν μπορούσα να κάνω τίποτα άλλο από το να βρω ένα μέρος για να παρκάρω.

Όσο πλησίαζα, τόσο περισσότερο ενδιαφερόταν η Κλερ για την παρουσία μου, κουνώντας μου το χέρι και δείχνοντάς μου το σημείο που ένα αυτοκίνητο απομακρυνόταν από το κράσπεδο. Φαινόταν ότι οι καλεσμένοι έφευγαν. Δόξα τω θεώ!

Ήμουν τυχερός ότι ο χώρος στάθμευσης ήταν σχεδόν δίπλα στην πλευρική πύλη, η οποία ελπίζουμε ότι δεν ήταν βιδωμένη στο εσωτερικό. Φαινόταν ότι θα μπορούσα να κάνω μια εύκολη παύλα μετά από ένα γρήγορο κύμα αναγνώρισης. Πριν φύγω από το αυτοκίνητο, έβαλα το φορητό υπολογιστή μου σε μια τσάντα και έβαλα τις ισπανικές μουντζούρες στην τσέπη μου και έβαλα στο πρόσωπό μου μια κατάλληλη έκφραση ευθυμίας και συμπάθειας.

Το σχέδιό μου να δραπετεύσω στο κατάλυμα μου χάλασε τη στιγμή που τα πόδια μου χτύπησαν στο πεζοδρόμιο όταν η Κλερ πήγε βιαστικά.

«Πού πήγες;» τη ρώτησε.

«Πήγα μια βόλτα για να καθαρίσει το κεφάλι μου».

«Κάπου ιδιαίτερα;»

«Μπα, εδώ τριγύρω.»

Δεν μου έκανε ερωτήσεις, πράγμα για το οποίο ήμουν ευγνώμων. Αλλά δεν είχα άλλη επιλογή από το να την ακολουθήσω στην κεντρική είσοδο όπου ήταν συγκεντρωμένοι μερικοί από το πάρτι της κηδείας. Ξαφνικά, βρέθηκα να κάνω τον γύρο των εισαγωγών, με την Κλερ να με οδηγεί πρώτα εδώ, μετά εκεί, στο πεζοδρόμιο, στον μπροστινό κήπο, μέσα από έναν προθάλαμο και σε διάφορα σημεία γύρω από το εσωτερικό αίθριο. Τοποθέτησα το σακίδιό μου στον ώμο μου καθώς έσφιγγα τα χέρια και πρόσφερα συμπαθητικά χαμόγελα σε όλους και σε όλους. Κανείς δεν φαινόταν πρόθυμος να εμπλακεί σε συζήτηση μαζί μου, κάτι που ήταν ανακούφιση. Η ατμόσφαιρα ήταν συγκρατημένη, το κυρίαρχο χρώμα του μαύρου ρούχου, αλλά οι άνθρωποι κουβέντιαζαν μεταξύ τους και περιστασιακά γελούσαν. Κανένα σημάδι του σκύλου.

Δεν είχα ιδέα γιατί η Κλερ ήταν αποφασισμένη να με κάνει να τους συναντήσω όλους, αλλά τελικά, με άφησε, και βρέθηκα να στέκομαι μόνος κοντά στο σαλόνι. Σκέφτηκα να εξαφανιστώ, μια επιθυμία φούντωσε όταν εντόπισα τον θείο του Χουάν να βγαίνει από την κουζίνα με τον Πάκο δίπλα του, αλλά ήταν πολύ αργά.

«Τρέβορ», είπε ο Πάκο, γνέφοντάς μου. «Έλα να γνωρίσεις τον Μάριο».

Δεν υπήρχε επιλογή. Πήγα προς τους δύο άντρες καθώς τα ένστικτά μου άρχισαν να ουρλιάζουν προς την άλλη κατεύθυνση. Οι δύο άνδρες αντάλλαξαν μερικές λέξεις καθώς πλησίασα. Ο Μάριο χαμογέλασε.

Ο Μάριο μου λέει ότι σε αναγνωρίζει από το γυμναστήριο. Δεν είχα ιδέα ότι γυμνάζεσαι».

«Προσπαθώ», είπα γελώντας και γυρνώντας να σφίξω το απλωμένο χέρι του Μάριου με το δικό μου, βρώμικο. «Λυπάμαι για την απώλειά σου», είπα, σχεδόν μηχανικά, κρατώντας το βλέμμα του Μάριο, ελπίζοντας ότι ο Πάκο θα μετέφραζε. Αυτός το έκανε.

Επικράτησε μια μεγάλη στιγμή σιωπής. Δεν είχα ιδέα πώς να τη γεμίσω. Η προσδοκία μου ότι ο Μάριος θα με κατηγορούσε άγρια, εξαφανίστηκε παρουσία του. Δεν υπήρχε κανένα σημάδι ότι έτρεφε καμία υποψία ή εχθρότητα απέναντί μου. Το μυαλό μου γύρισε πίσω σε εκείνη τη στιγμή στις τουαλέτες όταν είχα κρυφακούσει τη συνομιλία του και μετά το βλέμμα αηδίας στο πρόσωπό του όταν βγήκα από την καμπίνα. Αυτό το βλέμμα ήταν πραγματικά επειδή νόμιζε ότι επρόκειτο να φύγω από τους άνδρες χωρίς να πλύνω τα χέρια μου. Δεν θα μπορούσε να έχει ιδέα ότι είχα συμβιβαστεί με κάτι που είχε πει.

Δεν είχε ιδέα ούτε για το σακίδιο, αλλιώς θα με είχε στραγγαλίσει μέχρι τώρα. Έμοιαζε σαν να βρισκόμουν στο ξεκάθαρο. Ωστόσο, δεν μπορούσα να επιβραδύνω τον καρδιακό μου ρυθμό παρουσία του. Ήταν, απ' όσο ήξερα, ένας επικίνδυνος άνθρωπος, ένας έμπορος ναρκωτικών, πιθανότατα μαφίας. Δεν ήθελα να βρίσκομαι πουθενά κοντά του, αλλά μου έλειπε ένα σύνθημα για να φύγω.

«Πώς πάει η συγγραφή;» ρώτησε ο Πάκο, που έπρεπε να είναι η χειρότερη δυνατή ερώτηση τη χειρότερη δυνατή στιγμή.

«Καλά», είπα, ξέροντας ότι έπρεπε να πω περισσότερα. Το απαιτούσε η κατάσταση, έστω και μόνο επειδή δεν υπήρχε άλλο θέμα συζήτησης. «Βρίσκω ότι το νησί είναι γεμάτο έμπνευση. Η Φουερτεβεντούρα είναι πολύ όμορφη».

«Έτσι νομίζεις; Οι περισσότεροι τουρίστες παραπονιούνται ότι είναι πολύ ξηρό.»

Ο Πάκο πρόσφερε στον Μάριο μια γρήγορη μετάφραση.

«Ναι, ξηρό», είπα, νιώθοντας σαν αυτόματο.

«Όταν βρέχει, η γη γίνεται πράσινη.»

«Θα βρέξει σύντομα;» είπα ανακουφισμένος που μιλούσα για τον καιρό.

Ο Πάκο γέλασε.

«Όχι μέχρι τον χειμώνα. Θα είσαι εδώ τότε;»

« Όχι. Θα είμαι στην Αγγλία».

Μας διέκοψε μια ξαφνική φλυαρία στην εξώπορτα. Μια καθυστερημένη άφιξη, φάνηκε, και έπιασα μια ματιά στην πλάτη του μεγαθήρου. Φρέσκος φόβος εισέβαλε στην ύπαρξή μου και για άλλη μια φορά κατέστειλα μια παρόρμηση να βάλω.

«Ματέο», είπε ο Μάριο.

Ο Μάριος είχε δει και τον φίλο του. Κατευθύνθηκε προς τον προθάλαμο, και άδραξα την ευκαιρία να χαλαρώσω, περνώντας από το αίθριο και μακριά από το οπτικό τους πεδίο.

Μόλις βεβαιώθηκα ότι δεν με έβλεπαν, πέρασα τρέχοντας στο σαλόνι, αγνοώντας το ζευγάρι που καθόταν στον καναπέ, και πέρασα από την πόρτα του αίθριου και πήγα στο διαμέρισμά μου, βάζοντας μέσα στην τσέπη μου το κλειδί μου καθώς ο Δίας έστριψε στη γωνία.

Κατάφερα να ανοίξω την πόρτα και να μπω μέσα πριν φτάσει ο μιγάς.

Με την πόρτα ασφαλώς κλειστή και κλειδωμένη πίσω μου, εξέπνευσα. Θέλοντας να φτάσω όσο πιο μακριά από τη ρεσεψιόν μπορούσα, ανέβηκα στον επάνω όροφο.

Ακόμη και εκεί ψηλά, με ασφάλεια περικυκλωμένος από χοντρούς πέτρινους τοίχους, μπορούσα να ακούσω φωνές να παρασύρονται στον άνεμο, την περίεργη έκρηξη γέλιου. Πήγα και στάθηκα δίπλα στο παράθυρο ανοίγοντάς το μια χαραμάδα. Παρακάτω, η Κλερ κουβέντιαζε με έναν ντόπιο οκλαδόν, με σκούρο μπλε παντελόνι και λευκό πουκάμισο που νόμιζα ότι είχα δει στο γυμναστήριο. Μου έδειξε αυτό και εκείνο στον κήπο, και σκέφτηκα ότι πρέπει να εξηγεί τη διάταξη ή τα μελλοντικά σχέδια.

Τότε άκουσα, «Έμενε στην Τέφια, αλλά το μέρος είχε προσβολή από αρουραίους».

«Ποντάρια;»

«Προφανώς.»

«Να προσέχεις, Κλερ», είπε ο άντρας με έντονα τονισμένα ισπανικά. «Δεν ξέρεις τίποτα για αυτόν».

Κράτησα την ανάσα μου, πεπεισμένη ότι επρόκειτο να του πει πώς γνωριστήκαμε. Φανταζόμουν τη σκηνή, με ξέφρενο στην παραλία, να πλησιάζω όλα και όλα, προσπαθώντας να ξεφορτώσω το σακίδιο.

Ευτυχώς, το μόνο που είπε ήταν: «Είμαι σίγουρη ότι είναι ακίνδυνος. Είναι συγγραφέας.»

Δεν είχα ιδέα τι είχε πει η Κλερ ή ο Πάκο για εκείνο το θέμα, στους άλλους καλεσμένους. Ακόμη χειρότερα, δεν μπορούσα να ρωτήσω. Δεν υπήρχε τίποτε άλλο παρά να πιστέψουμε ότι κανένας από τους δύο δεν είχε αναφέρει το σακίδιο και αν το έκαναν, τότε είχαν πει επίσης στον ενδιαφερόμενο ότι είχα παραδώσει το όλο θέμα στην αστυνομία.

Τα σπλάχνα μου αναδεύτηκαν και τα σπλάχνα μου έσφιξαν και έτρεξα στο μπάνιο.

Δεν είχα κανένα λόγο να φοβάμαι τον Ματέο εκτός από το ότι με είχε ακολουθήσει στο σπίτι από το γυμναστήριο. Δεν ήξερα καν αν με ακολουθούσε. Ήξερα ότι δεν μπορούσα να ταρακουνήσω τον τρόμο που ένιωθα και με έκανε να χολώ.

Το δωμάτιο σκοτείνιασε και το ηλιοβασίλεμα που περνούσε από το παράθυρο της αυλής έλουζε τον μικρό διάδρομο στα ροζ. Ήταν ώρα για φαγητό, αλλά δεν είχα όρεξη. Χρειαζόμουν μια απόσπαση της προσοχής, κάτι που θα απασχολούσε το ταραγμένο μυαλό μου. Ελπίζοντας να βρω μια νέα εργασία γραφής φαντασμάτων, άνοιξα τον φορητό υπολογιστή μου και έλεγξα τα email μου. Δεν υπήρχαν. Με πολλή απροθυμία, στράφηκα στο μοναδικό έργο που είχα στην επιφάνεια εργασίας μου, την ισπανική μετάφραση.

Καθώς πληκτρολογούσα στην επόμενη ενότητα του μικροσκοπικού ισπανικού σεναρίου, περίμενα ότι θα με ωθούσαν ξανά στη σκηνή στο πηγάδι, αλλά αντ' αυτού, η ιστορία άλλαξε και βρέθηκα βυθισμένος σε μια ιστορία ενός παιδιού που μεγάλωνε στην Τενερίφη. Ήταν ο ίδιος τύπος; Έπρεπε να είναι. Μόλις βεβαιώθηκα, πήρα την ελευθερία να βάλω το rave n στην αρχή. Εάν ο συγγραφέας χρησιμοποιούσε ένα μοτίβο, τότε έπρεπε να εμφανίζεται παντού και να μην ξεφεύγει από την οπτική γωνία του αναγνώστη.

ΜΕΓΑΛΩΝΟΝΤΑΣ ΣΤΗΝ ΤΕΝΕΡΙΦΗ

Έχω μια αδερφη, αγαπητο πουλι. Μια γυναικα με μαυρα μαλλιά σαν το φτέρωμά σου, αν και την έχω γνωρίσει μόνο από παιδί και πρέπει να φέρνω στο νου τη γυναίκα που είναι, τη γυναίκα που έχει γίνει.

Η Μαρία είναι δύο χρόνια μεγαλύτερή μου και ήταν μια μικρή μητριάρχις, ακόμα και στα επτά.

Όταν ήμουν νέος, οι γυναίκες στην κοινωνία μου αναμενόταν να ενωθούν με το υπόβαθρο. Έπρεπε να είναι πράοι και ήπιοι, υπάκουοι σε κάθε ανδρική εξουσία. Έπρεπε να κρατήσουν σπίτι και να κάνουν μωρά και περισσότερα μωρά και να τα γαλουχήσουν όλα.

Η μητέρα μου ήταν το παράδειγμα της τέλειας γυναίκας, ένα αντίγραφο της ίδιας της αμόλυντης Μητέρας, και ονομάζοντας το πρωτότοκο της «Μαρία», υποθέτω ότι ήλπιζε να παραδώσει την καλοσύνη και την υπακοή της σαν ένα όμορφο ροζ καπό. Αλίμονο για τη μητέρα μου, η Μαρία δεν έγινε έτσι.

Ο Χοσέ έστριψε στο κάθισμά του. «Με πληγώνεις!»

«Κάτσε ήσυχος όσο σου φτιάχνω τα μαλλιά.» Η Μαρία χτύπησε το κεφάλι του Χοσέ με το πίσω μέρος της βούρτσας της, αφήνοντας πίσω της ένα έντονο τσίμπημα για να πάει με όλα τα τραβήγματα και τα δέματα που είχε υποβάλει τα μαλλιά του αυτή την τελευταία ώρα. Τα δικά της μαλλιά ήταν τραβηγμένα προς τα πίσω, περιποιημένα και τακτοποιημένα και χωρισμένα στη μέση, δύο μακριές κοτσίδες που ξεκινούσαν πίσω από τα αυτιά της και κατέληγαν κάπου κάτω από τους ώμους της σε όμορφους λευκούς φιόγκους. Είχε ένα στρογγυλό, σχεδόν αγγελικό πρόσωπο, το αποφασιστικό χτύπημα στο σαγόνι της πρόδιδε τη δύναμη της εσωτερικής της φύσης.

Η Μαρία πέρασε με το ζόρι τη βούρτσα της στα μαλλιά του Χοσέ, μπερδεμένα τώρα μέσα από ένα δυνατό χτένισμα στην πλάτη. Έβγαλε μια διαπεραστική κραυγή και δέχτηκε ένα χαστούκι στον μηρό του για τον κόπο του.

Επιβάλλω σιωπή. Η μαμά θα σε ακούσει.»

Του έφτιαξε τα μαλλιά λίγο ακόμα, ώσπου στάθηκε ίσια πάνω στο κεφάλι του. Βλέποντας το συγκλονιστικό πρόσωπό του στον καθρέφτη, γέλασε και εκείνη γέλασε μαζί του.

«Αυτό είναι ανόητο», είπε, αναγκάζοντάς τον να φορέσει το μεγάλο μπλε φόρεμα που έδωσε η μητέρα τους στη Μαρία για ντυσίματα.

«Δεν θέλω να φορέσω αυτό το φόρεμα».

Ανοησίες. Πρέπει, γιατί είσαι η νύφη και θα σε παντρευτώ».

«Δεν μπορώ να γίνω νύφη. Είμαι αγόρι.'

«Πρέπει να είσαι η νύφη γιατί δεν έχω αδερφή και η Ντολόρες είναι απασχολημένη».

Η Ντολόρες ήταν η καλύτερη φίλη της Μαρίας. Τα Σάββατα, η Ντολόρες επισκεπτόταν και τα κορίτσια έπαιζαν ντυσίματα και ο Χοσέ έμεινε μόνος. Μερικές φορές, η Ντολόρες δεν μπορούσε να επισκεφτεί και η Μαρία αντιμετώπιζε την επιλογή της πλήξης ή του παιχνιδιού με τον μικρότερο αδερφό της. Έπρεπε να επιλέξει τον Χοσέ γιατί ο Χεσούς ήταν νεότερος ακόμα, και μόνο τρεις και τελείως άχρηστος για να παίξει.

Κανονικά, ο Χοσέ δεν πείραζε τα παιχνίδια της μεγαλύτερης αδερφής του. Μερικές φορές, έπαιζαν με τις κούκλες της στην αυλή ή έπρεπε να καθίσει σε ένα μικρό γραφείο και να λάβει οδηγίες από τη δασκάλα Μαρία. Θα μπορούσε να είναι άσχημη με τον κυβερνήτη της, αλλά κατά τα άλλα, ήταν κωμική και τον έκανε να γελάσει. Υπήρχαν φορές που επέμενε να είναι μωρό και το έβαζε στο κρεβάτι και προσπαθούσε να τον ταΐσει ατημέλητο φαγητό με ένα κουτάλι. Ήταν παθητικός. Άνοιξε το στόμα του όταν του δόθηκε εντολή, χαρούμενος που δεχόταν κι άλλα.

Μια μέρα, μερικούς μήνες πριν, η μητέρα τους είχε δώσει στη Μαρία ένα απαλό φόρεμα από το πιο απαλό μπλε, ένα φόρεμα πολύ μεγάλο για όλους, και η Μαρία σύντομα άρχισε να προσηλώνεται στους φανταστικούς γάμους στους οποίους το άρχιζε ως ιερέας.

Ο Χοσέ ήλπιζε ότι θα κουραζόταν από το παιχνίδι της και θα εφεύρει ένα άλλο, και δεν χρειαζόταν πλέον να έχει περιποιημένα τα μαλλιά του και να φορά ένα ανεπαίσθητο φόρεμα που δεν τον ενδιέφερε καθόλου. Ήταν αγόρι, τελικά, και τα αγόρια δεν φορούσαν φορέματα, και ακόμη και στην τρυφερή ηλικία των πέντε ετών, γνώριζε τη γελοιοποίηση αν κάποιο άλλο αγόρι στη γειτονιά του τον έβρισκε με ένα ωραίο, μπλε φόρεμα.

Μια άλλη αλλαγή ήρθε αργότερα το ίδιο έτος καθώς η Μαρία ετοιμαζόταν για την πρώτη της κοινωνία. Καθώς της ξημέρωσε ότι επρόκειτο να γίνει νύφη του Χριστού, το μπλε φόρεμα εναποτέθηκε στο κάτω μέρος ενός παλιού κορμού και ξεχάστηκε.

. . .

Ω, κοράκι, εσύ που θα φοράς το ίδιο μαύρο κοστούμι όλη σου τη ζωή. Ωστόσο, αν βάψατε τα φτερά σας –ας πούμε ροζ– θα αλλάζατε εσωτερικά; Ή θα έβαφαν τα φτερά σας ροζ επειδή έχετε αλλάξει στο εσωτερικό; Εξάλλου, δεν επέλεξα να φορέσω το μπλε φόρεμα. Μου έπεσε πάνω από το κεφάλι. Αλλά ήρθε να συμβολίσει όλα αυτά που είμαι.

Εσύ είσαι, αγαπητέ κοράκι, και είμαι εγώ. Γεννηθήκαμε όπως γίναμε. Ο σπόρος προορίζεται να αναπτυχθεί με τον δικό του μοναδικό τρόπο. Το μπλε φόρεμα δεν με έκανε γκέι και δεν επέλεξα να είμαι γκέι. Κατάλαβα ότι επιθυμούσα τους ανθρώπους καθώς ο σπόρος μέσα μου ξεπήδησε από την οσφύ μου. Και δεν μπορούσα να κάνω τίποτα για να το αλλάξω. Δεν μπορούσα να βάψω τα φτερά μου για να μεταμορφώσω τις επιθυμίες μου. Ξέρουμε, όχι, φίλε κοράκι, ξέρουμε τι νοιάζεται να μην μάθει ο κόσμος. Είμαστε αυτοί που είμαστε. Τελικός.

Το κοράκι απομακρύνεται, το ενδιαφέρον του αποσπάται από ένα απαλό θρόισμα πίσω μας. Τα μάτια μου τραβούν το πρόσωπο του γκρεμού που υψώνεται και στις δύο πλευρές μου, οδοντωτές στήλες από σκούρο βράχο που πέφτουν κατακόρυφα στο ακατόρθωτο βάθος.

ΜΙΑ ΑΝΤΙΠΑΡΑΒΑΛΛΌΜΕΝΗ ΑΠΟΚΆΛΥΨΗ

Ο ΧΟΣΕ ΉΤΑΝ ΟΜΟΦΥΛΌΦΙΛΟΣ ΚΑΙ ΉΤΑΝ ΠΡΟΦΑΝΈΣ ΓΙΑ ΕΚΕΙΝΟΝ, όπως και για μένα, ότι η σεξουαλικότητά του δεν είχε καμία σχέση με όμορφα μπλε φορέματα.

Η ιστορία είχε ιστορικό σκηνικό. Ένας νεαρός άνδρας που υποφέρει από κοινωνική απόρριψη επειδή είναι ομοφυλόφιλος δεν ταίριαζε στο σύγχρονο κέφι, τουλάχιστον όχι στον δυτικό κόσμο. Ακόμη και στα Κανάρια Νησιά, μετά το τέλος της καταστολής του στρατηγού Φράνκο, οι συμπεριφορές πρέπει να είχαν αλλάξει, εκσυγχρονιστεί και σίγουρα είχαν αλλάξει τη χιλιετία, όταν πιθανώς ο συγγραφέας αυτού του πρωταγωνιστή θα ήταν παιδί. Ως εκ τούτου, ήταν λογικό ότι αν το σενάριο ήταν απομνημονεύματα και διαδραματιζόταν σε μια εποχή πιο παραδοσιακή από αυτήν, τη δεκαετία του 1950, ας πούμε, τότε ο συγγραφέας δεν θα μπορούσε να είναι ο νεαρός που ξεβράστηκε στην παραλία. Εκτός κι αν ο Χουάν έγραψε το χειρόγραφο σε στυλ απομνημονευμάτων. Έριξα μια πιο προσεκτική ματιά στις σελίδες, προσπαθώντας να εξακριβώσω την ηλικία του χαρτιού και του μελανιού, αλλά θα χρειαζόταν ένας ειδικός, όχι εγώ, για να κάνει μια εκτίμηση.

Η ιστορία ήταν περισσότερο από πιθανό να προσποιείται

ότι ήταν απομνημονεύματα. Απομνημονεύματα ενός δυστυχισμένου νεαρού ομοφυλόφιλου άνδρα που κάθεται στην άκρη ενός γκρεμού, αναλογιζόμενος την παιδική του ηλικία. Μετά υπήρχαν εκείνα τα περάσματα που ήταν τοποθετημένα κάπου αλλού, όπου ένας άντρας αναγκάστηκε να αντλήσει νερό από ένα παλιό πηγάδι. Αυτός πρέπει να είναι και ο Χοσέ. Εκτός κι αν το σενάριο ήταν απλώς μια συλλογή από ασύνδετες φασαρίες. ήλπιζα όχι. Αν και συνέχισα να διώχνω τη σκέψη ότι η ιστορία είχε να κάνει με τον ξενώνα. Έπρεπε, αλλιώς θα είχα διπλώσει αυτό το ισπανικό σενάριο και θα το επέστρεφα στην κρυψώνα του, γιατί κάθε άτομο της ύπαρξής μου δεν ήθελε να έχει καμία σχέση με αυτό το τραύμα. Ήταν πολύ συγκρουσιακό. Συνολικά, ήμουν περίεργος να δω πώς θα τελείωνε η ιστορία του Χοσέ και του κορακιού.

Έκλεισα το laptop και προσπάθησα να κοιμηθώ. Πολύ σύντομα, το πρωινό φως έλαμψε μέσα από τα παντζούρια και η ακτινοβολούμενη θερμότητα του ήλιου διαπέρασε το τζάμι και με ζέστανε καθώς ξαπλώνω στο κρεβάτι μου.

Η περιοχή γύρω από το γραφείο μου θα ήταν ακόμα πιο ζεστή, αλλά η ιστορία κλειδωμένη σε μια ξένη γλώσσα ήταν συναρπαστική και μετά από ένα γρήγορο ντους, έφτιαξα καφέ, και συνέχισα τη δουλειά μου στο σενάριο.

Έπρεπε να λοξοκοιτάξω τις επόμενες λέξεις ομαδικής γραφής και έβαλα ό,τι μπορούσα να καταλάβω στον διαδικτυακό μεταφραστή. Η ξενικότητα της γλώσσας, τα μικροσκοπικά στενά γράμματα, η πολύ συχνά δυσανάγνωστη ποιότητα της πρόζας έκαναν τον φόρο τους και γινόμουν όλο και πιο απογοητευμένος και ανυπόμονος. Σαρώνοντας τις σελίδες, φάνηκε ότι η ποιότητα της γραφής χειροτέρευε περαιτέρω καθώς προχωρούσε η ιστορία και η μόνη σωτήρια χάρη που με κράτησε να επιμείνω ήταν οι αριθμοί σελίδων. Τουλάχιστον, μου ήταν εγγυημένη η βεβαιότητα ότι ήξερα πώς προοριζόταν να ρέει το πρωτότυπο. Είχα μια εικόνα του εαυτού μου ως μοναχού ή γραφέα σε έναν σκοτεινό και υγρό θάλαμο, αντιμέτωπος με το να μεταφράζω στο φως των κεριών κάποιο αρχαίο ειλητάριο στα εβραϊκά ή τα αραμαϊκά, έναν ειλητάριο όλο σκισμένο και αλεπού.

Ξανά και ξανά, έπρεπε να συμβουλευτώ διαδικτυακά λεξικά και να διασταυρώσω τις δυνατότητες για να ανακαλύψω τι εννοούσε ο συγγραφέας. Συνέχισα, αποφασισμένος να φτάσω στο τέλος της δεύτερης σελίδας, όπου μια εσοχή στο κείμενο υποδείκνυε μια αλλαγή παραγράφου.

Συνέχισα, παρόλο που συνειδητοποίησα πολύ νωρίς τον τοκετό του πρωινού, ότι η αφήγηση είχε επιστρέψει σε εκείνη την ελικοειδή σκηνή στο παλιό πηγάδι.

* * *

Τόσο πολύ νερό! Δύο άντρες γύρισαν πίσω στο βραχώδες χωράφι, με ένα γεμάτο κουβά σε κάθε χέρι. Περίπου στα μισά του δρόμου προς τον προορισμό τους, πέρασαν άλλους δύο άντρες, ο καθένας με δύο άδεια κουβάδες. Η ανταλλαγή των κάδων συνεχίστηκε για ώρες, και τη στιγμή που ο φρουρός είπε, «Σταμάτα», ο ήλιος ήταν γρήγορος στο δρόμο προς το ζενίθ του.

Γύρισα πίσω στο συγκρότημα κάτω από το βλέμμα του μοναχικού κοριτσιού που περίμενε τη σειρά της για να χρησιμοποιήσει το πηγάδι. Όταν διανύσαμε πενήντα μέτρα, έκλεψα μια ματιά πίσω. Έδενε την καμήλα της στο δοκάρι όπου είχα σταθεί, ένας άντρας έκανε δουλειά καμήλας, τώρα μια καμήλα κάνει αντρική. Σχεδόν γέλασα, αλλά η διασκέδαση μου γρήγορα έσβησε.

Υπήρχε τρίξιμο στην μπότα μου. Ροζ τρίξιμο, γιατί αυτό ήταν το χρώμα του εδάφους κάτω από τα πόδια μου. Έδαφος τόσο στεγνό τα βήματά μου έκαναν ρουφηξιές σκόνης. Είχα εξοικειωθεί με τον κάμπο, τα βουνά, τη ζέστη και τον κολασμένο άνεμο. Είχα εξοικειωθεί με την πονεμένη κούραση στα κόκκαλά μου. Η πείνα με αποδυνάμωσε και η όρασή μου θόλωσε. Κράτησα το βλέμμα μου στον ανεμόμυλο, το ορόσημο που με οδήγησε πίσω. Ο φρουρός έτρεξε πίσω. Δεν χρειαζόταν να μείνει κοντά του. Δεν υπήρχε πού να τρέξω ακόμα κι αν είχα την ενέργεια.

Έφτασα πίσω στο συγκρότημα για να βρω τους κρατούμενους παραταγμένους στο τετράγωνο. Καθώς τα πόδια μου χτύπησαν το τσιμέντο, τέσσερις άντρες οδηγήθηκαν γύρω από την πλάτη. Άκουσα τον παφλασμό του νερού, τις φωνές των φρουρών γεμάτες δηλητήριο, τους χλευασμούς.

Για μια φορά, μας επετράπη να καθαριστούμε. Θα προτιμούσα να μείνω βρώμικη, αλλά πήρα τη θέση μου στην ουρά. Ήμουν ο τελευταίος στη σειρά. Ο φρουρός στο τετράγωνο παρακολούθησε σε κάποια απόσταση καθώς ένας ένας οι άνδρες καλούνταν μέχρι που έμεινα μόνο εγώ όρθιος.

Ακούστηκε μια κραυγή, ένα πονεμένο κλάμα και μετά γέλια.

«Πήγαινε», διέταξε ο φρουρός.

«Βρώμικη πόρνη που βρωμάει!»

Άκουγα τις προσβολές πριν στρίψω στη γωνία. Οι φρουροί ήταν σε καλή κατάσταση. πυροβόλησαν τις καταχρήσεις τους, χτυπώντας μας με το βιτριόλι τους. Αλλά οι γροθιές τους ήταν χειρότερες.

Το νερό στην παλιά γούρνα ήταν βρώμικο. Ένα παχύ φιλμ από αφρό σαπουνιού επέπλεε στην επιφάνεια. Κάτω από το θυμωμένο βλέμμα των φρουρών, έβγαλα τα ρούχα μου, άπλωσα το σαπούνι και έβρεξα το σώμα μου με το νερό στη γούρνα. Ένας άλλος κρατούμενος πέταξε πάνω μου έναν κουβά με καθαρό νερό. Ακούστηκε ένα απαλό μουρμουρητό διασκέδασης ανάμεσα στους κρατούμενους. Ένας φρουρός γρύλισε. Σαπουνίστηκα σε όλο μου το σώμα όσο πιο γρήγορα μπορούσα. Έπειτα, τη στιγμή που ετοιμαζόμουν να πάρω τον τελευταίο κουβά για να ξεπλύνω το σαπουνισμένο δέρμα μου, ο φρουρός προχώρησε με μια κλωτσιά και είδα τον κουβά να γκρεμίζεται και το περιεχόμενό του να λιμνάζει και να χάνεται στο διψασμένο έδαφος.

Ο σάλος των γέλιων που ακολούθησε προήλθε μόνο από τους φρουρούς.

Ο ήλιος σκούπισε το σαπούνι στο δέρμα μου καθώς μάζεψα τα βρώμικα ρούχα μου και γύρισα πίσω στο κελί – ένα από τα τρία κτίρια που έμοιαζαν με αχυρώνα παρατεταγμένα στη σειρά κάτω από το συγκρότημα.

* * *

Κάθισα πίσω με δυσπιστία. Δεν υπήρχε αμφιβολία ότι αυτή ήταν η ιστορία του ξενώνα όταν χρησιμοποιήθηκε για τη φυλάκιση ομοφυλόφιλων ανδρών. Έπρεπε να είναι. Το ροζ τρίξιμο. Το τετράγωνο. Ο ανεμόμυλος. Οι φύλακες με τις μυτερές «πόρνες» προσβολές τους. Και μετά τα ίδια τα κύτταρα, τα οποία περιγράφηκαν ακριβώς όπως τα είχα βρει.

Η ιστορία άρχισε να έχει μεγαλύτερη αίσθηση. Αυτό δεν ήταν απομνημονεύματα. Ήταν μια ιστορία που γράφτηκε πρόσφατα –θα μπορούσα να πω τόσα πολλά από το γεγονός ότι μέχρι να μιλήσει αυτός ο άγαμος κρατούμενος, ο Οκτάβιο Γκαρσία, η ιστορία της φυλακής ήταν άγνωστη και ανείπωτη– αλλά ένα ερώτημα παρέμενε. Τι έκανε ο Χουάν γράφοντας όλα αυτά; Μπορεί να είχε σχέση με τον Πάκο και τα παιδιά στο γυμναστήριο, αλλά ποιος ήταν, αλήθεια; Ένας συγγραφέας ντουλαπιών; Γκέι; Κάποιος με στενούς δεσμούς με έναν από τους κρατούμενους; Ή μήπως αυτό το γράψιμο προήλθε από κάποιον άλλο και ο Χουάν το είχε κλέψει μαζί με τα μετρητά. Μπορεί να μην ήξερε καν ότι ήταν εκεί.

Δεν φαινόταν να έχει σημασία. Αυτό που είχε σημασία ήταν πώς θα αξιοποιηθεί πλήρως το προσχέδιο.

Οι σκέψεις μου σταμάτησαν καθώς οι προηγούμενες αμφιβολίες μου άρχισαν να επικρατούν. Η σκηνή του σαπουνιού είχε τα φόντα της καλής πεζογραφίας και με είχε παρασύρει, παρασύρθηκα να αφηγηθώ μια ιστορία με την οποία δεν ήθελα να έχω καμία σχέση. Όταν σκέφτηκα τις περιστάσεις μου, συμμετείχα σε αυτό το μικρό, αν και γοητευτικό διαμέρισμα, αποφασισμένος να αποφύγω τους ιδιοκτήτες της εγκατάστασης, δεν μπορούσα να επιστρέψω στην Τεφία λόγω του γελοίου ψέματός μου για τους αρουραίους και αναγκάστηκα να διατηρήσω ένα άλλο ψέμα σχετικά με το πού βρίσκεται το σακίδιο , δεν ήταν περίεργο που ήμουν χαρούμενος που με παρεξηγούσαν. Ήμουν σε φρουρά, κλειδωμένος με λίγα πράγματα να κάνω. Αλλά μια σύντομη σκηνή των συνθηκών στη φυλακή ήταν άλλο πράγμα, ένα ολόκληρο βιβλίο άλλο, και υπενθύμισα στον εαυτό μου ότι θα έπρεπε να βυθιστώ πλήρως σε αυτή τη φυλακή, να κλείσω τον εαυτό μου σε ένα από αυτά τα κελιά σαν να ήμουν κι εγώ ομοφυλόφιλος, και Για να το κάνω αυτό, θα χρειαζόμουν πολλά περισσότερα από αυτές τις χειρόγραφες σελίδες. Θα έπρεπε να συμμετάσχω σε ενδελεχή έρευνα ιστορικού για την εποχή του Φράνκο και τον πολιτισμό, την πολιτική και την κοινωνία των Καναρίων Νήσων, όλα σε μια γλώσσα που ελάχιστα καταλάβαινα. Θα χρειαζόταν, εν πάση περιπτώσει, να είμαι αυτός ο πρωταγωνιστής, ο Χοσέ.

Υπήρχε η πιθανότητα ότι καθισμένος στο κρεβάτι μου ήταν οι σελίδες ενός σχεδίου που θα μπορούσε να με οδηγήσει στο δισκοπότηρό μου, ενός βραβευμένου βιβλίου που θα έκανε τη Σάντρα Φλιντ να κρυφτεί μπροστά μου, ζητώντας συγχώρεση.

Ήμουν σε έναν γκρεμό. Δεν μπορούσα να αποφασίσω αν θα πηδήξω ή θα αντισταθώ. Δεν υπήρχε τίποτα για αυτό. Άνοιξα το Skype και τηλεφώνησα στην Άντζελα. Στον χρόνο που της πήρε για να απαντήσει στην κλήση μου, είχα ξεκάθαρη την ιστορία μου.

«Ε, εσύ», είπε εκείνη.

Κοίταξα το λαμπερό της πρόσωπο και χαμογέλασα.

«Έχω κάποια νέα».

Μετακινήθηκε, άπλωσε πίσω της για κάτι που δεν έβλεπα, μετά πέρασε ένα χέρι μέσα από την πυκνή σφουγγαρίστρα της και είπε: «Πρέπει να είναι καλή. Βλαστός.'

«Αποφάσισα να κυνηγήσω το βιβλίο των γκέι φυλακών».

Το στόμα της έμεινε ανοιχτό.

«Επιτέλους η κοινή λογική! Τι σε έκανε να αλλάξεις γνώμη;»

«Σκέφτηκα πολύ αυτό που είπες. Και δεν θα μπορούσα να βρω καλύτερη ιδέα έτσι...»

Μέχρι τότε, το ψέμα είχε γίνει δεύτερη φύση, ένα αντανακλαστικό που μου προκαλούσε ανησυχία καθώς η συνείδησή μου πάλευε για δικαιολογίες και η φιλοδοξία καθόταν αδιάφορη.

«Πώς θα το προσεγγίσεις;» είπε, με τα μάτια της.

«Κι εγώ αυτό λειτούργησε. Είχα την ιδέα ότι ο πρωταγωνιστής –ας τον πούμε Χοσέ– κάθεται στην άκρη ενός γκρεμού και μιλάει σε ένα πουλί».

'Ένα πουλί;'

Έκανα κλικ στο έγγραφο, ανοιχτό στις πρώτες παραγράφους.

«Ένα κοράκι».

'Συνέχισε.'

«Αφηγείται κομμάτια από την παιδική του ηλικία, διανθισμένα με σκηνές στη φυλακή».

«Είναι μια αρχή».

'Σου αρέσει;'

«Ναι», είπε αργά. «Μα γιατί το κοράκι; Γιατί ο πρωταγωνιστής σας κάθεται στην άκρη ενός γκρεμού και μιλάει σε ένα πουλί;».

Έψαξα για μια απάντηση.

«Ξέρεις πώς πάει. Εκείνη την πρώτη στιγμή έμπνευσης. Έπρεπε να μπω στην ιστορία με κάποιο τρόπο και αυτό μου ήρθε».

'Δίκαιο. Υποθέτω ότι επισκεπτόσασταν έναν γκρεμό και

ξαφνικά σας χτύπησε. Υπάρχουν μερικά καταπληκτικά βράχια στο νησί. Πιο νότια από εκεί που βρίσκεστε.»

«Είναι υπέροχοι», είπα, ελπίζοντας ότι θα προχωρούσε.

«Ποιοι είναι οι πόροι σου;» είπε. «Δεν μπορείτε να διαβάσετε ισπανικά».

Ο ανειλικρινής εαυτός μου ξέφυγε γρήγορα λέγοντας: «Πληρώνω έναν φίλο εδώ για να μεταφράσει τη νουβέλα με την οποία σας συνέδεσα».

Ἐκαλό σχέδιο. Ελπίζω όμως να μην σας χρεώνουν πολύ. Ένας άλλος φίλος συγγραφέας που είναι δίγλωσσος βύθισε αυτό το βιβλίο και είπε ότι υπήρχε πολλή θρησκευτική βάφλα σε αυτό.

«Δείξατε τη νουβέλα σε άλλο συγγραφέα!»

«Κρατήστε τα μαλλιά σας. δεν την ενδιαφέρει. Λέει ότι έχει αρκετά για να αντιμετωπίσει τη συγγραφή ενός εύστοχου μυθιστορήματος που διαδραματίζεται στη Δρέσδη και στο Νταχάου».

βόγκηξα. «Όχι άλλο ένα ναζιστικό μυθιστόρημα».

Ἐφοβαμαι τοσο. Η όρεξη της αγοράς είναι ακόρεστη.» Ἐκανε μια παύση. «Κρίμα που δεν ενδιαφέρεται για το ισπανικό, όμως. Θα έκανε καλή δουλειά».

«Και δεν θα το κάνω;» είπα αμέσως αμυνόμενος.

«Δεν το είπα αυτό. Δεν ήθελες να το κάνεις. Ἠσουν κατηγορηματικός σχετικά με αυτό, αν θυμάσαι».

«Λοιπόν, άλλαξα γνώμη».

Ἐσαφώς και έτσι. Και χαίρομαι για σένα, Trevor. Σας έλεγα ότι ήταν η ιστορία που έπρεπε να γράψετε. Μπορεί να είναι η δημιουργία σας. Και δεν θα δείξω αυτή τη νουβέλα σε άλλη ψυχή. Υπόσχεση.'

«Παρακαλώ μην το κάνετε.»

«Πριν φύγετε, ένας από τους κριτές είπε ότι η Sandra Flint σας είναι σχεδόν βέβαιο ότι θα κερδίσει».

«Δεν είναι η Σάντρα Φλιντ μου».

Ξέρεις τι εννοώ. Μην είσαι ξινός, Τρέβορ. Αρχίζεις να ακούς σαν πατέρας μου. Πρέπει να τρέξω.'

Μου έδωσε ένα φιλί και τερμάτισε την κλήση, αφήνοντάς με να συνέλθω από τον αποχωρισμό της. Ο πατέρας της; Αυτός ο βομβιστικός μισογύνης! Η τελευταία φορά που τον είχα δει ήταν στον γάμο της Άντζελας. Είχε καθίσει κοντά στο συγκρότημα και έριξε σαμπάνια, κοιτάζοντας τη νέα γυναίκα της κόρης του με διάφορους βαθμούς δηλητηρίου και περιφρόνησης. Δεν έμοιαζα σε τίποτα τη παλιά πέστροφα!

Κατέβηκα κάτω και κατάπια ένα Clen, θυμούμενος καθώς κατέβαινε το χάπι που είχα πάρει μία μόνο ώρα νωρίτερα. Κυνήγησα το λιποδιαλύτη με ένα ποτήρι χυμό και μετά συνέχισα τη μετάφραση.

Είχα προγραμματίσει την ημέρα του ώμου στο γυμναστήριο, αλλά δεν ένιωθα πλέον διατεθειμένος να φύγω από το διαμέρισμα μέχρι να ολοκληρωθεί η μετάφραση και ολόκληρο το σχέδιο με ασφάλεια στον φορητό υπολογιστή μου στα αγγλικά.

Η κατακερματισμένη αφήγηση συνεχίστηκε και βρέθηκα πίσω στην παιδική ηλικία του Χοσέ.

ΤΑ ΣΧΟΛΙΚΆ ΜΟΥ ΧΡΌΝΙΑ

ΑΓΑΠΗΤΟ ΜΟΥ ΚΟΡΆΚΙ, ΔΕΝ ΉΤΑΝ ΠΟΤΕ ΕΥΚΟΛΟ ΝΑ ΕΙΜΑΙ ΕΓΏ. Γεννήθηκα τη λάθος στιγμή, στο λάθος μέρος, σε μια τιμωρητική πίστη, ίσως μπροστά από την εποχή μου, και δεν υπάρχει χρόνος για την κοινωνία να προλάβει, ακόμα κι αν ήθελε, κάτι που δεν το κάνει. Οι δυσκολίες μου αυξάνονταν όπως κι εγώ, όλο και μεγαλύτερες με το χρόνο. Θα σας πω πώς ήταν να είμαι ένας κούκος σε μια φωλιά από όμορφα κίτρινα πουλιά και με τη θέα του κορακιού, θα ξέρετε τι συνέβη στην ψυχή μου.

Πέρασε μια δεκαετία. Η Μαρία δεν είχε απαιτήσει τη συμμετοχή του αδελφού της στα παιχνίδια της για πολύ καιρό. Ήταν δεκαεπτά και το μυαλό της επέπλεε, και όποτε τα μάτια της έπεφταν στον Χοσέ, γέμιζαν με αυτό που θα μπορούσε να περιγραφεί μόνο ως μίσος.

Ήταν η ίδια κακία που είδε ο Χοσέ στον αδερφό του, Χεσούς, έναν εύρωστο δεκατριάχρονο με πάθος για τον αθλητισμό και φιλοδοξία, που μόλις και μετά βίας είχε διαμορφωθεί και βασιστεί στη λατρεία, να σπουδάσει νομικά.

Ο Ιησούς ήταν η κόρη του ματιού του πατέρα του. Η Μαρία φαινόταν να ευχαριστεί τη μητέρα της παρά τη φλογερή της ιδιοσυγκρασία. Δύο γονείς, δύο παιδιά. Συν ένα. Καθισμένος στην τραπεζαρία τρώγοντας κεφτεδάκια μαγειρεμένα σε πηχτό, φασόλι στιφάδο, επέστρεψε μια οικεία αίσθηση για να γεμίσει την κοιλιά του. Ένιωθε στον Χοσέ σαν να ήταν ανταλλακτικό, περιττό και περιττό, το λάστιχο που κρατήθηκε στο πορτμπαγκάζ του αυτοκινήτου. Έπρεπε να παλέψει για την προσοχή από τους δύο γονείς. Ήταν στριμωγμένος στη μέση ανάμεσα στα κυρίαρχα αδέρφια του, όπου δεν υπήρχε χώρος και άλλη επιλογή από το να μαραθεί ή να επαναστατήσει.

Δεν είναι αυτό απλώς ένα δομικό πράγμα, η παρτίδα του ενδιάμεσου; Μπορεί να είναι κατάρα αλλά δεν χρειάζεται να είναι. Δεν χρειάζεται να συντρίψει το ηθικό. Οι διάφοροι παράγοντες παίζοντας τους ρόλους τους στα όρια της οικογενειακής δομής, έχουν επιρροή. Έχουν ελεύθερη βούληση. Η ενδιάμεση κατάσταση μου είναι ένα πράγμα, η απόρριψη της οικογένειάς μου για μένα ως άξιο μέλος της φυλής άλλο.

Ξέρεις, το κοράκι, η Ρετζίνα και ο Χουάν Ράμος δεν χρειάστηκε να με παραβλέψουν, τον γιο τους, το μεσαίο παιδί τους, με μάτια που αρνούνταν να εγκατασταθούν φοβούμενοι τι θα έβρισκαν. Μια αντανάκλαση του εαυτού τους ίσως, που γύρισε το ευσεβές τους στομάχι, γιατί αυτό που είδα στα μάτια τους και άκουσα στα λόγια τους ήταν κάτι περισσότερο από μια νευρική ανησυχία ότι δεν ήταν όλα καλά με τον κάποτε πολύτιμο Χοσέ τους.

«Δεν έπρεπε ποτέ να τους δώσω αυτό το μπλε φόρεμα για να παίξουν», ήθελε να λέει η μητέρα μου. Γιατί η Ρετζίνα με είχε δει να φοράω αυτό το φόρεμα στην εντυπωσιακή ηλικία των πέντε ετών, και είχε παρατηρήσει από κοντά το αγαπημένο αγόρι της να μην γίνεται υγιής άντρας. Έκανε ένα απλό άθροισμα μαθηματικών και κατέληξε σε μια ψευδή απάντηση. Η προτίμησή μου για το φύλο δεν είχε καμία σχέση με αυτό το καταραμένο μπλε φόρεμα.

Ο Χοσέ δεν έχει δίκιο. Αυτός θα ήταν ο πατέρας μου.

Σταματήστε αυτόν τον μανιερισμό. δεν σου ταιριάζει. Μητέρα πάλι.

Είναι πολύ όμορφος.

Ευχαριστώ, αλλά προτιμώ το "όμορφο".

Η φωνή του δεν είναι το σωστό ύψος.

Είναι το ίδιο γήπεδο με το δικό σου, πατέρα αγαπητέ.

Δεν περπατάει σωστά. Είμαι σίγουρος ότι τον είδα να κομματιάζεται.

Αυτή ήταν η σχολική παράσταση.

Κρατήστε τα χέρια σας ακίνητα στην αγκαλιά σας και σταματήστε να τα χτυπάτε.

Δεν το έκανα ποτέ αυτό. Είμαι σίγουρος γι' αυτό.

Είναι αδερφάκι.

Ειμαι άνδρας.

Δεν είναι περίεργο που τον ειρωνεύονται στο σχολείο.

Τα παιδιά είναι σκληρά. Υποδύονται τις προκαταλήψεις των γονιών τους.

Ο τρόπος που γελάει και προτιμά να παίζει με τα κορίτσια.

Πάντα ο έλεγχος. Πάντα οι κρίσεις. Είμαι ένας άντρας που επιθυμεί άλλους άντρες και αυτό είναι το τέλος.

Γελάω με τον παραλογισμό, ένα δυνατό γέλιο, και το κοράκι ξαφνιάζεται και ανοίγει τα φτερά του για να πετάξει.

Χαλάρωσε, πουλί. Δεν έχω να φοβηθώ τίποτα.

Υπήρχαν πολλές όμορφες στιγμές μεγαλώνοντας στη Λα Λαγκούνα. Μπορώ να θυμηθώ ένα από αυτά, ήταν μια πολύ καλή στιγμή. Τα δέκατα γενέθλιά μου και οι γονείς μου συμφώνησαν σε ένα πάρτι. Μας επέτρεψαν από έναν φίλο ο καθένας και ήρθαν όλα τα ξαδέρφια μας. Ήταν από τη Santa

Cruz και από τη La Orotava. Οι δύο ομάδες των παππούδων ήταν εκεί, όπως και οι διάφορες θείες και οι θείοι μου.

Κάλεσα τον καλύτερό μου φίλο Ενρίκο, που μένει σε ένα σπίτι στη γωνία του δρόμου μας, ή να πω ότι έζησε γιατί δεν έχω ιδέα αν είναι ακόμα εκεί. Ο πατέρας του είναι ή ήταν χημικός, ένας ιδιόρρυθμος άντρας, χήρος και ντόμπρος, και πάντα παίζαμε στο σπίτι μου.

Ήταν μια ζεστή και ηλιόλουστη μέρα του Μαρτίου του 1945. Ο Β' Παγκόσμιος Πόλεμος πλησίαζε στο τέλος του. Φυσικά, δεν ήξερα πολλά για αυτό. Δεν ήξερα για τη φρίκη εκείνου του πολέμου, τη βαρβαρότητα και τον θάνατο και τα στρατόπεδα συγκέντρωσης. Δεν είχα ιδέα για ανθρώπινο πόνο, δικό μου ή οποιουδήποτε άλλου. Το πιο κοντινό που είχα φτάσει στον πραγματικό πόνο ήταν όταν η Μαρία είχε φτιάξει τα μαλλιά μου ή όταν έκλεισα τον αντίχειρά μου σε μια πόρτα. Δεν ήξερα ούτε για τις στερήσεις του λαού μου, για το πόσο σκληρά δούλεψαν οι αγρότες για να επιβιώσουν, για την πείνα και τις μαζικές μεταναστεύσεις στη Βενεζουέλα. Ήμουν δέκα και υπήρξα σε μακάρια άγνοια της πραγματικής ζωής, κοντά και μακριά. Δεν θα μπορούσα, επομένως, να έχω ιδέα για το παράλογο όλου αυτού του πόνου. Ζούσα σε ένα ωραίο αστικό σπίτι στη Λα Λαγκούνα, και αυτό ήταν το μόνο που ήξερα.

Το σπίτι των γονιών μου, που ήταν το σπίτι μου τότε, έχει μια εσωτερική αυλή γεμάτη φυτά και ψηλά παράθυρα με μπαλκόνια της Ιουλιέτας που βλέπουν σε ένα λιθόστρωτο δρόμο. Ήταν παράδεισος.

Ο Χοσέ παραλίγο να συγκρουστεί με τον Χεσούς και, αποφεύγοντάς τον, χτύπησε σε ένα φυτό σε γλάστρα. Μόλις είχε περάσει την τελευταία ώρα τρέχοντας με τον Ενρίκο. Ζαλιζόταν από την πολλή ζάχαρη και την πολλή χαρά. Νωρίτερα, όταν έσπασε την πινιάτα, επέμενε να έχει αυτή την πολύ ιδιαίτερη μέρα – μια πινιάτα που η Μαρία βοήθησε τη μητέρα του να φτιάξει – και το αίθριο έσκασε σε ένα σάλο ζητωκραυγών και ένας καταρράκτης γλυκών έπεσε τριγύρω, η καρδιά του ήταν ικανή να έσκασε στο στήθος του.

Η τούρτα επρόκειτο ακόμη.

Σε περίπτωση που ήρθε η ώρα, έτρεχε στην τραπεζαρία όπου οι θείες, οι θείοι και οι παππούδες του κάθονταν και στέκονταν τριγύρω πίνοντας μικρά φλιτζάνια από αυτό και αυτό. Τότε ο μεγαλύτερος αδερφός της μητέρας του, ο πομπώδης Χοσέ Ντίαζ, τράβηξε τον Χοσέ στην άκρη και είπε: «Τι θέλεις να γίνεις όταν μεγαλώσεις, νεαρέ;» σαν να του έκαιγε η ερώτηση όλη την ώρα.

«Είναι πολύ μικρός για να απαντήσει», είπε η μητέρα του.

Ναι ήταν.

'Ανοησίες. Έχει φτάσει σε διψήφιο αριθμό.» Ο θείος Χοσέ ήταν ψηλός, παχουλός και αυταρχικός. Ο νεαρός Χοσέ στεκόταν από κάτω του, βουρκωμένος με το προσεγμένο κοστούμι του και καταβάλλοντας κάθε δυνατή προσπάθεια να μείνει ακίνητος. Ο Ενρίκο στάθηκε στην πόρτα, περίμενε και λαχανιαζόταν.

«Έχει πολύ προσεγμένο χειρόγραφο», είπε κάποιος.

«Δεν θα γίνει ποτέ αγρότης, με αυτά τα χέρια».

'Αγρότης! Από πότε κάποιος στην οικογένειά μας έγινε αγρότης;».

Πρέπει να είναι δικηγόρος, όπως εσύ, Χοσέ.

Είναι πολύ ντροπαλός για να είναι δικηγόρος. Κοίταξέ τον.

Κοίταξαν όλοι.

Μιλάει το αγόρι γενεθλίων;

«Θα ήθελα να γίνω σερβιτόρος», είπε, θυμούμενος ένα φιλικό πρόσωπο σε ένα καφέ τις προάλλες.

Όλοι γέλασαν. Η μητέρα του πέταξε το ποτό της.

«Θα γίνει δάσκαλος ή επιστήμονας», είπε, καλύπτοντας την αμηχανία της. 'Κάτι τέτοιο. Τώρα πες μου, Μαρία, πώς είναι η υγεία σου;»

Ο Χοσέ άρπαξε ένα γλυκό από το τραπέζι και έφυγε

τρέχοντας πίσω στον Ενρίκο. Το κέικ ερχόταν και ήταν το μόνο που μπορούσε να σκεφτεί. Όλοι θα είχαμε τούρτα! Όταν η Μαρία κατέβηκε κάτω με την Ντολόρες και τα υπόλοιπα ξαδέρφια τους, θα έτρωγαν τούρτα και εκείνος θα είχε την καλύτερη μέρα.

Τότε, δεν είχα αίσθηση ότι ήμουν διαφορετικός από οποιοδήποτε άλλο αγόρι. Αυτό συμβαίνει γιατί δεν ήμουν σε καμία περίπτωση διαφορετική από οποιοδήποτε άλλο αγόρι. Η μητέρα μου αντιπαθούσε τις ευαισθησίες μου, την ευκολία με την οποία έκλαιγα. Ο πατέρας μου με θεωρούσε πολύ εύθραυστη για τον κόσμο των ανδρών. Σκέφτηκαν, ήξεραν, ότι έπρεπε να είμαι πιο σκληρός, πιο σκληρός, πιο δυνατός, πιο στιβαρός. Με συνέκριναν με άλλα αγόρια της ηλικίας μου. Στον Ενρίκο. Δεν συγκρίθηκα καλά με τον Ενρίκο.

Με έσωσε από το να μαραζώσω στο κάτω μέρος του σωρού απόρριψης ο Αντόνιο, ο μικρότερος της μεγαλύτερης αδερφής της μητέρας μου, ο οποίος ήταν πιο άθλιος από εμένα, φορούσε γυαλιά και ήταν επιρρεπής σε ασθένειες. Θα ξέσπασε και σε έντονα κόκκινα εξανθήματα, τα οποία ήταν αντιαισθητικά. Πάντα έβγαινα ευνοϊκά σε σύγκριση με αυτόν. Οι γονείς μου θα διαβεβαίωναν ο ένας τον άλλον ότι στο τέλος θα τα πήγαινα καλά. Αυτό πάνω κάτω κατάλαβα τότε.

Είναι περίεργο που δεν με αγνοούσαν. Ότι τους προβλημάτισα τόσο πολύ. Αλλά ήταν το φασαριόζικο είδος των γονέων της μεσαίας τάξης, οι θείες και οι θείοι, και αυτό μπορεί να οφείλεται στο ότι έπρεπε να ταιριάζουν στη μονόπλευρη κοινωνία μας, επειδή ήταν πολύ λίγοι στην κορυφή που κατείχαν τη γη, και πάρα πολλοί στο κάτω μέρος που προσπάθησε να επιβιώσει από αυτό. Αυτό άφησε μια περιοχή στη μέση, αποτελούμενη από μικρές επιχειρήσεις, καταστηματάρχες, διευθυντές, δασκάλους, όλα τα συνηθισμένα επαγγέλματα, ανθρώπους που δεν είχαν δύναμη, αλλά δεν υπέστησαν τις αντιξοότητες αυτής της έλλειψης. Οι γονείς μου κατάλαβαν ότι ο κόσμος ήταν σε αναταραχή και κανείς δεν ήξερε τι θα γινόταν με κανέναν. Και ως εκ τούτου, στεναχωρήθηκαν. Ανησύχησαν γιατί φοβήθηκαν τι θα συνέβαινε σε μένα. Ότι θα συνειδητοποιούσα τις υποψίες τους και θα υπέφερα τις συνέπειες. Η όλη κατάσταση στα Κανάρια νησιά εκείνη την εποχή βάραινε βαριά στο μυαλό τους. Αυτό, και φυσικά δεν μου είπαν ποτέ για τον θείο του πατέρα μου τον Αλφρέντο, ο οποίος δεν παντρεύτηκε ποτέ πριν πεθάνει.

Η οικογένειά μου είχε, και αναμφίβολα εξακολουθεί να έχει, ένα από τα παλιά σπίτια σε μια βεράντα με παρόμοιες κατοικίες κοντά στο κέντρο της Λα Λαγκούνα. Αν και δεν είναι στην κλίμακα των μεγαλοπρεπών αγροτικών και αστικών σπιτιών των ευγενών —των ιδιοκτητών γης, συμπεριλαμβανομένων εκείνων που προέρχονται από τους αρχικούς κατακτητές πεντακόσια χρόνια πριν— το οικογενειακό σπίτι υποδηλώνει μέτριο πλούτο και κύρος με τα διώροφα και τα μπαλκόνια της Ιουλιέτας. Οι φτωχότερες οικογένειες ζουν σε σπίτια με ένα μόνο όροφο και η οικογένειά μου δεν έχει καμία σχέση μαζί τους, εκτός από τον πατέρα μου, σε επαγγελματική βάση και όχι απαραίτητα υπέρ τους. Οι ακόμη φτωχότεροι, οι φτωχοί, συνωστίζονται σε μικρότερα σπίτια ακόμα, και ζουν πολύ πιο μακριά από το κέντρο της πόλης και δεν είδα ποτέ κανένα από αυτά από κοντά.

Έμαθα για αυτές τις διαιρέσεις του πλούτου και της φτώχειας αργότερα, πολύ αργότερα. Μεγαλώνοντας, το μόνο που ήξερα ήταν το δικό μου στενό λιθόστρωτο δρόμο, τα άλλα στενά λιθόστρωτα δρομάκια γύρω από τον καθεδρικό ναό και από και προς το σχολείο μου. και ήξερα μόνο τι ήξερε η οικογένειά μου και τι ήθελαν να ξέρω. Ήξερα μόνο καλοσύνη και καλοσύνη και μια στενή ηθική.

Ήμουν προστατευμένη και περιποιημένη, και η κοιλιά μου ήταν πάντα γεμάτη. Πήγα στο σχολείο χωρίς να ξέρω ότι ο πατέρας μου πλήρωσε για να πάω εκεί. Ήμουν αθώος. Υπήρξα μόνο αυτή τη στιγμή. Δεν είχα λόγο να σταθώ στο παρελθόν γιατί δεν ντρεπόμουν, παρά τις αγωνίες των γονιών μου. Το μέλλον ήταν ένα μυστήριο που δεν με απασχολούσε. Υπήρξα στο μακάριο παρόν. Αν και οι αναλαμπές αυτής της άλλης ύπουλης, κατασταλτικής και τιμωρητικής πραγματικότητας εισέβαλαν στην ύπαρξή μου στο σχολείο.

Ο Χοσέ καθόταν με ίσια πλάτη, με την προσοχή του, γεμάτη και πλήρη, στον δάσκαλό του, του οποίου το μεγάλο γραφείο βούρτσιζε το δικό του μικρό. Κάθισε στο κέντρο της πρώτης σειράς, στην αριστερή πλευρά της τάξης. Η δασκάλα, Doña Vasco, στολισμένη στα μαύρα, από πάνω μέχρι τα νύχια, με τα μαλλιά της σφιχτά τραβηγμένα προς τα πίσω, αποκαλύπτοντας ένα αυστηρό, χωρίς ανοησίες πρόσωπο, ήταν ο συνηθισμένος ασυμβίβαστος εαυτός της.

Μάθαιναν ποσά. Μάθαιναν την αφαίρεση και ο Χοσέ συγκεντρώθηκε σκληρά, ανυπόμονος να μην κάνει ούτε ένα λάθος, πάλευε να μην αφήσει το στυλό του να γλιστρήσει ή το μυαλό του να παραπαίει.

Δεν ήταν χρήσιμο. Η προσοχή του στράφηκε στον χάρτη που ήταν καρφωμένος στον τοίχο και αναρωτήθηκε πώς ήταν στις χώρες που ήταν μακριά από τις δικές του.

Μπορούσε να καταλάβει ότι αφαιρούσε πέντε κουμπιά από ένα βάζο των δέκα άφηναν πέντε, επειδή τα είχε μετρήσει και είχε δει τον αριθμό που είχε ληφθεί και τον αριθμό των κουμπιών που είχαν απομείνει. Αυτό ήταν εύκολο να γίνει κατανοητό. Αυτό που ήταν πιο δύσκολο ήταν όταν δεν υπήρχαν κουμπιά και η όλη λειτουργία γινόταν μόνο στην αφηρημένη σφαίρα του αριθμού. Ρωτούσε συνεχώς τον εαυτό του, πέντε τι;

Τα λάθη ήταν ανεκτά, αλλά η αδράνεια όχι και η ακατανοησία μπερδεύονταν πολύ εύκολα με την αδράνεια και οι συνέπειες τσιμπούσαν. Από πέντε κουμπιά έως πέντε βλεφαρίδες του μοχθηρού μπαστούνι της Doña Vasco και το χέρι του José ήταν έξυπνο για την υπόλοιπη μέρα. Εννιά μείον επτά. Του πέρασε από το μυαλό να γράψει οποιονδήποτε αριθμό, αλλά άπλωσε τα χέρια του κάτω από το γραφείο του και λύγισε κάθε δάχτυλο με τη σειρά του και μετά έγραψε δύο.

Τα ποσά έγιναν πιο δύσκολα.

Σύντομα ο κάτω αριθμός ήταν μεγαλύτερος από τον επάνω.

Τι είπε ο πατέρας του να κάνει;

Σήκωσε το βλέμμα του, όχι στη δασκάλα του, γιατί ήταν στο πίσω μέρος της τάξης, αλλά στο μικρό άγαλμα της αμόλυντης Μαρίας και στο πορτρέτο της πλατείας του Στρατηγού Φράνκο στο κέντρο του τοίχου.

Ήταν το ίδιο πορτρέτο, όπου κι αν πήγαινε.

Δεν είναι κακός άντρας με το λεπτό πατέ και το μουστάκι με πολεμικό πινέλο. Τα μάτια του σε ακολούθησαν στο δωμάτιο.

Ο Χοσέ ευχήθηκε να μπορούσε να ρωτήσει τον φίλο του Ενρίκο, ο οποίος είχε ταλέντο στα μαθηματικά, αλλά κάθισε σε διαφορετική σειρά. Τα αγόρια πήγαιναν μαζί στο σπίτι τα μεσημέρια και στο διάλειμμα έπαιζαν στη σκιά, αλλά τώρα ήταν που ο Χοσέ χρειαζόταν τον έξυπνο φίλο του.

Ο Ντόνα Βάσκο πλησίασε τον Χοσέ από πίσω και τον αιφνιδίασε καθώς χρησιμοποίησε τα δάχτυλά του για να απαντήσει στο επόμενο ποσό. Ένιωσε το βάρος της παρουσίας της να τον βαραίνει και περίμενε άλλη μια μαστιγωμένη παλάμη.

Ο δάσκαλός του είχε στο μυαλό του μια διαφορετική τιμωρία.

Δεν μπορούσε να έχει ιδέα ότι τον παρακολουθούσε για εβδομάδες. Είχε ακούσει φήμες. Παρατήρησε την προτίμησή του για τα ροζ και τα κίτρινα όταν τα παιδιά ζωγράφιζαν εικόνες. Και όταν η τάξη ζωγράφιζε εικόνες, ζωγράφιζε όμορφες πριγκίπισσες με μακριά ρέοντα φορέματα. Δεν είχε ιδέα ότι υπήρχε κάτι κακό σε αυτό.

«Χοσέ Ράμος, στα πόδια σου», είπε ο Ντόνα Βάσκο.

Τρομαγμένος, έκανε ό,τι του είπαν.

«Τώρα, στάσου στο θρανίο σου».

«Το θρανίο μου;»

«Μη με ρωτάς, αγόρι μου».

Ο Χοσέ σκαρφάλωσε στο γραφείο του και κοίταξε τους συμμαθητές του, τα σοκαρισμένα πρόσωπά τους. Κάπως έτσι, όλη η τάξη τρομοκρατήθηκε. Κανείς δεν ήξερε γιατί τον ξεχώριζαν και όλοι πίστευαν ότι θα μπορούσε να έρθει η σειρά τους.

«Τάξη», φώναξε ο δάσκαλος. «Αυτό το αγόρι συμπεριφέρεται σαν κορίτσι. Πώς σου φαίνεται αυτό;» Ξεχώρισε με το βλέμμα της την Κάρμεν.

«Δεν ξέρω, Ντόνα Βάσκο», είπε δειλά η Κάρμεν.

'Δεν ξέρεις. Λοιπόν, οι άλλοι ξέρουν. Τι λέμε σε ένα αγόρι που συμπεριφέρεται σαν κορίτσι;».

«Μαρίκα! Μαρίκα!» φώναξαν τα άλλα παιδιά σαν να τα έβαλαν.

«Μαριπόζα! Μαριπόζα!»

Και ήρθε μια σειρά από προσβολές.

Η Ντόνα Βάσκο την παρακολουθούσε με ένα πονηρό χαμόγελο στο σκληραγωγημένο πρόσωπό της.

Ο Χοσέ κοκκίνισε κατακόκκινος. Σχεδόν βρέξει το παντελόνι του.

Κουνώ τα πόδια μου μπρος-πίσω και ξεκολλάω ένα μικρό βράχο. Σκύβω προς τα εμπρός και το βλέπω να αναπηδά κάτω από το βράχο και να εξαφανίζεται. Ο ήλιος με αντικρίζει, ζεματίζοντας το δέρμα μου με τις ακτίνες του. Παρακάτω, ο ωκεανός χτυπά τις βραχώδεις εξάρσεις. Γέρνω πίσω, βάζοντας τα χέρια μου πίσω μου και χρησιμοποιώντας τα μπράτσα μου ως στηρίγματα. Είμαι μόνος. Το κοράκι έφυγε για να γεμίσει την κοιλιά του. Η δική μου κοιλιά θέλει γέμισμα, αλλά δεν έχω φαγητό.

Υπάρχει ένα αγρόκτημα νοτιότερα, σε μια υπερυψωμένη κοιλάδα. Από εκεί με τράβηξαν τελευταία φορά. Αν περιμένω μέχρι τη δύση του ηλίου και γυρίσω πίσω στη λαίλαπα, μπορεί να κλέψω μερικές ντομάτες. Υπάρχει φραγκόσυκο που καλλιεργείται στην άκρη του δρόμου. Και αν είμαι τυχερός, μπορεί να κάνω επιδρομή σε κοτέτσι.

Το πρόβλημά μου είναι τα σκυλιά. Είναι πάντα τα σκυλιά της φάρμας. Οι ιδιοκτήτες τους τους αφήνουν να περιφέρονται τη νύχτα. Έχω μάθει να γεμίζω τις τσέπες μου με πέτρες. Κρατώ το μαχαίρι μου, ακονισμένο σε μια πέτρα, έτοιμος να σκοτώσω αν μια απειλή γίνει άσχημη. Είμαι ένας μικροεγκληματίας, ένας κλέφτης, ένας αλήτης, ένας νομάδας. Δεν είμαι κάποιος που η οικογένειά μου θα ήθελε να μάθει. Οχι τώρα. ΟΧΙ πια. Την ημέρα που καταδικάστηκα πλήρωσα κάθε ελπίδα λύτρωσης που μπορεί να είχα.

Η ΗΜΈΡΑ ΤΩΝ ΏΜΩΝ

Τράβηξα τα μάτια μου από τη μετάφραση στην οθόνη μου, σημαδεύοντας τη θέση μου στο σενάριο και κλείνοντας το λάπτοπ. Τέρμα ο λογοτεχνικός χρυσός. Ο συγγραφέας φαινόταν προσηλωμένος στην παιδική ηλικία του Χοσέ. Ένιωσα εξαπατημένος, εξαπατημένος για να μεταφράσω όλη αυτή την πολυλογία όταν αυτό που ήθελα ήταν το μεδούλι της ιστορίας του ξενώνα. Όσο περισσότερα από αυτά παρείχε αυτό το ισπανικό σενάριο, τόσο λιγότερο θα χρειαζόμουν να ερευνήσω. Όπως ήταν, αντιμετώπισα το επαχθές καθήκον να κάνω το μεγαλύτερο μέρος της δουλειάς μόνος μου.

Ποτέ δεν ήμουν οπαδός της ιστορίας. Επιβραδύνει τον ρυθμό της αφήγησης σαν μπάλα και αλυσίδα. Οι αναγνώστες αυτές τις μέρες θέλουν να προχωρήσουν μπροστά, πιασμένοι από γεγονότα που εκτυλίσσονται εδώ και τώρα. Αν και μπορώ να εκτιμήσω το χτίσιμο του χαρακτήρα. Η σημασία της απεικόνισης της πραγματικότητας του να είσαι ομοφυλόφιλος τότε, ακόμη και ως παιδί. Ο στιγματισμός. Κι εκεί ήμουν, παίζοντας με τη δική μου αρρενωπότητα, γυρίζοντας τον εαυτό μου σαν βότσαλο στην παλάμη του χεριού μου.

Είναι πραγματικά η παιδική ηλικία καθοριστική του

χαρακτήρα και της ταυτότητας; Είμαι το αποτέλεσμα του αγοριού που δημιουργήθηκε από έναν απρόσεκτο πατέρα, μια πληγωμένη μητέρα και μια αυταρχική θεία; Φτιάχτηκα από αυτούς ή είμαι αυτός που ήμουν πάντα, από τη γέννησή μου; Σταμάτησα να μην σκέφτομαι τον Βινς.

Ήταν αργά το απόγευμα, και ακόμα δεν είχα φάει μεσημεριανό. Το Κλεν είχε μειώσει την όρεξή μου σχεδόν στο μηδέν, και μπορούσα ήδη να δω τα σημάδια μιας συρρίκνωσης. Αλλά χρειαζόμουν να ανεφοδιάζω καύσιμα μόνο και μόνο για να έχω αρκετή ενέργεια για το γυμναστήριο. Το σενάριο θα μπορούσε να περιμένει. Ειδικά από τη στιγμή που υπήρχε κάθε πιθανότητα να μου προσφέρει κάτι άλλο από μια ιστορία παρασκηνίου. Ήμουν άκαμπτος και νευρικός αφού με κουράγανε όλη μέρα. Πρέπει να βάλω λίγο αέρα γύρω από το κεφάλι μου και λίγη θερμότητα στους μυς μου.

Αφού έστρωσα το κρεβάτι, έβαλα το σενάριο και το λάπτοπ στο πάνω συρτάρι της συρταριέρας. Μετά κατέβηκα κάτω στην κουζίνα και τηγάνισα μερικά αυγά και τα έβαλα σε μια μπαγιάτικη μπαγκέτα. Δεν ήταν σαν να επιδεικνύω τόσο ασέβεια στο φαγητό, αλλά η έλλειψη όρεξης με είχε κάνει αδιάφορο. Μετάνιωσα για τη στάση μου τη στιγμή που δάγκωσα την μπαγκέτα και ανακάλυψα ότι έπρεπε να ξεδιπλώσω το ψωμί καθώς η ομελέτα γλιστρούσε από την άλλη άκρη.

Ήταν αργά το απόγευμα όταν ξεκίνησα. Διασχίζοντας το αίθριο, έριξα μια ματιά στο σαλόνι αλλά, όπως φαινόταν να συμβαίνει συχνά, δεν υπήρχε κανείς. Ο Πάκο και η Κλερ φάνηκαν να προτιμούν τα άλλα δωμάτια του σπιτιού. Όπως και ο σκύλος.

Το μόνο μειονέκτημα του διαμερίσματος ήταν ότι έπρεπε να περάσεις από αυτά τα παράθυρα του σαλονιού. Μπορεί να το είχαν σκεφτεί όταν σχεδίαζαν την επέκταση. Δεν θέλουν όλοι να νιώθουν εκτεθειμένοι, να βλέπουν όλοι ποιος πηγαινοέρχεται. Μια πόρτα που βλέπει νότια στον κήπο, με μονοπάτι που οδηγεί μακριά από το σπίτι θα ήταν ιδανική – κάτι που θα επέτρεπε την ιδιωτικότητα όταν πηγαινοέρχεσαι. Ο ένας από τους δύο θα μπορούσε να με παρακολουθεί από ένα παράθυρο στον επάνω όροφο, σκέψου το. Σήκωσα μια ματιά, αλλά το βλέμμα μου συνάντησε μόνο παντζούρια κλειστά στον ήλιο. Ακόμα κι έτσι, ένιωθα γυμνός και άκαμπτος, αισθήσεις που άρχισαν να με αφήνουν μόλις βγήκα στο πεζοδρόμιο. Η αίσθηση ότι με παρακολουθούν έσβησε εντελώς μόλις έφυγα από το σπίτι.

Οδηγούσα με ατσάλινη αποφασιστικότητα. Η ημέρα του Ώμου δεν ήταν η αγαπημένη μου. Ήταν κάποια μέρα η αγαπημένη; Ήταν όλα σκληρά σε διάφορα σημεία του σώματός μου. Τιμωρία από κάθε άποψη. Η αποφασιστικότητά μου να αποκτήσω γραμμή επισκιαζόταν από τη μούσα μου τώρα που είχα δεσμευτεί να γράψω για τη φυλακή των ομοφυλόφιλων, αλλά έπρεπε να ενσωματώσω την ισορροπία στη ζωή μου στο μέλλον, να δημιουργήσω καλές συνήθειες. Υπενθύμισα στον εαυτό μου ότι ήμουν ανύπαντρος και έπρεπε να δώσω στο σώμα μου την ευκαιρία να μεταμορφωθεί και να γίνει ελκυστικό για άλλη μια φορά στο αντίθετο φύλο. Κανένας πόνος, κανένα κέρδος. Άλλωστε, είχα αγοράσει μια συνδρομή, μου έτρεχαν στεροειδή και κατέβαζα έναν λιποδιαλύτη – το μεγαλύτερο μέρος του εαυτού μου δεν θα ανεχόταν όλη αυτή τη σπατάλη αν επέστρεφα στις παλιές μου συνήθειες. Και ήταν προφανές ότι η άσκηση μου έκανε καλό. Ένιωσα ήδη τονισμένο.

Η ανταλλαγή μου με τον Μάριο είχε βάλει το μυαλό μου σε ηρεμία ως το αντικείμενο υποψίας σχετικά με το σακίδιο. Ωστόσο, καθώς πάρκαρα στο δρόμο έξω από το γυμναστήριο, εξακολουθούσα να ήλπιζα να αποφύγω τον θείο του Χουάν και τους συντρόφους του που φαινόταν ότι προτιμούσαν την άσκηση νωρίτερα την ημέρα. Αν και μπορεί να εμφανιστούν ανά πάσα στιγμή. Ποιος θα μπορούσε να πει;

Έσπρωξα την πόρτα και εισέπνευσα την κλιματιζόμενη

δροσιά, το όχι και τόσο διακριτικό άρωμα του ανδρικού ιδρώτα, τον αρωματικό αέρα που χρησιμοποιούσε το γυμναστήριο για να το κρύψει και καθώς εισέπνεα, ατσάλινα την αποφασιστικότητά μου για τις μελλοντικές οργιές. Πήγα και άφησα την τσάντα του γυμναστηρίου μου στο πάτωμα, έβαλα το ποδήλατο γυμναστικής πιο κοντά στην πόρτα και ξεκίνησα το πετάλι μου για δέκα χιλιόμετρα.

Ο Λουίς εμφανίστηκε πίσω από τον πάγκο και μου χαμογέλασε στον καθρέφτη. Έδειχνε πραγματικά χαρούμενος που με είδε. Ήρθε καθώς έφτανα στο πρώτο μου χιλιόμετρο και αιωρήθηκε κοντά στο τιμόνι. Δεν φαινόταν να θέλει να με αφήσει μόνη. Δεν είχα ιδέα γιατί. Έκανα πετάλι και λαχανιάζω και πετάλι και λαχανιάζω, μη θέλοντας να επιβραδύνω τον ρυθμό μου.

«Ανησυχούσα ότι δεν θα επέστρεφες», είπε.

«Γιατί το σκέφτεσαι αυτό;» είπα ανάμεσα στις ανάσες. Ένιωθα τον θυμό να ανεβαίνει. Αυτή η ρουτίνα που μου είχε βάλει ήταν αρκετά δύσκολη χωρίς να μου κλέψει την ενέργειά μου με τη συζήτηση.

«Σκέφτηκα ότι ίσως έκανα πολύ δύσκολο το πρόγραμμα γυμναστικής σου. Αυτό σκέφτηκα όταν δεν δείξατε».

«Είχα μερικές μέρες ξεκούρασης», είπα, δροσίζοντάς του καθώς μιλούσα. «Αυτό είναι όλο.»

Εξακολουθούσε να μην έφευγε, και δεν θα σταματούσα να κάνω πετάλι ενώ έβλεπε, παρόλο που ήξερα ότι σύντομα θα λαχανιάσω. Τι συνέβαινε με αυτόν τον τύπο; Με γούσταρε; Ήταν μια σκέψη που προκάλεσε ξαφνική αηδία. Ευτυχώς, ένας θαμώνας πήγε στον πάγκο και ο Λουίς πήγε να τον εξυπηρετήσει.

Έκανα πετάλι με μανία και κατέβασα το ποδήλατο με δέκα κλικ το ίδιο φουσκωμένος και εξίσου ταλαντευμένος όπως την πρώτη μέρα, αλλά ο χρόνος που χρειαζόταν για να ολοκληρώσω την εργασία είχε μειωθεί κατά είκοσι δευτερόλεπτα.

Η ρουτίνα με τα βάρη δεν ήταν ευκολότερη από την πρώτη φορά. Δεν μπορούσα να σηκώσω μεγαλύτερα βάρη στο στρατιωτικό πιεστήριο, και με τον ώμο μου να παίζει ακόμα ψηλά, πάλευα στα σετ. Στην τελευταία άνοδο, δυσανασχέθηκα που ξόδεψα πολύτιμα ευρώ για τα στεροειδή. Η στρατιωτική πρέσα, οι πλευρικές ανυψώσεις, οι μπροστινές ανασηκώσεις αλτήρων και οι ώμοι με αλτήρες μπορεί να αντιστοιχούν μόνο σε τέσσερα είδη άσκησης, αλλά στόχευαν ορισμένες μυϊκές ομάδες που δεν είχαν κανένα ενδιαφέρον να συμμετάσχουν. Με κάθε σετ οι επαναλήψεις γίνονταν πιο δύσκολες και δυσκολευόμουν να πετύχω τον στόχο. Ωστόσο, όποτε ένιωθα την παρόρμηση να σταματήσω, το αντιμετώπιζα αναπολώντας το ταπεινωτικό σχόλιο του Λουίς σχετικά με το ότι το πρόγραμμα γυμναστικής του ήταν πολύ δύσκολο για μένα και η δύναμή μου αυξανόταν σε μια έξαρση θυμού. Πάρα πολύ δύσκολο, όντως!

Ήμουν στα μισά του τελευταίου σετ μπροστινών ανασηκώσεων με αλτήρες όταν ένας άντρας μπήκε στο γυμναστήριο, ένας άντρας που δεν είχα ξαναδεί. Με την τσάντα του και την πετσέτα του, έμοιαζε σαν ένα άλλο φρικιό, αλλά καθώς πλησίαζε, κι έβγαινε στο φως, έπιασα την καμπύλη των μυών της γάμπας του, τους συμπαγείς, σμιλεμένους μηρούς, το γυαλιστερό δέρμα των μπράτσων του, τους δικέφαλους μυς, τα στήθη, την καμπύλη του λαιμού του και μετά το πρόσωπό του, το πρόσωπό του με τέλειες αναλογίες και εκπληκτικά όμορφο. Έπρεπε να σταματήσω το σαγόνι μου να ανοίξει, τα μάτια μου να ανοίξουν διάπλατα. Με κρυφό τρόπο, χρησιμοποιώντας τους καθρέφτες ως μέσο μου καθώς σήκωνα τους αλτήρες στην οριζόντια, άρχισα να τον πίνω μέσα. Τον έπινα σαν αμβροσία, και όπως έκανα, πλημμύρισα από τις πιο παράξενες επιθυμίες, ένα ζώο ο πόθος που με αποδυνάμωσε ακόμα κι όταν με έκανε να θέλω να του επιβάλω και να τον πνίξω σε φιλιά. Θα μπορούσα να τον είχα καταβροχθίσει, να καταβροχθίσω την τελειότητα εκεί και μετά μπροστά σε ολόκληρο το γυμναστήριο. Τουλάχιστον στη θεωρία. Τουλάχιστον στο κεφάλι μου. Και την αμέσως επόμενη στιγμή, καθώς σήκωσα τους αλτήρες για τελευταία φορά, η πόρτα της εισόδου άνοιξε και μπήκε μια γυναίκα, και η γυναίκα πλησίασε τον Άδωνι μου, κι εκείνος της χαμογέλασε, ένα χαμόγελο που θα μπορούσε να είναι μόνο χαμόγελο εραστή. Και ήμουν θυμωμένος, θυμωμένος μαζί του, θυμωμένος με τον εαυτό μου, και πάνω απ' όλα, θύμωσα μαζί της, όποια κι αν ήταν, που μου έκλεψε τη φαντασίωση σε μια κρίσιμη στιγμή. Και εξάλλου, σε αντίθεση με αυτόν, ήταν λιτή. Ήταν, δίπλα του, εκπληκτικά, απίστευτα, αδικαιολόγητα λιτή.

«Χαβιέ», είπε κάποιος δυνατά, και ο Άδωνις μου σήκωσε το βλέμμα και το ξόρκι μου χάλασε.

Εκείνη τη στιγμή της δυσπιστίας συνειδητοποίησα ότι τα χέρια μου παρέμεναν τεντωμένα και, κοιτάζοντας γύρω μου, ένιωσα ότι όλοι είχαν τα μάτια τους πάνω μου. Με συνείδηση και ταραχή, κατέβασα γρήγορα τους αλτήρες και τους επέστρεψα στο ράφι.

Τότε συνειδητοποίησα ότι χρειαζόμουν τους ίδιους αλτήρες για την πρέσα ώμων και πήγα και τους πήρα. Ως συνήθως, το πρώτο σετ ήταν σχετικά εύκολο. Το δεύτερο σετ είναι πολύ πιο δύσκολο. Όταν έφτασα στο τρίτο, έπρεπε να χρησιμοποιήσω όλη μου την αποφασιστικότητα για να συνεχίσω.

Προσπάθησα να εστιάσω στις επαναλήψεις, στο σταθερό μέτρημα έως το είκοσι, αλλά έφτασα στο δέκα, και το μυαλό μου θολώθηκε και δεν μπορούσα να εστιάσω. Σήκωσα τους αλτήρες, ένιωσα τον οδυνηρό πόνο στους ώμους μου, αλλά στιγμιαία βρισκόμουν αλλού, με το σώμα μου να περνούσε μηχανικά τις κινήσεις. Όταν συνειδητοποίησα ότι είχα απομακρυνθεί και δεν είχα ιδέα για τον αριθμό των επαναλήψεων που είχα ολοκληρώσει και επομένως πόσες έπρεπε να εκτελέσω πριν τελειώσω το σετ, ήμουν έκπληκτος. Έκανα αυτό που πίστευα ότι μπορεί να ήταν τρεις επιπλέον επαναλήψεις για να είμαι σίγουρος, σφίγγοντας τα δόντια μου, ζορίζοντας, σπρώχνοντας τα χέρια μου ψηλά με όλη μου τη δύναμη.

Μετά από μια σύντομη ανάρρωση, κατευθύνθηκα προς το ποδήλατο για ηρεμία. Καθώς έκανα πετάλι, αναρωτήθηκα αν η χωροθέτηση είχε κάνει τις επαναλήψεις ευκολότερες. Η εστίαση στο μέτρημα έκανε την άσκηση πιο δύσκολη; Κάπου στην πορεία, έπρεπε να συναντήσω την αντίστασή μου, εκείνο το σημείο στο οποίο το σώμα και το μυαλό δεν ήθελαν πια να συνεχίσουν και ούρλιαζαν στη συνειδητή οντότητα μέσα που ήταν αποφασισμένη να συνεχίσει.

Οι σκέψεις μου πήγαν στην Τεφία. Αυτοί οι κρατούμενοι στον ξενώνα που ήταν καταδικασμένοι να σπάσουν βράχους και μετά να κουβαλούν πέτρες όλη μέρα στην καυτή ζέστη και τον αέρα, μετρούσαν; Μέτρησαν τους βράχους που αναγκάστηκαν να κουβαλήσουν; Έπαιρναν έναν καθημερινό απολογισμό, ανταγωνίζονταν μεταξύ τους ή για το πόσα βράχια είχαν ή δεν είχαν σπάσει και κουβαλήσει; Όχι. Δεν μπορούσα να φανταστώ ότι το είχαν κάνει αυτό. Θα ήταν γελοίο. Θα είχαν απομακρυνθεί. Θα είχαν γλιστρήσει σε ένα είδος έκστασης για να μπλοκάρουν την πραγματικότητα της κατάστασής τους.

Μετά από έναν γρήγορο γύρο διατάσεων, κουβαλούσα αυτή τη σκέψη μαζί μου μέχρι την Τισκαμανίτα. Ήταν πιο εύκολο να σκεφτώ να μετρήσω επαναλήψεις και πέτρες παρά να σκεφτώ την εκπληκτική αντίδρασή μου στην είσοδο του κ. Άδωνη στο γυμναστήριο.

Πίσω στο διαμέρισμα, ανέβηκα στον επάνω όροφο και έλεγξα κάτω από το κρεβάτι για να βεβαιωθώ ότι το σακίδιο ήταν ακόμα στη βαλίτσα. Ήταν. Άρχισα να πιστεύω ότι η ζέστη είχε επιτέλους περάσει. Αν ο Πάκο και η Κλερ είχαν ιδέα ότι είχα κρατήσει το σακίδιο, θα με είχαν αντιμετωπίσει μέχρι τώρα, ειδικά όταν είχαν εύκολη πρόσβαση στο διαμέρισμά μου και μπορούσαν να κάνουν μια ενδελεχή έρευνα ενώ ήμουν έξω. Και μου φάνηκε ξεκάθαρο ότι ο θείος του Χουάν δεν ήταν απειλή.

Κάτω, στην έντονα φωτισμένη κουζίνα, θυμήθηκα τα μακαρόνια που είχα αφήσει στο ψυγείο στην Τεφία. Θα ήταν ακόμα βρώσιμο και θα έπρεπε πραγματικά να επιστρέψω εκεί και να το τελειώσω. Το θέμα είναι περισσότερο, θα έπρεπε πραγματικά να επιστρέψω εκεί, τελεία, και να βάλω ένα τέλος σε αυτό το διάλειμμα. Είχα νοικιάσει εκείνη την αγροικία για τρεις ολόκληρους μήνες, και χωρίς προφανή απειλή, δεν υπήρχε κανένας δικαιολογημένος λόγος που δεν ήμουν εκεί. Θεώρησα το ενοίκιο που είχα πληρώσει προκαταβολικά σπατάλη αν παραμείνω στου Πάκο και της Κλερ.

Εδώ, στην Τισκαμανίτα, ήμου ήρεμος αλλά δεν ήμουν μόνος. Υπήρχε πάντα η απειλή ότι ο Πάκο ή η Κλερ θα χτυπούσαν την πόρτα μου και θα διαταράξουν την ηρεμία μου. Ήθελα ηρεμία, όχι άβολα δείπνα και πλήθη επισκεπτών με τους οποίους έπρεπε να αλληλεπιδράσω.

Έφτιαξα μια απλή σαλάτα και την έφαγα καθώς συνέχισα να σκέφτομαι το δίλημμά μου. Ήμουν σε δύο μυαλά εκεί που ήθελα να είμαι. υπήρχαν οφέλη και για τα δύο. Η Τεφία ήταν μοναχική και ζοφερή, ωστόσο η απομόνωση μου ταίριαζε, και ήταν κοντά στη δράση στο νέο μου λογοτεχνικό έργο. Μπορώ να πατήσω χωρίς διακοπή. Και πάλι, το στήσιμο στο Paco and Claire's ήταν προστατευμένο και οικείο. Ένιωθα περισσότερο στο κέντρο των πραγμάτων. δίστασα. Η ατμόσφαιρα εδώ μπορεί να ήταν ευχάριστη αν οι οικοδεσπότες μου δεν ήταν τόσο θλιβεροί. Η Κλερ ήταν αρκετά ευχάριστη, αλλά ο Πάκο ήταν περίεργος, παρόλο που είχε χαλαρώσει κάπως όταν αντάλλαξα μερικές λέξεις μαζί του κατά τη διάρκεια του ξύπνιου. Αλλά είχα την έντονη εντύπωση ότι δεν ήμουν τόσο ευπρόσδεκτος εδώ. Μου ήρθε στο μυαλό αν όντως επέλεγα να μείνω εδώ, θα έπρεπε να τους προσφέρω ενοίκιο. Δεν θα φόρτωνα δωρεάν, όσο κι αν διαμαρτυρόταν η Κλερ. Το οποίο λίγο πολύ το σφράγισε; Δεν επρόκειτο να πληρώσω διπλό ενοίκιο. Θα επέστρεφα στην Τέφια.

Αυτό άφησε το πρόβλημα των αρουραίων. Δεν ήθελα να κινήσω υποψίες. Το να φύγετε πολύ σύντομα μετά τον ισχυρισμό προσβολής από αρουραίους θα έκανε ακριβώς αυτό. Έπρεπε να αφήσω να περάσει ένα εύλογο χρονικό διάστημα, αρκετό για να επιτρέψω την απάντηση στο παράπονό μου και τον έλεγχο παρασίτων να έρθει και να αναλάβει δράση. Δύο ημέρες δεν ήταν λογικό χρονικό διάστημα από κανένα μέτρο, ούτε καν σε αυτόν τον κόσμο άμεσης επιδιόρθωσης, ταχείας εξυπηρέτησης που ζούσαμε. Θα φανταζόμουν ότι δύο εβδομάδες ήταν πιο πιθανές, ειδικά σε αυτό το τέλμα του νησιού. Και πάλι, η αγροικία ήταν άδεια διακοπών και ο ιδιοκτήτης θα ανησυχούσε ότι θα άφηνα μια αρνητική κριτική και θα ενεργούσα γρήγορα για να το αποφύγω. Σίγουρα υπήρχε υπηρεσία άμεσης καταπολέμησης παρασίτων στο νησί. Έκανα μια γρήγορη αναζήτηση και ανακάλυψα ότι η πρώτη επίσκεψη ήταν μια αξιολόγηση και μετά θα επέστρεφαν για να λάβουν την απαραίτητη θεραπεία. Στην περίπτωση των αρουραίων, αυτό σήμαινε αποκλεισμός της πρόσβασης και τοποθέτηση παγίδων. Ενδεχομένως επίσης να βάζει δηλητήριο.

Στο μεταξύ, δεν μπορούσα να προσποιηθώ ότι απογειώθηκα κάπου αλλού, αφού δεν υπήρχε άλλη επιλογή από το να παρκάρω το αυτοκίνητό μου στην αγροικία, ορατή σε όλους τους περαστικούς.

Καταράστηκε τη δική μου παρορμητική φύση εκείνη την ημέρα που με είχε ακολουθήσει το μεγαθήριο. Έπρεπε να περιμένω. Άφησα την ώρα μου. Θα πρέπει να βρω έναν καλύτερο λόγο για να χρειαστεί να φύγω αμέσως από την αγροικία. Αρουραίοι! Από όλα τα ψέματα που θα μπορούσα να έχω βρει! Είχα εγκλωβιστεί σε αυτή την κατάσταση και έφταιγα μόνο τον εαυτό μου. Για να γίνουν τα πράγματα χειρότερα, χάρη στον μπαμπέρμουθ εμένα, ο Πάκο και η Κλερ ήξεραν πάρα πολλά. Αλλά τουλάχιστον πίστεψαν επίσης ότι είχα παραδώσει το σακίδιο στην αστυνομία.

Μια άλλη σκέψη μου ήρθε στο μυαλό. Ο Πάκο και η Κλερ μπορεί να είναι απόμακροι και απρόβλεπτοι, αλλά θα με προστάτευαν αν το έκαναν. Μόνος μου, ήμουν ευάλωτος. Είχα ακόμα το σακίδιο και τα μετρητά, και κάποιος ήξερε για το τηλέφωνο του Χουάν και είχε χτυπήσει τον αριθμό του. Εις διπλούν. Οπότε μπορεί να μην είμαι εντελώς εκτός κινδύνου.

Ήταν πάρα πολύ για να το σκεφτείς. Έβαλα μια κρύα μπύρα και μετά κατέβασα το μεγαλύτερο μέρος ενός μπουκαλιού τοπικού κόκκινου καθώς έφευγα το βράδυ παρακολουθώντας Netflix στο φορητό υπολογιστή μου, προσπαθώντας να κρατήσω τις σκέψεις μου από το να παρασυρθούν προς όλα τα άβολα θέματα που γεμίζουν τον εγκέφαλό μου.

Το δωμάτιο ήταν ζεστό και αποπνικτικό. Η μουσική έπαιζε απαλά στο βάθος. Βρήκα ότι περπατούσα. Ένα κρεβάτι εμφανίστηκε. Ήταν μεγάλο και κυκλικό και καλυμμένο με ψεύτικο αστράχαν. Υπήρχαν άνθρωποι που κατοικούσαν το δωμάτιο. Άκουγα μουρμουρητά και στεναγμούς, κορμιά σε αμυδρά γωνίες. Η προσοχή μου τράβηξε ξανά το κρεβάτι. Ένας άντρας ξάπλωσε ανάσκελα με τον ανδρισμό του, σκληρός και αστραφτερός, γραμμένος στη μία πλευρά της κοιλιάς του. Υπήρχαν άλλα σώματα στο κρεβάτι, άκρα και γλουτοί δεμένα μαζί, κινούμενοι ρυθμικά. Είδα πρόσωπα, πρόσωπα γεμάτα επιθυμία. Καθώς κοίταζα επίμονα, η ζέστη στη δική μου οσφυϊκή χώρα φούντωσε, και ένιωσα πρησμένη, ανάγκη, επείγουσα και μετά, μετά από μερικά ένδοξα δευτερόλεπτα ευφορίας, ξοδεύτηκα.

. . .

Άνοιξα τα μάτια μου στο πυκνό μαύρο του δωματίου σε κατάσταση απόλυτης σύγχυσης. Αποπροσανατολισμένη, άπλωσα το χέρι μου για το φωτιστικό δίπλα στο κρεβάτι και άρπαξα τίποτα άλλο παρά μόνο αέρα. Σιγά-σιγά μπήκε στη συνείδησή μου ότι δεν βρισκόμουν στην Τεφία όπως πίστευα, αλλά στο κρεβάτι του διαμερίσματος του Πάκο και της Κλερ, το πάνω σεντόνι τυλιγμένο γύρω από το μηρό μου, ρουφώντας τους χυμούς της ανδρικής μου ηλικίας. Μια δίδυμη φρίκη με κυρίευσε. Είχα δει άλλο ένα υγρό όνειρο. Ένα όνειρο που θυμόμουν αμυδρά και μόνο αποσπασματικά. Ήρθε σαν μια νοσηρή συνειδητοποίηση ότι δεν υπήρχε ούτε μια γυναίκα σε εκείνο το κρεβάτι ή σε καμία από τις σκοτεινές γωνιές του ονείρου μου. Η απουσία γυναικών και η αυξανόμενη ερωτική μου επιθυμία θα μπορούσε να σημαίνει μόνο ένα πράγμα. Το υποσυνείδητό μου μου έλεγε ένα απλό μήνυμα. Ήμουν ομοφυλόφιλος, ή τουλάχιστον αμφιφυλόφιλος. Η Άντζελα είχε δίκιο για μένα από τότε. Ένιωσα ότι συνωμοτούσαν, σαν να είχα κουκουλωθεί από τη συνενοχή του υποσυνείδητου μου και από μια οξυδερκή Άντζελα να αντιμετωπίσω την πραγματικότητά μου, μια πραγματικότητα που δεν ήμουν σε θέση να αντιμετωπίσω όλη μου την ενήλικη ζωή.

Για τις αμαρτίες μου, τις αμαρτίες της καταπιεσμένης μου σεξουαλικότητας, είχα λερώσει τα σεντόνια. Αλλά όχι τα δικά μου σεντόνια – ω, όχι, τίποτα τόσο απλό όσο μια βόλτα στο διάδρομό μου στο δικό μου πλυντήριο – αλλά το σεντόνι από τους οικοδεσπότες μου, που είχαν το δικό τους πλυντήριο ρούχων δεν ήξερα πού. Και για τη ζωή μου δεν μπορούσα να καταλάβω πώς θα επινοούσα έναν λόγο να χρησιμοποιήσω το πλυντήριό τους την τρίτη μέρα της παραμονής μου και, κάτω από το άγρυπνο βλέμμα μιας έντονα παρατηρητικής Κλερ, να πετάξω με κάποιο τρόπο κρυφά στη μπανιέρα το βαμβακερό σεντόνι όλο υγρό και με κρούστα με το σπέρμα μου, και μετά το ξαναβγάζω χωρίς να το ξέρει και το στεγνώνω εδώ, στο αίθριο, έξω από το οπτικό πεδίο. Δεν είχα ιδέα πώς θα τα κατάφερνα, αλλά έπρεπε. Η αμηχανία διαφορετικά θα ήταν ασυνείδητη, και δεν ήμουν έτοιμος να κοιμηθώ σε βρώμικα σεντόνια.

Ήμουν πραγματικά αμφιφυλόφιλος; Ή απλώς υπέφερα από χρόνια σεξουαλική απογοήτευση; Πήδηξα στο διαδίκτυο και ερεύνησα το θέμα των υγρών ονείρων σε ηλικιωμένους άνδρες. Ένας ιστότοπος με διαβεβαίωσε ότι δεν υπήρχε υποκείμενη ιατρική πάθηση που να σχετίζεται με υγρά όνειρα. Ήταν απλώς μια φυσική απάντηση στους άνδρες που έφτασαν στον οργασμό στον ύπνο τους. Αυνανιστείτε περισσότερο, είπαν οι ιστότοποι, και δείτε αν έκανε τη διαφορά.

Τουλάχιστον, δεν ήμουν ανώμαλος.

Αν και, η ουσία αυτή τη φορά δεν ήταν ότι είχα άλλο ένα υγρό όνειρο, αλλά ότι είχα οργασμό στον ύπνο μου ενώ είχα ένα ερωτικό διάλειμμα με άντρες. Και τα στρέιτ παιδιά δεν το έκαναν αυτό. Πάντα. Ένας άντρας δεν μπορεί να είναι στρέιτ και να έχει γκέι υποσυνείδητο. Αντιμετώπισέ το.

Δεν μπόρεσα. Ήταν όλα πάρα πολλά. Πριν κάνει την εμφάνισή του ο ήλιος, μάζεψα όλα μου τα πράγματα και έβαλα τα σεντόνια σε μια πλαστική σακούλα για να τα πάρω μαζί μου. Έπειτα σήκωσα τη βαλίτσα και τις τσάντες μου κάτω από τις σκάλες και, κάνοντας όσο λιγότερο θόρυβο μπορούσα, πέρασα τις μύτες των ποδιών στην αυλή, γλίστρησα το μπουλόνι στην πύλη και φόρτωσα το αυτοκίνητο.

Ο σκύλος δεν έκανε την εμφάνισή του. Πρέπει να το κρατήσουν μέσα μαζί τους. Γνωρίζοντας την Κλερ, η μούτρα μάλλον κοιμήθηκε στην άκρη του κρεβατιού του ζευγαριού. Ακόμα κι έτσι, στο δρόμο μου πίσω από το αίθριο, πρόσεχα.

Στο διαμέρισμα, πήρα τις προμήθειες της κουζίνας μου και άφησα ένα σημείωμα στον πάγκο, ευχαριστώντας τον Πάκο και την Κλερ για τη φιλοξενία τους. Τραβήξτε τους αρουραίους. Θα έβγαζα μια εύλογη ιστορία αν χρειαζόταν.

Πίσω στην άνεση και στον άφθονο χώρο της αγροικίας στην Τεφία, άρχισα να χαλαρώνω. Έβαλα τα σεντόνια στο πλυντήριο και μετά ξεπακετάρωσα τα πράγματά μου, αφήνοντας το σακίδιο στη βαλίτσα, το οποίο γλίστρησα κάτω από το κρεβάτι μου. Στο μπάνιο, καθώς αντικατέστησα την οδοντόβουρτσα και την οδοντόκρεμα μου στο κεραμικό κύπελλο που είχα, σκέφτηκα ότι ίσως η ατμόσφαιρα στην Τισκαμανίτα να είχε αρνητική επίδραση στον ψυχισμό μου. Ίσως τώρα, η εσωτερική μου αναταραχή να καταλαγιάσει και να μπορούσα να συνεχίσω το νέο μου βιβλίο βιβλίο με ζωντάνια και ψυχραιμία.

Αφού έσπασα τη νηστεία μου για τοστ και μαρμελάδα, δεν έχασα χρόνο μεταφράζοντας τα επόμενα αποσπάσματα κειμένου. Βλέποντας τις προτάσεις να εμφανίζονται στα αγγλικά, ανακουφίστηκα όταν βρήκα τον συγγραφέα να χτυπά επιτέλους την καρδιά της ιστορίας με σκηνές σύλληψής του και μετά σκηνές, θλιβερές σκηνές σε ένα κελί φυλακής της Τενερίφης. Το πλυντήριο σήμανε το τέλος του κύκλου του και έτρεξα στο πλυντήριο για να ασχοληθώ με τα σεντόνια. Μετά από αυτό, δεν σταμάτησα μέχρι που είχα άλλες χίλιες λέξεις να παίξω. Διαβάζοντάς τα ξανά, ήξερα ότι είχα φτάσει σε εκείνο το σημείο όπου έπρεπε να σκάψω βαθύτερα στην πραγματική ιστορία της φυλακής. Δεν μπορούσα να βασιστώ μόνο στο χειρόγραφο χειρόγραφο. Εξάλλου, ήθελα να μάθω περισσότερα. Ένιωσα μια αίσθηση επείγοντος για αυτό. Πήρα ένα Κλεν, σχεδιάζοντας να δουλέψω όλη την ημέρα χωρίς διάλειμμα.

Ξέχασα τα χρήματα στο σακίδιο στην ντουλάπα. Ξέχασα τον Χουάν και τον θείο του. Αγνοούσα τον Πάκο και την Κλερ πίσω στην Τισκαμανίτα, που πιθανώς είχαν ήδη βρει το σημείωμά μου και αναρωτιόμουν τι είχαν κάνει για να με στεναχωρήσουν. Έχασα τον εαυτό μου εντελώς στο ισπανικό σενάριο. Όταν είχα μεταφράσει άλλη σελίδα, δεν μπορούσα να κάνω περισσότερα. Αντίθετα, άρχισα να ερευνώ τα Κανάρια Νησιά την περίοδο μεταξύ του 1930 και του 1950. Όχι μόνο η αγγλική έκδοση χρειαζόταν το άγγιγμα μου —γιατί το πρωτότυπο ήταν λεπτό στη λεπτομέρεια και βαρύ στον προβληματισμό και πολύ γεμάτο αγωνία για το γούστο μου– αλλά για να γράψω με οποιαδήποτε αυθεντικότητα, έπρεπε να ξέρω το θέμα μου.

Το μόνο διάλειμμα που έκανα από τους κόπους μου ήταν να βγάλω τα σεντόνια από τη γραμμή πλύσης και να πιάσω το περιστασιακό ποτήρι νερό. Διάβασα πώς ήταν να είσαι ομοφυλόφιλος στην Ισπανία επί Φράνκο. Επισκέφτηκα ξανά τις αναρτήσεις στο blog που είχα βρει για τη φυλακή. Κράτησα σημειώσεις και άρχισα να εξωραΐζω το προσχέδιο.

Στο ηλιοβασίλεμα, ήμουν ένα ναυάγιο. Το κεφάλι μου πονούσε και έπρεπε να χαλαρώσω, αλλά θα ήταν χάσιμο ένα βράδυ. Αντίθετα, επικεντρώθηκα στο τμήμα της συγγραφής που οδήγησε στη στιγμή που ο Χοσέ βρέθηκε στη φυλακή της Φουερτεβεντούρα.

ΕΤΥΜΗΓΟΡΙΑ ΈΝΟΧΟΣ

ΉΤΑΝ ΜΙΑ ΈΚΡΗΞΗ ΠΌΝΟΥ. ΤΌΣΕΣ ΠΟΛΛΈΣ ΣΚΈΨΕΙΣ ΚΑΙ συναισθήματα συναγωνίζονταν μεταξύ τους, χτυπώντας στο προσκήνιο του μυαλού του σαν φωτογραφικά στιγμιότυπα από ένα ρεπορτάζ. Η στιγμή ήταν ακατανόητη. Το μόνο που μπορούσε να κάνει ήταν να σκύψει το κεφάλι του και να περπατήσει σε ευθεία γραμμή από το καφέ μέχρι το βαν που περίμενε. Σε κάθε πλευρά του, που τον έσπρωχνε, ήταν ένας αξιωματικός της Πολιτικής Φρουράς.

Τα πόδια του πάτησαν το πεζοδρόμιο. Δεν έβλεπε τον σκοτεινό ουρανό, τα κτίρια, τους θεατές, ωστόσο ένιωθε άλλους να παρακολουθούν τη φρίκη της στιγμής, τη μοίρα του.

Ήταν ένας από αυτούς ο πατέρας του; Ήταν ένας από αυτούς ο Χουάν Ράμος, ο βραβευμένος δικηγόρος, που ήρθε να παρακολουθήσει τον γιο του καθώς τον έπαιρναν, ήρθε να του φτύσει στο πρόσωπο; Όχι, ο πατέρας του ήταν ξαπλωμένος στο κρεβάτι με τη γυναίκα του.

Προχώρησε, με το κεφάλι χαμηλά, με τα μάτια στο πεζοδρόμιο. Δεν είχε ξεκάθαρη ιδέα τι επρόκειτο να του συμβεί. Τον είχαν ξεχωρίσει, αυτό ήταν το μόνο που ήξερε, τον ξεχώρισε μια αδύνατη, νυφίτσα ενός αγοριού που είχε αναλάβει να αναγνωρίσει τους ένοχους.

Ο Χοσέ χώθηκε στο βαν για να καθίσει με τους άλλους. Τον έπιασε η δυσπιστία και ο πνιγμένος φόβος. Το βαν αναπήδησε στα πλακόστρωτα δρομάκια. Δεν άργησε και ο Χοσέ χειραγωγήθηκε από τους εύσωμους αστυνομικούς και τον έκλεισαν σε ένα κελί. Ένα κελί με μεταλλικές ράβδους από το δάπεδο μέχρι την οροφή που βλέπει σε έναν διάδρομο. Ένα κελί με πολύ ψηλό παράθυρο. Ένα κελί από κρύο τούβλο με χαμηλούς ξύλινους πάγκους. Δύο άλλοι νεαροί κάθισαν σε εκείνα τα παγκάκια. Ο Χοσέ δεν ήθελε να είναι κοντά σε κανέναν από τους δύο.

Αναγνώρισε έναν από τους άντρες με τους οποίους αναγκάστηκε να περάσει τη νύχτα. Μια ιερόδουλη που αποκαλούσε τον εαυτό της Βιολέτα, αλλά το πραγματικό της όνομα ήταν Μανουέλ. Ο Χοσέ δεν είχε μιλήσει ποτέ με τον Μανουέλ. Όταν ο νεαρός προσπάθησε να τραβήξει το μάτι του, ο Χοσέ κοίταξε κάτω στα πόδια του.

«Δεν έχω κάνει τίποτα. Τίποτα», είπε.

«Μπορεί να συλληφθείς επειδή κοιτάς άλλον άντρα για πολύ καιρό. Ίσως το έκανες αυτό.»

«Έχουν κατασκόπους παντού».

«Αλλά ήταν ο Αντόνιο που με αναγνώρισε στην αστυνομία. Γιατί να το κάνει αυτό;».

«Για να σώσει το δέρμα του».

Το επόμενο πρωί, του είπαν ότι επρόκειτο να υποβληθεί σε κατ' αντιπαράθεση εξέταση, αλλά οι δύο αστυνομικοί που τον κοιτούσαν κατάματα από απέναντι από το ξύλινο τραπέζι δεν είχαν αυτιά για τις εκκλήσεις του. Ο πιο αυστηρός, ο πιο κακός από το ζευγάρι του είπε ότι επρόκειτο να καταδικαστεί σε φυλάκιση βάσει του «Ley de Vagos y Maleantes» – του νόμου περί αλητείας. Αυτός ο νόμος! Ήξερε για αυτόν τον νόμο. Δημιουργήθηκε το 1933 υπό τη Δεύτερη Δημοκρατία, με σκοπό να αντιμετωπίσει φαινομενικά αλήτες, άστεγους, μαστροπούς και άλλες χαμηλές ζωές, όποιον η κοινωνία θεωρούσε αντικοινωνικό. Αργότερα, ο Φράνκο χρησιμοποίησε το νόμο για να διώξει τους Ρεπουμπλικάνους. Τότε είχε την ιδέα να συμπεριλάβει και ομοφυλόφιλους. Κάθε γκέι στην Ισπανία γνώριζε τους κινδύνους. Ο Χοσέ γνώριζε τους κινδύνους. Γι' αυτό δεν θα έσπαγε ποτέ την παρθενιά του, παρά τις επιθυμίες που γέμισαν την καρδιά του. Θα προτιμούσε να καταδικάσει τον εαυτό του σε αγαμία παρά στη φυλακή. Είχε πολεμήσει όλη του τη ζωή εναντίον του εαυτού του, ενάντια σε εκείνες τις λαχτάρες στην καρδιά και στη μέση του. Υπήρχε σε μια κατάσταση διαρκούς αγωνίας και ενοχής. Το μόνο του αμάρτημα ήταν ότι επέλεξε να κοινωνικοποιηθεί στο ένα καφέ που είναι γνωστό ότι προσελκύει ομοφυλόφιλους. Και τώρα κατεβάστηκε ο νόμος για να τον επιβαρύνει.

Ο Χοσέ Ράμος, μόλις δεκαοκτώ ετών και πρόκειται να στρατολογηθεί για το έτος της στρατιωτικής του θητείας, και ένας από τους πρώτους που καταδικάστηκαν.

Δεν έγινε δίκη. Όχι με την έννοια της δίκαιης ακρόασης. Αντίθετα, θεωρήθηκε ένοχος και καταδικάστηκε. Ο αστυνομικός επίτροπος φάνηκε να απολαμβάνει την καταδίκη. Ένας θρίαμβος. Δεν υπήρχαν συμπαθούντες στην αίθουσα. Η μητέρα του, η αδερφή και ο αδερφός του δεν ήταν εκεί. Μόνο ο πατέρας του ήρθε για να δει τον μεγαλύτερο γιο του να ντρέπεται το οικογενειακό όνομα. Ο πατέρας του, που έμεινε αρκετή ώρα για να κοιτάξει στα μάτια τον Χοσέ, να σκοτωθεί και να φύγει, μια δημόσια καταδίκη τόσο απόλυτη και οριστική.

«Γιατί, για όνομα του Θεού έπρεπε να σε πιάσουν;» Αυτά ήταν τα λόγια του στον Χοσέ σε μια ιδιωτική στιγμή. Λόγια από δικηγόρο που υπερασπίστηκε πραγματικούς εγκληματίες.

«Δεν έκανα τίποτα λάθος, το ορκίζομαι».

«Πρέπει να το έχεις κάνει. Σε συνέλαβαν. Σε χρεώθηκε.»

«Για να κοιτάξεις κάποιον στα μάτια!»

· · ·

Από την μακάρια άγνοια στην πλήρη επίγνωση μέσα από ένα παρατεταμένο βλέμμα. Τι το θεωρείς αυτό, κοράκι καλέ, εσύ που νοιάζεσαι να εγκατασταθείς δίπλα μου; Θα μπορούσατε να το δείτε να έρχεται; Κάθεσαι δίπλα μου τώρα ως αγγελιοφόρος ή προάγγελος; Πες μου ποιο, φίλε μου που βλέπει τα πάντα. Ίσως κανένα από τα δύο. Γιατί είμαι ατρόμητος μπροστά σου, αυτό είναι το μόνο που ξέρω. Με εσένα δίπλα μου, μπορώ να αντιμετωπίσω το σίγουρο μέλλον μου με το θάρρος που χρειάζομαι.

Υποθέτω ότι οι αρχές ήθελαν να κάνουν ένα παράδειγμα κάποιου, να βάλουν το φόβο του Θεού σε όλους τους άλλους ομοφυλόφιλους άντρες στην Τενερίφη. Η ειρωνεία είναι ότι η τιμωρία με έχει μετατρέψει στο πολύ αντικοινωνικό άτομο για το οποίο δημιουργήθηκε ο αρχικός νόμος. Πριν την καταδίκη μου, ήμουν ο πιο κοινωνικός νέος. Φορούσα ένα χαμόγελο στο πρόσωπό μου και είχα ένα κοστούμι στην πλάτη μου. Ανακατεύτηκα με τους καλύτερους στην κοινωνία και είχα μια αμειβόμενη δουλειά. Ήμουν ακόμη προετοιμασμένος να υπομείνω τη στρατιωτική θητεία παρόλο που κάθε κύτταρο στο σώμα μου ήθελε να πάει στην Αφρική για να το αποφύγει.

Ήμουν επίσης καλός γιος, και έκανα κάθε προσπάθεια να τα πάω καλά με τα αδέρφια μου παρά την απόρριψή μου από την εφηβεία. Γιατί δεν είδα κανένα καλό στο να ανταποδώσω το μίσος για τα εκτάρια βαδίζω. Πάνω από όλα, ήθελα να αποδείξω την αξία μου και είχα αποφασίσει ότι θα το έκανα με σκληρή δουλειά και αφοσίωση.

Ήμουν καλό παιδί. Δεν είχα κάνει κανένα λάθος. Κοιτούσα την αντανάκλασή μου της σάρκας μου στον καθρέφτη του μπάνιου και αναρωτιόμουν τι κρυβόταν στο εσωτερικό μου, ο λοιμός που διαπέρασε μέσα μου, διήθησε σε κάθε άτομο, παίρνοντας τον έλεγχο της επιθυμίας μου.

Όταν έφτασα τα δεκαοχτώ, άφησα το σχολείο με καλούς βαθμούς, διακρίνοντας στην ισπανική λογοτεχνία και ιστορία, και εξασφάλισα μια θέση στο κέντρο της Σάντα Κρουζ ως αντιγραφέας για μια τοπική εφημερίδα. Είχα υψηλές φιλοδοξίες. Ήθελα να γίνω δημοσιογράφος ή συντάκτης. Λαχταρούσα μια σημαντική θέση. Ήθελα να είμαι σημαντικός, να συνεισφέρω, να με σέβονται, ακόμη και να με φοβούνται.

Το κανονικό μου στέκι πριν, κατά τη διάρκεια και μετά τη δουλειά ήταν το Café El Aguila κάτω από το Calle del Castillo, έναν παράδρομο έξω από την Plaza del Principe στην πολιτιστική καρδιά της πόλης. Μου άρεσε αυτό το μέρος της Σάντα Κρουζ ντε Τενερίφη, τα στενά δρομάκια που πλαισιώνονται από παλιά κτίρια με τα τοξωτά παράθυρά τους και τα μπαλκόνια της Ιουλιέτας. Μπορούσα να περπατήσω στη δουλειά από το σπίτι του θείου μου, όπου είχα καταλύματα, και προχωρούσα, έχοντας την πόλη, με αυτοπεποίθηση, περήφανη, πρόθυμη. Δεν με βασάνιζαν πια οι κοροϊδίες και οι κοροϊδίες και η απειλή βίας από τους συμμαθητές μου στο σχολείο. Ήμουν ένας ενήλικας που βγήκα στον κόσμο και έκανα φίλους με τους νέους συναδέλφους μου, και κανένας από αυτούς δεν με κοίταζε με καχυποψία, κανένας από αυτούς δεν ψιθύριζε ονόματα καθώς περνούσα, κανένας από αυτούς δεν με έπεσε επίτηδες στους διαδρόμους με τον πρόθεση να με χτυπήσει πετώντας. δεν κρίθηκα. Με δέχτηκαν, για πρώτη φορά σε όλη μου τη ζωή. Δούλεψα σκληρά και αυτό ήταν το μόνο που είχε σημασία για το άλλο προσωπικό και τα αφεντικά της εφημερίδας.

Το καφέ ήταν τόπος συνάντησης συγγραφέων, καλλιτεχνών, δημοσιογράφων και μουσικών. Επιχειρηματίες και απλοί εργαζόμενοι ήρθαν επίσης, και το μέρος ήταν γεμάτο και ζωντανό μέρα και νύχτα. Αργότερα, τις πρώτες πρωινές ώρες, όταν οι άντρες ήταν χαλαροί και οι τσέπες τους περισσότερο, οι ιερόδουλες περιπλανιόντουσαν μέσα ή αιωρούνταν έξω, αλλά σπάνια ήμασταν κοντά για να τις δω.

Όποιος ήταν οποιοσδήποτε πήγαινε στο El Aguila. Γνώρισα πολλούς σπουδαίους καλλιτέχνες, φίλε κοράκι, αν και μπορεί να μην έχεις ακούσει για κανέναν από αυτούς, επειδή είσαι ένα πουλί της Γκραν Κανάρια. Αυτοί όμως ήταν οι γίγαντες της Τενερίφης, των Καναρίων Νήσων και άρα της Ισπανίας. Γιατί να μην τους ονομάσω, αφού είμαι τόσο περήφανος που ήμουν ανάμεσά τους. Όπως οι καλλιτέχνες Enrique Lite και García Miguel Tarquis και Antonio Vizcaya Carpenter και Pedro Gonzalez. Ταίριαξα με τους Pedro García Cabrera και Emeterio Gutiŕrez Albeto, οι οποίοι ήταν οι avant garde ποιητές της «Γενιάς των 27» και δούλεψαν στο διάσημο περιοδικό Gaceta de Arte. Μίλησα με τους Felix Casanova de Ayala και Agustín Millares Sall και Isaac de Vega. Και οι Rafael Arozarena και Francisco Pimentel και Antonio Bermejo και José Antonio Padrón – εκείνα τα μέλη του κινήματος Fetasiano που αντιτάχθηκαν στον μεταπολεμικό σοσιαλρεαλισμό στη λογοτεχνία υπέρ των ενδοσκοπικών, εσωτερικών έργων, κάτι με το οποίο μπορώ να συμφωνήσω μόνο ως προς εμένα, τον εσωτερικό χώρο είναι όπου ζει η πραγματική αλήθεια, η απωθημένη αλήθεια. Αυτοί ήταν σπουδαίοι άνδρες, όλοι τους. Όλοι οι καλλιτεχνικοί γίγαντες της Τενερίφης και όχι μόνο ήρθαν στο El Aguila, ή έτσι μου φάνηκε. Πώς θα μπορούσα να μην ξέρω αυτούς τους άντρες, ακόμα κι αν δεν με ήξεραν πραγματικά; Για αυτούς, ήμουν ένα αγόρι, ένα όμορφο αγόρι που δούλευε για την El Día, ένα χαριτωμένο αγόρι με διασκεδαστικά αστεία και μεγάλα όνειρα. Ένα αγόρι που γύρισε τα κεφάλια. Και δεν με πείραζε να στέκομαι στο μπαρ και να ακούω τη φασαρία τους.

Ήμασταν σοσιαλιστές. Δεν είχα ιδέα για το σοσιαλισμό μέχρι που ξεκίνησα στο El Día και ανακατεύτηκα στο Café El Aguila. Γρήγορα έμαθα τη σημασία του. Για τον υπόγειο αγώνα που συνεχιζόταν στο κατασταλτικό καθεστώς του Φράνκο. Ο Πέδρο Καμπρέρα ήταν ο πιο ειλικρινής. Ήταν επικίνδυνη κουβέντα, τόσα ήξερα. Αυτοί ήταν οι διαφωνούντες. Μίλησαν για τις φρικτές συνθήκες μεταξύ των campesinos και των εργατών της φάρμας. Μίλησαν για ολιγαρχία, μια λέξη που έπρεπε να ψάξω. Μίλησαν για εξεγέρσεις, απεργίες και άλλες αναταραχές στη δεκαετία του 1930 όταν γεννήθηκα. Οι συνθήκες ήταν ακόμη ίδιες τη δεκαετία του 1950. Η επιχειρηματική τάξη υποστήριξε το πραξικόπημα του Φράνκο. Όπως και οι στρατιωτικοί και τα γραφεία της διοίκησης σε όλα τα επίπεδα. Η λαθραία μετανάστευση ήταν μεγάλη. Όσοι μπορούσαν πήγαν στη Βενεζουέλα. «Κρασί, κοχίνι και μπανάνες», συνήθιζε να λέει ο Πέδρο, «Το κρασί μουδιάζει τον εγκέφαλό μας και το κοχίνι λερώνει το δέρμα μας, ενώ εμείς γλιστράμε και πέφτουμε με τα γαϊδούρια μας πάνω στη μπανανόφλουδα».

Μου άρεσε να αναμιγνύομαι ανάμεσα σε όλους αυτούς τους σημαντικούς άντρες, τους ριζοσπάστες, τους ενδιαφέροντες ανθρώπους με πεποίθηση. Διάβασα Λόρκα και Σερούντα. Συζήτησα για τον Τζόις και τον Όργουελ και τον Χέμινγουεϊ. με σεβόντουσαν.

Συχνά ο El Alguila ήταν διανοούμενοι και δημιουργικοί στρέιτ άντρες και διανοούμενοι και δημιουργικοί γκέι άντρες. Υπήρχαν επιχειρηματίες και επιχειρηματίες που ήταν γκέι. Υπήρχαν κυβερνητικά στελέχη. Και κυβερνητικά στελέχη που ήταν γκέι. Κατά συνέπεια, υπήρξε πολλή κρίση και έλεγχος.

Ήταν ο μπάρμαν, ο ταξιτζής, η καθαρίστρια, ο αποθηκάριος ή ο καπνοπώλης –και οι δύο από απέναντι– που είχαν καλέσει την αστυνομία εκείνο το βράδυ; Οι παρατηρητές. Όλοι ήξεραν ότι μας παρακολουθούσαν. Οι νέοι, ιδιαίτερα, παρακολουθούνταν.

Ήμουν στο μπαρ με έναν συνάδελφο, τον Μάριο. Ήπια τον καφέ μου, με τη ζάχαρη όπως μου άρεσε, και τράβηξα το βλέμμα του Αλφρέντο, του γερο-μαρίκονα που έμοιαζε να με είχε φιλοξενήσει ως την επόμενη περιπέτειά του. Ένα κανονικό καφέ, που γλιστρούσε από το σπίτι όταν η γυναίκα του ήταν ξαπλωμένη στο κρεβάτι, ο Αλφρέντο ήταν ένας σεβαστός και καλά συνδεδεμένος επιχειρηματίας που προσποιήθηκε στον εαυτό του και στον κόσμο ότι ήταν εντελώς ετεροφυλόφιλος. Έπρεπε να κοιτάξω από την άλλη πλευρά. Ο άντρας ήταν γερασμένος, με κοιλιά και απωθητικός. Ωστόσο, υπήρχε αυτή η σαγηνευτική λάμψη στο μάτι του, και στιγμιαία με γοήτευσε. Εμένα, μια παρθένα, που καταλαμβάνομαι από τις κρυφές αναθέσεις ενός άνδρα στην ηλικία του πατέρα μου. Δεν ήμουν ιερόδουλη. Δεν ήμουν ενοικιαζόμενο αγόρι σε καμία περίπτωση, ούτε επρόκειτο να τον ακολουθήσω στο πάρκο για να κάνω μια βόλτα στη σκιά.

Τίποτα από αυτά δεν είχε σημασία, καθώς κρατούσα το βλέμμα του Αλφρέντο, μου χαμογέλασε και έκλεισε το μάτι. Χαμογέλασα πίσω καθώς κοίταξα αλλού. Δεν του επέστρεψα το μάτι. Ορκίζομαι ότι δεν το έκανα. Ο Μάριο ήταν δίπλα μου και ήξερε ότι δεν έκλεισα ποτέ το μάτι στον γέρο Αλφρέντο. Αλλά κάποιος πρέπει να είπε ότι το έκανα. Ένας από αυτούς τους παρατηρητές ενημέρωσε την αστυνομία ότι είχα σχέσεις με κάποια άγνωστη Μαρίκον.

Ναι, αγνώστων στοιχείων.

Βολικό για αυτόν.

Αργότερα το ίδιο βράδυ, πολύ αργότερα όταν τα πλήθη είχαν αραιώσει και οι ιερόδουλες ανακατεύονταν με τους άντρες, μόνο τότε η αστυνομία έκανε έφοδο στην El Aguila. Θα έπρεπε να είχα πάει σπίτι πολύ νωρίτερα, αλλά ο Μάριο ήταν μεθυσμένος και διψασμένος και δεν ήθελα να τον αφήσω μόνο του για να τρεκλίσω πίσω στο σπίτι του σε αυτή την κατάσταση.

Καθώς οι μπροστινές πόρτες άνοιξαν μέσα σε πολλές κουβέντες Προσπάθησα να βγω από μια πλαϊνή πόρτα, αλλά μπλόκαρε, μπλοκαρίστηκε από τον Αλφρέντο που με κοίταξε με το ζόρικο χαμόγελό του πριν εξαφανιστεί, η πόρτα έκλεισε πίσω του καθώς ένιωσα κάτι να μου σφίγγει το χέρι.

Ή μάλλον, κάποιος. Ήταν ένα χέρι. Σύντομα το χέρι έγινε χειροπέδες, αφού η μανιασμένη νυφίτσα με διάλεξε από μια μικρή ομάδα νεαρών ανδρών ως έναν από τους παραβάτες.

Πριν περάσει η νύχτα, αρχίσουν οι ανακρίσεις. Κανείς δεν ενδιαφερόταν για την αλήθεια ή τη δικαιοσύνη.

Ένα παρατεταμένο βλέμμα στον λάθος άνθρωπο στο λάθος μέρος τη λάθος νύχτα και έχασα την ελευθερία και τη ζωή μου. Τις ημέρες που ακολούθησαν, εγώ και τέσσερις άλλοι εκείνο το βράδυ ενώσαμε άλλους δέκα και, μετά από ένα ξόρκι στη φυλακή στην Τενερίφη, μεταφερθήκαμε με βάρκα στη Φουερτεβεντούρα και στη συνέχεια με στρατιωτικό φορτηγό στην Τεφία για να φυλακιστούμε στην Αγροτική φυλακή της Πενιτανκιανρία.

Φάρμα φυλακών!

Θα εργαζόμασταν σαναγρότες, μόνο που σε αντίθεση με τους φτωχούς αγρότες αγρότες, δεν θα βλέπαμε κανέναν από τους καρπούς των κόπων μας. Δεν θα απολαμβάναμε καμία ελευθερία. Ποτέ, ούτε μια φορά, δεν θα κοιτούσαμε ψηλά στον ουρανό και θα χαμογελούσαμε.

Στην Tefía, κληρονόμησα μια εντελώς διαφορετική οικογένεια από αυτή που είχα απολαύσει στο El Aguila. Κανείς από εμάς δεν ήθελε να βρεθεί στη Φουερτεβεντούρα, το πιο κοντινό στην Αφρική Κανάριο νησί και ένα για το οποίο γνώριζα λίγα πριν πάω εκεί, εκτός από το σχήμα του και τη θέση του και το γεγονός ότι είναι στεγνό. Οι αρχές δεν θα μπορούσαν να βρουν μια πιο έρημη τοποθεσία - ένα πρώην στρατιωτικό αεροδρόμιο στη μέση του πουθενά.

Μπορείτε να φανταστείτε αυτό το μέρος, φίλε κοράκι; Εσύ, σκαρφαλωμένος εδώ δίπλα μου σε αυτό το χείλος του γκρεμού, δείχνεις το ράμφος σου από κει κι από κει, σηκώνοντας το κεφάλι σου προς το μέρος μου καθώς καθόμαστε εδώ κοιτώντας προς το αεράκι. Κανείς από τους δυο μας δεν ταιριάζει σε ένα ηλιόλουστο, άνεμο κλίμα.

Τα πόδια μου ταλαντεύονται. Νιώθω το κενό από κάτω τους και η διάθεσή μου σκοτεινιάζει. Τι θα γίνει με τους φίλους που έκανα στη φυλακή; Του Ρούμπεν και του Ραφαέλ και του Χόρχε; Και ο Μανουέλ; Φοβάμαι περισσότερο για τον Manuel. Φοβάμαι περισσότερο για τον Μανουέλ γιατί νιώθω περισσότερο για τον Μανουέλ. Μανουέλ μου. Αγάπη μου.

Το μυαλό μου περιπλανιέται πίσω και αιωρείται πάνω από δύο άντρες, δύο άντρες στο πυκνό σκοτάδι της νύχτας, δύο αδύναμα σπουργίτια ανδρών, στριμωγμένα σε μια αγαπημένη αγκαλιά, τη βρωμισμένη, επικαλυμμένη με τον ιδρώτα σάρκα μας, το κόκαλο που πιέζει το κόκαλο, τα φιλιά μας, οι γλώσσες μπλεγμένες, η λαχτάρα μας, το τελικό μας σεξ. Και ήρθαμε στην πυκνή εκείνη την κρύα νύχτα, ήρθαμε μαζί, σιωπηλά, χωρίς να τολμήσουμε ούτε να ανατριχιάσουμε, κι έγινα ο αμαρτωλός για τον οποίο είχα φυλακιστεί.

Ήταν μόνο μια φορά. Πήραμε το ρίσκο τις μέρες πριν την αποφυλάκισή μου.

Τώρα ο Manuel είναι ένας εραστής που δεν μπορώ να ξανασυναντήσω.

Και πονάω γι' αυτόν, για περισσότερα από αυτόν, λαχταρώ να θάψω το πρόσωπό μου στο δικό του. Το στόμα μου πεινά για το στόμα του, η καρδιά μου για την καρδιά του. Και με αγαπούσε, επίσης, με πάθος όπως κι εγώ. Αλλά την ημέρα που αποφυλακίστηκα, του είχε απομείνει ακόμη ένας μήνας από την ποινή του και ήξερε ότι θα τον έστελναν σε άλλο νησί για να εκτίσει την ποινή του στην εξορία υπό το διαρκώς άγρυπνο βλέμμα ενός δικαστικού αντιπροσώπου. Για έναν ολόκληρο χρόνο, κανείς μας δεν επιτρέπεται να βρίσκεται κοντά στις οικογένειές του. Για άλλα πέντε, πρέπει να αναφέρουμε στις αρχές κάθε μήνα. Αν δεν το κάνουμε, θα μας βρουν και θα μας φυλακίσουν για άλλη μια φορά.

Ο σύντροφος του πουλιού μου σκαρφίζεται και αναστατώνει τα φτερά του και σηκώνω το βλέμμα μου από το υδάτινο κενό πολύ πιο κάτω για να παρακολουθήσω. Το πουλί σύντομα κάθεται ακίνητο, και εμείς κλειδώνουμε τα βλέμματα.

Τι θα ήθελες να κάνω, λοιπόν, κοράκι, εσύ που με κοιτάς, κοιτώντας κατάματα την ψυχή μου; Σηκώνομαι και φεύγω από αυτόν τον γκρεμό; Επιστρέφω στο αστυνομικό τμήμα για να αναφέρω όπως μου αρμόζει να κάνω κάθε μήνα;

Ή τι;

ΜΙΑ ΚΡΊΣΗ

ΈΝΑΣ ΜΑΡΑΘΏΝΙΟΣ ΤΡΕΞΊΜΑΤΟΣ ΣΤΗ ΜΕΤΆΦΡΑΣΗ ΚΑΙ ΌΤΑΝ ΤΟ ΚΛΕΝ ΕΙΧΕ ΦΥΓΕΙ ΤΕΛΙΚΆ ΑΠΌ ΤΟ ΣΥΣΤΗΜΆ ΜΟΥ, έπεσα σε ένα σωρό και κοιμήθηκα για δώδεκα ώρες συνεχόμενα. Όταν ξύπνησα, το δωμάτιο ήταν φωτεινό και στην αρχή αναρωτήθηκα πού βρισκόμουν. Όταν κατάλαβα ότι είχα επιστρέψει στην αγροικία, σηκώθηκα και πήγα στο παράθυρο και κοίταξα τον ανεμόμυλο, προσπαθώντας να διακρίνω το συγκρότημα που ήταν ο ξενώνας. δεν μπόρεσα.

Μετά το ντους μου, έτριψα την αρωματική ενυδατική κρέμα στο ξηρό και ξεφλουδισμένο δέρμα μου, έβαλα το μπάνιο με ένα πανί και μετά πήγα και έφτιαξα το κρεβάτι μου. Μάζεψα τα βρώμικα ρούχα από το πίσω μέρος της καρέκλας και πήγα στο πλυντήριο για να πλυθώ. Καθώς έριξα τον εξοπλισμό του γυμναστηρίου μου στο τύμπανο, σκέφτηκα ότι μόλις στεγνώσει θα πήγαινα στο γυμναστήριο. Έχοντας χάσει την προηγούμενη μέρα, οι μύες μου ένιωθα ήδη αναστατωμένοι.

Κατάπια ένα Κλέν με τον καφέ μου και μετά το μικρό μπολ με κονσέρβες φρούτων που επέλεξα για πρωινό, η όρεξή μου μειώθηκε σχεδόν στο μηδέν. Κατάπινα την τελευταία λωρίδα γλοιώδες ροδάκινο σε φέτες όταν ο φορητός υπολογιστής μου σηματοδότησε μια κλήση Σκάιπ. Όπως αναμενόταν, ήταν η Άντζελα. Πάτησα το κουμπί αποδοχής κλήσης και κοίταξα το βλέμμα της.

«Πώς είναι η λογοτεχνική τίγρη;» είπε.

«Όχι άσχημα. Ο ίδιος;'» Εκείνη αγνόησε την ερώτησή μου. «Φαίνεσαι διαφορετικός.» Με κοίταξε. «Έχεις κάνει κάτι στο πρόσωπό σου;»

«Έχω χάσει βάρος, Άντζελα, αν σε αυτό αναφέρεσαι».

«Μπράβο! Σε μόλις δύο εβδομάδες επίσης. Αυτό είναι υπέροχο. Κάνεις δίαιτα;»

«Κάπως έτσι», είπα διστακτικά. Δεν επρόκειτο να της πω για το Κλεν.

Ένα σοβαρό βλέμμα εμφανίστηκε στο πρόσωπό της. «Τι έκανες τελικά με το σακίδιο;»

«Το παρέδωσα, όπως πρότεινες.» Το ψέμα είχε γίνει δεύτερη φύση.

Εκείνη έγνεψε καταφατικά και έγειρε προς την κάμερα. «Πες μου τώρα, είναι η μούσα ευγενική μαζί σου;»

Πάντα επίμονη Άντζελα. Έφτιαξα μια απάντηση.

«Έχω ασχοληθεί βαθιά με την έρευνα, όπως μπορείτε να φανταστείτε.» Αυτή ήταν η αλήθεια και, «Βρήκα κάποιο υλικό που βοήθησε πολύ στην ανάπτυξη του πρωταγωνιστή και της ιστορίας του.» Απόλυτο ψέμα – όλα αυτά τα είχα σταχυολογήσει από τα Ισπανικά γραφή. Έπειτα, «ανακουφίζω τον εαυτό μου στην ίδια τη φυλακή. Πρέπει να πω, όμως, ότι αντιμετωπίζει. Πρέπει να αντιμετωπίσω τη δική μου αντίσταση για να ανταποκριθώ στις συνθήκες εκεί.» Περιμένετε. «Και, φυσικά, το να μην είσαι ομοφυλόφιλος το καθιστά ακόμη πιο δύσκολο όσον αφορά την αυθεντικότητα.» Το μεγάλο ψέμα.

Η Άντζελα γούρλωσε τα μάτια της.

«Σταμάτα να συνεχίζεις να μην είσαι γκέι».

«Δεν είμαι, γκέι, εννοώ».

«Και εγώ είμαι θεία μαϊμού».

«Παραδέχομαι ότι μπορεί να είμαι αμφιφυλόφιλος».

«Αυτό είναι μια αρχή».

«Τι εννοείς;»'

«Στην πορεία σου προς την αποδοχή».

«Σταμάτα τα πειράγματα».

«Αυτό κάνω;» Μου χάρισε το κοροϊδευτικό της χαμόγελο. «Πριν το ξεχάσω, θα ανακοινώσουν αύριο τον νικητή του λογοτεχνικού βραβείου».

«Αύριο! Αυτό ήρθε γρήγορα.»

«Όχι πραγματικά. Η σύντομη λίστα ανακοινώθηκε πριν από ένα μήνα. Δεν ήθελα να σου το πω μέχρι να σε βάλουν με ασφάλεια στη Φουερτεβεντούρα».

«Γιατί όχι;»

«Ήσουν απίστευτα αναστατωμένος, Τρέβορ. Ανησύχησα ότι τα νέα μπορεί να σε βγάλουν από την άκρη.»

Τι μιλούσε; Με έκανε να φανώ αυτοκτονικός. Δεν ήμουν αυτοκτονικός. Δεν έχω αυτοκτονήσει ποτέ. Κάθε άλλο παρά. Τότε, ήμουν σε ύφεση και αυτό δεν ήταν καθόλου περίεργο δεδομένης της κατάστασης. Ο δικηγόρος της Τζάκι ήταν αδίστακτος και δεν έβλεπα σχεδόν καθόλου τα παιδιά. Αλλά πριν από ένα μήνα, ήμουν στο επάνω. Είχα αγοράσει το μικρό μου καταφύγιο στο Νόρφολκ. Η ζωή είχε αρχίσει να νιώθει υποσχόμενη ξανά.

Προσποιήθηκα ότι αποσπάθηκα με κάτι στο τραπέζι έξω από τη θέα της και πάτησα τα πλήκτρα για να ενισχύσω την ιδέα.

«Χαίρομαι που είσαι ακόμα στη δουλειά», είπε η Άντζελα και με φίλησε. «Πρέπει να κλείσω».

Το πρόσωπό της εξαφανίστηκε. Άκουσα το πλυντήριο να περιστρέφεται. Περιηγήθηκα τα άρθρα που είχα κατεβάσει στον υπολογιστή μου. Υπήρχε μια διδακτορική διατριβή, στα ισπανικά, σχετικά με την Τενερίφη μέχρι το 1945. Διάφορες αναρτήσεις ιστολογίου για τη φυλακή, όλες έλεγαν λίγο πολύ το ίδιο. Κάποια δημοσιεύματα εφημερίδων. Μια εκτενής ανασκόπηση αυτής της νουβέλας από τον καθηγητή που είχε πάρει συνέντευξη από τον Οκτάβιο Γκαρθία, η μαρτυρία του οποίου έσπασε την ιστορία της φυλακής. Η συλλογή πληροφοριών από όλο αυτό το κείμενο ήταν επίπονη, αλλά συνέχισα, κρατώντας σημειώσεις καθώς προχωρούσα.

Όταν το πλυντήριο χτύπησε ένα ηχητικό σήμα, πήγα και κούμπωσα τα ρούχα μου, φροντίζοντας ο εξοπλισμός του γυμναστηρίου μου να είναι στον ήλιο. Θα οδηγούσα στην πόλη μετά το μεσημεριανό γεύμα. Μέχρι τότε, το σορτς, το μπλουζάκι και οι κάλτσες μου θα είχαν στεγνώσει. Και έπρεπε να κάνω μια προπόνηση. Όχι ότι νοιαζόμουν για τη μέρα του στήθους. Δεν με ένοιαζε πολύ καμία από τις καθορισμένες ημέρες προπόνησής μου, αλλά τα αποτελέσματα ήταν ήδη εμφανή και οι μύες μου λαχταρούσαν την τιμωρία. Προειδοποίησα τον εαυτό μου να μην αφήσω τη νέα μου λογοτεχνική προσήλωση να υπερισχύσει της ανάγκης μου να φροντίζω το σώμα μου.

Ξαναπήγα μέσα. Στην κουζίνα, έλεγξα την ώρα στο τηλέφωνό μου και παρατήρησα ότι είχα ένα νέο μήνυμα κειμένου.

Ήταν από την Κλερ.

Που είσαι; Γιατί έφυγες; Ανησυχώ.

Ήμουν έτοιμος να χτυπήσω την απάντηση όταν το τηλέφωνό μου ζωντάνεψε με μια κλήση. Πέρασα πράσινο χωρίς να προσέχω ποιος καλούσε. Όταν άκουσα τη φωνή της Κλερ, ένιωσα ότι η παράβλεψη ήταν τουλάχιστον ανόητη. Τώρα θα χρειαζόταν να φοντάρω και να ξαπλώσω επιτόπου. Τουλάχιστον η αποστολή μηνυμάτων μου έδωσε την ευκαιρία να σκεφτώ πώς να αντιμετωπίσω την ιστορία των αρουραίων. Μου πέρασε από το μυαλό να κλείσω το τηλέφωνο και να της στείλω μήνυμα αργότερα λέγοντας ότι το τηλέφωνό μου είχε πεθάνει, αλλά ποιος θα το πίστευε αυτό;

«Γεια, Κλερ», είπα, χαλαρά όσο μπορούσα. «Πώς πάει;»

«Σε ακούσαμε να φεύγεις και μετά διαβάσαμε το σημείωμά σου. Τι συνέβη; Δεν σου άρεσε το διαμέρισμα;»

«Το διαμέρισμα ήταν υπέροχο.»

«Προφανώς δεν σου ταίριαζε. Πού είσαι τώρα;»

«Στην Τεφία».

«Στην αγροικία; Τι γίνεται με τους αρουραίους;»

«Ο ιδιοκτήτης μπήκε κατευθείαν στον έλεγχο παρασίτων. Αντιμετώπισαν το πρόβλημα μπλοκάροντας τα σημεία πρόσβασης και βάζοντας κάποιες παγίδες.» Ήμουν ανακουφισμένος που είχα την παρουσία του μυαλού να ερευνήσω το θέμα.

«Ουάου, αυτό ήταν γρήγορο!»

«Νομίζω ότι ανησυχούσαν για την αναθεώρηση που θα άφηνα αν δεν επισπεύσουν το θέμα.»

«Αληθής. Ακόμα κι έτσι.» Έκανε μια παύση. «Σχετικά με τα σεντόνια».

«Ξέστρωσα το κρεβάτι. Σκέφτηκα ότι πρέπειπ να τα πλύνω».

«Πραγματικά δεν υπήρχε ανάγκη. Θα το είχαμε κάνει εμείς.»

«Δεν μπορώ να αφήσω τους οικοδεσπότες μου με όλη αυτή την καθαριότητα. Ήταν το λιγότερο που μπορούσα να κάνω».

«Μόνο, αναρωτιόμασταν γιατί άφησες τις μαξιλαροθήκες. Δεν τις χρησιμοποίησες;»

Τι στο καλό θα μπορούσα να πω; «Μια παράλειψη. Κατάλαβα όταν επέστρεψα εδώ».

«Και το κλειδί. Έχεις ιδέα πού το άφησες;»

Τα έχασα. Το είχα αφήσει στο μπρελόκ μου. «Το έχω», είπα.

«Θα σε πείραζε...» διέκοψε η Κλερ. Άκουσα φωνές, πνιγμένες, και μετά, «Σχεδιάζαμε να επισκεφτούμε το κέντρο του κήπου. Μπορούμε να περάσουμε από το δικό σου στο δρόμο. Ας πούμε, σε περίπου μια ώρα».

«Μία ώρα;»

«Σχεδίζες να βγεις έξω;»

«Όχι όχι. Σε μια ώρα είναι μια χαρά».

Έτρεξα έξω από το σπίτι και σχεδόν έτρεξα στο σούπερ μάρκετ. Η γυναίκα πίσω από τον πάγκο σήκωσε το βλέμμα έκπληκτη καθώς έσκασα την πόρτα. Εντόπισα τα οικιακά είδη στο κυνήγι για παγίδες και ανακουφίστηκα όταν είδα τέσσερα, που φαίνονται στα πλάγια δίπλα στο σπρέι μύγας. Μου φάνηκαν μικρά, αλλά η λέξη «ratón» με καθησύχασε και άρπαξα και τα τέσσερα, έσπευσα στον πάγκο να πληρώσω τη γυναίκα και έφυγα. Η φράση «¿tienes ratónes?» έμεινε πίσω μου.

Πίσω στην αγροικία, έστησα τις παγίδες με μια μικρή ψίχα τυριού και τοποθέτησα μία στην κουζίνα, μία στο πλυντήριο, μία έξω στο εσωτερικό αίθριο και μία άλλη σε μια αποθήκη όπου υπήρχε ένα κενό κάτω από την πόρτα. Γέμισα το κενό με τριμμένη εφημερίδα. Ικανοποιημένος που είχα κάνει ό,τι μπορούσα, πήγα και πήρα τα σεντόνια και τα έριξα σε μια πλαστική σακούλα έτοιμη για την Κλερ, και μετά έβγαλα το κλειδί της πόρτας του διαμερίσματός της από το μπρελόκ μου.

Έφτασαν σε λιγότερο από μία ώρα. Σε πενήντα τρία λεπτά, για την ακρίβεια, που ήξερα καθώς πρόσεχα το ρολόι του φούρνου από τότε που έκλεισα το τηλέφωνο. Πήγα στην πόρτα, με μια τσάντα με σεντόνια στο χέρι και το κλειδί της στο άλλο, σκεπτόμενη ότι θα τα έδινα και τα δύο στην Κλερ, θα έκλεινα την πόρτα και αυτό θα ήταν το τελευταίο που θα έβλεπα ποτέ από το παράξενο ζευγάρι, αλλά δεν ήταν». να είναι. Ο αέρας έπιασε την πόρτα και την άνοιξε διάπλατα. Ο Πάκο άδραξε την ευκαιρία για να μπει μέσα και έπρεπε να παραμερίσω για να τον αφήσω να περάσει. Η Κλερ ακολούθησε, κοιτάζοντας τα σεντόνια στο χέρι μου καθώς περνούσε.

Ένιωσα εισβολή.

Σχεδόν έκλεισα με δύναμη την πόρτα πριν τους οδηγήσω

στην κουζίνα, όπου της πρόσφερα το κλειδί. Αυτή τη φορά το πήρε. «Συγχαρητήρια», είπε.

«Μπορώ να σου φέρω τσάι ή καφέ;»

«Ο καφές θα ήταν ωραίος», είπε και κάθισε σε ένα από τα σκαμπό στον πάγκο. Γέμισα τον βραστήρα καθώς παρατήρησα τον Πάκο να κοιτάζει γύρω του στο πάτωμα. Εξαφανίστηκε στη μικρή τραπεζαρία που οδηγούσε στο σαλόνι στο μπροστινό μέρος του σπιτιού. Στη συνέχεια, τον είδα να περνάει στο δρόμο του προς τα άλλα δωμάτια του σπιτιού. Ο βραστήρας έβρασε και έβαλα τον καφέ στο έμβολο και πρόσθεσα το νερό.

Αφήνοντας το έμβολο να σταθεί, άρπαξα τρία φλιτζάνια από το ντουλάπι δίπλα στη σόμπα και ρώτησα την Κλερ αν κάποιος από αυτούς πήρε γάλα ή ζάχαρη.

Δεν το έκαναν.

Ο Πάκο μπήκε καθώς έριχνα τον καφέ.

«Απίστευτο», είπε στα Ισπανικά. «Ποιον έλεγξε το παράσιτο σου;» Με κοίταξε με καχυποψία.

«Δεν έχω ιδέα», είπα. Τα μάτια μου πήγαν στον κάδο, προδίδοντάς με σε μια στιγμή. Ο Πάκο ακολούθησε το βλέμμα μου, πήγε στον κάδο και έβγαλε τη συσκευασία της παγίδας για αρουραίους.

«Ratónes», είπε, κρατώντας ψηλά το χαρτόνι για να το επιθεωρήσει η Κλερ.

«Ποντίκια;» είπε αμφίβολα. «Αλλά είπες ότι είχες αρουραίους, Τρέβορ».

«Νόμιζα ότι το έκανα κι εγώ. Αυτό ήταν που είδα. Ο ιδιοκτήτης μου είπε ότι ήταν ποντίκια.»

«Ποντίκια».

«Και ήρθε ο έλεγχος παρασίτων και έστησε παγίδες για ποντίκια;» είπε ο Πάκο. «Και σε άφησε με τα σκουπίδια;»

«Προφανώς.»

«Και γεμισμένη εφημερίδα στα κενά κάτω από τις πόρτες;»

«Το είδα», είπα.

«Πες μου ποιοι είναι αυτοί οι άνθρωποι. Σου έδωσε όνομα ο ιδιοκτήτης;»

«Άφησε το, Πάκο».

Ο Πάκο γύρισε στην Κλερ. «Πήγαινε και δες αυτές τις παγίδες για ποντίκια. Είναι φτηνά σκουπίδια. Το είδος της παγίδας που αγοράζεις στο τοπικό κατάστημα. Όχι από έλεγχο παρασίτων. Όποιος το έκανε αυτό πρέπει να τεθεί εκτός λειτουργίας. Είναι αντιεπαγγελματικό.»

«Δεν έχω ιδέα ποιος το έκανε».

Ο Πάκο στριφογύρισε και με αγριοκοίταξε.

«Τότε, πρέπει να ρωτήσεις».

Η ζέστη ανέβηκε στα μάγουλά μου και ένιωσα μια ξαφνική επιθυμία να απελευθερώσω τα έντερά μου. Το Κλεν. Κοίταξα από τον Πάκο μέχρι την Κλερ, της έκανα ένα βαρετό χαμόγελο και δικαιολογήθηκα και έτρεξα στο μπάνιο.

Όταν επέστρεψα, καθώς πλησίαζα στην πόρτα της κουζίνας, άκουσα μια συνομιλία να διεξάγεται χαμηλόφωνα. Έκανα μια παύση και κρύφτηκα μακριά από τα μάτια μου για να ακούσω.

«Αν λέει ψέματα για τους αρουραίους, τι άλλο λέει ψέματα;» Αυτή ήταν η Κλερ.

«Το σακίδιο.» Μίλησαν και οι δύο ταυτόχρονα.

Μια ανάσα.

Τότε η γυναικεία φωνή είπε: «Στοιχηματίζω ότι δεν το παρέδωσε.»

«Πρέπει να είναι ο λόγος που ήθελε τόσο πολύ να φύγει από το διαμέρισμα.»

«Δεν είναι περίεργο που είναι τόσο δύστροπος».

Μπήκα μέσα σε εκείνο το σημείο καθώς δεν άντεχα πια τις εικασίες και αν επρόκειτο να συνεχίσουν, θα μπορούσαν κάλλιστα να το κάνουν αλλού.

«Ξανά υπέροχη μέρα, δεν νομίζεις;» είπα δυνατά, προχωρώντας προς το φλιτζάνι του καφέ μου. Έβαλα το χλιαρό υγρό σε τρεις μεγάλες γουλιές και γύρισα προς τους καλεσμένους μου, κολλώντας ένα πλατύ χαμόγελο στο πρόσωπό μου για να καλύψω τον ερεθισμό μου.

«Πρέπει να συνεχίσουμε», είπε η Κλερ. «Σε κρατάμε ψηλά.» Στάθηκε και κατευθύνθηκε προς τον νεροχύτη. Απομακρύνθηκα για να της δώσω το δωμάτιο. Έβαλε το φλιτζάνι της στη σανίδα αποστράγγισης.

«Ευχαριστώ και πάλι που με άφησες να μείνω στη θέση σου», είπα, χαμογελώντας στην Κλερ και δίνοντάς της τα σεντόνια, τα οποία αυτή τη φορά πήρε.

Ήταν ανακούφιση που τους έβλεπα να φεύγουν και ήλπιζα ότι δεν θα χρειαστεί να τους ξαναδώ ποτέ. Καθώς το αυτοκίνητό τους απομακρύνθηκε από το κράσπεδο και εξαφανίστηκε στο δρόμο, συνειδητοποίησα ότι δεν ήξερα τίποτα για κανέναν από τους δύο. Προφανώς, δεν είχαν παιδιά. Πώς όμως είχαν γνωριστεί και ποιος είχε τα χρήματα; Ένας από αυτούς έπρεπε να φορτωθεί για να αντέξει οικονομικά ένα τόσο μεγάλο σπίτι, και κανένας από τους δύο δεν είχε αναφέρει ότι δούλευε. Περιττό.

Η σκέψη της δουλειάς με έφερε στο πόδι του πραγματικού διλήμματος που αντιμετώπιζα τώρα. Υποψιάστηκαν ότι είχα κρατήσει τα μετρητά τελικά και δεν πήγα στην αστυνομία. Ήταν μόνο μια υπόθεση από την πλευρά τους, αλλά ήταν αλήθεια. Πόσο καιρό θα περνούσε μέχρι να έρθουν και να με ληστέψουν, να μου επιτεθούν, να στείλουν κάποιον άλλο να κάνει το ίδιο; Έπρεπε να φύγω από το νησί και έπρεπε να δράσω γρήγορα.

Πήγα και πήρα το πλύσιμο. Ήταν στεγνό, και θα μπορούσα να είχα φορέσει τον εξοπλισμό του γυμναστηρίου μου και να κατευθυνθώ στο Puerto del Rosario για προπόνηση, αλλά δεν επρόκειτο να αφήσω το σακίδιο αφύλακτο. Αντίθετα, σε μια απελπισμένη προσπάθεια να αποκαταστήσω κάποια ηρεμία, διοχέτευσα όλη μου την ανησυχία, την αγανάκτηση και την ταπείνωση στη μετάφραση, συμπληρώνοντας άλλες δύο χιλιάδες λέξεις μέχρι το βράδυ.

Ξύπνησα νωρίς το επόμενο πρωί με λαχτάρα. Οι μύες μου διέταξαν τον συλλογισμό μου. Ίσως ήταν η τελευταία φορά που χρησιμοποίησα το γυμναστήριο πριν φύγω από το νησί και κανείς, ούτε ο Πάκο και η Κλερ, δεν θα έρχονταν τα ξημερώματα για να κάνουν έφοδο στο σπίτι μου. Αν αυτός ήταν ο δρόμος που επρόκειτο να ακολουθήσουν, θα έπρεπε να δημιουργήσουν ένα σχέδιο και αυτό χρειαζόταν χρόνο. Όσο έβγαινα από την πόρτα και επέστρεφα σε λιγότερο από δύο ώρες, το σακίδιο θα ήταν ασφαλές.

Κατέβασα ένα Κλεν, έφαγα ένα πορτοκάλι και οδήγησα στην πόλη την ανατολή του ηλίου. Το ταξίδι δυσκολεύτηκε με τον ήλιο στην οριζόντια λάμψη μέσα από το παρμπρίζ, αλλά έβαλα το πόδι μου κάτω, κοίταξα και κοίταξα κάτω από το γείσο. Το ρολόι χτυπούσε.

Σπρώχνοντας την πόρτα της εισόδου, έμεινα έκπληκτος που βρήκα το γυμναστήριο γεμάτο. Όλα τα ποδήλατα ήταν κατειλημμένα εκτός από αυτό στο τέλος κοντά στις μηχανές βάρους. Ρύθμισα το κάθισμα και την ένταση και ανέβασα το ποδήλατο, κάνοντας πετάλι πιο γρήγορα, πολύ πιο γρήγορα από ότι είχα εκ νέου.

Όταν ήμουν περίπου στα μισά του δρόμου, ο Mario κάθισε στην πρέσα των ποδιών εκεί κοντά. Ο Λουίς ήρθε μαζί του. Ο Μάριο φαινόταν εκνευρισμένος. Προς έκπληξή μου, μιλούσαν και οι δύο στα αγγλικά, αλλά σύντομα κατάλαβα το γιατί.

«Πρέπει να κάνεις κάτι για τον Χαβιέ. Γιατί τον αφήνεις να μπει εδώ;».

Ο Χαβιέ; Όχι, όχι, σίγουρα όχι...

«Δεν έχω κανένα λόγο να τον απαγορεύσω».

Βρες ένα. Ο Χουάν είχε μεγάλο μπελά. Ο Χαβιέ και η συμμορία του τον κυνηγούσαν όταν η συμφωνία για τα ναρκωτικά πήγε άσχημα.

«Πιστεύεις ότι τον σκότωσαν;»

«Το μόνο που ξέρω είναι ότι ήρθαν στο εργαστήριό μου

αναζητώντας τα μετρητά. Τους είπα ότι δεν ήξερα τίποτα γι 'αυτό.

Ο Χαβιέ; Ο Άδωνις μου; Αρχηγός συμμορίας;

«Κάνε κάτι, Λουίς, πριν σκοτωθεί κάποιος άλλος».

Κοίταξα κάτω στην οθόνη και βρήκα ότι είχα κάνει πετάλι δεκαπέντε χιλιόμετρα. Πήδηξα από το ποδήλατο σε ταλαντευόμενα πόδια, άρπαξα την τσάντα του γυμναστηρίου μου και πήγα στις μηχανές στο στήθος, με μεγάλη επιθυμία να τελειώσω την προπόνηση και να τελειώσω όσο πιο γρήγορα μπορούσα. Αλλά η πρέσα πάγκου, οι επιτραπέζιες μύγες, η πρέσα με κλίση αλτήρων και η πρέσα μηχανής πτώσης ήταν όλα σε χρήση. Σηκώνοντας το βλέμμα μου, γύρισα και βγήκα από το γυμναστήριο, χωρίς να συγκρουστώ για λίγο με το μεγαθήριο που μπήκε μέσα. Φαινόταν έτοιμος να πει κάτι, και θυμήθηκα ότι έπρεπε να κάνω άλλη μια ένεση Tren. Ένας λεπτός δισταγμός, η ανάμνηση του βήχα που έφτιαξε την τελευταία φορά, και αγνόησα τον ωστήρα στεροειδών και έτρεξα στο αυτοκίνητό μου.

Καθώς έφευγα από το γυμναστήριο, ήξερα ότι δεν θα επέστρεφα ποτέ. Μια τρίμηνη συνδρομή και μια ακριβή ένεση στεροειδών και δεν είχα καταφέρει ούτε ένα δεκαπενθήμερο, αλλά αρνήθηκα να αφήσω αυτό το κομμάτι του μυαλού μου να υπολογίσει την απώλεια. Δεν μπορούσα να φύγω από το νησί αρκετά γρήγορα. Δεν πειράζει τον Πάκο και την Κλερ. Ο Χαβιέ ήταν αυτός μετά τα μετρητά. Ο όμορφος μου Χαβιέ, ο τύπος που είχα λαχταρήσει για στιγμή. Ο άνθρωπος που πυροδότησε ένα υγρό όνειρο και με έπεισε ότι ήμουν γκέι. Έμπορος ναρκωτικών. Αν εκεί με πήγαιναν οι προτιμήσεις μου για το ίδιο φύλο, δεν ήθελα να συμμετέχω σε αυτό. Θα προτιμούσα να είμαι άγαμος. είχα προδοθεί. Προδομένος από έναν άνθρωπο που είναι κατάλληλος για άγαλμα και από τον δικό μου πόθο.

Τη στιγμή που επέστρεψα στην αγροικία, έκλεισα ένα εισιτήριο για την επόμενη διαθέσιμη πτήση για το

Στάνστεντ, που αναχωρούσε σε δύο ημέρες. Δεν είχα ιδέα πού θα έμενα στην Αγγλία και ήμουν απογοητευμένος που θα έφευγα τόσο σύντομα από τη Φουερτεβεντούρα, αλλά πρέπει. Εξάλλου, αν κρατούσα τα χρήματα, δεν χρειαζόταν να ανησυχώ για τέτοια μικροπράγματα. Το μεγαλύτερο ζήτημα από τότε ήταν τι να κάνουμε με όλα αυτά τα μετρητά. Ακόμα δεν ένιωθα ότι το δικαιούσα, αλλά ποιος ήταν; Όχι η οικογένεια του Χουάν, τόσα ήταν πλέον βέβαια, αφού ήταν προφανές ότι αυτό ήταν προϊόν εγκλήματος, και δεν επρόκειτο να αφήσω τον Χαβιέ να βάλει τα χέρια του πάνω σε ένα σεντ από αυτό.

Δεν είχα ιδέα πόσα μετρητά μου επέτρεπαν να φέρω στη Βρετανία, αλλά πενήντα χιλιάδες ευρώ μου φάνηκαν ύποπτα. Θα μπορούσα να κάνω μεταφορά χρημάτων. Θα δημιουργούσε ένα ίχνος χαρτιού, αλλά τουλάχιστον θα μπορούσα να αφαιρέσω ένα μέρος της ποσότητας.

Οι σκέψεις μου ξεκίνησαν από την αρχή και αναρωτιόμουν αν έπρεπε απλώς να παραδώσω το σακίδιο και να ησυχάσω στον εαυτό μου. Τίναξα τον εαυτό μου από το αίνιγμα και αποφάσισα να διοχετεύσω το άγχος που προκαλούσε το δίλημμα για να τελειώσω τη μετάφραση. Εξάλλου, ο Χαβιέ δεν ήξερε τίποτα για μένα. Δεν ήξερε καν την ύπαρξη μου. Σαφώς, ήταν ο αντίπαλος ή ο εχθρός του Μάριο. Αν τις επόμενες δύο μέρες, ο Πάκο και η Κλερ έλεγαν στον Mario τις υποψίες τους για το σακίδιο, ο Μάριο δεν θα το έλεγε στον Χαβιέ. Το χειρότερο που θα μπορούσε να συμβεί ήταν ο Μάριο να εμφανιστεί με το χέρι του έξω. Αν έφτανε σε αυτό, θα παρέδιδα το σακίδιο.

Πήγα και κατέβασα ένα άλλο Κλεν με ένα ποτήρι χυμό, έκανα ένα ντους και επέστρεψα στη δουλειά.

Δούλεψα όλη την υπόλοιπη μέρα. Στις έξι το βράδυ, πήρα άλλο ένα Κλεν, σχεδιάζοντας να δουλέψω όλη τη νύχτα. Γύρω στις επτά, έκλεισα το τηλέφωνό μου και έκλεισα το Διαδίκτυο στο φορητό υπολογιστή μου. Τέρμα οι περισπασμοί, ειδικά από την Άντζελα. Δεν ήθελα να μάθω για τον Φλιντ και το βραβείο. Αυτή η είδηση θα μπορούσε να περιμένει μέχρι το πρωί.

Μόλις μεταφράστηκα όλες τις λέξεις στα αγγλικά, άρχισα να δουλεύω την ιστορία. Ήμουν οδηγημένος, συγκεντρωμένος, σίγουρος ότι αυτή θα ήταν η καλύτερη δουλειά μου. Όσο περισσότερο προσπαθούσα, τόσο περισσότερο έβλεπα τον ερχομό μου στη Φουερτεβεντούρα ως μοιραίο και με την ανατολή του ηλίου, καθώς πάτησα το κουμπί αποθήκευσης, απολάμβανα τη στιγμή που θα έστελνα τα αποτελέσματα στην Άντζελα.

ΜΈΡΟΣ ΔΕΎΤΕΡΟ

Ο ΞΕΝΏΝΑΣ

Η ΑΥΓΗ, ΚΑΙ Ο ΚΑΛΟΚΑΙΡΙΝΌΣ ΉΛΙΟΣ ΧΤΥΠΗΣΕ ΈΝΑ ΒΛΈΜΜΑ ΣΤΑ παραθυρόφυλλα του βορειοανατολικού τοίχου, ρίχνοντας ένα λαμπερό πορτοκαλί στο πρόσωπό μου. Κοίταξα το βλέμμα στις εκτυφλωτικές λωρίδες φωτός, τόλμησα ένα σηκωμένο χέρι για να σκιάσω τα μάτια μου και μετά στάθηκα στο πλάι για να κοιτάξω το θολό του κελιού. Τα τραύματα στην πλάτη μου από το μαστίγωμα που δέχτηκα την προηγούμενη μέρα – πρησμένο και κλαίγοντας, το αίμα στέγνωσε και είχε κρούστα ¬– τσιμπούσαν με κάθε κίνηση που έκανα.

Μαστίγωμα για ποιο λόγο; Δεν υπήρχε λόγος, κανένας που να δικαιολογείται. Ο φύλακας με είχε κατηγορήσει ότι ο ήλιος ήταν πολύ ζεστός. Δεν ήταν αυτή η αλήθεια, αλλά τι διαφορά θα είχε αν ήταν. Με μαστίγωσαν επειδή μπήκα ανάμεσα σε έναν φρουρό και έναν άθλιο άθλιο ενός κρατούμενου πολύ αδύναμου για να σηκώσει τον βράχο που είχε σχίσει. Ένα μέρος μου ευχόταν να μην το είχα κάνει, αλλά είδα ξέφρενη απόγνωση στα μάτια του άντρα.

Η μέρα ήταν ήδη ζεστή. Αέρας γεμάτος σκόνη που έμπαινε από έξω κυκλοφορούσε στον χώρο, χωρίς να κάνει τίποτα για να σηκώσει τη δυσωδία των άπλυτων ρούχων, τα βρώμικα σώματα, τον ιδρώτα και τα μπαγιάτικα ούρα, την αναπνοή μας. Σηκώθηκα από το στρώμα –τόσο λεπτός που ένιωθα τις ξύλινες ράγες από κάτω– κούνησα τα πόδια μου στο πάτωμα και σταμάτησα για να χαλαρώσει η περιστροφή του κεφαλιού καθώς τα πόδια μου άγγιξαν τις σανίδες του δαπέδου.

Η κούνια απέναντι έτριξε, και κοίταξα από πάνω και έγνεψα στον Ραφαέλ καθώς μου τράβηξε το μάτι. Ξάπλωσε ακίνητος. Δεν βιαζόταν να σηκωθεί. Κανείς δεν βιαζόταν. Ήταν Σάββατο, μια μέρα ξεκούρασης. δίστασα. Γιατί να ντυθώ όταν θα μπορούσα να κοιμηθώ εξίσου καλά; Δεν μπορούσα να απαντήσω στον εαυτό μου.

Το παντελόνι και το πουκάμισό μου κρέμονταν από ένα καρφί στο ξύλινο δοκάρι πάνω από την κούνια μου. Στάθηκα για να απαγκιστρώσω τα ρούχα και να τα βάλω, προσέχοντας καθώς απλώνω το πουκάμισο, χώνοντας το λεπτό ύφασμα στο παντελόνι όπως συνήθιζα όταν ντυνόμουν κάθε πρωί για τη δουλειά.

Καφέ παντελόνια και άσπρα πουκάμισα κρέμονταν παντού από το ταβάνι του αχυρώνα, αερίζοντας, στριμώχνοντας τον ήδη γεμάτο χώρο. Το κελί, ένα από τα τρία, ήταν ένα μικρό, στενό ορθογώνιο. Ήμασταν δώδεκα στριμωγμένοι σε μια περιοχή που ήταν περίπου όσο η κρεβατοκάμαρα των γονιών μου. Επτά κούνιες στην πλευρά με το παράθυρο που βλέπει σε πέντε κούνιες στριμωγμένες ανάμεσα σε δύο πόρτες. Στο κέντρο του μακρινού τοίχου στο τέλος του διαδρόμου υπήρχε μια άλλη πόρτα που οδηγούσε σε έναν τσιμεντένιο προθάλαμο και στο διπλανό κελί όπου κοιμόντουσαν άλλοι δώδεκα άνδρες. Δύο κελιά για είκοσι τέσσερις άνδρες και όλοι ήμασταν γκέι.

Το τρίτο κελί, χωρίς σύνδεση, στέγαζε άλλους δώδεκα κρατούμενους. Ήταν οι μη γκέι, ανάμεσά τους επί του παρόντος ήταν τρεις σκληροί εγκληματίες, δύο επαγγελματίες τραμπούκοι, ένας αλκοολικός, τρεις τοξικομανείς, δύο πολιτικοί κρατούμενοι και ένας απλός νεαρός με νοητική ηλικία περίπου έξι ετών. Ο Πάμπλο δεν είχε ιδέα γιατί ήταν εδώ εκτός από το ότι ήξερε ότι έπρεπε να έκανε κάτι πολύ κακό.

Κατάγομαι από πενταμελή οικογένεια και βρέθηκα σε μια άλλη πενταμελή οικογένεια. Ήταν ο Χόρχε και ο Ρούμπεν και ο Ραφαέλ και, ο πιο κοντινός μου, ο Μανουέλ. Ήμασταν όλοι από την Τενερίφη και όλοι σχεδόν στην ίδια ηλικία, αδέρφια δεμένα μεταξύ τους όχι από τη σεξουαλικότητά μας αλλά από τις διάφορες συγγένειες και εμπειρίες μας. Μια μικρή αδελφότητα πέντε, για όλα τα καλά που θα μας έκανε.

Οι άλλοι επτά στο δωμάτιο ήταν από τη Γκραν Κανάρια. Ενώ και οι δώδεκα ήμασταν αρκετά φιλικοί, οι Γκραν Κανάριοι έτειναν να παραμένουν στην πολιτιστική τους ομάδα και εμείς στη δική μας. Κάθε νησί ήταν διαφορετικό. Μιλούσαμε σε διαφορετικές διαλέκτους και είχαμε κάπως διαφορετικές συμπεριφορές και παραδόσεις. Δεν υπήρχε εχθρότητα ανάμεσά μας, δεν είχαμε ενέργεια γι' αυτό, αλλά η συνεύρεση με το δικό μας είδος έκανε τα πράγματα πιο εύκολα. Το άλλο κελί περιελάμβανε άνδρες από τη Λα Πάλμα, τη Λα Γκομέρα και ακόμη και το μικροσκοπικό Ελ Χιέρο, μαζί με δύο άνδρες από το Λανζαρότε. Επτά νησιά, επτά διαφορετικοί πολιτισμοί και μια απλή δεσμευτική δύναμη: η σεξουαλικότητά μας.

Είχα την κούνια στην πλευρά του δωματίου με τα παράθυρα, δύο κάτω από το τέλος και κάτω από το παράθυρο με τα παραθυρόφυλλα που έβλεπε στην πεδιάδα στα βουνά. Ο Μανουέλ είχε την κούνια δίπλα στη δική μου. Ο Ρούμπεν και ο Ραφαέλ κατέλαβαν κούνιες στην άλλη πλευρά του διαδρόμου, ο Ραφαήλ ήταν πιο κοντά στην πόρτα. Η κούνια του Χόρχε ήταν κολλημένη στον τοίχο στην άλλη πλευρά της κούνιας του Μανουέλ. Του Μανουέλ ήταν τόσο κοντά στο δικό μου αν θέλαμε, μπορούσαμε να απλώσουμε το χέρι και να κρατηθούμε χέρι-χέρι.

Δεν το κάναμε ποτέ. Η σεξουαλικότητά μας είχε να κάνει με το γιατί ήμασταν όλοι εδώ και καμία σχέση με τις σχέσεις που δημιουργούσαμε μεταξύ μας. Ωστόσο, η σεξουαλική μας προτίμηση κρεμόταν στον αέρα, πάντα παρούσα, μια ατμόσφαιρα, σχεδόν μια μυρωδιά, η μυρωδιά της αρρενωπότητας και της απαγορευμένης επιθυμίας και της αυτοαηδίας και της ντροπής. Υπήρξαμε μέσα σε αυτή τη δίνη του ενστίκτου και του συναισθήματος, καθώς υπομείναμε τις χειρότερες στερήσεις που θα μπορούσε ποτέ να φανταστεί κανείς από εμάς, παρά τα όσα είχαν συμβεί τόσο πρόσφατα στη Γερμανία, στην Πολωνία.

Όλοι μας ευχόμασταν να ήμασταν νεκροί, να μας σκοτώσουν αντί να μας κάνουν να αντέξουμε τη δυστυχία.

Έξω έγινε φασαρία. Στάθηκα στην κούνια μου και κοίταξα μέσα από τα παντζούρια. Δύο φρουροί, που είχαν κατέβει βιαστικά από το στρατιωτικό αρχηγείο που βρισκόταν στο ύψωμα πάνω από τα κελιά, εμφανίστηκαν στο τέλος του μπλοκ του κελλιού, τρέχοντας προς το κοτέτσι με όπλα έτοιμα.

Ο Μπρίτο, ο διευθυντής της φυλακής, βγήκε μέσα από το κοτέτσι, φωνάζοντας. Είχε στο ένα χέρι ένα χάος από λευκά φτερά και αίμα και καθώς πλησίαζε στα κελιά είδα ότι ήταν ένα κοτόπουλο. Ένα καλά και πραγματικά νεκρό κοτόπουλο, ό,τι απέμεινε από αυτό. Μικρές φούσκες αίματος λέρωσαν τη βρωμιά πίσω του. Εξαφανίστηκε στη γωνία του τελευταίου κελιού, στο δρόμο του προς το συγκρότημα. Οι φρουροί ακολούθησαν πίσω.

Οι άνδρες στο κελί που ήταν αποφασισμένοι να μην ξυπνήσουν, άρχισαν να ανακατεύονται. Απομακρύνθηκα από το παράθυρο και κάθισα στην κούνια μου.

«Τι συμβαίνει;» βόγκηξε ο Χόρχε, ταραχώδης από τον ύπνο.

«Έγινε σφαγή στο κοτέτσι. Ένα σκυλί, υποθέτω.»

«Τότε, δεν έχουμε κότες».

«Ούτε αυγά», μουρμούρισε ο Μάνουελ. Είχε ακόμα τα μάτια του κλειστά.

Ο Χόρχε τον παρατήρησε με περιφρόνηση.

«Δεν παίρνουμε ποτέ αυγά, αγάπη μου».

«Ή κοτόπουλο», είπα.

«Κοτόπουλο!» Τα μάτια του Μάνουελ άνοιξαν. «Ω, τι θα έδινα για μια φέτα στήθος!»

Το στομάχι μου έσφιξε ως απάντηση. Αυτό που θα έδινα για οποιοδήποτε μισοπρεπές φαγητό. Για φρέσκο ψωμί και ψητό κατσικίσιο κρέας, για ψητό ψάρι και τσαλακωμένες πατάτες μπέημπι. Ντομάτες!

Σάλιο χτίστηκε στο στόμα μου. Κατάπια με δυσκολία.

Το καλύτερο ήταν να μην ασχοληθείς με το φαγητό. Το καλύτερο ήταν να προσποιηθείς ότι δεν υπήρχε φαγητό. Διαφορετικά, η πείνα μόνο εντάθηκε. Η πείνα που δεν έφυγε ποτέ. Θα ήταν η δύση του ηλίου πριν φάμε.

Ο Ραφαέλ σηκώθηκε, ντύθηκε και κάθισε στην άκρη της κούνιας του Ρούμπεν. Ο Χόρχε ήρθε μαζί του, με τους δύο άντρες απέναντί μου. Πίσω τους, ο Ρούμπεν ήταν ακόμα ξαπλωμένος στριμωγμένος κάτω από την γκρίζα κουβέρτα του.

Στην κούνια δίπλα στο δικό μου, ο Μανουέλ πέταξε τα σκεπάσματα του, φόρεσε τα ρούχα του και κάθισε σταυροπόδι στην κούνια του. Σε μια περίεργη στιγμή αυτοπροστασίας, άρχισε να μαζεύει βρωμιά από κάτω από τα νύχια του και να μυρίζει τα αποτελέσματα. Μισό περίμενα ότι θα έβαζε το τυρί με τα νύχια στο στόμα του. Δεν το έκανε. Κανείς μας δεν είχε την ενέργεια να του πει ότι επαναστατούσε. Κανείς δεν νοιάστηκε πραγματικά.

«Πιστεύεις ότι θα μείνει τίποτα;» είπε ο Χόρχε.

«Από τα κοτόπουλα;» είπα. «Αμφιβάλλω.»

«Τίνος σκύλος ήταν;» είπε ο Μάνουελ χωρίς να σηκώσει το κεφάλι.

«Έχει σημασία, αγάπη μου;» Ο Χόρχε, πάντα η μαρίκα, δεν μπορούσε να μην κοροϊδέψει τον εξίσου θηλυκό Μανουέλ. Όλοι αγνοήσαμε τον τόνο του.

«Αυτός ο αγρότης», είπε ο Ραφαέλ. «Αυτός που μας κουνάει

το χέρι μερικές φορές όταν η γυναίκα του δεν κοιτάζει. Έχει σκύλο.'

Ο Χόρχε είπε: «Όλοι έχουν σκυλιά».

Κανείς δεν διαφώνησε.

«Ο Μπρίτο θα είναι θυμωμένος», είπα, σκεπτόμενος πώς θα μας επηρέαζε αυτό το έντονο γεγονός.

«Ίσως να γίνει έξαλλος», είπε ο Ραφαέλ με ένα μυστήριο. Δεν ήταν θέμα γέλιο, ωστόσο δεν μπορούσαμε να συγκρατηθούμε. Ο άντρας, ο Μπρίτο, συμπεριφερόταν ο ίδιος σαν ακέφαλο κοτόπουλο. Ή μήπως όχι. Περισσότερο σαν λυσσασμένος σκύλος.

«Σαν το σκυλί που σκότωσε τα κοτόπουλα», είπε ο Ραφαέλ διαβάζοντας τις σκέψεις μου.

«Γκρίνισμα, γρύλισμα, ανασηκώνοντας το πάνω χείλος του.» Ο Μάνουελ ξεγύμνωσε τα δόντια του.

«Συγκλιάζω», είπε ο Χόρχε, σοβαρός τώρα και ζοφερός.

Ο Ραφαήλ, του οποίου το βλέμμα δεν είχε φύγει από το πρόσωπό μου, είπε: «Θα παρακαλεί και θα παρακαλεί την Παναγία».

«Γιατί;» είπε ο Μανουέλ.

Ο Χόρχε γέλασε. «Ποιος ξέρει για τι, γλυκιά μου. Ο Μπρίτο είναι εκνευρισμένος».

«Θα εκλιπαρεί για άφεση και θα εκλιπαρεί για έλεος».

Όλοι γελάσαμε αυτή τη φορά, αλλά κανείς μας δεν ήταν σίγουρος ότι ήξερε τι εννοούσε ο Ραφαέλ. Τα μάτια έπεσαν πάνω του ερωτηματικά.

«Για να είσαι maricon, φυσικά. Πιθανότατα βλέπει τη σφαγή του κοτόπουλου ως την τιμωρία του επειδή είναι ομοφυλόφιλος».

Ο Χόρχε χλεύασε. «Αυτή πρέπει να είναι η πιο παράλογη σκέψη σου μέχρι τώρα.»

Ο Ραφαέλ τον αγνόησε. «Δεν θα το παραδεχτεί ποτέ. Αν και αυτό είναι που τον τρελαίνει».

«Ναι, θα κατηγορούσε εμάς, όχι τον εαυτό του», είπα.

Πέσαμε στη σιωπή.

Ο Μάνουελ έσκυψε για να φροντίσει το άλλο μεγάλο του δάχτυλο του ποδιού. Μπορούσα να δω τα πλευρά του, σαν σκαλοπάτια μιας σκάλας μέσα από το δέρμα της πλάτης του. Τα μάτια μου πήγαν στα άλλα. Ήμασταν όλοι αδυνατισμένοι. Τα οστά του Ραφαήλ φάνηκαν μέσα από τη σάρκα του. Το πρόσωπο του Χόρχε ήταν ζωγραφισμένο, τα μάτια του βυθισμένα. Υπέθεσα ότι και οι δικοί μου ήταν το ίδιο. Ήταν δύσκολο να καταλάβω πόσο αδύναμος είχα γίνει καθώς δεν με ενδιέφερε ποτέ να κοιτάξω την αντανάκλασή μου ακόμα κι όταν μπορούσα, κάτι που δεν γινόταν συχνά.

Ο Ρούμπεν γύρισε στην κούνια του, κουλουριάστηκε σε εμβρυϊκή στάση και τράβηξε την κουβέρτα του γύρω από τους ώμους του. Ένα βλέμμα ανησυχίας άστραψε στο πρόσωπο του Ραφαέλ. Ο Ρούμπεν ήταν άρρωστος για εβδομάδες, από τότε που μούσκεμα στη βροχή σε μια ξαφνική ανοιξιάτικη νεροποντή ενώ ήμασταν έξω να σπάσουμε βράχους σε ένα κοντινό χωράφι. Ένα κακό κρυολόγημα που δεν μπορούσε να ταρακουνήσει είχε γίνει τώρα άσχημο. Είχε πυρετό. Σύριζε όταν ανέπνεε. Ο ζεστός καιρός δεν είχε βοηθήσει και τώρα ήταν αρχές καλοκαιριού, και καθώς οι μέρες μεγάλωναν.

Δεν μπορούσαμε να τον βοηθήσουμε. Προσευχηθήκαμε, για ό,τι καλό θα έκανε. Τον θελήσαμε καλά με τη λίγη δύναμη που είχαμε. Το βράδυ, έπρεπε να αντισταθώ στο κλείσιμο του παραθύρου για να τον προστατέψω από τον δροσερό νυχτερινό αέρα. Αντισταθείτε ή συλληφθείτε.

Δεν άξιζε τον ξυλοδαρμό.

Ο Ρούμπεν έβηξε. Ο βήχας του έγινε χαμός και όλο του το αδύναμο σώμα σείστηκε. Την ημέρα που έφτασε, ήταν ένας νεαρός άνδρας είκοσι δύο ετών. Αρχικά ήταν ένα αγόρι αγρότη από το Βίλαφλορ στο ξηρό νότο της Τενερίφης. Ο ενοικιαστής πατέρας του πλήρωσε τόσο υψηλό φόρο τιμής για τα μικροσκοπικά κομμάτια γης στον απόντα γαιοκτήμονα που προτίμησε να ζήσει στα βόρεια του νησιού, που απέμενε ελάχιστα για να επιβιώσει η οικογένεια. Δώδεκα ώρες μέρες και σχεδόν λιμοκτονία. Η πείνα οδήγησε τον Ρούμπεν στη Σάντα Κρουζ, αρχικά σε μια ζωή καθαρισμού. Μετά έμαθε την αρχαία τέχνη και δυνάμωσε και πάχυνε στις πεσέτες των παλιών μαρικονών, κάνοντας ό,τι του ζητούσαν στο ουρητήριο ή στο σινεμά ή στο πάρκο. Τώρα ο Ρούμπεν ήταν στριμωγμένος άρρωστος στην κούνια του, μια σακούλα με κόκαλα. Σχεδόν τον άκουγα να κουδουνίζει. Φοβόμουν ότι θα τον χάσουμε.

Έξω έγινε άλλη ταραχή, και πήγα στο παράθυρο και κοίταξα ανάμεσα στα παντζούρια.

Ο Μπρίτο έτρεχε προς το κοτέτσι, με τα χέρια να φεύγουν. Καθώς πλησίασε έναν σαστισμένο φρουρό, φώναξε κάτι, σταμάτησε, γυρνούσε γύρω του και ανέβηκε στο γραφείο του. Ο φρουρός σάρωνε τα κελιά σαν να είχε αποφασίσει ποιο να διαλέξει. Το βλέμμα του στάθηκε στο δικό μας. Αποσύρθηκα από το παράθυρο και κάθισα στην άκρη της κούνιας μου.

Λίγα λεπτά αργότερα η πόρτα άνοιξε. Οι άντρες στην άλλη άκρη του δωματίου μουρμούρισαν κάτω από την ανάσα τους. Κάθε άντρας στο δωμάτιο απέφευγε το βλέμμα του φρουρού. Όλοι εκτός από τον Μανουέλ που άργησε να κλαδίσει. Τη στιγμή που τα βλέμματά τους συναντήθηκαν, ο Μανουέλ κατάλαβε το λάθος του.

«Έλα μαζί μου.» Ο φρουρός με κοίταξε. «Και εσύ, και εσύ και εσύ», είπε, μαχαιρώνοντας τον αέρα στον Χόρχε και στον Ραφαέλ.

Σταθήκαμε αργά και τραβήξαμε τα παπούτσια μας, σκύβοντας να δέσουμε τα κορδόνια. Κανείς μας δεν βιαζόταν.

Απρόθυμα, κατευθυνθήκαμε προς την πόρτα κάτω από τα ανήσυχα βλέμματα των άλλων κρατουμένων.

Τη στιγμή που ήμασταν έξω, ο φύλακας μάς παρέσυρε στο στενό τσιμεντένιο μονοπάτι που έβλεπε μπροστά από τα κελιά, κάτω από το πλάι και πέρα από το χαλίκι μέχρι το κοτέτσι που είχε στηθεί δίπλα σε έναν ανεκμετάλλευτο αχυρώνα. Εκεί, μαζευτήκαμε μαζί, προετοιμάζοντας τους εαυτούς μας για αυτό που θα ακολουθούσε. Ο ήχος του κρακ που κανονικά θα χαιρετούσε τα αυτιά είχε αντικατασταθεί από μια άβολη σιωπή. Ένας άλλος φύλακας κατέβηκε στο βαρέλι πε και έσπρωξαν κουβάδες και ένα σάκο στα χέρια μας πριν ξεκινήσουμε ξανά. Περάσαμε από την ξεχαρβαλωμένη πόρτα του κοτέτσι, μπαίνοντας μέσα, προσπερνώντας τον εναπομείναν φρουρό που φαινόταν αποφασισμένος να σταθεί εκεί που ήταν.

Το κοτέτσι ήταν ένα χάος από πούπουλα και αίμα. Ο σκύλος είχε αγριέψει κάθε πουλί και έφαγε το μεγαλύτερο μέρος του σκοτώματος του. Το μόνο που απέμεινε από τα δέκα πουλιά ήταν πόδια και κομμένα κεφάλια, τσακισμένα φτερά και εντόσθια.

Στο υπόστεγο με φωλιές, ήμασταν κρυμμένοι από τη θέα του φύλακα. Έκανα σάρωση τριγύρω. Δύο άλλοι φρουροί κατέβαιναν τον λόφο, αλλά στράφηκαν προς τα κελιά για άλλο θέμα. Γύρισα και έγειρα την πλάτη μου μακριά από τον μοναχικό μας φρουρό και ψιθύρισα στον Χόρχε να σταθεί στην πόρτα του υπόστεγου. Συνειδητοποιώντας σε μια στιγμή τι εννοούσα, υποχρέωσε.

Κάποιες μύγες είχαν έρθει να ενωθούν μαζί μας.

Έσκισα φτερά από λίγο δέρμα κοτόπουλου και το έσπρωξα στο στόμα μου, μασώντας μετά βίας την ακατέργαστη, μουτζούρα, σιγανή μάζα πριν την καταπιώ. Τα εντόσθια ήταν πιο εύκολο να μασηθούν, να δαγκωθούν, αλλά η επιθυμία να το κάνει ήταν ισχνή. Κατέβασα ό,τι μπορούσα. Ο Ραφαήλ και ο Μανουέλ, βλέποντάς με να τρώω, έκαναν το ίδιο. Ο Μανουέλ ζεμάτισε σε μια μπουκιά συκώτι κοτόπουλου και ό,τι είχε συνδεθεί. Του σφύριξα να καταπιεί. Όταν έφαγα ό,τι νόμιζα ότι με μερίδιο, στάθηκα στην είσοδο του υπόστεγου και άφησα τον Χόρχε να χορτάσει. Ο Ραφαέλ τύλιξε τα εντόσθια σε λίγο δέρμα και το έβαλε στην τσέπη του. Κοίταξα με ανησυχία. «Για τον Ρούμπεν», είπε. Ο Manuel βρήκε το αιματοβαμμένο πριονίδι πιο εύκολο να το καταναλώσει. Ο Χόρχε είχε καταφέρει να βρει λίγη σάρκα.

Το γλέντι μας τελείωσε όσο γρήγορα ξεκίνησε. Αφήσαμε τα χειρότερα, το κρέας στρωμένο με κοτόπουλα, το δέρμα πατημένο στο χώμα, τα κεφάλια. αφήσαμε αρκετά για να πείσουμε τους φρουρούς ότι δεν είχαμε γλεντήσει με τα ρέστα του σκύλου.

«Γρήγορα, πόρνες!»

Ένα πιρούνι ή μια τσουγκράνα θα βοηθούσε. Όπως ήταν, έπρεπε να μαζέψουμε με το χέρι τα αίματα και τα σκασμένα επικαλυμμένα φτερά και θραύσματα οστών από το πάτωμα του υπόστεγου και του εξωτερικού χώρου του κοτέτσι, και όπως κάναμε, ήμασταν σκυμμένοι σαν κοτόπουλα οι ίδιοι.

«Βρώμικες σκύλες, βγάλτε τα γαϊδούρια σας από εκεί».

Είχαμε σχεδόν τελειώσει. Έφυγα από το κοτέτσι, με τον γεμάτο κουβά στο χέρι, καθώς ο φρουρός κατέβασε το τουφέκι του στον ώμο μου. Γύρισα, το χτύπημα απροσδόκητο. Συνειδητοποιώντας ότι ο καθένας τους θα είχε την ίδια μεταχείριση, οι φίλοι μου τρελάθηκαν καθώς έβγαιναν από το κοτέτσι.

Τρία βαριά χτυπήματα.

Με τον φρουρό να βρυχάται πίσω μας, ανεβήκαμε με τα πόδια στο λόφο και εναποθέσαμε τα ματωμένα σκουπίδια στον αποτεφρωτήρα.

Ο ήλιος χτύπησε στα πρόσωπά μας καθώς περπατούσαμε πίσω στα κελιά. Ο άνεμος, σαν να είχε κληθεί να δράσει, βρυχήθηκε σε όλη την πεδιάδα, φυσώντας το λεπτό τρίξιμο που έπεφτε στα βήματά μας και εκσφενδονίζοντας το στα πρόσωπα εκείνων που βρίσκονταν πίσω. Το ουρλιαχτό, και δεν άκουγα πια το ρυθμικό τρίξιμο των παπουτσιών στο χαλικό έδαφος. Τα κελιά συγκρατούσαν τον άνεμο και καθώς πλησιάζαμε και μπήκαμε στη στενή λωρίδα σκιάς που έριχναν τα κτίρια, καλωσόρισα εκείνη τη σύντομη στιγμή του ακόμα δροσερού αέρα, που σταματούσα, μη θέλοντας να ξαναμπώ στο κελί. Όχι ότι έξω ήταν πολύ καλύτερα. Η τοποθεσία ήταν εκτεθειμένη, η πλαγιά του λόφου σπαρμένη με ξεραμένα ζιζάνια. Δεν υπήρχε τίποτα στο τοπίο που να το επαινεί. Ακόμη και τα βουνά με τα γλυπτά τους σχήματα στάθηκαν ως υπενθύμιση του είδους του τόπου που ήταν η Τεφία. Πουθενά δεν ήθελα να είμαι.

Η αναστολή εξαφανίστηκε. Μας έσπρωξε προς τα μέσα ο θορυβώδης φρουρός για να πνιγούμε μέσα στο σκοτάδι, για να το περιμένουμε να βγει καθώς ο ήλιος ανέτειλε στο ζενίθ του. Και από τότε, καθώς ο ήλιος έτρεχε προς τα δυτικά και έψηνε τους τοίχους των κελιών, καθόμασταν στις σανίδες του δαπέδου και ιδρώσαμε. Ήταν δύσκολο να γνωρίζουμε αν μια μέρα ανάπαυσης το καλοκαίρι ισοδυναμούσε με οποιαδήποτε ανάπαυση.

Όσον αφορά την ανοχή της ζέστης, ο Ραφαέλ τα πήγε χειρότερα. Ήταν από τη δροσερή βορειοδυτική Τενερίφη, από την οινοπαραγωγική περιοχή του Icod. Ισχυρές αρχαίες οικογένειες κατείχαν τους αμπελώνες εκεί, μερικοί από αυτούς ευγενείς. Η οικογένεια του Ραφαήλ δεν ήταν ανάμεσά τους. Κατάγοταν από μια φτωχή εργατική οικογένεια και όταν συνειδητοποίησε ότι ήταν γκέι, ήξερε ότι δεν μπορούσε να μείνει στο Αικόντ. Κατέφυγε στη Σάντα Κρουζ όπου έπιασε δουλειά σε ένα μπαρ. Κατάφερε να κρατήσει χαμηλό προφίλ και πέρασε από την εθνική υπηρεσία του χωρίς κανείς να εντοπίσει τη σεξουαλικότητά του. Όταν επέστρεψε στη Σάντα Κρουζ, δούλευε σε ένα διαφορετικό μπαρ, στο οποίο σύχναζαν μερικοί από τους πιο εξέχοντες μαρικόνες, άρχισαν τα προβλήματα. Ήταν είκοσι δύο όταν τον έπιασαν στα πράσα του fellatio σε έναν κινηματογράφο.

Δεν υπήρχε τίποτα άλλο παρά να καθίσεις ή να ξαπλώσεις και να μιλήσεις απαλά. Καθώς περνούσαν τα λεπτά, η δίψα μου γινόταν όλο και πιο επιτακτική, μια δίψα που αγνοούσα από τότε που ξύπνησα, μια δίψα ενίσχυσε όλο και περισσότερο από τη γιορτή του αυτοσχέδιου γύπα, και σηκώθηκα και πήγα στην άλλη άκρη του κελιού όπου υπήρχε ένας κουβάς του νερού κάθισε στο πάτωμα. Βούτηξα στην κοινόχρηστη τσίγκινη κούπα και προετοιμαζόμουν για το αλμυρό τσίμπημα. Έπινα γρήγορα με μεγάλες γουλιές. Κανείς δεν παρακολούθησε. Κανείς δεν ήθελε να παρακολουθήσει. Καθώς περπατούσα πίσω στο διάδρομο στην κούνια μου, ούτε ένας άντρας δεν κοίταξε πάνω μου. Κανείς δεν ήθελε να θυμίζει το βρώμικο υφάλμυρο νερό που καθόταν σε αυτόν τον κουβά, ή τα απορρίμματα που προέκυψαν που είχαν βγει από τον καθένα από εμάς που καθόμασταν ζυμωμένοι στον κουβά δίπλα του.

Ακούσαμε τον Μπρίτο έξω να επικρίνει τους φρουρούς. Μια πόρτα άνοιξε τρίζοντας στο διπλανό κελί. Περίεργος, πήγα και κοίταξα από την κλειδαρότρυπα.

Στην αρχή, το μόνο που μπορούσα να δω ήταν η πλάτη του Μπρίτο περίπου πέντε μέτρα μακριά. Είχε τα χέρια του στους γοφούς του και φαινόταν χαρακτηριστικά πομπώδης με τη στολή του. Οι φρουροί εμφανίστηκαν, χειραγωγώντας έναν απρόθυμο Πάουλο ανάμεσά τους. Ο Πάουλο άφησε τον εαυτό του να χωλαίνει και οι φρουροί αναγκάστηκαν να τον σύρουν μέχρι την κύρια περιοχή. Τι στο καλό είχε κάνει;

Ο Πάουλο ήταν από τη Λα Πάλμα και βρισκόταν στη φυλακή από τους μακροβιότερους. Ο Μπρίτο, φαινόταν, είχε βρει στόχο για την οργή του. Γύρισα το μυαλό μου στην προηγούμενη μέρα, στο κοτέτσι και τον Πάουλο που δούλευε κοντά στο χωράφι πέρα από το συγκρότημα. Δεν θα μπορούσε να έχει καμία σχέση με το σκυλί που αγρίευε τις κότες, αλλά στο διαταραγμένο μυαλό του Μπρίτο, θα ήταν αρκετό να είναι κοντά, να είναι ο τελευταίος κρατούμενος που είδαμε στη γύρω περιοχή. Νόμιζα ότι εκείνοι οι φρουροί που έσυραν τον Πάολο μακριά έδειχναν ανακουφισμένοι, ανακουφισμένοι από την πίεση. Ή ίσως ανυπομονούσαν να δώσουν στις δικές τους βίαιες φύσεις άλλον αέρα.

Δεν υπήρχε κανένα σημάδι από τους άλλους φρουρούς. Σε αυτή τη λεπτή στιγμή σχετικής ελευθερίας, τράβηξα το μάτι του Ραφαέλ και έριξα μια ματιά στον Ρούμπεν. Ο Ραφαέλ έγνεψε καταφατικά. Έπειτα ώθησα τον Μάνουελ, του ψιθύρισα να με ακολουθήσει χωρίς αμφιβολία σε όλο το δωμάτιο, και μαζί καθίσαμε στο κρεβάτι του Ρούμπεν, συνωστιζόμενοι από πάνω του.

Ο Ραφαέλ άδραξε την ευκαιρία του και έβαλε κουνάβια στην τσέπη του για τα υπολείμματα κοτόπουλου. Ταρακούνησα τον Ρούμπεν και όταν με κοίταξε ψηλά, πίεσα τα δάχτυλά μου στα χείλη μου. Έπειτα έστρεψα το βλέμμα μου στον Ραφαέλ. Το ίδιο έκανε και ο Ρούμπεν. Τη στιγμή που βάφτηκε με την προσφορά στο χέρι του Ραφαέλ, έβγαλε ένα απαλό βογγητό. Έβηξα δυνατά για να το καλύψω. Ο Μανουέλ άρχισε να χτυπά το πόδι του στις σανίδες του δαπέδου σαν να χτυπούσε ρυθμό. Εκτίμησα την προσπάθειά του να κρύψει τους ήχους που προέρχονται από τον Ρούμπεν, αλλά δεν βοήθησε. Αν μη τι άλλο, το χτύπημα θα τραβούσε μόνο την προσοχή των άλλων και κανείς δεν πρέπει να γνωρίζει το παράνομο γλέντι μας. Αν δεν μας άνοιγαν τα σπλάχνα για μερίδιο, μπορεί να το πουν στους φρουρούς από κακία.

Ο Ρούμπεν καταβρόχθισε την προσφορά σε πολλά μεγάλα μασήματα και χελιδόνια. Όταν τελείωσε, πήγα και του έφερα λίγο νερό. Ο Μανουέλ επέστρεψε στην κούνια του και ο Ραφαέλ στη δική του. Μπήκα με τον Μανουέλ, ο οποίος είχε καταφέρει να αποκτήσει ένα αντίγραφο του Ποίημα του Βαθύ Τραγουδιού του Λόρκα το οποίο είχε βάλει στα εξώφυλλα της Βίβλου του, το μόνο βιβλίο που μας επέτρεψε να έχουμε ο Μπρίτο, και διαβάσαμε τις λέξεις μαζί σαν να χύναμε γραφές .

Οι άντρες στην άλλη άκρη του κελιού κάθονταν σε μικρές ομάδες, άλλοι έπαιζαν παιχνίδια που είχαν δημιουργήσει από κομμάτια χαρτιού και μολύβια, άλλοι μιλούσαν ήσυχα.

Μια ξαφνική λάμψη και είδα τον Χόρχε να έλεγχε το πρόσωπό του για αίμα κοτόπουλου στον μικρό καθρέφτη που κρατούσε κρυμμένο στο στρώμα του. Τα μάτια μου γύρισαν γύρω από το δωμάτιο. Αν τον έπιαναν οι φρουροί, δεν θα ήθελα να δω την πλάτη του μετά τον ξυλοδαρμό. Η ξαφνική κίνηση του κορμού μου μου υπενθύμισε έντονα.

Ο Χόρχε ήταν ο πιο αποδεδειγμένα ομοφυλόφιλος από τους πέντε μας. Του άρεσε να βγάζει αέρα. Υποθέτω την κατά καιρούς εξωφρενική συμπεριφορά του στην ανατροφή του στην κοσμοπολίτικη ατμόσφαιρα της Σάντα Κρουζ. Η οικογένειά του, όπως και η δική μου, δεν ανήκε σε πλούσιους γαιοκτήμονες. Ήταν γιος ενός συγκρατημένα πλούσιου εξαγωγικού εμπόρου που εμπορευόταν μπανάνες. Πίσω στη δεκαετία του 1930, ο πατέρας του είχε αντιταχθεί σθεναρά στις απεργίες των εργατών της μπανάνας στο Φάιφες και υποστήριξε την καταστολή που ακολούθησε και τις εξαφανίσεις των αρχηγών. Όπως όλοι οι άλλοι άντρες στην επιχειρηματική τάξη της Santa Cruz, ο πατέρας του υποστήριξε τη διακυβέρνηση της εποχής. Όταν η Δεύτερη Δημοκρατία αντικαταστάθηκε με τον φασισμό του Φράνκο, ο Χόρχε λέει ότι ο πατέρας του δεν είχε χτυπήσει το βλέφαρο. Ήταν δουλειά ως συνήθως. Τουλάχιστον ήταν μέχρι τη μέρα που συνειδητοποίησε ότι ο γιος του δεν είχε δίκιο. Στην πραγματικότητα, ο γιος του είχε πολύ περισσότερο δίκιο στα μάτια του πατέρα του. Αυστηρή εκπαίδευση, ατελείωτες συμβουλές από ιερείς, τίποτα δεν έκανε τη διαφορά. Στο τέλος, ο πατέρας του του έδωσε ένα μικρό επίδομα και είπε στον Χόρχε να νοικιάσει ένα δωμάτιο στο κέντρο της πόλης και να μην σκοτεινιάσει ποτέ ξανά το κατώφλι του. Η μητέρα του Χόρχε ήταν στενοχωρημένη εκείνη την εποχή, αλλά λίγα μπορούσε ή θα έκανε. Ο Χόρχε είπε ότι η έντονη αντίδραση του πατέρα του είχε να κάνει περισσότερο με τις προσωπικές του τάσεις παρά με αυτές του γιου του. Μόνος και ελεύθερος, ο Χόρχε κατάφερε να συλληφθεί και να σταλεί στην Τέφια την παραμονή της ημέρας που επρόκειτο να ξεκινήσει την εθνική του υπηρεσία. Ο Ραφαέλ, σε μια από τις πιο έντονες στιγμές του, μου είπε ότι νόμιζε ότι ο Χόρχε είχε επινοήσει τη σύλληψή του για να αποφύγει τον στρατό. Και θα είχε μια βίαιη στιγμή.

Ο Χόρχε κοιτούσε ακόμα την αντανάκλασή του στον καθρέφτη.

«Αφήστε το μακριά», σφύριξα.

Τότε ακριβώς, η πόρτα άνοιξε. Γύρισα να δω ποιος φρουρός ήταν καθώς ο Χόρχε έβαλε τον καθρέφτη πίσω σε μια σχισμή στο στρώμα του. Όλα τα μάτια έδειχναν νευρικά καθώς ο ίδιος ο Μπρίτο στεκόταν στην πόρτα και φώναζε να κατεβούμε όλοι από τα βρώμικα γαϊδούρια μας και να πάμε να παραταχτούμε στο τετράγωνο. Οι άντρες άργησαν να κινηθούν. Ο Ρούμπεν σήκωσε το κεφάλι του από το μαξιλάρι του και το πρόσωπό του συστράφηκε από απογοήτευση. Ο Μπρίτο ξέσπασε και αντικαταστάθηκε από έναν φρουρό που ενίσχυσε την εντολή του Μπρίτο με έναν δικό του. Άκουσες. Βγάλτε τα γαϊδούρια σας από τα κρεβάτια, πόρνες!»

Ήταν ο ίδιος φρουρός που μας είχε δώσει εντολή να καθαρίσουμε το κοτέτσι. Ένας κοντός και σωματώδης άντρας με στενούς γοφούς και φαρδιούς ώμους και μια κακόβουλη μπούκλα στις γωνίες των χειλιών του, με το πρόσωπό του να είναι διατεταγμένο σε ένα μόνιμο γρύλισμα.

Ο Ραφαέλ βοήθησε τον Ρούμπεν να σηκωθεί και οι δύο άντρες βγήκαν έξω, ο Ραφαέλ φρόντισε να ήταν στα αριστερά του Ρούμπεν για να πάρει το χτύπημα που περίμενε. Ο φρουρός χτύπησε το κοντάκι του τουφεκιού του στον ώμο του Ραφαέλ καθώς περνούσαν οι δύο άντρες. Στη συνέχεια έκανα αρχείο και ακολούθησαν ο Χόρχε και ο Μανουέλ. Δεχθήκαμε ο καθένας από ένα χτύπημα καθώς προσπερνούσαμε τον φρουρό, το κοντάκι του τουφεκιού προσγειώθηκε στους ώμους μας όπως πριν, προσθέτοντας τη μελανιά που δεν έφυγε ποτέ.

Οι κρατούμενοι των άλλων κελιών ήταν ήδη παραταγμένοι σε δύο βαθιά στο τετράγωνο. Ήμασταν έτοιμοι να κατευθυνθούμε πίσω τους, αλλά ο Μπρίτο είχε άλλες ιδέες και μας έβαλε να σταθούμε μπροστά. Ο Ραφαέλ και ο Ρούμπεν ήταν μπροστά μου. Τρίτος στη σειρά, στάθηκα μπροστά στον Πάουλο, ο οποίος κοίταξε άφωνος από το ματωμένο πρόσωπό του. Ο Μανουέλ ήρθε και στάθηκε δίπλα μου, μετά ο Χόρχε. Κανείς μας δεν τόλμησε να μιλήσει.

Ο ήλιος έπεσε πάνω στο τετράγωνο, ψήνοντας το τσιμέντο κάτω από τα πόδια μας, τα χαμηλά κτίρια που περιείχαν το τετράγωνο παγιδεύοντας τη ζέστη. Η θερμοκρασία ανέβηκε ακόμα περισσότερο από έναν ξηρό άνεμο στην έρημο που φύσηξε στα πρόσωπά μας. Ήδη, ένιωσα τον ιδρώτα να χτίζεται στις μασχάλες μου.

Τη στιγμή που μας έβαλε όλους στην ουρά σαν να τηγανίζουμε στην πλήρη έκρηξη του ήλιου, ο Μπρίτο ξεκίνησε την ταραχή του.

Φταίμε εμείς, προφανώς, που ο σκύλος είχε βρει τον δρόμο του στο κοτέτσι και έσφαξε εκείνα τα καημένα τα κοτόπουλα. Το λάθος μας που ήμασταν το βρώμικο απόβρασμα που ήμασταν, δεν άξια να ονομαζόμαστε άνθρωπος, η μάστιγα του πλανήτη, γεμάτη με ένα κακό, έτσι ώστε να διαφθείρει μόνο την πιο σοβαρή αποκατάσταση θα έδιωχνε το θηρίο από τις ψυχές μας.

«Ένας λοιμός ζει σε όλους εσάς τους άνδρες. Σε εσένα και εσένα και εσένα. Είστε άρρωστοι, με ακούτε; Όλοι άρρωστοι! Και πρέπει να καθαριστείτε. Ο Θεός ξέρει ότι είναι το βάρος μου να σας εξαγνίσω και το έργο είναι τόσο επαχθές σήμερα όσο ήταν την πρώτη μέρα που πάτησα το πόδι μου σε αυτό το στρατόπεδο. Ο Θεός θα σας χτυπήσει κάτω, ειδωλολατρικές πόρνες.» Ο Μπρίτο έκανε σήμα σε έναν φρουρό που έφυγε και εξαφανίστηκε στην πλευρά του κεντρικού κτιρίου.

«Τώρα βρωμερές πόρνες, θα τραγουδήσετε τον εθνικό ύμνο και θα δείξετε ότι είστε οι περήφανοι Ισπανοί που δεν είστε.»

Μείναμε σιωπηλοί.

«Τραγουδήστε!» βρυχήθηκε ο Μπρίτο.

Κάποιος από πίσω τραγούδησε, «Μπροστά στον ήλιο με το καινούργιο μου πουκάμισο», και σιγά σιγά ήρθαμε όλοι μαζί.

«Πιο δυνατά», φώναξε ο Μπρίτο πάνω από τις φωνές μας καθώς φτάσαμε, «Αν σου πουν ότι έπεσα», και ανοίξαμε το στήθος μας και τραγουδήσαμε με μια εγκάρδια καρδιά που κανείς μας δεν ένιωσε. Και όταν φτάσαμε στο τέλος του Κάρα ελ Σολ Μπρίτο μας έκανε να ξεκινήσουμε από την αρχή.

Όταν περάσαμε στα μισά της δεύτερης φοράς, ο φρουρός εμφανίστηκε ξανά και τα βλέμματά μας τράβηξαν τη στρατιωτική φιγούρα που είχε ένα σκυλί στην αγκαλιά του.

Ο Μπρίτο μας φώναξε να έχουμε τα μάτια μας ευθεία και να τραγουδάμε. Ο σωματώδης φρουρός μπήκε από τα φτερά για να λειτουργήσει ως μαέστρος της χορωδίας μας, προτρέποντάς μας να συνεχίσουμε με τη λάμψη του και τα χέρια του που αναπηδούσαν με ρυθμό στον αέρα.

Ο φρουρός έδωσε στον Μπρίτο τον σκύλο. Ένα αδυνατισμένο Ποτένκο, καφέ και λευκό με μεγάλα όρθια αυτιά, ένα σκυλί φάρμας που είχα δει να περιφέρεται στα χωράφια γύρω από τον καταυλισμό. Ήταν αμφίβολο ότι αυτός ήταν ο σκύλος που είχε σκοτώσει τα κοτόπουλα. Η κοιλιά του ήταν κούφια, όχι φουσκωμένη ή παχουλή.

Όχι ο ένοχος, μόνο η θυσία, ο Μπρίτο ο θυμωμένος διευθυντής αποφασισμένος να βρει κάποιον ή κάτι να κατηγορήσει.

Συνεχίσαμε να τραγουδάμε. Ο Μπρίτο έπιασε τον σκύλο. Έπιασα τα κλάματα του σκύλου στις σύντομες παύσεις ανάμεσα στους στίχους του τραγουδιού.

Αυτό που συνέβη στη συνέχεια δεν ήταν απροσδόκητο. Το να αναβοσβήνει στο μυαλό μου καθώς ο Μπρίτο κρατούσε τον σκύλο ψηλά με απλωμένα χέρια ήταν μια παρόμοια εικόνα, μιας κατσίκας εκείνη την εποχή. Ένας τράγος ο Μπρίτο είχε σφάξει άγρια μετά τον ελαιώνα του, ένα άλσος με πεντακόσια δενδρύλλια που κοπιαστικά φυτέψαμε και φροντίσαμε κατ' εντολή του, έναν ελαιώνα που είχαμε προστατεύσει με σκιάχτρα φτιαγμένα από εφημερίδα, έναν ελαιώνα που φυλάγαμε με πόνο ξυλοδαρμού , διώχνοντας τα κουνέλια και τα πουλιά και τις σαύρες, καταστράφηκε τελικά από κατσίκες και χαλαζόπτωση ενώ ήμασταν όλοι στην εκκλησία. Ο Μπρίτο δεν μπορούσε να τιμωρήσει το χαλάζι και έτσι τιμώρησε την κατσίκα.

Ψηλά στον αέρα, ο σκύλος κράτησε την ουρά του ανάμεσα στα πόδια του. Έτρεμε, μάτια άγρια από φόβο. Ο Μπρίτο το κράτησε εκεί σαν προσφορά σε κάποιον θεό και ως παράδειγμα για όλους μας για τη σκληρότητα που χτυπούσε στην καρδιά του. Στο τέλος του ύμνου, κατέβασε το σκυλί και το κράτησε στο στήθος του σαν να το αγκάλιαζε. Αυτό δεν ήταν αγκαλιά. Ο Μπρίτο προσπαθούσε να πνίξει τον φτωχό κυνόδοντα. Όταν βαρέθηκε με αυτή την τεχνική, άπλωσε τα χέρια του προς τα οριζόντια και έριξε πανηγυρικά το σκυλί στο έδαφος. Έπειτα σήκωσε το πόδι του και το κατέβασε με δύναμη στο κλουβί του φτωχού ζώου.

Ο σκύλος δεν ήταν νεκρός. Στρεβλώθηκε και έτρεμε, τα αυτιά του γύρισαν πίσω και προσπάθησε να σηκώσει το κεφάλι του.

Μετά βίας μπορούσα να δω τι ακολούθησε.

Μη ικανοποιημένος που δεν είχε επιδείξει αρκετή σκληρότητα, ο Μπρίτο κλώτσησε και πάτησε το καημένο ζώο. Ήταν ένα ζώο ο ίδιος, με τα χέρια του τριγυρνούσαν, τα μάτια του άγρια από ένα είδος ξέφρενης παραφροσύνης. Το στόμα του έμεινε ανοιχτό και άφησε απαλά γρυλίσματα καθώς οι ατσαλένιες μπότες του με τα δάχτυλα του ποδιού προσγειώθηκαν στο σακί με τα κόκαλα που ήταν ο σκύλος. Και όλη την ώρα τραγουδούσαμε. Τραγουδούσαμε στην κορυφή των πνευμόνων μας, ο λαιμός μας στεγνός και βραχνός. Και ο φρουρός κούνησε τα χέρια του σαν να βρισκόταν σε ένα φανταχτερό αμφιθέατρο, και ο σκύλος έμεινε ακίνητος. Δεν υπήρχε κανένα σημάδι ζωής σε εκείνο το ταλαιπωρημένο και ματωμένο σώμα. Σκέφτηκα τον Πάουλο πίσω μου. Δεν τόλμησα να κοιτάξω γύρω μου, αλλά τον ένιωσα εκεί, ένιωσα τον πόνο στο ίδιο του το ταλαιπωρημένο σώμα.

Επιτέλους ο Μπρίτο σταμάτησε τη βαναυσότητά του, αλλά το μαρτύριο μας δεν τελείωσε εκεί. Ο Μπρίτο διέταξε να σταματήσει το τραγούδι. Σήκωσε το σκυλί και περπάτησε στη σειρά των ανδρών, αναγκάζοντάς μας τον καθένα με τη σειρά του να κοιτάξουμε προσεκτικά το νεκρό πλάσμα.

«Ας είναι αυτό ένα μάθημα για όλους σας. Αυτό θα συμβεί σε εγκληματίες σαν εσάς. Διατάζω αυτή τη φυλακή, ας μην γίνει κανένα λάθος, και αν κάποιος από εσάς ξεφύγει από τη γραμμή, θυμηθείτε, τι συνέβη σε αυτό το σκυλί θα συμβεί σε εσάς.»

Ενώ ο Μπρίτο συνέχιζε με τη φρικτή παρουσίασή του, δύο φρουροί όρμησαν μπροστά και έφτιαξαν μια πυρά από κλαδιά και κορμούς και εφημερίδες και οτιδήποτε άλλο έβρισκαν που θα καεί. Ο Μπρίτο ενώθηκε μαζί τους και διέταξε να ανάψει η πυρά. Μόλις έπιασαν τα ξύλα και άναψε η φωτιά, πέταξε πάνω στο σκυλί, και όλοι σταθήκαμε με τα πρόσωπά μας στον πύρινο άνεμο, αναγκαστήκαμε να εισπνεύσουμε τον καπνό του ξύλου και μετά τη δυσωδία της καμένης γούνας του σκύλου και τελικά τη σάρκα του που καίγεται.

Η δοκιμασία μας τελείωσε όταν η φωτιά πέθανε και όλα τα απανθρακωμένα υπολείμματα του σκύλου μεταφέρθηκαν στον αποτεφρωτήρα. Ο Μπρίτο άφησε τους φρουρούς για να μας πάνε πίσω στα κελιά μας, ενώ έφευγε στο γραφείο του, αναμφίβολα για να χαιρόταν μια δουλειά που είχε εκτελεστεί καλά.

Μόλις οι φρουροί πήγαν πίσω στο συγκρότημα, καθίσαμε όλοι στις κούνιες μας ή στο πάτωμα υποτονικοί. Στην αρχή δεν μίλησε κανείς.

Τότε ο Αντόνιο, ένας από τους άντρες της Γκραν Κανάρια, είπε, «Αυτός ο άνθρωπος είναι τέρας».

Το σχόλιό του προκάλεσε κατακραυγή και σύντομα όλοι

μιλούσαν αμέσως σε εκείνη την άκρη του κελιού. Στο τέλος μου, ο Χόρχε κάθισε στην κούνια του αγκαλιάζοντας τα γόνατά του και ο Ραφαέλ σωριάστηκε στο πλάι του κρεβατιού του Ρούμπεν. Το χέρι του έπιασε το χέρι του Ρούμπεν. Ο Μανουέλ, που είχε αρχίσει να τρέμει από το τραύμα, ξέσπασε σε κλάματα.

Είδα το πρόσωπό του να κοκκινίζει, τα δάκρυα να κάνουν καθαρές ραβδώσεις στα μάγουλά του. Νέος στην Τεφία, ο Μανουέλ δυσκολευόταν να προσαρμοστεί.

Ήταν από τη Σάντα Κρουζ και ήταν πόρνη από τα δεκαπέντε του περίπου. Πέρασε ένα χρόνο στην πρωτεύουσα της Γκραν Κανάρια, τη Λας Πάλμας, όπου έκανε παρέα στα μπαρ γύρω από το πάρκο Σάντα Καταλίνα. Η περιοχή ήταν κοντά στο λιμάνι και ήταν γνωστό ότι ήταν σπαρμένη. Πήγε εκεί για τα μεθυσμένα λάγνα όργια, για τα λεφτά που έβγαζαν οι ξένοι που σύχναζαν στο λιμάνι της πόλης, οι ξένοι πεινασμένοι για όμορφα αγόρια των Καναρίων Νήσων όπως ο Μανουέλ. Μου είπε ότι υπήρχε σε μια διαρκή κατάσταση φόβου σε συνδυασμό με μια ακόρεστη επιθυμία για λαθραίο σεξ. Το ότι πληρωνόταν για τις νυχτερινές του προσπάθειες πρόσθεσε μόνο ένα επιπλέον επίπεδο κινδύνου, καθώς τα πάρκα και οι κινηματογράφοι και τα ουρητήρια γύρω από το λιμάνι γίνονταν επιδρομές κατά καιρούς και μετά τα πράγματα έγιναν βίαια.

Έχοντας αποφύγει ελάχιστα τη σύλληψη για πολλοστή φορά, ένας φίλος και συνάδελφός του πόρνη του είπε να φύγει γρήγορα από τη Λας Πάλμας. Οι αρχές ήταν σε επαφή μαζί του και ήταν θέμα χρόνου να τον πιάσουν. Επέστρεψε στη Σάντα Κρουζ και συνέχισε τη δουλειά που είχε επιλέξει, εν μέρει επειδή απολάμβανε ειλικρινά τις συγκινήσεις και εν μέρει επειδή δεν μπορούσε να κάνει τίποτα άλλο.

Το να τον βλέπω να λυγίζει και να ανατριχιάζει ήταν υπερβολικό να το αντέξω και, διακινδυνεύοντας έναν ξυλοδαρμό σε περίπτωση που μπει ένας φρουρός, πήγα και κάθισα στο κρεβάτι του, τον έβαλα ένα χέρι και του έλυσα τα μαλλιά. Όχι ότι οι προσπάθειές μου είχαν κάποιο αποτέλεσμα.

«Πρέπει να φύγω από αυτό το μέρος», είπε, ακούγοντας υστερικός. «Βοήθησέ με να ξεφύγω.» Μου έσφιξε το χέρι. «Πρέπει να με βοηθήσεις να ξεφύγω».

«Δεν μπορείς να ξεφύγεις», είπα, με το στομάχι μου να σφίγγει στη σκέψη. Ήταν μια παράξενη αντίδραση, και κατάλαβα εκείνη τη στιγμή ότι τον ήθελα.

«Αλλά πρέπει. Πρέπει.» Η φωνή του έγινε τσιριχτή.

«Ηρέμησε», είπε ο Χόρχε.

Ο Μάνουελ τράβηξε τα χέρια του από το πρόσωπό του και κοίταξε τον Χόρχε αγανακτισμένος.

«Δεν μπορώ να το κάνω άλλο αυτό. Αυτός ο άνθρωπος ο Μπρίτο είναι τρελός. Θα είμαστε οι επόμενοι. Θα αρχίσει να μας καίει σε πυρά σε λίγο. Μάλλον μας καίνε ζωντανούς».

«Σταμάτα να είσαι μελοδραματικός, αγάπη μου».

Έριξα στον Χόρχε ένα λογοκριτικό βλέμμα και μετά στράφηκα στον Μανουέλ.

«Δεν θα το κάνει. Ούτε ο Μπρίτο δεν θα το κάνει αυτό».

«Πως ξέρεις. Ήταν άγριος εκεί πάνω. Νόμιζα ότι είδα αφρό στις γωνίες του στόματός του.»

Ήταν αλήθεια. Ο τύπος ήταν εντελώς μανιακός.

«Σε παρακαλώ, βοήθησέ με, Χοσέ. Βοηθήστε με να φύγω από εδώ».

Άπλωσα το χέρι του και το έσφιξα.

«Δεν υπάρχει πουθενά να πας. Θα σου πει ο Αντόνιο. Ο φίλος του προσπάθησε, θυμήσου. Ή ήταν πριν φτάσεις; Κοίτα, ακόμα κι αν κατάφερνες να ξεφύγεις από αυτόν τον κάμπο, υπάρχει μόνο ένας τρόπος για να βγεις από το Νησί. Θα χρειαστεί να πάρεις ένα σκάφος στο Πουέρτο Καμπράς και κανείς δεν πρόκειται να σε αφήσει να το κάνεις αυτό. Έχουν κατασκόπους παντού. Αυτό είναι ένα νησί που αγαπά τον Φράνκο. Δεν καταλαβαίνεις; Αυτοί οι καμπεσίνο πιστεύουν ότι είναι απλά υπέροχος. Πίστεψέ με.»

«Σίγουρα δεν το κάνουν. Όχι όλοι τους.»

«Και πώς θα ήξερες ποιοι το κάνουν και ποιοι όχι. Και ακόμα κι αν μπορούσες να το πεις αυτό, είναι όλοι Καθολικοί και όλοι μας μισούν. Βλέπεις τον τρόπο που μας βλέπουν. Έχεις δει ποτέ κάποιον από αυτούς να μας χαιρετάει ή να χαμογελάει; Όχι, δεν έχεις. Δεν το έχεις κάνει γιατί δεν έχει συμβεί ποτέ. Δεν βλέπεις, Μανουέλ; Θα χρειαζόσουν βοήθεια για να φύγεις από το νησί και κανείς δεν πρόκειται να σε βοηθήσει. Πίστεψέ με. Αν προσπαθήσεις να ξεφύγεις, θα τιμωρηθείς. Αφού συνελήφθη ξανά, ο φίλος του Αντόνιο οδηγήθηκε σε άλλη φυλακή. Ο Αντόνιο άκουσε τους φρουρούς να μιλούν γι' αυτό.»

Όλα μου τα λόγια έπεσαν στο κενό.

«Δεν μπορώ να μείνω εδώ. Δεν μπορώ να το κάνω αυτό.»

«Πρέπει να μείνεις εδώ και μπορείς να το κάνεις αυτό».

«Έπρεπε να σταματήσω τον εαυτό μου από το να μπω στη φωτιά για ένα κομμάτι απανθρακωμένο σκυλί», είπε ο Ραφαέλ σκυθρωπός και ευτυχώς άλλαξε θέμα.

«Το ίδιο», είπε ο Χόρχε. «Μου έτρεχαν τα σάλια».

«Δεν μπορώ να πιστέψω ότι έχουμε περιοριστεί σε αυτό», είπα.

«Καλύτερα από τα περιττώματα κατσίκας».

«Αλήθεια.» Ήταν η σειρά μου να φανώ ζοφερή.

«Ή τα ταγγισμένα δέματα φαγητού».

«Τουλάχιστον ξέρεις ότι νοιάζεται η οικογένειά σου», είπε ο Μάνουελ παραπονεμένα.

Ο Μανουέλ δεν μπορούσε να έχει ιδέα ότι κανένας δεν είχε δεχτεί επίσκεψη από ένα μέλος της οικογένειας σε όλο το διάστημα που ήμουν έγκλειστος –δέκα μήνες τώρα– και κανένας κρατούμενος στο κελί μας δεν είχε λάβει ποτέ γράμμα από την οικογένειά του.

«Μου λείπει τόσο πολύ η μαμά μου», είπε. Έμοιαζε έτοιμος να ξεσπάσει σε περισσότερα κλάματα.

Του χάιδεψα την πλάτη.

«Σε όλους μας λείπει η μητέρα μας.»

«Αλήθεια;» είπε ο Χόρχε.

«Η οι αδερφές μας ή ο αδερφό μας ή οι φίλοι μας», είπα γρήγορα. Δεν ήθελα να μπω σε συζήτηση για τη μητέρα του Χόρχε.

«Δεν πρέπει να σκέφτεσαι έτσι», είπα απαλά. «Είμαστε η οικογένειά σου τώρα. Πρέπει να είσαι δυνατός. Δεν μπορεί να συνεχιστεί για πάντα. Τρία χρόνια είναι το μέγιστο».

«Και ο Μπρίτο θα μας κρατήσει όλους για όλο αυτό το διάστημα. Βάζω στοίχημα ότι θα το κάνει.»

«Δεν το ξέρεις αυτό».

«Στέλνει αναφορές στις αρχές. Έχει τον απόλυτο έλεγχο πάνω μας».

Ο Μάνουελ απομακρύνθηκε και άρχισε να τσιμπάει το δέρμα των μπράτσων του.

«Τι συμβαίνει με εμένα;» είπε με αηδία. «Γιατί έπρεπε να γεννηθώ έτσι; Γιατί δεν μπορώ να είμαι κανονικός όπως όλοι οι άλλοι».

«Αγάπη μου, κλείσε το στόμα σου!»

Έδωσα στον Χόρχε ένα αυστηρό κούνημα του κεφαλιού μου.

«Είναι η βιολογία μου, όπως λέει ο ιερέας;»

«Κάποιοι λένε ότι έχουμε υπερβολικά περιποιητικές μητέρες», είπε ο Ραφαέλ, με τον χλευαστικά φιλοσοφικό του τόνο.

«Η μητέρα μου δεν με χάιδεψε ποτέ».

«Χόρχε, λυπόμαστε όλοι που είχες μια τόσο απαίσια μητέρα.» ήλπιζα ότι αυτό θα τον ικανοποιούσε.

«Νομίζουν ότι είμαστε διεστραμμένοι ηδονιστές», είπε ο Ραφαέλ, «που απολαμβάνουμε τις σαρκικές απολαύσεις μας».

«Λοιπόν, αν είμαστε;» Ξαφνικά, ο Μάνουελ ήταν αμυντικός, και χάρηκα και ανακουφίστηκα όταν άκουσα την περιφρόνηση στον τόνο του. Αυτή ήταν η ενέργεια που χρειαζόταν για να επιβιώσει εδώ. Τίποτα άλλο δεν θα τον έβλεπε.

Η συζήτησή μας αδυνάτισε καθώς ο ήλιος, τώρα στην απογευματινή του κατάβαση, άρχισε να ψήνει το μπροστινό τοίχωμα του κελιού, με τη ζέστη του να ακτινοβολεί μέσα. Λίγος ξέφυγε από τα κλειστά παράθυρα και δεν υπήρχε αεράκι. Σύντομα το δωμάτιο έγινε φούρνος, βουλωμένο και καταπιεστικό, και όσο περνούσε το απόγευμα, η δυσωδία των ούρων και τα σκασμένα που είχαν συσσωρευτεί στον κουβά δίπλα στην άλλη πόρτα δυνάμωναν όλο και περισσότερο. Πολλοί από εμάς ξαπλώναμε στις κούνιες μας για να βγάλουμε το χειρότερο μισό κωματώδες, καλύπτοντας τη μύτη μας ή κρύβοντας τα κεφάλια μας στη βρώμα των δικών μας μασχαλών, που ήταν προτιμότερη δυσωδία από αυτή που προερχόταν από τις αφοδεύσεις μας.

Ήταν σούρουπο πριν φάμε. Οι φρουροί άνοιξαν την πόρτα, αφήνοντας μια ξαφνική ορμή ζεστού ξηρού αέρα. Ο ένας φύλακας στεκόταν στην πόρτα καθώς ο άλλος μας έδωσε στον καθένα ένα τσίγκινο μπολ γεμάτο με καλαμποκάλευρο και χυλό ωμού κρεμμυδιού. Ή?ταν η έκδοση της κρεμμυδόσουπας για τη φυλακή, αλλά ήταν νόστιμη όταν μαγειρευόταν παραδοσιακά. Το φαγητό παρασκευάστηκε από καβουρδισμένο αλεύρι καλαμποκιού σε συνδυασμό με ζωμό για να σχηματιστεί μια λεία πάστα. Προστέθηκαν σκόρδο, κρεμμύδια, αλάτι και το πολύ σημαντικό ελαιόλαδο για γεύση και συνοχή. Λάτρεψα το πιάτο με τον τρόπο που το ετοίμασε η οικογένειά μου, σερβιρισμένο με πικάντικη σάλτσα. Εδώ έλειπαν όλα τα ζωτικά συστατικά. Το αποτέλεσμα ήταν ένα άοσμο στολίδι που ήταν σχεδόν αδύνατο να καταπιεί. Ήταν προσβολή για την κουλτούρα μας και μόνο οριακά καλύτερο από τις ριζωμένες γλυκοπατάτες και τα μπιζέλια που ξεπέρασαν με μυρμηγκιές που μας έδιναν επίσης να φάμε. Ο μόνος τρόπος για να φάει το γκόφιο ήταν να το κυνηγήσει με γουλιές νερό. Γνωρίζοντας αυτό, μόλις οι φρουροί είχαν φύγει από το κελί, ο Αντόνιο γύρισε με τον κουβά και βγάλαμε ο καθένας νερό με τις τσίγκινες κούπες μας. Τα γεύματα ήταν οι μόνες φορές που νιώσαμε ότι μας ωθεί να σβήσουμε τη δίψα μας με το αλατισμένο νερό από το πηγάδι.

Έριξα με κουτάλι τον κοκκώδη, άγευστο χυλό στο μπολ μου και έπινα το νερό μου με κάθε μπουκιά και κατάπια δυνατά, πιέζοντας το περιεχόμενο του στόματός μου κάτω από το λαιμό μου όσο καλύτερα μπορούσα. Όπως έκανα, ξαναέζησα το επεισόδιο στο κοτέτσι, δοκίμασα την ακατέργαστη σάρκα και το δέρμα και τα εντόσθια. Το αίμα. Καμία από αυτές τις γεύσεις ή τις υφές δεν ήταν ευχάριστη, αλλά δεν ήταν χειρότερη από το καθημερινό μας γεύμα. Παρακολούθησα τον Μανουθέλ και τον Χόρχε και τον Ραφαέλ και τον Ρούμπεν να παλεύουν με το φαγητό τους, πρόθυμοι να φάνε κάθε μπουκιά, να μην προκαλούν αμηχανία για το γιατί κάποιος από εμάς δεν είχε φαγητό. Διότι το συμπέρασμα θα ήταν προφανές, ακόμη και σε εκείνα τα μουδιασμένα μουδιασμένα έξω, ότι είχαμε γλεντήσει με τα υπολείμματα που άφησε ο σκύλος.

Και μετά ξανασκέφτηκα το Ποντένκο και την απαίσια δυσωδία της καύσης του. Σχεδόν φίμωσα.

Οι φρουροί επέστρεψαν μισή ώρα αργότερα για να μαζέψουν τα μπολ μας. Ο Αντόνιο διατάχθηκε να αφαιρέσει τον βρωμερό κουβά που χρησίμευε ως κοινόχρηστη τουαλέτα και να τον αδειάσει πάνω από τον πέτρινο τοίχο. Ήταν η μόνη φορά που άδειασε ο κουβάς. Όλοι ξέραμε ότι οι φρουροί επέλεξαν επίτηδες εκείνη την ώρα της ημέρας, για να μας κάνουν να αντέχουμε τη βρώμα των περιττωμάτων μας όσο το δυνατόν περισσότερο και να κάνουν το γεύμα μας ακόμα πιο δυσάρεστο από ό,τι ήταν ήδη.

Κατά τη δύση του ηλίου, ήρθε η υποχρεωτική και καθημερινή θρησκευτική διδασκαλία που είχε σκοπό να μας κάνει να μετανοήσουμε και να αλλάξουμε τους σαρκικούς μας τρόπους. Με τον φρουρό να στέκεται στο πίσω μέρος της αίθουσας, μας έκανε διάλεξη ένας άλλος κρατούμενος, ο

Μιγκέλ, ο οποίος προερχόταν από θρησκευτικό υπόβαθρο και είχε διοριστεί ο ρόλος. Ήταν το ίδιο κάθε βράδυ. Έπρεπε να μαζευτούμε. Ξεκίνησε δίνοντάς μας οδηγίες στα Πρώτα Γράμματα. Στη συνέχεια μίλησε για την ιστορία του Ιησού. Μετά από αυτό διάβασε επιλεγμένα αποσπάσματα της Αγίας Γραφής. Μετά ήρθαν οι προσευχές του Ροζάριο. Ήταν σαν να πηγαίνω στη Λειτουργία κάθε βράδυ. Όλοι γνωρίζαμε τις ιστορίες της πίστης και όλοι γνωρίζαμε το υποκείμενο που ενσωματώνεται στην οδηγία. Ήμασταν αμαρτωλοί και χρειαζόμασταν τη λύτρωση. Είχαμε μια ασθένεια για την οποία δεν υπήρχε θεραπεία, δεν θα σωζόμασταν ποτέ και θα καταδικαζόμασταν στην κόλαση μόλις πεθαίναμε, και το μόνο που μπορούσαμε να σκεφτούμε καθώς ακούγαμε ήταν ότι ήμασταν ήδη στην κόλαση, ακριβώς εδώ σε αυτό το κελί, και γιατί δεν μας χτύπησε ο Θεός και μας απάλλαξε από αυτή τη δυστυχία.

Καθώς ο Μιγκέλ μιλούσε, το μυαλό μου παρασύρθηκε. Φαντάστηκα τη λειτουργία στην εκκλησία στη Λα Λαγκούνα. Πώς εξομολογήθηκα στον ιερέα τις ομοφυλοφιλικές μου επιθυμίες και μου είπε ότι θα πάλευα όλη μου τη ζωή και δεν θα βρω ποτέ αποδοχή και το καλύτερο ήταν να θάψω τις επιθυμίες μου και να μην τις κάνω ποτέ. Άκουσα και δεν το άκουσα, αλλά το βλέμμα μου με πρόδωσε και εδώ ήμουν ούτως ή άλλως, ανεξάρτητα.

Στη συνέχεια, φανταζόμουν τη βόλτα που αντιμετωπίσαμε το πρωί, τη βόλτα τριών μιλίων στην εκκλησία στο Κασίγιας ντελ Άνχελ και τα τρία μίλια πίσω. Μια άσκοπη, άκαρπη βόλτα στην ξηρή και βραχώδη πεδιάδα για να ακούσω τον ιερέα να μιλάει για την ιερότητα και την αγνότητα και τον Χριστό. Και μετά θα ομολογήσω και θα μου ξαναπεί διάλεξη ότι με είχαν χωρίσει από την κοινωνία γιατί ήμουν, όλοι ήμασταν, κίνδυνος για τις οικογένειές μας, τους γείτονές μας, για όλους όσους ήρθαν σε επαφή μαζί μας. Ήμασταν παιδεραστές και ιερόδουλες, μια απειλή για την κοινωνία για την οποία δεν θα υπήρχε ποτέ χάρη. Και καθώς περπατάμε, εκεί και πίσω, οι άνθρωποι στα σπίτια που περνάμε θα κοιτούν επίμονα και τα παιδιά τους θα μας δείχνουν και θα λένε «κοιτάξτε τους κρατούμενους» και οι οικογένειές τους θα κλείσουν τις πόρτες και τα παράθυρα.

Και στον μεγάλο περίπατο της επιστροφής, θα περάσουμε το χωράφι όπου βρισκόταν ο ελαιώνας, και θα φανταστώ τις κατσίκες και τη χαλαζόπτωση που κατέστρεψε εκείνα τα δενδρύλλια. Και φανταστείτε τον Μπρίτο και την οργή του που κορυφώθηκε με τη θυσιαστική σφαγή μιας κατσίκας.

Κάποτε, είπα στον ιερέα ο διευθυντής της φυλακής των Καρμελιτών μας ήταν καταπιεσμένος ομοφυλόφιλος και ότι ήταν εξοργισμένος. Όλοι προσπαθήσαμε να το πούμε στον ιερέα, αλλά τα λόγια μας έπεσαν στο κενό.

Και έκλεισα το μυαλό μου στις επόμενες μέρες. Για τις ώρες και τις ώρες που περνούσαμε στα χωράφια σπάζοντας βράχους. Η σκαπάνη και το κάρο βράχων και βρωμιάς. Ο μόχθος στον ήλιο που ψήνει και ο βρυχηθμός αέρας και η αδυσώπητη βρισιά από τους φρουρούς που έκαναν το παραμικρό λάθος μας. Ποτέ δεν επέτρεψε ούτε μια φορά να σταματήσουμε μήπως υποφέρουμε το μαστίγιο, το μαστίγιο, τους ξυλοδαρμούς.

Με το φως που έσβησε, η διάλεξη τελείωσε και ο φρουρός μας άφησε. Μιλήσαμε σιγά, κάποιος τραγούδησε ένα τραγούδι. Τελικά, όλα έγιναν ήσυχα και άκουσα λυγμούς, τον απαλό λυγμό όχι από τον Μάνουελ, αλλά από έναν άλλο άνθρωπο πιο κάτω από το διάδρομο.

Έκλεισα τα μάτια μου στη φρίκη της ημέρας. Έκλεισα τα μάτια μου στον παράλογο Καρμελίτη που είχε τεθεί επικεφαλής. Έκλεισα τα μάτια μου στους κολλητούς του φρουρούς που δεν είχαν ούτε μια ουγγιά συμπόνια ανάμεσά τους. έκλεισα τα μάτια μου.

* * *

Κοράκι, γιατί με κοιτάς με τόσο ερωτικό βλέμμα. Διεξήχθη ένας πόλεμος για να τερματιστούν οι θηριωδίες που έγιναν στην Τεφία, ένας πόλεμος που έγινε από μια συμμαχία των καλών παιδιών, ναι των καλών που ήταν από τη Βρετανία και τη Γαλλία και τον Καναδά και τις ΗΠΑ. Και αυτά τα έθνη, τι κάνουν τώρα που ο πόλεμος έχει περάσει προ πολλού; Σίγουρα δεν έχουν καμία πρόθεση να κάνουν άλλον πόλεμο για να εκδιώξουν τον Φράνκο. Όχι σε αυτή τη νέα εποχή που ο εχθρός όπως βλέπουν δεν είναι ο φασισμός αλλά ο κομμουνισμός. Τους ταιριάζει ο Φράνκο. Ο Φράνκο και το μίσος του για τους κομμουνιστές, τους Ρεπουμπλικάνους και τους γκέι.

Όσο για τη ματαιότητα της φυλάκισής μου, μάταιη γιατί με μετέτρεψε στον ομοφυλόφιλο άντρα που είμαι – ω αγάπη μου, εσύ με τα φτερά σου και την ελευθερία σου, δεν θα μπορούσες ποτέ να μάθεις την επίδραση που έχει μια ζωή σε κλουβί στην ψυχή. Κανείς δεν εγκλωβίζει ένα κοράκι.

Πόσο λαχταρούσα για την άνεση του σπιτιού σε εκείνο το μέρος. Πώς παρακαλούσα και παρακαλούσα για μια ευκαιρία να εξιλεωθώ. Πώς έκλαψα ήσυχα τη νύχτα για μια αγαπημένη οικογενειακή αγκαλιά. Ήθελα να επιστρέψω τον χρόνο μέχρι που ήμουν μόνο ένα ωάριο και ένα σπέρμα και να παρακαλέσω τον Θεό να με κάνει ετεροφυλόφιλη.

Και κανείς δεν έγραψε και δεν ήρθε κανένα δέμα φαγητού και ένιωσα ότι η σάρκα και το αίμα μου είχαν πλύνει τα χέρια τους από εμένα. Ίσως είχαν. Μέχρι σήμερα δεν έχω ιδέα. Δεν μπορώ να τα δω. Έγραψα και τους είπα ότι είμαι ελεύθερος, αλλά δεν μου άπλωσαν το χέρι και μου ευχήθηκαν ούτε τότε.

Στην Τεφία, όλοι νιώσαμε εγκαταλελειμμένοι από τις οικογένειές μας. Και πολλοί από εμάς είχαμε πάει. Τι να έκαναν όμως; Τι θα μπορούσαν να έχουν πετύχει; Η απάντηση σε αυτό είναι απλή. Τίποτα.

Μόνο όταν ελευθερώθηκα από το στρατόπεδο και με έστειλαν στη Γκραν Κανάρια, έμαθα για τους αγώνες μιας μητέρας που απελπιζόταν να απελευθερώσει τον μονάκριβο γιο της. Πώς κανείς δεν σήκωσε το δάχτυλο για να βοηθήσει και κυρίως όχι οι πλούσιοι γκέι των οποίων οι παρεκκλίνουσες ανάγκες καλύφθηκαν από εξαθλιωμένες ιερόδουλες. Αυτή η μητέρα μίλησε με τον δήμαρχο, με αξιωματούχους της αστυνομίας και επιχειρηματίες, τον αποικιακό διευθυντή και τον διοικητή της πολιτικής φρουράς. Οι πόρτες χτυπήθηκαν στο πρόσωπό της. Κανείς δεν έκανε τίποτα. Όλοι αδιαφορούσαν για την παράκλησή της. Της είπαν ότι ο γιος της ήταν Μαρίκων και ήταν καλύτερα στη φυλακή. Αυτή η γυναίκα ήταν οικονόμος. Δούλευε για έναν πλούσιο δον. Ήταν και μαρικόνος.

Ο Χόρχε ήθελε να λέει ότι ήμασταν όλοι τυχεροί που δεν δολοφονηθήκαμε ή απελαθήκαμε στην ηπειρωτική χώρα, ή ότι δεν μας απήγαγαν ή δεν δολοφονηθήκαμε τη νύχτα – εκτοξεύτηκε από έναν γκρεμό ή πυροβολήθηκε – όπως πολλοί πολιτικοί διαφωνούντες. Ο Χόρχε, ο οποίος με την απελευθέρωσή του πήγε και εκτοξεύτηκε από αυτόν ακριβώς τον γκρεμό. Ήταν πάντα δραματικός και ήταν η τελευταία του άνθηση, ωστόσο με τους θηλυκούς τρόπους του που ήταν ριζωμένοι σε κάθε κύτταρο του, δεν είχε ζωή σε αυτόν τον κόσμο.

Τώρα δεν νιώθω τίποτα. Η οικογένειά μου είναι αποξενωμένη μαζί μου. Έχουν περάσει έξι χρόνια από την τελευταία φορά που τους είδα, ωστόσο τι έχει αλλάξει στον κόσμο για να μου επιτρέψει να επιστρέψω στη Σάντα Κρουζ; Τι μπορεί να αλλάξει; Είναι 1961 και ο Φράνκο βρίσκεται στην εξουσία για περισσότερες από δύο δεκαετίες. Δεν θα φύγει ποτέ. Οι κατάσκοποι του τον κρατούν στην εξουσία. Η καταδίκη του είδους μου θα συνεχιστεί. Και επάνω. Μέσα από τα μάτια της οικογένειάς μου, είμαι ευκαταφρόνητος. Είμαι κακός σπόρος. Δεν μπορώ να επιστρέψω και να ζητήσω τη συγχώρεση τους γιατί αυτό θα ήταν να τους ζητήσω να με αποδεχτούν γι' αυτό που είμαι. Δεν μπορώ να τους αποδείξω ότι έχω αλλάξει. Δεν έχω. Είμαι ο ίδιος όπως ήμουν ποτέ. Χειρότερος.

Θα μπορούσα να προσποιηθώ. Μου έρχεται συχνά από το μυαλό να προσποιούμαι. Θα μπορούσα να ακολουθήσω τα βήματα του Ρούμπεν και να βρω μια γυναίκα και να την παντρευτώ και να κάνω ό,τι κάνουν οι πλούσιοι μαρικόνες. Ο Ρούμπεν, που ανέρρωσε από την ασθένειά του και αποφυλακίστηκε τρεις μήνες πριν από μένα. Μετακόμισε στο Λας Πάλμας, όπου συνάντησε την κόρη ενός αγρότη και έχυσε τη γοητεία που είχε πάνω της, έπεισε την να τον παντρευτεί και καταδικάζοντας τον εαυτό του να ζήσει ένα ψέμα.

Ή θα μπορούσα να βρω κάποιον πλούσιο γερο-μαρίκο σαν τον Ραφαέλ που, άκουσα, είχε εκπορνευτεί για να υποδουλώσει στη Λα Πάλμα.

Μετά ήταν ο Μανουέλ, ο αγαπημένος μου Μανουέλ, που έπαιρνε το μεγαλύτερο ρίσκο από όλους. Έμενε στους δρόμους κάτω από τις αποβάθρες της Λας Πάλμας, δίνοντας τον εαυτό του σε εκείνους τους τουρίστες που σέρνονταν από εκεί, διακινδυνεύοντας περαιτέρω φυλάκιση και ακόμη και τη ζωή του.

Αλλά, Κοράκι, δεν μπορώ να παντρευτώ γυναίκα ή να εκπορνευτώ με μια γριά Μαρίκον. Πρέπει να είμαι αληθινός στον εαυτό μου. Γιατί έχω μάθει τι είναι να αγαπάς έναν άλλον άνθρωπο και να χάνεις αυτή την αγάπη. έχω μάθει Πες πώς είναι να μισείς τη σάρκα σου, να θέλεις να νύχιαζες μέσα σου, να ξεσκίσεις ό,τι είναι μέσα σου που παραμορφώνει τους πόθους. Αν το να είσαι ομοφυλόφιλος είναι αφύσικο, τότε το να είσαι ομοφυλόφιλος είναι η ενσάρκωση ενός είδους βασανιστηρίου χειρότερου από την Τεφία.

Υπάρχει μόνο ένας τρόπος να τελειώσει αυτό το μαρτύριο, κοράκι. Όταν πηδήσεις από αυτή την άκρη του γκρεμού, θα ανοίξεις τα φτερά σου και θα πετάξεις στα ύψη στα θερμικά.

Δεν έχω φτερά. Όπως ο Χόρχε, θα πεθάνω.

ΜΈΡΟΣ ΤΡΊΤΟ

ΕΝΑΣ ΜΑΚΡΎΣ ΠΕΡΊΠΑΤΟΣ

ΈΣΚΥΨΑ ΠΊΣΩ ΣΤΟ ΚΆΘΙΣΜΆ ΜΟΥ, ΈΣΤΡΙΨΑ ΤΟΥΣ ΏΜΟΥΣ ΜΟΥ ΚΑΙ μετά τέντωσα τα χέρια μου πίσω από την καρέκλα μου, νιώθοντας την εκτόνωση της έντασης. Στην οθόνη του φορητού υπολογιστή, ο κέρσορας αναβοσβήνει κάτω από την τελευταία πρόταση. Τίποτα άλλο δεν έπρεπε να γίνει από την ισπανική γραφή, και τίποτα άλλο να αντλήσω από την ξέφρενη έρευνά μου. Το προσχέδιο, το καλύτερο που μπορούσα να διαχειριστώ, περιείχε μόλις είκοσι χιλιάδες λέξεις, το οποίο ήταν πολύ σύντομο, πολύ σύντομο για να είναι καν νουβέλα, αλλά πολύ μεγάλο για να είναι σύντομη ιστορία. Μια νουβέλα; Οι νουβέλες ήταν σχεδόν ανήκουστες. Ποιος έγραψε μια νουβέλα; Εξάλλου, ήταν τυπικά ελαφριά και ρομαντικά και επιπόλαια, όχι βαριά και φορτισμένα με σημασία όπως το σχέδιο στο φορητό υπολογιστή μου. Δεν είχα ιδέα τι να κάνω με μια νουβέλα. Οι νουβέλες κέρδισαν βραβεία; Αναρωτήθηκα μήπως υπήρχαν τρόποι να επεκταθώ στο τετραπλό αυτό που είχα και να μετατρέψω το προσχέδιο σε μυθιστόρημα. Θα χρειαζόταν να κάτσω σε αυτό για λίγο, πιθανώς κάποιους μήνες. Ακόμη και τότε, υπήρχε κάθε κίνδυνος ό,τι κι αν πρόσθεσα να είναι padding. Ωστόσο, θα έπρεπε πραγματικά να επιμηκύνω την αφήγηση. Αλλά δεν ήθελα να εξωραΐσω τη βασανισμένη ενδοσκόπηση περισσότερο από όσο ήθελα προηγουμένως να επεκταθώ στην παιδική ηλικία του Χοσέ. Τι ενδιαφέρον είχε κάποιο από αυτά για τους αγγλόφωνους αναγνώστες; Η αρχική ισπανική έκδοση τελείωσε απότομα με τον Χοσέ να πηδά από τον γκρεμό και, όσο απότομα ήταν, ήθελα να το διατηρήσω έτσι. Κοιτάζοντας πίσω αυτό που είχα, μπορούσα να δω ότι δεν ήταν νικητής του βραβείου.

Η επιρροή του Κλεν είχε περάσει πια και άχισα να νιώθω κουρασμένος. Πριν κλείσω το λάπτοπ μου, συνδέθηκα στα ημέηλ μου. Εκεί, όπως αναμενόταν, ήταν ένα από την Άντζελα. Δεν χρειάστηκε να το ανοίξω. Η γραμμή θέματος μου είπε όλα όσα με ενδιέφερε να μάθω. Η Σάντρα Φλιντ είχε κερδίσει το βραβείο.

Φυσικά, είχε κερδίσει το βραβείο. Το σαγόνι μου απεικόνιζε το χαμόγελό της, τη θριαμβευτική λάμψη στα μάτια της, εκείνη, μια γυναίκα που δεν είχε τη συνείδησή της, μια γυναίκα που απέτυχε να προσφέρει ευγνωμοσύνη στο φάντασμά της σε όλη τη διαδικασία. Είτε είχε διαγράψει τις προσπάθειές μου από τη μνήμη της είτε φοβόταν πολύ μήπως σιωπήσω και διεκδικήσω το έργο με κάποιο δημόσιο τρόπο. Σε άρνηση; Ενας δειλός; Ποιο ήταν; Και τα δυο; Χάρηκα που δεν ζούσα στο δέρμα της.

Στην κουζίνα, γέμισα το βραστήρα και ετοίμασα μια ομελέτα. Δεν είχα φάει από κάποια στιγμή χθες το απόγευμα, όταν φτυάρισα στο στόμα μου μια λεκάνη ολόκληρου λίτρου με γιαούρτι φράουλα. Και ήμουν ξύπνιος όλο το βράδυ. Είτε το στομάχι μου ένιωθε σαν φαγητό είτε όχι, έπαιρνε λίγο.

Μια ώρα αργότερα, και είχα καθαρίσει τα πράγματα για το πρωινό, έκανα ντους και φόρεσα φρέσκα ρούχα, και στάθηκα τριγύρω χωρίς να ξέρω τι να κάνω μετά. Η πτήση μου ήταν μόλις την επόμενη μέρα και ήταν πολύ νωρίς για να ετοιμάσω τα βαλίτσα μου. Το μυαλό μου ήταν θολό από ώρες και ώρες νοητικής άσκησης και το σώμα μου είχε πολύ λίγο ύπνο. Έπρεπε να βγω από την αγροικία, τόσο πολύ ήταν καθαρό, και στον καθαρό αέρα, και έπρεπε να κάνω μια κίνηση προτού η μέρα γίνει πολύ ζεστή. Σκέφτηκα το σακίδιο και αποφάσισα αν ο Πάκο και η Κλερ σχεδίαζαν να το κλέψουν ή να το διεκδικήσουν, θα το είχαν κάνει, και δεν το έκαναν. Υπέθεσα ότι η κλοπή και η αντιπαράθεση δεν ήταν το στυλ τους. Το πιθανότερο είναι ότι θα έφευγαν καλά μόνοι, ειδικά αν ο Μάριο τους είχε πει ότι ο Χουάν είχε εμπλακεί σε μια διαπραγμάτευση ναρκωτικών που πήγε στραβά και ότι ο Χαβιέ τον κυνηγούσε.

Θεώρησα μια κίνηση. Εξάλλου, δεν είχα δει τόσο μεγάλο μέρος του νησιού και ήταν γραφτό να κάνω διακοπές. Ο Μόρο Τζέιμπλ λέγεται ότι ήταν ωραίος, και μετά υπήρχε η νότια φτέρνα του νησιού πέρα. Παρόλο που όταν μελέτησα τον χάρτη, είδα ότι θα χρειαζόταν να περάσω από την Τισκαμανίτα ή το Πουέρτο ντελ Ροσάριο για να φτάσω στην τοποθεσία που επέλεξα, εκτός και αν ανέβαινα πάνω από τα βουνά της Μπετανκουρία, κάτι που θα έπαιρνε για πάντα και θα απαιτούσε υπερβολική συγκέντρωση σε δρόμους με στριμμένους ανέμους . Όταν σκέφτηκα όλη την οδήγηση από εκεί και προς τα πίσω στην τρέχουσα κατάσταση στέρησης ύπνου, αποφάσισα ότι η χρήση των δικών μου ποδιών θα ήταν λιγότερος κίνδυνος για τη ζωή μου. Άλλωστε, ένιωσα ένα τσούξιμο, μια εσωτερική φαγούρα. Είχα περάσει μεγάλο μέρος της τελευταίας εβδομάδας βαθιά βυθισμένος στην ιστορία του στρατοπέδου συγκέντρωσης και ήθελα να αποτίσω φόρο τιμής σε αυτούς τους άντρες, αυτούς τους ομοφυλόφιλους, και τους εκατό από αυτούς που είχαν φυλακιστεί και υπέφεραν ανείπωτες στερήσεις.

Ο λογοτεχνικός μου εγκέφαλος άρπαξε την ιδέα με χυδαία απόλαυση. Άλλο κεφάλαιο για τη νουβέλα; Αρκετό περιεχόμενο για να ανατρέψει τη ζυγαριά υπέρ μιας νουβέλας;

Γκρίνισα εσωτερικά στον εαυτό μου γιατί είχα ακόμη και

τις σκέψεις. Θυμόμουν τον Φλιντ. Αυτό αφορούσε τους άντρες, όχι το κατακόκκινο βιβλίο.

Κάθε εβδομάδα, αυτοί οι άντρες πήγαιναν στην εκκλησία στο Κασίγιας ντελ Ανχελ, και ακόμα κι αν επέλεγα να μην συμπεριλάβω ένα κεφάλαιο στη νουβέλα που απεικόνιζε το εβδομαδιαίο τελετουργικό τους, φαινόταν το λιγότερο που μπορούσα να κάνω ήταν να ακολουθήσω τα βήματά τους και να περπατήσω μέχρι την εκκλησία και πίσω. Θα περπατούσα στο cross country ακριβώς όπως έκαναν εκείνοι και θα ένιωθα για τον εαυτό μου μερικά από τα βάσανά τους. Άλλωστε, όχι μόνο είχα μεταφράσει αυτό το σενάριο, το είχα μεταμορφώσει, του είχα δώσει σχήμα και θα συνέχιζα να το κάνω. Και ίσως μια πινελιά από το βιωματικό ήταν το μόνο που χρειαζόμουν για να επεκτείνω περαιτέρω το έργο. Μέσω εμένα, οι αγγλόφωνοι θα μπορούσαν να διαβάσουν για αυτήν την παραμελημένη φυλακή, και ένα κομμάτι της ιστορίας θα ήταν γνωστό και αναγνωρισμένο.

Δεν ξέφυγε από την προσοχή μου ότι ο λογοτεχνικός μου εαυτός είχε για άλλη μια φορά στην κατοχή του την ευγενή πράξη του προσκυνήματος, αλλά ένιωθα πιο άνετα με τον τρόπο που είχα διαμορφώσει το σκεπτικό μου.

Μελέτησα τον χάρτη. Υπήρχε ένας χωματόδρομος που μπορούσα να σηκώσω κοντά στο οικο-μουσείο. Μερικά σκυλάκια να προσέχω, αλλά η πίστα με οδήγησε σχεδόν κατευθείαν στο Κασίγιας.

Ευτυχώς, είχα τη σοφία να σκεφτώ να βάλω αντηλιακό και βρήκα το μπλε, πάνινο καπέλο που είχα αγοράσει και δεν είχα φορέσει ποτέ μέχρι τώρα. Έπειτα φόρεσα τα παπούτσια μου, γέμισα το μπουκάλι μου με νερό και άρπαξα μερικά φρούτα. Καθώς έκλεινα την μπροστινή πόρτα, έπρεπε να διώξω ένα ίχνος άγχους για το σακίδιο. Υπενθύμισα στον εαυτό μου για άλλη μια φορά ότι ο Άδωνις έμπορος ναρκωτικών Χαβιέ δεν με ήξερε. Ο Πάκο και η Κλερ σίγουρα ήξεραν πάρα πολλά, αλλά μάλλον δεν ήξεραν τον Χαβιέ και σίγουρα δεν θα του έλεγαν ακόμα κι αν το ήξεραν. Δεν ήταν ο τύπος που έφερε έναν φτωχό συγγραφέα σε τέτοιου είδους προβλήματα. Το περισσότερο που θα μπορούσαν να είχαν κάνει ήταν να πιάσουν το σακίδιο για τον εαυτό τους μέσω κάποιας στριμμένης αίσθησης δικαιώματος, αλλά έσταζαν πλούτο – αυτό ήταν προφανές από το σπίτι που είχαν– και είχαν αυτόν τον απροβλημάτιστο αέρα που προέρχεται από το ότι ήταν πλούσιοι. Έπρεπε πραγματικά να σταματήσω να ανησυχώ.

Έπειτα, υπήρχε το γεγονός – και ήταν ξεκάθαρο και τόσο αυθόρμητο που έφτασα στο σημείο να το αποκαλώ έτσι – ότι αυτό που επρόκειτο να κάνω ήταν πιο σημαντικό από τα χρήματα.

Μια περίεργη αίσθηση με διαπέρασε. Δεν αναγνώρισα το συναίσθημα, αλλά αν έπρεπε να το ονομάσω θα το έλεγα καλή θέληση. Και εξέπληξα τον εαυτό μου με τη δική μου αποφασιστικότητα. Ποτέ πριν δεν είχα ενεργήσει με τέτοιο αλτρουιστικό σκοπό.

Μια ασήμαντη νουβέλα είκοσι χιλιάδων λέξεων μπορεί να μην περιόριζε τη συγκέντρωση στον λογοτεχνικό κόσμο, αλλά αυτό το προσχέδιο αντιπροσώπευε κάτι περισσότερο, κάτι προσωπικό. Από τη μια, έπρεπε να εξιλεωθώ. Έπρεπε να εξιλεωθώ που δεν ήθελα να ανταποκριθώ στην πρόκληση να γράψω ένα μυθιστόρημα βασισμένο στη φυλακή ή στη φυλακή. Χρειαζόμουν να εξιλεωθώ για την απορριπτική μου στάση, την οποία θεωρούσα τώρα εντυπωσιακά εγωκεντρική. Από την άλλη, έπρεπε να αποτίσω τα σέβη μου σε εκείνους τους άντρες που είχαν υποφέρει τόσο τρομερά επειδή ήταν ομοφυλόφιλοι, ενώ εγώ, ο Τρέβορ Μουρ, είχα στεναχωρηθεί, στενοχωριόμουν και έπαιζα με τη δική μου σεξουαλικότητα σαν να ήμουν γάτα που μπόξιζε μπροστά στην τηλεόραση. .

Τι διαφορά στα κοινωνικά ήθη θα μπορούσαν να κάνουν τα σαράντα χρόνια! Αυτό και η δημοκρατία. Αν και οι αξίες δεν είχαν αλλάξει τόσο πολύ σε πολλά μέρη, και ήταν μόνο δικές μου – τι; – η ματαιοδοξία, ή ίσως η τέρψη του εαυτού μου που είχε δώσει το έναυσμα να εξετάσω ακόμη και τη σεξουαλική μου προτίμηση. Αυτό, μαζί με μερικά υγρά όνειρα, τη λεσβία καλύτερη φίλη και πρώην σύζυγό μου και τον Βινς. Για πολλούς, το να είσαι ομοφυλόφιλος ήταν τόσο μεγάλη υπόθεση τώρα όσο και τότε. Πήρα το μάθημα μου.

Ο ήλιος είχε ήδη ξεκινήσει την επίθεσή του στην πεδιάδα όταν ξεκίνησα, μαζί με έναν φοβερό αέρα που με φυσούσε από πίσω. Σύντομα διέσχισα τη λωρίδα του στενού μονοπατιού και συνέχισα στην άκρη του δρόμου μέχρι την στροφή για το μουσείο, αγνοώντας το τρίξιμο στα παπούτσια μου. Από εκεί και πέρα, η μετάβαση ήταν εύκολη. Με εξαίρεση μια χούφτα μικρές αγροικίες που ήταν διάσπαρτες εδώ κι εκεί στην πεδιάδα, δεν υπήρχε τίποτα άλλο να παρατηρήσω παρά το κακόγουστο βουνό προς το οποίο περπατούσα, με απότομες πλευρές με ένα κορυφαίο καπέλο σε σκούρο καφέ. Στα νότια του βουνού, μια μακριά σέλα έκανε σταδιακή κατηφόρα. Ένας χαμηλός λόφος υψωνόταν πίσω. Μόλις πλοηγήθηκα με μερικά σκυλάκια, το μόνο που χρειαζόταν να κάνω ήταν να παραμείνω στην πίστα. Η μετάβαση ήταν εύκολη, αν και είδα από μπροστά ότι το επίπεδο μονοπάτι στην πεδιάδα θα τελείωνε σύντομα.

Περπατούσα για περίπου είκοσι λεπτά όταν η πίστα ξεκίνησε την ανάβαση της. Αυτό που ήταν μια αρκετά ευχάριστη –για την Tefïa– βόλτα, έγινε ξαφνικά επίπονη. Το βουνό, με το σκούρο καπέλο του, υψωνόταν από πάνω μου. Κάτω από το καπάκι, οι δίδυμες ρεματιές έμοιαζαν με ένα ζευγάρι κόγχες ματιών με κουκούλα, με την κορυφογραμμή ανάμεσά τους μια μακριά και ανεμιστή μύτη. Μια ζοφερή όψη, σαν μονολιθικός άρχοντας, που υποδήλωνε κάτι απειλητικό για ολόκληρο το τοπίο. Άρχισα να νιώθω ότι είχα μπει σε ένα μυθιστόρημα φαντασίας και ανά πάσα στιγμή θα εμφανιζόταν κάποιο περίεργο μαγικό πλάσμα.

Χωρίς αμφιβολία τρολ.

Μπορείς να τρελαθείς εδώ έξω. Αυτή η σκέψη γινόταν

εμφανής καθώς πίεζα, με το τρίξιμο στα παπούτσια μου να τρυπούσε τα πέλματα των ποδιών μου.

Παρά την ταλαιπωρία, διατήρησα έναν αξιοπρεπή ρυθμό, αλλά σε λίγο άρχισα να λαχανιάζω. Τα πόδια μου σκληρύνθηκαν και οι γάμπες μου άρχισαν να καίγονται. Ήξερα ότι ο πόνος είχε να κάνει περισσότερο με τους κακώς τεντωμένους μύες μου παρά με την πραγματική δραστηριότητα και ήμουν ενοχλημένος με τον εαυτό μου που δεν άκουγα τη συμβουλή του Λουίς και έκανα καθημερινές διατάσεις.

Πήρα μια ανάσα, άδειασα τα ψωμάκια μου από το τρίμμα, τέντωσα τις γάμπες μου και έβγαλα ένα κουκούτσι από το μπουκάλι μου με το νερό. Η κοινή λογική μπήκε μέσα, ξεπέρασε την ανυπομονησία μου να βγω κάτω από το βλέμμα του βουνού, και συνέχισα με πιο αργό ρυθμό. Δεν χρειαζόταν να μετατρέψω τη βόλτα σε κάποιου είδους μαραθώνιο, και με αυτόν τον τρόπο να κάνω το προσκύνημα αποκλειστικά για μένα, όταν επρόκειτο να συντονιστώ για το πώς θα μπορούσε να ήταν για τους κρατούμενους. Και ήξερα ήδη ότι ακόμη και όχι, ειδικά για αυτούς στην αδυνατισμένη, λιμοκτονική και χτυπημένη κατάστασή τους, αυτή η βόλτα θα ήταν επίπονη.

Μερικά βήματα και περισσότερο χώμα είχε μπει στα παπούτσια μου. Επέλεξα να το αγνοήσω. Όσο προχωρούσα τόσο πιο απότομο γινόταν το μονοπάτι, μέχρι που έπρεπε να φροντίσω να μην γλιστρήσω στο χαλίκι. Το τελευταίο πράγμα που ήθελα ήταν ένα ζευγάρι βοσκημένα γόνατα.

Καθώς το μονοπάτι ανέβαινε και το βουνό δεν ήταν πια στο οπτικό μου πεδίο, το βλέμμα μου τραβήχτηκε στα δεξιά μου, στην απαλή άνοδο και την πτώση του κάμπου, στο συνονθύλευμα των χωραφιών, στις διάφορες αποχρώσεις του κρεμώδους και κοκκινωπού καφέ. Η θέα με τράβηξε, αλλά έπρεπε να παρακολουθώ προσεκτικά πού περπατούσα, καθώς το μονοπάτι στένευε και η παρακμή δίπλα μου γινόταν όλο και πιο απότομη. Σταματούσα πότε πότε, όχι για να αδειάσω τα παπούτσια μου, αλλά για να δεχτώ την στοιχειωμένη ατμόσφαιρα της ερήμου, τη σκληρότητα του ανέμου που δεν υποχώρησε ποτέ, τον μοχθηρό ήλιο από τον οποίο δεν υπήρχε διαφυγή. Ούτε ένα δέντρο.

Περίπου στα μισά της διαδρομής, η πίστα καμπυλώθηκε γύρω από ένα εξόγκωμα και μετά προχώρησε στην αυλάκωση μιας ρεματιάς, με τις πλευρές να ανεβαίνουν απότομα σε μια στρογγυλεμένη κορυφή στην κορυφή. Εδώ, το μονοπάτι στένεψε ακόμη περισσότερο και το έδαφος έπεσε απότομα στο πλάι. Οι κρατούμενοι θα έπρεπε να περπατήσουν μόνοι τους. Λαχταρούσα μια κουπαστή ή κάποιο είδος προστασίας για να μην ανατραπώ σε περίπτωση που γλιστρήσω. Το ύψος δεν ήταν ιλιγγιώδες, δεν μπορούσα να πω τόσα πολλά, αλλά δεν υπήρχε τίποτα να σπάσει την πτώση.

Κάνοντας πρόχειρα βήματα, βγήκα από τη ρεματιά και στρογγύλεψα μια άλλη καμπύλη. Εδώ, το μονοπάτι ήταν ακόμα πιο στενό, η ανάβαση σταθερή, η διαδρομή λίγο περισσότερο από μια γρατσουνιά κυλούσε στο πλάι της σέλας. Έκανα μια παύση που και που, και έγειρα στη βραχώδη πλάκα που υψωνόταν δίπλα μου και έβλεπα τη θέα από κάτω. Όσο προχωρούσα, τόσο πιο δύσκολες γίνονταν αυτές οι παύσεις.

Μια άλλη καμπύλη και η πίστα ανέβηκε απότομα για μια έκταση, αν και φαινόταν να μην βιάζεται να ξεπεράσει την κορυφογραμμή. Αντίθετα, ελίσσονταν στο δρόμο του μέχρι που η σέλα ισοπέδωσε. Η γη που έπεφτε δίπλα στην πίστα είχε γίνει ανησυχητική. Στην τελευταία ρεματιά, ρηχή αυτή τη φορά, η πλευρά της σέλας ήταν ιδιαίτερα απότομη και το μονοπάτι εξαφανίστηκε κάτω από μια μικρή πτώση βράχου. Επέλεξα τον δρόμο μου, δοκιμάζοντας κάθε βήμα, χωρίς να μπορώ να φανταστώ ότι κάνω αυτό το ταξίδι κάθε εβδομάδα. Δεν πειράζει η τρομερή θέα, η αίσθηση της χαράς που ένιωσα. Οι κρατούμενοι θα ήταν αδιάφοροι για αυτό το περιβάλλον.

Θα είχαν κουραστεί να μην κοιτάξουν γύρω τους, χωρίς να λάβουν υπόψη την αίσθηση του χώρου παρά μόνο να τον περιφρονήσουν. Και στο δρόμο της επιστροφής, οι καρδιές τους θα είχαν βυθιστεί καθώς έβλεπαν την πεδιάδα να ανοίγεται μπροστά τους, και ήξεραν πού πήγαιναν, και δεν θα βιάζονταν να φτάσουν εκεί παρά τη ζέστη και τον άνεμο που τους έσπρωχνε δυνατά. . Καθώς προχωρούσα, στο μυαλό μου έκαναν κι εκείνοι, και περπατούσαμε μαζί σαν ένα, εγώ, ένας υπέρβαρος Βρετανός με πονόλαιμο στους μύες στο γυμναστήριο και πόδια τρυπημένα από το τρίξιμο, έτοιμος να επιστρέψω στην άνετη ζωή ενός ανύπαντρου στην οποία θα μπορούσα να επιλέξω να είσαι γκέι ή στρέιτ και να αντιμετωπίσεις τις συνέπειες. Δεν έχουν μέλλον, δεν έχουν καθόλου μέλλον, εκτός κι αν παντρευτούν κάποια γυναίκα και προσποιούνταν, και τι είδους ζωή ήταν αυτή;

Μετά, επιτέλους, έφτασα στην κορυφή, και η στεριά στα ανατολικά άνοιξε, και μπορούσα να δω το χωριό σε κοντινή απόσταση από κάτω. Σταμάτησα και κοίταξα γύρω μου καθώς ξαναβρήκα την ανάσα μου. Έχασα κάθε σκέψη για τους κρατούμενους. Δεν θα τους επιτρεπόταν ένα διάλειμμα ανάπαυσης. Θα συνέχιζαν να περπατούν με σκυμμένα κεφάλια. Οι φρουροί δεν θα τους άφηναν ποτέ να σταθούν όπως ήμουν εγώ, βασιλιάς του κόσμου, βλέποντας μια θέα που ήταν πανοραμική και μαγευτική, με τις διάφορες σειρές προς όλες τις κατευθύνσεις να υψώνονται από την απαλά κυματιστή πεδιάδα. Ούτε ένα κομμάτι πράσινο πουθενά. Όλα ήταν σκουριασμένα και ροζ καφέ και κρεμώδη πέτρα. Μπορούσα να δω ακόμη και τον ωκεανό, ένα ευχάριστο γαλάζιο στα ανατολικά και τα δυτικά, και είχα μια αίσθηση του μεγέθους του νησιού Που Ήταν μακρύ και μάλλον στενό. Παντού τα βουνά, οι μεγάλες κορυφογραμμές τους, και ενώ δεν υπήρχαν πολλά να διαλέξετε ανάμεσα στη γη στα ανατολικά και στα δυτικά, ήταν φανερό ότι τα βουνά προστάτευαν την ανατολική γη από τον άνεμο. Καθώς αυτά τα ίδια βουνά εμπόδιζαν τον άνεμο στη δυτική πλευρά, έτσι ο άνεμος διοχετεύθηκε και εντάθηκε καθώς έκανε το ταξίδι του προς τα νότια. Ήταν βασική φυσική.

Αντιμετώπισα ξανά τον άνεμο, κρατώντας το καπέλο μου καθώς μια ξαφνική ριπή την επόμενη κιόλας στιγμή παραλίγο να με ξεσηκώσει. Μπήκαν στο μυαλό μου εκείνοι οι φτωχοί αλεξιπτωτιστές που αναγκάστηκαν να πηδήξουν και να πέσουν στην ξηρά, και ο τρόμος που θα ένιωθαν να τους σέρνουν τα δικά τους αλεξίπτωτα. Κάπως έτσι, το να στέκομαι όρθιος σε αυτή τη σέλα με τα χοντροκομμένα μου, ικανά να παρακολουθήσω ολόκληρη τη σκηνή, έφερε στο σπίτι όλη τη δύναμη της τραγωδίας. Τι μοιραία τοποθεσία, τόσο ζοφερή και εκτεθειμένη όσο οπουδήποτε θα μπορούσε να είναι, και καθώς έστριψα για να συνεχίσω το δρόμο μου, ένιωσα παραδόξως προνομιούχος που συμμετείχα —πατώντας αυτό ακριβώς το κομμάτι— σε κάποια από την ιστορία της. Άλλοι, σκέφτηκα με ένα μέτρο λυσσασμένου κυνισμού, περπάτησαν στο Κάμινο.

Η υπόλοιπη διαδρομή ήταν κατηφορική και με τον άνεμο πίσω μου —ένα άγγιγμα λιγότερο δυνατό καθώς βυθίστηκα κάτω από την κορυφή της σέλας— έκανα καλή πρόοδο στην πέτρινη, άνυδρη γη. Η θερμοκρασία αισθάνθηκε πιο καυτή στην καταιγίδα των βουνών και ακόμα πιο ζεστή όταν η διαδρομή έκοψε ένα βαθύ μονοπάτι ανάμεσα σε άδεια χωράφια και αποκόπηκα κατά διαστήματα από τον άνεμο. Το χωριό είχε εξαφανιστεί από το οπτικό πεδίο, και πέρασε πολύς καιρός μέχρι να δω ξανά το σύμπλεγμα των λευκών κυβοειδών κατοικιών. Περπατώντας ανάμεσα στα άδεια χωράφια χωρίς να φαίνεται σημάδι ζωής, φαντάστηκα ότι είχα πάρει λάθος στροφή και είχα χαθεί απελπιστικά. Θα μπορούσα να περπατήσω για μέρες και να είμαι νεκρός πριν με βρει κανείς. Ή άγρια από μια αγέλη Podencos. Ήταν άγρια αυτά τα σκυλιά; Άκουσα ένα γάβγισμα όχι πολύ μακριά και χτύπησε ο συναγερμός. Πήρα ένα βράχο, για κάθε ενδεχόμενο.

Ύστερα ξαφνικά, υπήρχε το χωριό ακριβώς μπροστά μου, ή

μάλλον μια έκταση από αγροικίες στα περίχωρα. Υπέθεσα ότι το χωριό θα ήταν πολύ μικρότερο τη δεκαετία του 1950 και ίσως η εκκλησία ήταν ορατή από το σημείο που στεκόμουν. Όπως ήταν ένιωσα προσωρινά χαμένος. Δεν είχα ιδέα ποιους δρόμους είχαν αναγκάσει οι κρατούμενοι να περάσουν με αλήτη, αλλά αντιμέτωπος με έναν προειδοποιό τους, έπρεπε να βασιστώ στην εφαρμογή χαρτών στο τηλέφωνό μου για να βρω το δρόμο προς την εκκλησία.

Στη γωνία ενός αρτηριακού δρόμου στο κέντρο του χωριού, είδα ένα μπαρ που διαφήμιζε κρασί και τάπας. Οι μυρωδιές που έβγαιναν από την κουζίνα του ήταν καλοδεχούμενες και, χωρίς να το σκεφτώ, τολμώ να μπω μέσα, καταναλωμένος από την ξαφνική πείνα και την ανυπομονησία να ξεφύγω από τον ήλιο.

Το καφέ ήταν φθηνό και χαρούμενο. Κάθισα σε ένα από τα τρία άδεια τραπέζια και όταν ήρθε η σερβιτόρα, παρήγγειλα την τορτίγια στην οθόνη και μια παγωμένη μπύρα. Η σερβιτόρα πήρε την παραγγελία μου χωρίς χαμόγελο ή φροντίδα και απομακρύνθηκε από την παρουσία μου. Μόνος μου, το μυαλό μου άρχισε να αναγνωρίζει το σώμα μου τμηματικά, πρώτα τα κουρασμένα πόδια μου, μετά τις δύσκαμπτες γάμπες και τους τετρακέφαλους μου. Ένιωσα ένα τσίμπημα στο αριστερό μου γόνατο και συνειδητοποίησα ότι είχα πονοκέφαλο.

Πέρασαν μερικά αυτοκίνητα, αλλά κατά τα άλλα, το χωριό ήταν ήσυχο. Όταν ήρθε η παραγγελία μου, κατέβασα γρήγορα τη μπύρα, σβήνοντας μια επείγουσα δίψα, το πικρό και ανθρακούχο υγρό εξαφανίστηκε στο λαιμό μου, και μόνο όταν στράγγιξα το τελευταίο κατακάθι σκέφτηκα τους κρατούμενους, τη δίψα τους, το υφάλμυρο νερό τους δόθηκε να το σβήσουν, η εξάντληση που θα ένιωθαν μέχρι τώρα αφού είχαν περπατήσει τόσο μακριά, η παρόρμηση να βρεθούν μέσα στην εκκλησία όπου ήταν τουλάχιστον δροσερό, και μια ίση αντίσταση, δεδομένου ότι θα άντεχαν ακόμη άλλες κατηγορίες από τον ιερέα για το ότι είσαι γκέι.

Μόνο όταν άφησα κάτω το άδειο μπουκάλι μπύρας που είχα καταναλώσει τόσο επειγόντως, συνειδητοποίησα ότι είχα καταστρέψει άθελά μου τη βιωματική μου κατανόηση για το τι είχαν περάσει αυτοί οι άντρες ακριβώς στην κορύφωση της εβδομαδιαίας δοκιμασίας τους. Πάντα ο Τρέβορ που γεννήθηκα, σκέφτηκα σκληρά. Δοκιμασμένος, έβαλα βιαστικά την τορτίγια στην κοιλιά μου, πλήρωσα και έφυγα, αδειάζοντας τα παπούτσια μου στο πεζοδρόμιο έξω.

Από το καφέ, η εκκλησία ήταν εύκολο να βρεθεί. Κατευθύνθηκα σε μια στενή λωρίδα, και ήταν εκεί, όχι εκατό μέτρα από εκεί. Στρογγύλεψα τον πλαϊνό τοίχο και παρατήρησα δύο άντρες να στέκονται στη σκιά ενός δέντρου στην άλλη πλευρά της μικρής πλατείας. Πίστευα ότι ήταν πιθανότατα οι ίδιοι άντρες κάτω από το ίδιο δέντρο με αυτούς που είχα δει την τελευταία φορά που επισκέφτηκα την εκκλησία. Οι άντρες κουβέντιαζαν και δεν φαινόταν να με προσέχουν. Κατευθύνθηκα προς την είσοδο της εκκλησίας, και τότε ήταν που γύρισαν και οι δύο και κοίταξαν επίμονα. Καθώς έφτασα να σπρώξω την πόρτα της εκκλησίας, παρατήρησα έναν από τους άνδρες να σηκώνει το χέρι του. Μου φώναξε, αλλά δεν είχα ιδέα τι έλεγε. Βλέποντας την πόρτα ανοιχτή, άφησε το χέρι του να πέσει και γύρισε προς τον φίλο του με ένα βλέμμα έκπληκτος.

Μπαίνοντας στην εκκλησία, συνέχισα τη στάση του προσκυνήματος, αν και τόσο ελαφρώς μεθυσμένος. Ο αέρας μέσα ήταν δροσερός και ακίνητος και μια ευλογημένη ανακούφιση από το κτήριο της θερμότητας στην πλατεία.

Πήρα το δρόμο μου προς το πίσω στασίδι και, καθώς κάθισα, με χτύπησε μια άσχημη μυρωδιά. Η μυρωδιά μου θύμισε σάπιο κρέας που έμεινε ξετυλιγμένο στα σκουπίδια. Ήταν σάπιο και υπό άλλες συνθήκες, θα είχα φύγει από την εκκλησία. Αντίθετα, έμεινα καθισμένος στο στασίδι και προσπάθησα να αγνοήσω την οσφρητική επίθεση. Ήμουν εδώ για τους κρατούμενους. Ήθελα να τους φανταστώ να κάθονται εδώ δίπλα μου και μετά να κάνουν ουρά για εξομολόγηση. Ήθελα να νιώσω την αγωνία, την απελπισία και την απελπισία τους. Έσκυψα το κεφάλι μου και έκλεισα τα μάτια και φαντάστηκα τα βάσανα, την αδικία, την υποκρισία. Η αδυσώπητη σκληρότητα. Μετά άνοιξα τα μάτια μου και κοίταξα το βωμό. Φαντάστηκα τον ιερέα στολισμένο με τα φίνα του και το πάνω χείλος μου κουλουριάστηκε από περιφρόνηση.

Ο Χριστός μίλησε για συγχώρεση και καλή θέληση και αγάπη για τον πλησίον. δίδασκε παραβολές όπως ο Καλός Σαμαρείτης, και δεν έκρινε κανέναν. Όλη αυτή η κρίση ήρθε αργότερα, από το μυαλό και το στόμα του νέου ιερατείου. Παραμερίζοντας τα ευαγγέλια και όλη τη σοφία που περιείχαν, αυτό που απέμεινε ήταν ένα οικοδόμημα καταδίκης και επινοήσεων, που χτίστηκε εδώ και χιλιετίες, εκεί για να κυβερνά τις μάζες και να τις κρατά υπό έλεγχο. μια εκκλησία που θα γυρνούσε το ίδιο ευχάριστα με το δικό της ποίμνιο αν προκύψει η περίσταση. Η Ιερά Εξέταση δεν ήταν τόσο πολύ παλιά, σκέφτηκα, όχι τόσο πολύ καιρό πριν, αν και αρκετά μεγάλη για να την ξεχάσει η ανθρωπότητα. Και ο Χοσέ και οι φίλοι του υπέστησαν μια άλλη εξέταση ειδικά προσαρμοσμένη για αυτούς. Και κανείς δεν νοιάστηκε πολύ τότε ή έκτοτε, γιατί όλοι είχαν διδαχτεί από την Καθολική Εκκλησία ότι το να είσαι ομοφυλόφιλος ήταν αμαρτία και ότι όσοι έδειχναν ομοφυλοφιλικές τάσεις ήταν άρρωστοι ή άρρωστοι ή διεφθαρμένοι με κάποιο τρόπο και έπρεπε να εξοριστούν ή να θεραπευτούν. Όχι πολύ καιρό πριν. Η δεκαετία του 1950, η δεκαετία του 1960, αυτές οι δεκαετίες ήταν πρόσφατη ιστορία. Η γενιά των παππούδων μου. Όλα μέρος της σύγχρονης εποχής. Όταν σκέφτηκα ακόμη και τώρα ότι υπήρχαν χώρες και λαοί που καταδίκαζαν τους άλλους για τις επιλογές τους για το ίδιο φύλο, ξεσήκωσε οργή, οργή για λογαριασμό της

Angela, για οποιονδήποτε δεν ήταν ετεροφυλόφιλος, ακόμα και η Jackie.

Το σημείο στο οποίο είχα φτάσει στις σκέψεις μου με ενόχλησε για έναν άλλο λόγο. Χρειάστηκε η λογοτεχνική μου ιδιοποίηση, μια πράξη οπορτουνισμού, για να συμβούν αυτές οι συνειδητοποιήσεις και να αναμειχθεί αυτή η ενσυναίσθηση. Θα μπορούσε το καλό να προέλθει από μια πράξη που ήταν θεμελιωδώς λανθασμένη; Προφανώς, θα μπορούσε. Αλλά αυτό δεν απάλλαξε την ίδια την πράξη, και με τη νέα μου επίγνωση, συνειδητοποίησα ότι θα έπρεπε να ζήσω με την πραγματικότητα των δικών μου ελλείψεων και να προσπαθήσω να βελτιώσω τον εαυτό μου. Ανασηκώθηκα, για άλλη μια φορά, πιάνοντας τον εαυτό μου να πέφτει στο βούρκο της ενδοσκόπησης. Πού ήταν η ενσυναίσθηση όταν η σκέψη μου αφορούσε αποκλειστικά εμένα;

Κάθισα και κοιτούσα και σκέφτηκα. Ζήτησα στο μυαλό μου τον Χοσέ και τους φίλους του όσο καλύτερα μπορούσα. Αλλά τελικά δεν μπόρεσα να αποτίσω τα σέβη μου σε αυτούς τους άνδρες. Η μυρωδιά ήταν πολύ αποσπώντας την προσοχή.

Ελπίζοντας να ξεφύγω από τα χειρότερα, περπάτησα στο διάδρομο προς το βωμό, μόνο για να διαπιστώσω ότι η μυρωδιά δυνάμωνε. Περίμενα να βρω μια σακούλα σκουπιδιών που άφησε ένας αλήτης. Η μαθητές που είχαν χρησιμοποιήσει την εκκλησία ως στέκι για να κάνουν πικνίκ με σαρκοφάγο και βαρέθηκαν το πέρασμα.

Κοίταξα τριγύρω αλλά δεν υπήρχαν σκουπίδια κανενός είδους στο πάτωμα, κάτω από το τραπέζι του βωμού, στο εξομολογητήριο, στην πραγματικότητα ούτε σε καμία γωνιά ή σχισμή σε εκείνη την άκρη του σηκού.

Η μυρωδιά ήταν πιο έντονη γύρω από την είσοδο του σκευοφυλάκου. Χτύπησα την πόρτα. Μου απάντησε μια μύγα αποφασισμένη να μπει μαζί μου. Ξαναχτύπησα. Σιωπή.

Δίστασα με το χέρι στο πόμολο της πόρτας, αναρωτιόμουν αν δικαιούσα να κάνω μια τόσο τολμηρή κίνηση, αβέβαιος για το τι θα έβρισκα.

Άνοιξα την πόρτα και αμέσως ευχήθηκα να μην το είχα κάνει. Όλες οι σκέψεις για ένα προσκύνημα με άφησαν τη στιγμή που τα μάτια μου συνάντησαν ένα μεγάλο κομμάτι ανθρώπινης σάρκας απλωμένο στο πάτωμα.

Το πτώμα κοιτούσε μακριά μου. Έριξα μια ματιά στο δωμάτιο. Οι πόρτες και τα συρτάρια των ντουλαπιών ήταν ανοιχτά. Υπήρχαν σκορπισμένα χαρτιά. Το χειρότερο όμως ήταν οι μύγες. Οι μύγες, παντού, γλεντούσαν, και καθώς τα αυτιά μου συντονίζονταν στο αδιάκοπο βουητό τους, η μυρωδιά ήταν τόσο έντονη που μάζεψα και σκέπασα το στόμα μου.

Ευτυχώς, το μεγαλύτερο μέρος του σώματος ήταν σκοτεινό – ο ιερέας δεν είχε καταφέρει να βγάλει τα άμφια του – αλλά όταν τολμώ στην άλλη πλευρά του, το πρόσωπο, το φουσκωμένο πρόσωπο με τα φρικτά μάτια του αποτυπώθηκαν πάνω μου μυαλό.

Βγήκα παραπατώντας από το δωμάτιο, έκλεισα την πόρτα και έτρεξα πίσω από τον σηκό, σταματώντας στην μπροστινή πόρτα για να μαζέψω το μυαλό μου πριν βγω έξω. Δεν ήθελα να φαίνομαι συγκλονισμένος σε όποιον ήταν εκεί έξω. Όταν η παρατεταμένη δυσωδία ξεπέρασε την τραυματισμένη μου κατάσταση, και άνοιξα την πόρτα και μπήκα στο έντονο φως του ήλιου, οι δύο γέροι δεν στέκονταν πια και κουβέντιαζαν. Η μικρή πλατεία γύρω από την εκκλησία ήταν άδεια. Ξαλάφρωσα.

Το τελευταίο πράγμα που ήθελα ήταν να καταλήξω σε ένα αστυνομικό τμήμα αναφέροντας τον θάνατο ενός ιερέα. Έπρεπε όμως να αναφέρω τον θάνατο. Αυτοί οι άντρες με είχαν δει να μπαίνω στην εκκλησία και μπορεί να είναι οι ίδιοι που με είδαν να μπαίνω στην εκκλησία την περασμένη εβδομάδα. Κάποιος θα έβρισκε τον ιερέα και τα κουτσομπολιά θα γύριζαν. αν δεν επικοινωνούσα με την αστυνομία, θα κατέληγα στον κύριο ύποπτο. Αναμφίβολα θα κατέληγα ως βασικός ύποπτος σε κάθε περίπτωση, αλλά η αναφορά του πτώματος σίγουρα θα ήταν υπέρ μου.

Με αστάθεια πόδια, επέστρεψα κατευθείαν στο καφέ και βλέποντας ότι ήμουν πάλι ο μόνος πελάτης, παρήγγειλα ένα κονιάκ από τη νεαρή γυναίκα που με είχε σερβίρει πριν με τόσο αδιάφορο τρόπο. Αυτή τη φορά φαινόταν έκπληκτη και ανήσυχη, και με ρώτησε στα Ισπανικά αν ήμουν καλά, αλλά έκανα ότι δεν καταλάβαινα λέξη. Όταν έσπασε στα αγγλικά, το ένστικτό μου ήταν να προσποιηθώ ότι δεν το καταλάβαινα ούτε αυτό, αλλά η κοινή λογική μπήκε και είπα ότι ήμουν εντάξει. Προφανώς δεν με πίστευε, οπότε της είπα ότι ένας σκύλος πήδηξε μπροστά μου και με τρόμαξε. Είπε, «Α, αυτό το ζώο θα έπρεπε να είναι κλειδωμένο, λέω συνέχεια», και μου χάρισε ένα συμπαθητικό χαμόγελο. Χτύπησα το κονιάκ με μια μόνο γουλιά και ζήτησα άλλη μια. Υποχρέωσε. Έπινα και αυτό κάτω, και στάθηκε και κοίταξε για μερικές στιγμές, μου έριξε ένα τρίτο κονιάκ και μετά έφυγε. Εκμεταλλευόμενος το στιγμιαίο απόρρητο, χρησιμοποίησα τον διαδικτυακό μου μεταφραστή και έλαβα τον ισπανικό αριθμό για την αστυνομία.

τηλεφώνησα. Καθώς χτυπούσε ο αριθμός, τα μάτια μου έπεσαν στον τίτλο ενός πρωτοσέλιδου άρθρου της εφημερίδας διπλωμένο στη μέση στον πάγκο δίπλα στο ποτό μου, και έκλεισα το τηλέφωνο. Αναγνώρισα το όνομα της εκκλησίας, του χωριού – Κασίγιας ντελ Ανχελ – και μια φωτογραφία του οποίου υπέθεσα ότι ήταν ο ιερέας, ο ίδιος ιερέας αυτή τη στιγμή φουσκωμένος και τον έφαγαν οι μύγες. Αλλά δεν ήταν αυτά τα δύο γεγονότα που είχαν τραβήξει την προσοχή μου. Ήταν το ποσό που γράφτηκε με έντονους χαρακτήρες. Πενήντα χιλιάδες ευρώ. Το απόρρητό μου. Όλα μπήκαν στη θέση τους. Ο Χουάν πρέπει να έκλεψε τα μετρητά από τον ιερέα για να πληρώσει τον Χαβιέ για τη διαπραγμάτευση ναρκωτικών και μετά έφυγε από τη σκηνή. Ίσως, όπως εγώ, νόμιζε ότι τον ακολουθούσαν και πήγε και έκρυψε τα μετρητά μέχρι να βρει ένα σχέδιο παιχνιδιού.

Άρπαξα την εφημερίδα και την πήγα και το ποτήρι μου στο μακρινό τραπέζι, άνοιξα τον μεταφραστή στο τηλέφωνό μου και προχώρησα να καταλάβω τι έλεγε το άρθρο, με ημερομηνία πριν από δέκα ημέρες.

Ο ιερέας, με τη βοήθεια μιας τεράστιας κοινοτικής προσπάθειας σε όλα τα Κανάρια Νησιά και έναν ολόκληρο χρόνο, είχε καταφέρει να συγκεντρώσει τα πενήντα χιλιάδες ευρώ για το Ορφανοτροφείο Διάσωσης Σκύλων Μερίντα, μια φιλανθρωπική οργάνωση για άπορους σκύλους στη Βενεζουέλα. Βενεζουέλα; Γιατί εκεί; Φαντάστηκα τον Πάκο και την Κλερ να δωρίζουν ένα τακτοποιημένο ποσό. Ο ιερέας έπρεπε την επόμενη μέρα να πετάξει στο Καράκας και μετά να ταξιδέψει στην άλλη πόλη για να παραδώσει τα χρήματα αυτοπροσώπως.

Τι βλακας! Γιατί δεν είχε βάλει όλα αυτά τα μετρητά σε μια τράπεζα και δεν είχε κανονίσει μια διεθνή μεταφορά; Το άρθρο αναφέρθηκε ότι τα χρήματα είναι σύμβολο της καλής θέλησης των κατοίκων των Καναρίων Νήσων, οι οποίοι είχαν ισχυρή σχέση με τη Βενεζουέλα μέσω μετανάστευσης αιώνων. Η προηγούμενη ερώτηση μου απάντησε, άρχισα να χάνω το ενδιαφέρον μου. Συνέχισα να επιστρέφω στο γεγονός ότι ο ηλίθιος ιερέας έπρεπε να είχε βάλει όλα αυτά τα μετρητά σε μια τράπεζα.

Ίσως ήταν καθ' οδόν για μια τράπεζα εκείνη ακριβώς τη μέρα. Ή ίσως δεν εμπιστευόταν τις τράπεζες των Καναρίων Νήσων ή της Βενεζουέλας, ή χρέωναν τεράστιες προμήθειες και ήθελε τα χρήματα, όλα αυτά, να πάνε απευθείας στους ίδιους τους φροντιστές σκυλιών.

Με αυτό το ποσό μετρητών, θα έπρεπε να έχει προσλάβει σωματοφύλακες.

Δεν υπήρχε καμία ένδειξη στο άρθρο ότι τα χρήματα είχαν

κλαπεί. Όσον αφορά την εφημερίδα, τα χρήματα πήγαιναν ευτυχώς προς τη Βενεζουέλα, κρυμμένα με ασφάλεια στις τσέπες του ιερέα. Μια ζώνη χρημάτων, θα ήλπιζε κανείς. Επέστρεψα στο άρθρο και πέρασα με το ζόρι τις δύο τελευταίες παραγράφους, πληκτρολογώντας ενότητες του κειμένου στον ιστότοπο της μετάφρασης. Ο δημοσιογράφος ανακοίνωσε προς το τέλος του άρθρου ότι η εκκλησία θα ήταν κλειστή για δύο εβδομάδες μέχρι την επιστροφή του ιερέα. Δεν έφυγε ποτέ. Έψαξα το όνομά του στο Διαδίκτυο και δεν βρήκα κανένα άρθρο για αυτόν, τα χρήματα ή τη φιλανθρωπική οργάνωση σκύλων από την ημέρα που υποτίθεται ότι είχε φύγει. Όποιος συμμετείχε στην παράδοση των κεφαλαίων σε αυτό το σκοπό, πρέπει όλοι να πιστεύουν ότι έφτασε στον προορισμό του.

Γιατί κανείς δεν είχε σημάνει συναγερμό στην άλλη άκρη; Δέκα μέρες! Σίγουρα κάποιος στο σπίτι των σκύλων θα είχε τηλεφωνήσει, θα έστελνε ημέηλ, θα είχε στείλει μήνυμα σε μια επαφή εδώ για να ανακαλύψει πού βρίσκεται ο ιερέας; Έψαξα ξανά στο Διαδίκτυο, αυτή τη φορά στοχεύοντας τα νέα της Βενεζουέλας, αλλά δεν μπορούσα να βρω καμία αναφορά για τον ιερέα, τα χρήματα ή το σπίτι των σκύλων. Κάτι δεν αθροιζόταν. Και πάλι, αν κρίνω από τους τίτλους που εμφανίστηκαν στις αναζητήσεις μου, η Βενεζουέλα βρισκόταν σε σημαντικό δημοκρατικό χάος. Περίεργος, έψαξα στους χάρτες και διαπίστωσα ότι η Μερίντα ήταν πολύ μακριά από το Καράκας. Ίσως υπήρχαν προβλήματα επικοινωνίας στη Μέριδα. Ίσως η Μέριδα να ήταν το είδος της μικρής πόλης που ήταν ακόμα κλειδωμένη τον περασμένο ή τον προηγούμενο αιώνα, και οι άνθρωποι περίμεναν ότι τα πράγματα θα συνέβαιναν τελικά και όχι απαραίτητα όταν ήταν προγραμματισμένο να συμβούν.

Αυτό μπορεί να εξηγήσει γιατί κανείς δεν ασχολήθηκε με αυτό το τέλος. Και γιατί να είναι. Δεν υπήρχε λόγος να υποπτευόμαστε ότι είχε γίνει κάποιο φάουλ. Κανείς δεν μπορούσε να μυρίσει αυτή τη μυρωδιά έξω από την εκκλησία. Το σκευοφυλάκιο δεν είχε παράθυρα. Και όλοι υπέθεσαν ότι η εκκλησία ήταν κλειδωμένη.

Απόρησσα με τους δύο άντρες που με είχαν δει να πλησιάζω την εκκλησία την περασμένη εβδομάδα. Ίσως δεν ήταν θρησκευόμενοι και δεν ήξεραν τίποτα γι' αυτό. Ίσως δεν ήταν οι ίδιοι άντρες με αυτούς που είχα δει καθώς μπήκα στην εκκλησία αυτή τη φορά. Μπορεί.

Καταβρόχθισα το τρίτο κονιάκ και σηκώθηκα και ζήτησα από τη σερβιτόρα τον λογαριασμό, και χωρίς να περιμένω την απάντησή της, της έσπρωξα ένα χαρτονόμισμα των δέκα ευρώ και περίμενα τα ρέστα μου με ελάχιστα καταπιεσμένη ανυπομονησία και αυξανόμενο τρόμο. Η γυναίκα έμοιαζε αναίσθητη. Όταν μου έδωσε τα ρέστα, της πρόσφερα ένα γρήγορο χαμόγελο ως συγγνώμη και βγήκα από την πόρτα.

Ήταν ανηφορικός μέχρι την κορυφή της σέλας. Ο ήλιος ήταν ψηλά και πέφτει στην πλάτη μου. Ο άνεμος ήταν ανύπαρκτος στα τμήματα της πίστας που κόπηκαν κάτω από τα χωράφια και η θερμοκρασία ήταν σημαντικά υψηλότερη. Ο ιδρώτας σχημάτισε ποταμάκια που κυλούσαν στις πλευρές του προσώπου μου και έτρεχαν στη σπονδυλική στήλη μου. Τα plimsolls μου γέμισαν με άμμο. Η μετάνοιά μου. Αρνήθηκα να επιβραδύνω τον ρυθμό μου. Έπρεπε να φύγω όσο το δυνατόν πιο μακριά από εκείνη την εκκλησία και γρήγορα. Καθώς πλησίαζα στη σέλα, η κλίση ανέβηκε αρκετά και τα χωράφια έδωσαν τη θέση τους σε άγονη γη. Εδώ ψηλά ένιωθα εκτεθειμένος. Στα δεξιά μου φαινόταν το βουνό με το κορυφαίο καπέλο. Ο άνεμος που μόλις είχε φανεί τώρα φυσούσε στο πρόσωπό μου, δροσίζοντας το δέρμα μου και επιβραδύνοντας τον ρυθμό μου μονομιάς. Πίεσα, και μέχρι να πλησιάσω στην κορυφή, η καρδιά μου χτυπούσε δυνατά, ήμουν μούσκεμα στον ιδρώτα και λαχανιάζω για αέρα. Ύστερα έβαλα λοφίο τη σέλα και ο άνεμος, που κρυβόταν σαν να περίμενε όλο αυτό το διάστημα, με κατακεραυνώθηκε. Σταμάτησα και διπλασίασα, βάζοντας τα χέρια μου στους μηρούς μου. Καθώς το έκανα, φανταζόμουν τους κρατούμενους να στενάζουν μέσα τους καθώς έφτασαν στο ίδιο σημείο, προτού σκοντάφτουν, να ζορίζονται για να κρατηθούν όρθιοι. Τότε, όπως εγώ, θα είχαν δει την πίστα μπροστά, την πίστα που τους πήγαινε πίσω στην Τεφία, και η καρδιά τους θα είχε βυθιστεί στις μπότες τους. Μπροστά τους περίμεναν τα βρωμερά, γεμάτα κόσμο κελιά τους, η σκληρή δουλειά και οι άγριοι ξυλοδαρμοί, τα εξεγερμένα τρόφιμα και το υφάλμυρο νερό.

Δεν μπορούσα να συμμετάσχω στην απελπισία τους. Είχα μια πιο άμεση ανησυχία. Ο αέρας μου είχε πάρει το καπέλο και ο ήλιος έκαιγε το τριχωτό της κεφαλής μου. Γύρισα και είδα τον μπλε καμβά πιασμένο σε έναν βράχο κάπως κάτω από την πλαγιά. Τα πόδια μου δεν άντεχαν να κατεβαίνουν για να το ανακτήσουν. Αντίθετα, πέρασα με το ζόρι κατά μήκος του στενού μονοπατιού, κολλώντας στο πρόσωπο της σέλας καθώς ο άνεμος και ο ήλιος με επιτέθηκαν, και αποφάσισα ότι η Τεφία έπρεπε να είναι το πιο αφιλόξενο μέρος στη γη και δεν θα επέστρεφα ποτέ εδώ. Τόσα μοιράστηκα με τους κρατούμενους. Δεν είναι περίεργο που η τοποθεσία δεν ήταν γεμάτη με διακοπές. Μόνο σκληροπυρηνικοί ήρθαν εδώ.

Όταν έφτασα σε επίπεδη γη, έτρεξα πίσω στην αγροικία.

ΜΙΑ ΒΡΑΔΙΆ ΣΕ ΞΕΝΟΔΟΧΕΊΟ

ΜΈΣΑ ΣΤΗΝ ΚΟΥΖΙΝΑ, ΈΠΙΝΑ ΤΟ ΈΝΑ ΠΟΤΗΡΙ ΝΕΡΌ ΜΕΤΆ ΤΟ ΆΛΛΟ, πριν σκίσω τα μούσκεμα στον ιδρώτα μου και κάνω ένα παρατεταμένο δροσερό ντους. Πίσω στην κουζίνα, άνοιξα μια κονσέρβα τόνου και τον κούμπωσα, λάδι και όλα, πάνω σε ένα κομμάτι μπαγιάτικο ψωμί. Ένα πουρέ με ένα πιρούνι και βύθισα τα δόντια μου στο αλμυρό ψωμί και μασούσα γρήγορα. Ένιωθα να επικρατεί πανικός και ήξερα ότι το καλύτερο που μπορούσα να κάνω ήταν να καλέσω την αστυνομία και να παραδώσω το σακίδιο και να τα πω όλα. Θα έμοιαζα με ηλίθιο ή καιροσκόπο και πιθανώς καθαρά ψεύτη, αλλά τουλάχιστον θα είχα κάνει το σωστό. Τα χρήματα δεν ήταν δικά μου, και θα ένιωθα ηθικά χρεοκοπημένος κρατώντας μετρητά που προορίζονταν για φιλανθρωπικό σκοπό. Αν μη τι άλλο, ήμουν ο ήρωας του κομματιού, γιατί αν δεν είχα σκοντάψει σε αυτό το σακίδιο, ο κόσμος θα εξαθλιωνόταν διπλά. Χωρίς λεφτά φιλανθρωπίας και καμία ιστορία γκέι φυλακών.

Δεν χρειαζόταν να αναφέρω την ιστορία. Όποιος το είχε βάλει εκεί θα υπέθετε ότι οι σελίδες του είχαν χαθεί μόλις κυκλοφόρησε η είδηση. Ήξερα με όση βεβαιότητα ήταν δυνατόν, δεδομένου ότι τα στοιχεία ήταν περιστασιακά, ότι ήταν ο Χουάν που είχε δολοφονήσει τον ιερέα, είχε κλέψει το σακίδιο και το έβαλε σε εκείνη τη σπηλιά για να κρύψει τα μετρητά μέχρι να είναι ασφαλές. για να το ανακτήσετε και να απολαύσετε τα λάφυρα. Η ιστορία δεν ήταν καθόλου του Χουάν. Το είχε κλέψει άθελά του και αυτό.

Οι σκέψεις μου σταμάτησαν όταν συνειδητοποίησα ότι η ιστορία είχε τεθεί εκεί για να βρει ο νεκρός ιερέας, ή αν όχι ο ιερέας, τότε όποιος περίμενε τα μετρητά στη Βενεζουέλα. Ένας ανώνυμος συγγραφέας που θέλει να κουνήσει το δάχτυλο στην Καθολική εκκλησία ή στον Φράνκο και να απελευθερώσει την ιστορία της φυλακής στον κόσμο; Ήταν μάλλον μια αξιολύπητη χειρονομία, δεδομένης της τοποθεσίας της Merida. Ένας εκδότης στο Λονδίνο ή τη Νέα Υόρκη θα ήταν καλύτερο στοίχημα.

Είδα αμέσως την κρυφή μου μετάφραση ως μια ζωτική υπηρεσία για την ανθρωπότητα, γιατί ο ιερέας, αν είχε βρει αυτό το χειρόγραφο, μπορεί να είχε σχίσει αυτές τις σελίδες σε μικροσκοπικά κομμάτια και να τις έκαψε. Ή, αν ήταν καλός ιερέας, μπορεί να προσπάθησε να κάνει κάτι μαζί τους, αλλά προς τι; Όποια κι αν είναι η περίπτωση, ήταν καθήκον μου να μετατρέψω αυτές τις λέξεις στην καλύτερη πεζογραφία που υπήρξε ποτέ.

Όταν κάλεσα την αστυνομία, θα απέφευγα κάθε αναφορά στο χειρόγραφο. Έπρεπε να επαναλάβω τη σκέψη μερικές φορές για να βεβαιωθώ ότι δεν έκανα ένα γλίστρημα. Πριν κάνω την κλήση, έπρεπε επίσης να ηρεμήσω. Το να κρατάω κάποιες σημειώσεις ενώ η βόλτα ήταν ακόμα φρέσκια στο μυαλό μου, φαινόταν καλή ιδέα. Κάθισα στο τραπέζι της τραπεζαρίας. Καθώς άνοιξα το laptop μου, το Skype ζωντάνεψε και η καρδιά μου πήδηξε στο λαιμό μου.

Ήταν η Άντζελα.

Πρέπει να έμεινα έκπληκτος που την είδα γιατί με κοίταξε, μετά χαμογέλασε και είπε: «Σε ενοχλώ;»

«Καθόλου», είπα ψέματα.

Με κοίταξε, με το πρόσωπό της να γεμίζει την οθόνη. «Φαίνεται, δεν ξέρω, ταραγμένη.»

«Έχω βγει μια βόλτα».

«Ένα μακρύ, από το βλέμμα σου».

«Ήταν, όπως συμβαίνει. Ήθελες κάτι;»

«Ήθελα απλώς την αντίδρασή σου», είπε, μεταβαίνοντας στη θέση της με ένα χαμόγελο.

«Τι αντίδραση;» είπα σαστισμένος.

«Στη Σάντρα Φλιντ».

«Α, αυτό», είπα, ξεφούσκωσα αμέσως. Πραγματικά δεν ήθελα να συζητήσω για την Φλιντ και το παράνομα βραβείο της.

«Αλλά είναι απίστευτο, δεν νομίζεις;»

«Ότι της άξιζε να κερδίσει;» Μετά βίας. Το έγραψα»'

Η Άντζελα φαινόταν μπερδεμένη. «Αλλά τι κάνεις για τη δήλωσή της. Νομίζω ότι θα είναι για φορολογικούς λόγους για να είμαι ειλικρινής, αλλά παρόλα αυτά».

Έγινα ανυπόμονος. «Για τι πράγμα μιλάς;»

Το στόμα της άνοιξε ένα κλάσμα καθώς η συνειδητοποίηση ότι δεν είχα ιδέα για το τι ήταν να φιλτράρει στο μυαλό της. Στη συνέχεια είπε: «Η Σάντρα Φλιντ δωρίζει όλα τα χρήματα του βραβείου της σε φιλανθρωπικούς σκοπούς».

Επέτρεψα στον εαυτό μου ένα ιδιωτικό μειδίαμα. Η Φλιντ είχε περισσότερα πλούτη από όσα ήξερε τι να κάνει. Η Άντζελα μάλλον είχε δίκιο. η δωρεά μπορεί να είχε να κάνει με τους φόρους του Φλιντ και ήταν επίσης μια καταπληκτική στρατηγική για να κερδίσεις τη μέγιστη δημοσιότητα, και αναμφίβολα οι πωλήσεις βιβλίων θα έφταναν στα ύψη.

«Τι φιλανθρωπία;» ρώτησα, χωρίς να ενδιαφέρομαι καθόλου.

«Περίμενε.» Εξαφανίστηκε από τη θέα μου για μια στιγμή. Όταν επέστρεψε, είπε: «Το ορφανό σκύλο και το κέντρο διάσωσης της Μέριντα».

Παραλίγο να πέσω από την καρέκλα μου.

Η Άντζελα παρερμήνευσε την αντίδρασή μου και είπε: «Ναι, μου φάνηκε περίεργη η επιλογή της. Αλλά η Τζούλιετε μου λέει ότι ο άντρας της Φλιντ είναι από τη Βενεζουέλα.

«Απίστευτο.» Ήταν το μόνο που μπορούσα να πω.

«Ήξερα ότι θα έβρισκες τα νέα εκπληκτικά. Πρέπει να φύγω.» Μου έκανε έναν εύθυμο χαιρετισμό. «Απόλαυσε τη στιγμή σου και είθε η μούσα σου να σε εμπνεύσει.»

Εκπληκτική; Αυτό δύσκολα το κάλυπτε. Το μυαλό μου έτρεμε με τα νέα. Η Φλιντ είχε χαρίσει στη φιλανθρωπική οργάνωση Μερίντα τις πενήντα χιλιάδες που σκόπευε να παραδώσει ο νεκρός ιερέας. Το γενναιόδωρο δώρο της αισθάνθηκε σαν θεϊκή παρέμβαση και ανταπόδοση για την προσπάθειά μου να γράψω ταυτόχρονα. Η φιλανθρωπική οργάνωση θα έπαιρνε τα χρήματά της και μπορούσα να κρατήσω το απόθεμά μου με σχετικά καθαρή συνείδηση. Η υπόθεση, που αφορούσε δύο θανάτους και τα χαμένα μετρητά, θα παρέμενε ανεξιχνίαστη και χωρίς τα κρίσιμα στοιχεία του σακιδίου, η αστυνομία θα είχε σκληρή δουλειά να συνδέσει το νεκρό σώμα στην παραλία με τον νεκρό ιερέα στην εκκλησία, αλλά τι με ένοιαζε . Αφήστε τους μπάτσους να μυρίσουν. Ίσως θα έλυναν κάποια άλλα εγκλήματα στη διαδικασία. Παίρνοντας τα μετρητά έκανα τη χάρη στον Πάκο και την Κλερ και τον Μάριο, επίσης, βοηθώντας να διατηρηθεί η φήμη του αποθανόντος συγγενή τους. Ενώ, σκέφτηκα, ξαφνικά ενθουσιασμένος που θα απαλλαγώ από το βάρος της ενοχής, αν επρόκειτο να παραδώσω τα μετρητά, ο Χουάν θα ήταν ο κύριος ύποπτος για τη δολοφονία του ιερέα, ανίκανος να προσφέρει την υπεράσπισή του από τον τάφο.

Στο μυαλό μου, ο Χουάν είχε σκοτώσει τον ιερέα, είχε απογειώσει με τα μετρητά και το χειρόγραφο και είχε πάει και είχε κρύψει τη λεία του σε μια θαλάσσια σπηλιά. Στην έξοδό του από τη σπηλιά, καθώς προσπαθούσε να επιστρέψει στο Πουερτίτο, πιάστηκε σε ένα ρεύμα και παρέσυρε την ακτή μέχρι που πνίγηκε και στη συνέχεια ξεβράστηκε σε αυτή την απομονωμένη παραλία. Όσο για τον συγγραφέα που ανέφερε η Άντζελα – ο Ρίτσαρντ Πάρι, αν θυμάμαι καλά – ας βρει φανταστικές εναλλακτικές σε αυτό το σενάριο. Ας είναι αυτός που θα κάνει ένεση πολυπλοκότητας με τη μορφή άλλων υπόπτων. Δεν ήθελα να εξετάσω το ενδεχόμενο κάποιος άλλος να σκότωσε τον ιερέα και τον Χουάν, και η Φουερτεβεντούρα είχε έναν δολοφόνο ελεύθερο. Εξάλλου, αν ίσχυε αυτό, η αστυνομία αναμφίβολα θα το καταλάβαινε.

Άρχισα να μαζεύω τα πράγματά μου, ανυπόμονα να αφήσω πίσω μου την αγροικία και την Τεφία. Η πτήση μου δεν έφυγε μέχρι το επόμενο πρωί, αλλά σκέφτηκα ότι θα τακτοποιούσα σε ένα ξενοδοχείο στην πόλη, για να δω αν θα μπορούσα να πάρω μερικά από τα μετρητά.

Στην κρεβατοκάμαρα, αφαίρεσα το περιεχόμενο του σακιδίου και τα σκόρπισα στο κρεβάτι με ουρανό. Τα ρούχα και τα παπούτσια και το αντηλιακό τα έβαλα σε μια πλαστική σακούλα, σχεδιάζοντας να τα πετάξω σε έναν κάδο σκουπιδιών στο Πουέρτο ντελ Ροζάριο. Τα μετρητά που μάζεψα στη βαλίτσα μου. Αυτό άφησε το τηλέφωνο. Περίεργος, το άνοιξα. Υπήρχαν δύο αναπάντητες κλήσεις στις οποίες δεν είχα σκοπό να απαντήσω, και ένα μοναχικό μήνυμα. το άνοιξα.

Επιβιβαστήκατε στην πτήση σας εντάξει; Ελπίζω να έχετε καλό καιρό στο Καράκας.

Το τηλέφωνο ήταν του ιερέα; Στάθηκε στη λογική. Ήταν πιο καταδικαστική απόδειξη ότι ο δολοφόνος και ο κάτοχος αυτού του σακιδίου ήταν ένα και το αυτό πρόσωπο.

Πάτησα το κουμπί απενεργοποίησης σε περίπτωση που το τηλέφωνο έπαιρνε ζωή με άλλη κλήση. Έπρεπε να το ξεφορτωθώ. Όχι στα σκουπίδια στο Πουέρτο ντελ Ροζάριο. Θα το έπαιρνα μαζί μου στο αεροδρόμιο και θα το έβαζα σε έναν κάδο εκεί, μείον την κάρτα σιμ.

Πριν φύγω από την κρεβατοκάμαρα, έριξα μια τελευταία ματιά έξω από το παράθυρο, στη θέα της βραχώδους πεδιάδας και του ανεμόμυλου που σηματοδοτεί το σημείο της φυλακής. Σύννεφα χωρίς βροχή ξεχύθηκαν. Ένα αυτοκίνητο γκρέμισε το δρόμο με κατεύθυνση νότια. Αμφιβάλλω ότι θα επέστρεφα ποτέ εδώ, και ήταν με κάποια σοβαρότητα που γύρισα πίσω στο δωμάτιο και μάζεψα τη βαλίτσα μου και το σακίδιο.

Φόρτωσα το αυτοκίνητο και μετά έκανα ένα τελευταίο σκούπισμα από δωμάτιο σε δωμάτιο, φροντίζοντας να μην είχα αφήσει τίποτα πίσω μου. Καθώς έκλεισα την εξώπορτα και έβαζα το κλειδί κάτω από το χαλάκι της πόρτας, υπέκυψα σε ένα κύμα νοσταλγίας. Η αγροικία έμελλε να είναι το σπίτι μου για μερικούς μήνες. Αποχαιρετώ την παλιά πέτρα.

Η εισαγωγή του κλειδιού ανάφλεξης ξεσήκωσε ένα νέο κύμα άγχους γεμάτο προσμονή. Ήμουν έτοιμος να ξεφύγω με τη λεία μου. μπροστά μου πίσω στην Αγγλία, αντιμετώπισα ένα νέο λαμπρό μέλλον γεμάτο υποσχέσεις. Σε λιγότερο από δύο εβδομάδες, είχα μεταμορφωθεί από έναν καταθλιπτικό άθλιο που κυλιόταν στη μιζέρια του διαζυγίου και στις διάφορες μνησικακίες, σε έναν αισιόδοξο άνθρωπο που ήταν έτοιμος να ξεκινήσει τη δική του λογοτεχνική καριέρα. Δεν ήμουν ένα φάντασμα πια.

Το ταξίδι σε όλο το νησί ήταν ευχάριστο. Η αίσθηση της αποχώρησης, η γνώση ότι δεν θα οδηγούσα προς την άλλη κατεύθυνση, με οδήγησαν να αναρωτηθώ πώς θα έπρεπε να ένιωθα όταν αυτοί οι κρατούμενοι αφέθηκαν ελεύθεροι. Σε αντίθεση με εμένα, δεν πέταξαν για να ξεκινήσουν εκ νέου μια ολοκαίνουργια ζωή. Αντιμετώπισαν ένα είδος καθαρτηρίου χωρίς παράδεισο στο τέλος του. Σε αντίθεση με εμένα, είχαν ταξιδέψει σε ένα μέλλον ζοφερό, αβέβαιο και επικίνδυνο. Ένα μέλλον συμβιβασμού ή καταδίκης. Ή, κανένα μέλλον. Σε αντίθεση με μένα.

Η πρώτη μου εργασία στο Πουέρτο ντελ Ροσάριο ήταν να βρω μια υπηρεσία τραπεζικού εμβάσματος. Πήρα τηλέφωνο σε μια τράπεζα, έκανα την ερώτησή μου και κατευθύνθηκα σε ένα μέρος στο Corralejo. Σίγουρα υπήρχε κάπου στο Πουέρτο; Σαν να ήμουν έτοιμος να οδηγήσω μέχρι το Κοραλέχο! Ο άντρας με κοίταξε με περιφρόνηση και με ενημέρωσε επαρκώς και, τολμώ να πω, σαρκαστικά αγγλικά, ότι το μόνο μέρος στο νησί όπου οι άνθρωποι ήθελαν να κάνουν κάτι τέτοιο ήταν στο Κοραλέχο. Κοίταξε πίσω μου σαν να ήθελε να φροντίσει τον επόμενο στη σειρά. Δεν υπήρχε επόμενος στη σειρά. Με ένα σιχαμένο πνιγμό, έφυγα από την τράπεζα και σάρωσα το πεζοδρόμιο. Η πόλη ήταν πολυσύχναστη, κανείς δεν έβλεπε κανέναν άλλον. Υπήρχε ένας μικρός κάδος απορριμμάτων στην πλατεία απέναντι. Έβαλα το χέρι στην τσέπη του παντελονιού μου και έβγαλα το τηλέφωνο του ιερέα, παρακάμπτοντας τον τοίχο της τράπεζας για να βγάλω τη SIM. Στη συνέχεια, με ένα απλό βάδισμα, περιπλανήθηκα στον κάδο και απαλλάχτηκα από το τηλέφωνο. Συνέχισα να περπατάω. Πήρα έναν παράδρομο και μετά έναν άλλο. Όταν βεβαιώθηκα ότι κανείς δεν έβλεπε, έριξα την σιμ στο αυλάκι. Μου πέρασε από το μυαλό ίσως θα έπρεπε να είχα πετάξει την κάρτα σιμ από το παράθυρο του αυτοκινήτου, αλλά ήταν πολύ αργά τώρα. Γύρισα βιαστικά στο αυτοκίνητό μου και έφυγα, αφήνοντας πίσω μου τη συμφόρηση της πόλης και κατευθυνόμενος νότια, με κατεύθυνση προς το αεροδρόμιο.

Έκανα κράτηση σε ένα ακριβό ξενοδοχείο στην προκυμαία στα περίχωρα της πόλης και βρέθηκα σε ένα ευρύχωρο και μοντέρνο δωμάτιο με παράθυρο με θέα στον ωκεανό. Όσο εντυπωσιακό κι αν ήταν, με λίγα πράγματα να κάνω για να αφιερώσω τον χρόνο μου, διάβασα την ιστορία μου στο φορητό υπολογιστή μου, σκέφτομαι τα σημεία επέκτασης. Εξάλλου, δεν υπήρχε περίπτωση ο Τρέβορ Μουρ να συμβιβαστεί με το να είχε γράψει μια νουβέλα. Σκέφτηκα ότι μπορεί να βάλω τον Χοσέ να παντρευτεί και να καταπιέσει τη σεξουαλικότητά του αντί να πηδήξω από έναν γκρεμό – αυτό το τέλος ήταν πραγματικά πολύ μελοδραματικό και έκοψε πολλές πιθανές σκηνές. Πραγματικά, η αυτοκτονία ήταν ο μόνος λόγος που η δουλειά ήταν πολύ σύντομη.

Αφού οι κρατούμενοι ολοκλήρωσαν τις ποινές τους, δεν τους επετράπη να επιστρέψουν στα νησιά τους για έως και πέντε χρόνια. Υποβλήθηκαν σε επιτήρηση από δικαστικούς αντιπροσώπους. Έπρεπε να παρουσιάζονται στο αστυνομικό τμήμα μία φορά το μήνα ή να καταλήγουν πίσω στην Τεφία. Ήταν σχεδόν αδύνατο να βρουν δουλειά γιατί είχαν ποινικό μητρώο. Κανείς δεν ήθελε να τους μάθει. Κατέληξαν να εργάζονται ως ημι-σκλάβοι ή ως ιερόδουλες. Πιθανώς, πολλοί από τους άνδρες πήδηξαν από γκρεμούς. Θα μπορούσα να τα ενσωματώσω όλα αυτά και να επιζήσει ο πρωταγωνιστής μου για να πει την ιστορία.

Υπήρχε κάτι στην ιδέα της διπλής ζωής που με τράβηξε. Ο Χοσέ θα μπορούσε να γίνει αφοσιωμένος σύζυγος και πατέρας πολλών παιδιών και να τρέφει βαθιά λαχτάρα που θα ήταν υποχρεωμένος να καταστείλει. Μια βασανισμένη ψυχή για πάντα σε αντίθεση με τις δικές του επιθυμίες. Ένας άντρας διχασμένος, που ζει ένα ψέμα, μια παρωδία που με την πάροδο του χρόνου θα διαμόρφωσε την ψυχή του, θα παραμόρφωσε τις εσωτερικές του σκέψεις, θα τροφοδοτούσε κάθε είδους παραμορφώσεις και ενοχλητικά όνειρα. Και ποτέ, ούτε μια φορά, δεν θα μιλούσε για την Τεφία, ούτε στη γυναίκα του και σίγουρα ούτε στα παιδιά του. Αν συναντούσε ποτέ άλλον κρατούμενο στο δρόμο, θα κοιτούσε ανέκφραστα χωρίς να τον αναγνωρίζουν στα μάτια καθώς περνούσε.

Η επανεγγραφή θα μεταμορφώσει την ιστορία σε κάτι λιγότερο και πιο ενοχλητικό. Ταυτόχρονα επεκτείνετε το έργο αρκετά ώστε να εγγυάται την ετικέτα της νουβέλας. Σχεδίασα σκηνές, επινόησα χαρακτήρες και ερεύνησα σκηνικά.

Το μόνο διάλειμμα που έκανα από το γράψιμό μου ήταν μια παύλα στο κυνήγι ενός δημοτικού κάδου για να πετάξω την πλαστική σακούλα και το ενοχοποιητικό περιεχόμενό της. Δεν ήταν και η πιο ευχάριστη οδήγηση –κατέληξα να επιστρέψω στο Πουέρτο ντελ Ροσάριο– και τα μάτια μου ήταν παντού περιμένοντας την αστυνομία ή χειρότερα, κάποιον από το γυμναστήριο. Αφού βρήκα επιτέλους έναν κάδο σε έναν παράδρομο, κατευθύνθηκα πίσω, σηκώθηκα στο πάρκινγκ και γυρνώντας βιαστικά στο ξενοδοχείο. Καθώς πήγαινα, παρατήρησα την αρχιτεκτονική σύνθετου στιλ – ένα μακρύ, χαμηλό κτήριο με μεγάλα τοξωτά παράθυρα μπροστά και μια επίπεδη οροφή – που θυμίζει κατά περίεργο τρόπο τον ξενώνα στην Τέφια και, επίσης, όπως η Τέφια, βρίσκεται στη μέση του πουθενά, ομολογουμένως στο τέλος μιας άγριας παραλίας. Πίσω από το ξενοδοχείο βρισκόταν το διπλό οδόστρωμα που ήταν ο κύριος αρτηριακός δρόμος του νησιού, ένα σωρό κατοικίες και μετά τα βουνά. Ήταν σαν το ξενοδοχείο να είχε βυθιστεί στο δικό του ιδανικό σημείο περιμένοντας κάποιο είδος συντρόφου.

Μη θέλοντας κανένα περιττό βλέμμα στο πρόσωπό μου, πήγα κατευθείαν στο δωμάτιό μου και παρήγγειλα υπηρεσία δωματίου. Πέρασα το βράδυ πίνοντας νόστιμα κόκκινα στρείδια και μετά από μια υπέροχα ψημένη μπριζόλα. Χορτασμένος, σκανάρισα τα ημέηλ μου και δέχτηκα τρεις συναυλίες που έγραφαν φαντάσματα. Μια ευχάριστη λάμψη με εμφυσούσε. Ένιωσα μάλιστα προδιάθεση να γράψω στην Jackie ένα email που θα της γνωστοποιούσα ότι θα επέστρεφα στο Λονδίνο την επόμενη μέρα. Έπειτα έστειλα στον Ίαν και τη Φελίσιτι ένα ημέηλ στον καθένα, λέγοντάς τους ότι μου έλειπαν και ότι ήλπιζα να τα πηγαίνουν καλά και να συμβαδίζουν με τις σπουδές τους και ρώτησα αν μπορούσαν να αφιερώσουν λίγες ώρες για να βρουν χρόνο με τον παλιό τους μπαμπά. Σκέφτηκα τα ακριβά δώρα που θα μπορούσα να τα αγοράσω με τα νέα μου μετρητά. Όχι πολύ πλούσιο, δεν θα ήθελα να κινήσω υποψίες, αρκεί να τους ενημερώσω για το πόσο με νοιάζει. Δεν είχα ακούσει για κανέναν από όλα τα ταξίδια. Αλλά δεν το περίμενα. Ψάρεψα μια φωτογραφία τους, κράτησα κουμπωμένη στη χαρτοθήκη μου, χαμογέλασα στα χαρούμενα, αθώα πρόσωπά τους, η Φελίσιτι με τα συρμάτινα σιδεράκια της να ισιώνει τα δόντια της και ο Ίαν με ένα άγγιγμα ακμής. Αυτή ήταν μια παλιά φωτογραφία, τραβηγμένη σε ένα φωτογραφικό θάλαμο σε μια ημερήσια εκδρομή στο Μαντγάν Τουσσώ. Γλίστρησα τη φωτογραφία πίσω στη χαρτοφύλακά μου και άνοιξα την τηλεόραση.

Το επόμενο πρωί, πίεσα τις ανησυχίες μου αρκετά ώστε να απολαύσω έναν πλούσιο μπουφέ πρωινού – γεμάτο με αυγά, μπέικον, λουκάνικο, τηγανητά μανιτάρια, ψητές ντομάτες, τοστ, καφέ, χυμό, ένα δανέζικο ζαχαροπλαστείο – και ήταν μόνο όταν πήγα να πάρω ένα δεύτερο καφέ που πήρα την τοπική εφημερίδα. Δεν χρειαζόμουν διαδικτυακό μεταφραστή για να καταλάβω τον τίτλο. Ο ιερέας είχε βρεθεί. Κοίταξα γύρω από την τραπεζαρία. Κανείς δεν με πρόσεχε. Αναγκάστηκα να πιω τον καφέ μου πριν σταθώ και περπατήσω ανέμελα πίσω στο δωμάτιό μου. Δεν χρειαζόταν πανικός. Δεν υπήρχε τίποτα που να με συνδέει με τη δολοφονία. Τίποτα. Το μόνο αποδεικτικό στοιχείο ήταν το σακίδιο και το είχα με ασφάλεια στην κατοχή μου.

Συγκρατήθηκα και έφυγα από το ξενοδοχείο, φτάνοντας στο αεροδρόμιο δύο ώρες πριν από την αναχώρηση της πτήσης μου. Η μέρα ζέστανε, και οι παραθεριστές με ντριμπ και ντριμπς έμπαιναν στο κτίριο. Πάρκαρα το αυτοκίνητο, άρπαξα τις αποσκευές μου και ακολούθησα τους άλλους. Καθώς πλησίασα την πόρτα, είδα ότι μέσα, την είσοδο φρουρούσαν δύο αστυνομικοί. Σκέφτηκα ότι ίσως ήταν φυσιολογικό ή υπήρχε φόβος ασφαλείας. Σκέφτηκα ότι σε μια προσπάθεια να καταπνίξω τη ναυτία που ανέβαινε στην κοιλιά μου καθώς το πρωινό μου πήξει. Καθώς μπήκα με τις αποσκευές μου, ένας από τους αξιωματικούς έκανε πίσω για να με αφήσει να περάσω, κάτι που βρήκα μια αξιοπρεπή χειρονομία και χαλάρωσα.

Η κατάθεση των κλειδιών του αυτοκινήτου στο κουτί που παρείχε η υπηρεσία ενοικίασης φαινόταν να κλείνει μια γραμμή κάτω από την παρουσία μου στο νησί. Θα επιβιβαζόμουν στο αεροπλάνο και θα έφευγα πάνω από τον

Ατλαντικό και στο μυαλό μου, ήδη πήγαινα στο νέο μου σπίτι στο Νόρφολκ.

Πήγα στο τσεκ-ιν και μπήκα στην ουρά, διατηρώντας μια αδιάφορη έκφραση στο πρόσωπό μου και αποφεύγοντας τα βλέμματα. Η ουρά μειώθηκε σε κρίσεις και εκρήξεις καθώς οι μεγάλες οικογενειακές ομάδες ακολουθήθηκαν από μερικά ζευγάρια. Καθώς πλησίασα στο γραφείο, παρατήρησα δύο ένστολους άνδρες να στέκονται πίσω από τον βοηθό του ξενοδοχείου. Κοίταξαν επίμονα στην ουρά και, για μια βαρετή στιγμή, ένιωσα τα βλέμματά τους πάνω μου. Είπα στον εαυτό μου να αποτινάξω την παράνοια, γρήγορα. Το τελευταίο πράγμα που ήθελα ήταν να κινήσω υποψίες, όχι με πενήντα χιλιάδες ευρώ στη βαλίτσα μου. Έβρισα τον εαυτό μου που δεν προσπάθησα περισσότερο να βρω κάπου στο Πουέρτο ντελ Ροζάριο για να κάνω διεθνή μεταγραφή. Ίσως θα έπρεπε να είχα ακούσει αυτόν τον αγέρωχο μετρ σε μια τράπεζα και να πάω στο Κοραλέχο, αλλά δεν είχα τη διάθεση να ταξιδέψω στην ακτή και να επιστρέψω.

Έριξα μια ματιά πίσω μου και οι δύο αστυνομικοί που είχα περάσει στο δρόμο μου στο αεροδρόμιο στέκονταν σαν αγάλματα να κοιτάζουν στην ουρά μου. Κάποιος μπροστά ή πίσω μου αντιμετώπιζε προφανώς κάποιο πρόβλημα.

Μόνο όταν έφτασα στο γραφείο συνειδητοποίησα ότι η προσοχή και των τεσσάρων αξιωματικών δεν ήταν σε κανέναν άλλον εκτός από εμένα. Πριν προλάβω να βάλω τη βαλίτσα μου στη ζυγαριά, ένας από τους αστυνομικούς είπε: «Είσαι ο Τρέβορ Μουρ;»

«Αυτό είναι σωστό.» Δεν μπορούσα να πω ψέματα.

«Ελάτε μαζί μας, κύριε.»

Το εσωτερικό μου έπεσε κατακόρυφα. Ένιωσα τα μάτια κάθε τουρίστα στο αεροδρόμιο να με τρυπούν σαν τόσα μικρά στιλέτα καθώς οι αξιωματικοί με οδηγούσαν μακριά. Το μυαλό μου έτρεξε. Ποιος είχε ενημερώσει την αστυνομία; Κάποιος στο γυμναστήριο; Κανείς τους όμως δεν ήξερε τίποτα. Οι γέροι έξω από την εκκλησία; Πώς όμως η αστυνομία έκανε το σύνδεσμο ανάμεσα στον άγνωστο που είχαν δει και εμένα; Το ίδιο συνέβη και για τη σερβιτόρα στο καφέ. Ή το έκανε; Και τι γίνεται με τον Πάκο και την Κλερ; Κι αν είχαν διαβάσει την ίδια εφημερίδα με εμένα και, υποπτευόμενοι ότι είχα κρατήσει τα μετρητά, είχαν ενημερώσει τους αστυνομικούς; Ήλπιζα ότι είχαν. Διότι θα με απάλλαγε τουλάχιστον από το έγκλημα του φόνου.

Με πήγαν σε ένα μικρό δωμάτιο χωρίς παράθυρα και μου είπαν να καθίσω.

Αγαπητέ αναγνώστη,

Ελπίζουμε να σας άρεσε η ανάγνωση του *Μια Φυλακή Στον Ήλιο*. Παρακαλούμε αφιερώστε λίγο χρόνο για να αφήσετε μια κριτική, ακόμη και αν είναι σύντομη. Η γνώμη σας είναι σημαντική για εμάς.

Με τους καλύτερους χαιρετισμούς,

Isobel Blackthorn και η Ομάδα του Next Chapter

ΒΙΒΛΊΑ ΚΑΙ ΙΣΤΟΣΕΛΊΔΕΣ ΠΟΥ ΣΥΜΒΟΥΛΕΎΤΗΚΕ Η ΣΥΓΓΡΑΦΈΑΣ:

Richard Cleminson and Francisco Vázquez García, *'Los Invisibles': A history of male homosexuality in Spain, 1850-1940.*

Carlos David Aguiar García, *La provincia de Santa Cruz de Tenerife entre dos dictaduras (1923-1945). Hambre y orden,* University of Barcelona, 2012.

Miguel Ángel Sosa Machín, *Viaje al centro de la infamia,* self-published, 2012.

Dr. Daniel Vallès Muñío, *La Privación de Libertad de Los Homosexuales en el Franquismo y su Asimilación al Alta en la Seguridad Social,* University of Barcelona, 2017.

Video - La Memoria Silenciada Tefía 1

https://www.youtube.com/watch?v=-wW-7XHuwz8&t=571s

Video La Memoria Silenciada Tefía 2

https://www.youtube.com/watch?time_continue=9&v=GU20-exy8q4

Video Carcel de Tefía

https://www.youtube.com/watch?v=RT19zfx1AJ8&t=179s

Newspaper article

http://eldia.es/vivir/2005-07-31/1-centenar-gays-estuvieron-presos-Fuerteventura-franquismo.htm

Online article

http://www.nodo50.org/despage/Nuestra%20Historia/verdad%
20historica/estrellarosa.htm

Online article

http://www.tamaimos.com/2012/06/28/memoria-historica-canaria-xii-
la-colonia-agricola-penitenciararia-de-Τεφία/

Newspaper article

http://eldia.es/canarias/2008-05-18/6-Auschwitz-Fuerteventura.htm

Online article

http://www.javilarrauri.com/represaliados/octavio_garcia.html

ΕΥΧΑΡΙΣΤΊΕΣ

Αυτό το βιβλίο δεν θα μπορούσε να είχε γραφτεί χωρίς την υποστήριξη και την ενθάρρυνση της μητέρας μου, Μάργκαρετ Ρότζερς. Είμαι επίσης υπόχρεη στον παλιό μου φίλο Domingo Diaz Barrios της Haría, τον Lanzarote, ο οποίος μου είπε για τη φυλακή το 1989, και τον Miguel Medina Rodriguez, επίσης του Haría, ο οποίος μου μίλησε για τη φυλακή πολλές φορές και μάλιστα πέρασε με το αυτοκίνητο από τη φυλακή στις μια από τις επισκέψεις μας στο νησί και μου το υπέδειξε. Θερμές ευχαριστίες σε όλους όσους με ενθάρρυναν να ασχοληθώ με αυτό το θέμα. Ένα ιδιαίτερο ευχαριστώ στην εκδότη μου, Veronica Schwarz για τα κοφτερά μάτια και την επιμέλειά της. Και τις ευχαριστίες μου προς τη Miika Hannila και την ομάδα του Next Chapter για τη συνεχή υποστήριξή σας και την πίστη σας στο γραπτό μου.

ΒΙΟΓΡΑΦΙΚΌ ΣΥΓΓΡΑΦΈΑ

Η Isobel Blackthorn είναι μια βραβευμένη συγγραφέας μοναδικής και συναρπαστικής μυθοπλασίας. Γράφει σκοτεινά ψυχολογικά θρίλερ, μυστήρια και σύγχρονη και λογοτεχνική φαντασία. Η Isobel προκρίθηκε για το βραβείο Ada Cambridge Prose Prize 2019 για το βιογραφικό της διήγημα «Nothing to Declare». Το The Legacy of Old Gran Parks είναι ο νικητής των βραβείων Raven Awards 2019. Η Isobel είναι κάτοχος διδακτορικού διπλώματος από το Πανεπιστήμιο του Δυτικού Σίδνεϊ, για την έρευνά της στα έργα της θεοσοφίστριας Alice A. Bailey, της «Μητέρας της Νέας Εποχής». Είναι η συγγραφέας του The Unlikely Occultist: ένα βιογραφικό μυθιστόρημα της Alice A. Bailey. Το Μια φυλακή στον ήλιο είναι το τέταρτο μυθιστόρημά της στα Κανάρια Νησιά.

Μια Φυλακή Στον Ήλιο
ISBN: 978-4-82414-241-2

Εκδόσεις
2-5-6 SANNO
SANNO BRIDGE
143-0023 Ota-Ku, Tokyo
+818035793528

15 Απρίλιος 2022